Zum Buch:

Du bildest dir ein, in deinem Haus sicher zu sein. Dass niemand an deiner abgeschlossenen Tür, deiner Alarmanlage vorbeikommt. Aber ich komme von unten, durch den Fußboden.

Ein grausamer Serienmörder fordert ein Opfer im Jahr. Man nennt ihn den Gräber, und niemand, der in einem Haus mit Keller lebt, ist vor ihm sicher. Am Tatort findet die Polizei nichts außer Blut, ein Loch im Boden und eine Spur ins Ungewisse. Kommissarin Cecilia Wreede versucht mit allen Mitteln, den Täter zu fassen. Vergeblich. Bis ein Buch veröffentlicht wird, das ihr das Blut in den Adern gefrieren lässt. Es handelt von einem Killer, der unter der Erde lebt. Der Titel lautet: *Ich bin der Gräber.* Und jedes Wort darin stimmt mit der Wahrheit überein.

Zum Autor:

Fredrik P. Winter wurde in Trollhättan geboren und lebt nun in Göteborg, Schweden. Er ist Anwalt bei Tag und Autor bei Nacht. Wenn er nicht als Teilhaber seiner Anwaltskanzlei tätig ist, verbringt er seine Freizeit mit Freunden und Familie, Filmen, Reisen, Lesen und dem außergewöhnlichen Hobby Segelfliegen.

FREDRIK P. WINTER

DER GRÄBER

THRILLER

Aus dem Schwedischen von
Ulla Ackermann

HarperCollins

Die Originalausgabe erschien 2021 unter dem Titel
Grävlingen bei Louise Bäckelin Förlag, Stockholm.

1. Auflage 2021

Deutsche Erstausgabe

Umschlaggestaltung von Hauptmann & Kompanie, Zürich
Umschlagabbildung von Dollatum Hanrud, nito / Shutterstock
Gesetzt aus der Minion
von GGP Media GmbH, Pößneck
Druck und Bindung von CPI books GmbH, Leck
Printed in Germany
ISBN 978-3-7499-0228-6
www.harpercollins.de

Klimaneutral
Druckprodukt
ClimatePartner.com/15109-2009-1001

MIX
Papier
FSC FSC® C083411

Samstag, 6. November

KRIMINALKOMMISSARIN CECILIA WREEDE achtete darauf, keine Beweise zu zerstören, während sie sich umsah. Putz war von Decke und Wänden gefallen und puderte die Fliesen mit feinem Steinstaub. Gelbe Nummerntafeln standen wie Miniaturwerbeaufsteller zwischen lehmigen Erdbrocken.

Es war noch immer zu erkennen, dass der Kellerraum ursprünglich ein gemütliches Souterrainzimmer gewesen war. Doch jetzt hing modriger Schimmelgeruch in der Luft, ins Mauerwerk war Feuchtigkeit eingedrungen, und sich von den Wänden lösende Tapeten gaben den Blick auf nackten, von Rissen und Löchern durchzogenen Beton frei.

Die Couch war der einzige Gegenstand, der nicht umgeworfen worden war, aber auch sie war zerstört. Aus den Lederpolstern quoll die Füllung, als ob sie jemand mit einem Messer aufgeschlitzt hätte. Couchtisch, Fernseher und der Sessel vor dem Kaminofen waren zertrümmert. Die Sicherheitsglasscheibe des Kaminofens war geborsten. Unter aufgebrochenen Bodenfliesen kam mit Asche und Holzkohle übersäter Estrich zum Vorschein. Zwischen Ruß und Erde schimmerten zu Bruch gegangene grüne Weinflaschen und Splitter der Ofenscheibe.

Inmitten dieses Chaos aus Lehm und Dreck verlief eine blutige Schleifspur, die in den Kellerflur hinausführte.

»Wo ist es?« Cecilia presste die Zähne aufeinander und folgte der Spur mit dem Blick. Es war lange her, dass der Anblick von

Blut sie betroffen gemacht hatte. Aber diese rotbraune Spur verursachte ihr Unbehagen. Sie wusste, was sie ankündigte.

»Wo es immer ist«, antwortete Kriminalkommissar Jonas Andrén, ihr engster Kollege, dessen Brille unter der Kapuze des Schutzanzugs hervorlugte, die er über den Kopf gezogen hatte. Raschelnd deutete er den Kellerflur hinunter. Cecilia konnte sich den Gedanken nicht verkneifen, dass er in dem weißen Ganzkörperoverall Ähnlichkeit mit einem Riesenbaby hatte. Aber vermutlich sah sie genauso albern aus. »Im Abstellraum. Komm mit.«

Cecilia nickte und folgte Jonas am Heizungskeller vorbei, sorgsam darauf bedacht, nicht in die Schleifspur zu treten. Vor einer geöffneten Tür, durch die greller Lichtschein fiel, lag noch mehr Erde. Gelbe Nummerntafeln markierten lehmige Schuhabdrücke.

»Sei vorsichtig da drin«, sagte Jonas. »Die Kollegen haben noch keine Proben vom Blut genommen. Wobei wir ziemlich sicher sind, dass es sich bei dem Opfer um Linda Sandström handelt. Geschieden, zweifache Mutter. Sie hat das Haus vor ein paar Jahren gekauft und gerade eine neue Drainage verlegen lassen.«

Cecilia nickte. »Wie alle Opfer bisher. Ich musste quasi ins Haus klettern. Ringsum verläuft ein Graben.«

Die Arbeitsstrahler der Spurensicherung tauchten den Abstellraum in gleißendes Licht, das von Jonas' Schutzanzug reflektiert wurde. Cecilia blinzelte geblendet, während sie sich innerlich auf den Anblick vorbereitete. Sie hatte Situationen wie diese so oft erlebt, dass sie spielend damit fertigwerden sollte. Trotzdem schnellte ihr Puls in die Höhe, und Magensäure stieg ihre Kehle hinauf. Sie hatte so viele Leichen gesehen, in so vielen grotesken Positionen, dass sie kaum noch etwas erschütterte. Aber an die Szene, die sie hier vorfand, würde sie sich nie gewöhnen, egal wie oft sie damit konfrontiert wurde. Es gab keine Leiche. Und das Fehlen eines verstümmelten Leichnams war schlimmer als die Alternative.

In der Mitte des Raums klaffte ein Loch im Boden. Ringsum türmten sich Erde, Beton und zerbrochene Fliesen. Dazwischen wimmelten Regenwürmer und schwarze Insekten. Die Blutspur endete am Loch. Cecilia ging in die Hocke und blickte hinab. Die Öffnung war groß genug, dass ein Mensch hindurchkriechen konnte. Sie spürte, wie die Dunkelheit aus dem engen Tunnel zurückstarrte. Schwindel überfiel sie. Hastig stützte sie sich mit der Hand auf dem Fußboden ab, um nicht das Gleichgewicht zu verlieren. Sie hasste das. Hasste, dass es keine Leiche gab. Hasste, dass sie keinen Anhaltspunkt hatte, auch diesmal nicht. Als laste auf der gesamten Ermittlung ein Fluch.

Unwillig schüttelte sie den Kopf. »Scheiße.«

»Hast du was anderes erwartet?«

»Nein.« Cecilia stand auf. »Aber gehofft.«

»Was?«

»Keine Ahnung. Einen normalen Mord, vielleicht?«

Jonas lachte. »Heute ist der 6. November, Cissi. Du weißt, was an dem Tag passiert.«

Cecilia nickte. »Ich weiß. Alle wissen es. Ich bin es nur so verdammt leid.« Resigniert blickte sie sich um. An den Wänden stapelten sich Umzugskartons. In einem Regal standen reihenweise originalverpackte Barbiepuppen.

»Früher oder später kriegen wir ihn«, sagte Jonas.

»Das hoffe ich.« Cecilia schauderte. Könnte man die Puppen doch nur als Zeugen befragen, dachte sie. Die Plastikaugen der Barbies starrten sie vorwurfsvoll an. Cecilia sah ein letztes Mal in das Loch im Boden, dann drehte sie sich kopfschüttelnd um und verließ den Raum. »Ihr kommt hier ja ohne mich klar.«

»Wo willst du hin?«, fragte Jonas.

»Wohin wohl? Ins Präsidium. Irgendjemand muss die Presse ja informieren, dass der Gräber wieder zugeschlagen hat.«

TEIL 1

Das Manuskript

1

Ich bin der Gräber. Dies ist meine Geschichte.
Wenn du sie kennst, wirst du mich vielleicht in einem anderen Licht sehen. Doch das ändert nichts.

Sonntag, 7. November

»HIER WILL ICH nicht wohnen.«

Annika Granlund strahlte über das ganze Gesicht, als sie ihrem Mann ihre Entscheidung ins Ohr flüsterte.

Martin Granlund zuckte zusammen. »Warum nicht?« Rasch blickte er sich um, ob die anderen Hausinteressenten ihre Unterhaltung verfolgten.

Annikas hellbraune Augen leuchteten, als wäre sie außer sich vor Glück. »Du weißt, warum.« Aber ihre Freude war nur gespielt, die anderen Besichtigungsteilnehmer sollten nicht merken, dass etwas nicht stimmte.

»Nein, sag es mir.« Draußen fegte der Wind durch die Birke vor dem Wohnzimmerfenster und wirbelte gelbes Laub über den hochgewachsenen Rasen. »Sind es die Badezimmerkacheln? Wir können das Bad renovieren lassen. Dafür reicht das Geld.«

»Es sind nicht die Kacheln.« Annika kicherte.

Sie legte Martin den Arm um die Hüfte und lotste ihn aus dem Wohnzimmer, das aussah wie alle anderen Wohnzimmer, die sie seit Monaten besichtigten. Sie stand nicht in einem Zuhause, sie stand in einer Makleranzeige. Allenfalls in der wahr gewordenen Wunschvorstellung anderer Leute von einem Zuhause. Frisch gestrichene weiße Wände. Cremeweiß natürlich, nicht kreideweiß. Trendige Möbel, ein Kissenmeer auf dem Sofa, geschmackvolle, aber sinnentleerte Accessoires. Annika hätte schwören können, dieselben Drucke bei anderen Besichtigungen an den Wänden gesehen zu haben. Sie erkannte den Riss in einer der Scheiben wieder.

»Was stört dich diesmal?« In Martins Stimme schwang Irritation mit. »Ich meine, die Lage ist gut. Der Garten macht nicht viel Arbeit, so wie wir es uns gewünscht haben. Wir können uns das Haus leisten, solange der Kaufpreis bei einem Bietergefecht nicht in absurde Höhen steigt.«

Annika deutete mit dem Kopf zur Kellertreppe, von wo die gedämpften Stimmen eines Paares heraufdrangen, das im Untergeschoss miteinander diskutierte. Das dumpfe Gemurmel jagte ihr einen Schauer über den Rücken.

Martin legte den Kopf auf die Seite. »Du nimmst mich auf den Arm.«

Annika lächelte mit aufeinandergepressten Lippen und schüttelte den Kopf.

»Nein. Ich will nicht in einem Haus mit Keller wohnen. Das habe ich dir gesagt.«

Martin seufzte. »Ich hatte gehofft, dieses Haus würde dir trotzdem gefallen. Du kannst doch nicht jedes unterkellerte Haus kategorisch ablehnen.«

»Und ob ich das kann, Liebling. Es gibt haufenweise Häuser ohne Keller. Warum konzentrieren wir uns nicht einfach auf solche Objekte?«

Martin zuckte die Schultern. »Okay. Ich hab's verstanden. Keller oder nicht, wenn du nicht hier wohnen willst, will ich es auch nicht.«

Annika blickte in seine hellblauen Augen und legte eine Hand auf seine Wange. Ihr Ehering schimmerte auf seinem rötlichen Bart. »Danke, Liebling. Sollen wir gehen?«

Martin lächelte, aber Annika sah ihm seine Enttäuschung an. »Klar.«

Der gekieste Gartenweg knirschte unter ihren Füßen, als sie zum Auto gingen.

»Tut mir leid, wenn ich dich damit nerve«, sagte Annika und stieß mit dem Fuß einen Zapfen zur Seite, der von einer Tanne des Nachbargrundstücks gefallen war. »Aber ich denke nur praktisch. Weißt du, wie viele Probleme ein Keller machen kann?«

»Ja, das hast du mir erklärt. Feuchtigkeitsschäden, Drainagen, die neu verlegt werden müssen. Schimmel. Aber weißt du was? Keller haben auch Vorteile.«

»Ach ja?« Annika warf Martin einen Seitenblick zu. »Nenn mir einen.«

»Zum Beispiel ein Hobbyraum.«

»Für welches Hobby? Du sitzt doch nur am Computer.«

»Ein Fitnessraum?«

Annika lachte. Martin stimmte ein. Er schloss das Auto auf.

»Ein eigener Spa-Bereich?«

»Langsam kommen wir der Sache näher.«

»Siehst du?«

»Ich bin noch nicht überzeugt.«

»Ein Spielzimmer für die Kinder?«

Annika spürte einen Stich in der Brust. Sie wandte den Blick ab und starrte aus dem Seitenfenster auf das Haus. Ein rechteckiger rotbrauner Backsteinklotz aus den Siebzigern, der Garten wurde von Birken und einer niedrigen Tanne gesäumt. Hinter einer Ecke schimmerte die graue Eternitfassade eines Bungalows. Kahle Sträucher schirmten das Nachbargrundstück vor neugierigen Blicken ab.

Martin beugte sich zu ihr. »Und wenn sie älter sind, können sie da unten Filme gucken, während wir mit Freunden gemütlich im Wohnzimmer sitzen.«

Annika schluckte. »Ja.«

Eines der anderen Paare, die das Haus besichtigt hatten, trat in den Garten hinaus. Die Frau streichelte ihren Babybauch. Ihr Mann deutete eifrig auf ein Bild in der Maklerbroschüre. Unbewusst imitierte Annika die Geste der Frau und strich durch ihren roten Mantel hindurch über ihren flachen Bauch. Ihr Körper schmerzte vor Sehnsucht. Sie versuchten es schon so lange.

»Eins steht jedenfalls fest.« Annika wandte sich Martin zu. »Wenn wir Kinder haben, ist eine Wohnung zu klein.«

»Hier könnten wir *drei* Kinder haben.«

Annika schüttelte den Kopf und sah Martin fest in die Augen.

»Zwei. In einem anderen Haus. *Ohne* Keller. Fährst du los, oder sollen wir hier Wurzeln schlagen?«

2

Du bildest dir ein, in deinem Haus sicher zu sein.
Dass niemand an deiner abgeschlossenen Tür,
deiner Alarmanlage vorbeikommt.
Aber ich komme von unten, durch den Fußboden.

Montag, 8. November

ANNIKA STIEG AM Järntorget aus der Straßenbahn und kämpfte in strömendem Regen und starkem Wind mit ihrem Regenschirm. Es war Montagmorgen, und in Göteborg zeigte sich der Herbst von seiner hässlichsten Seite. Einen Fuß vor die Tür zu setzen kostete genauso viel Willenskraft, wie es nun Muskelkraft brauchte, um den Schirm zu bändigen. Entnervt gab sie auf und tat ihr Bestes, den Pfützen auf dem Bürgersteig auszuweichen, während die kalten Tropfen auf sie niederprasselten. Auf Höhe des Kinos Draken und des Folkets Hus war sie vor den ärgsten Böen geschützt, doch als sie den Parkplatz vor dem gelben ehemaligen Lagergebäude überquerte, in dem die Büroräume des Eklund-Verlags untergebracht waren, zerrte der Wind an ihren Haaren. Hinter dem Lagerhaus ragte die hellblaue Fassade des Rosenlundwerks empor. Die blinkenden roten Scheinwerfer auf dem Dach waren durch den dichten Regenschleier nur schemenhaft zu erkennen. Das Geprassel der Tropfen auf nassem Asphalt vermischte sich mit dem monotonen Verkehrsrauschen der Autos, die durch den Götatunnel fuhren. Weiße Scheinwerferlichter in der einen Richtung, rote in der anderen. Die einzige Helligkeit, die dieser Tage entfernt an Tageslicht erinnerte, war ein grauer Dunst um die Mittagszeit. Doch trotz Herbstdunkelheit und einschläferndem Regengetrommel auf dem Fensterblech kämpfte Annika jede Nacht darum, in mehr als einen unruhigen Dämmerschlaf zu fallen. Kaffee und Kälte hielten sie wach und am Laufen.

Rasch überquerte sie den Parkplatz und riss die Eingangstür zum Treppenaufgang des Verlags auf, die wie immer unverschlossen war. Das Schloss war defekt, und es kam vor, dass Obdachlose im Treppenhaus übernachteten. Wenn Annika zur Arbeit kam, waren sie in der Regel verschwunden, nur leere Flaschen zeugten davon, dass sie hier ihr Nachtlager aufgeschlagen hatten. Als hätten sie mit den Mietern des Hauses die stillschweigende Übereinkunft getroffen, dass man ihnen Unterschlupf gewährte, solange sie niemanden störten.

Vor der Eingangstür lag feuchte Erde, als ob jemand einen Blumentopf fallen gelassen und die Erde nicht weggefegt hätte. Annika machte einen Schritt darüber hinweg und rutschte mit ihren Lederstiefeln auf noch mehr Erde aus.

Kopfschüttelnd ging sie die Treppe hinauf. *Der Tag fängt ja gut an.* Sie tippte den Türcode in die Schließanlage und betrat den Eingangsbereich des Verlags, einen geräumigen Flur, dessen Wände mit Buchcovern dekoriert waren. Lächelnd fiel ihr Blick auf die beiden Cover der *Turwall*-Reihe *Der Pfingstmann* und *Die Mittsommerfrau.* Die Spitzentitel des Eklund-Verlags und ihre wichtigste Akquise.

Sie hängte ihren durchnässten Mantel an die Garderobe und holte Papierhandtücher aus dem WC. Als sie ihre Stiefel vom gröbsten Dreck säuberte, kam Katrin Falk, eine der Verlagslektorinnen, mit einem großen Becher Tee aus dem Pausenraum.

»Guten Morgen, Frau Kollegin«, begrüßte sie Annika. »Das reinste Mistwetter da draußen.«

»Das kannst du laut sagen.« Annika warf die schmutzigen Papierhandtücher in den Mülleimer neben der Tür. »Habt ihr schon angefangen? Die Straßenbahn hatte Verspätung.« Eine Lüge. Sie war heute Morgen wie immer nicht aus dem Bett gekommen.

»Nein, noch nicht. Aber die anderen sind alle schon da.«

»Alle?« Annika hob die Augenbrauen. »Habe ich noch Zeit, mir einen Kaffee zu holen?«

Katrin nickte. »Ich denke, den wirst du brauchen.«

Annika warf Katrin einen fragenden Blick zu, doch die wandte sich ab und eilte in Richtung Besprechungsraum. Annika spürte ein ungutes Gefühl in der Magengegend. Sie ging in ihr Büro, stellte ihre Handtasche ab, nahm ihre Lunchbox heraus und brachte sie in den Pausenraum. Es war kurz vor neun. Die Arbeit rief.

Montags begannen sie immer mit einem Lektoratsmeeting, bei dem sie gemeinsam den Berg durchgingen, wie sie die in der Vorwoche unaufgefordert eingeschickten Manuskripte liebevoll nannten. Es war lange her, dass sie eines dieser Initiativmanuskripte veröffentlicht hatten, aber das gesamte Team war sich einig, dass jedes eingesandte Manuskript ernst genommen werden musste.

Immerhin war Jan Apelgrens erster *Turwall*-Band ein Initiativmanuskript gewesen. Und obwohl seit dem Erscheinen der beiden Titel inzwischen einige Jahre vergangen waren, generierten

Apelgrens Bücher noch immer ein Viertel des Gesamtumsatzes des Eklund-Verlags. Sogar eine Verfilmung hatte im Raum gestanden. Doch das spurlose Verschwinden des Autors und seiner Frau vor fast sechs Jahren hatte diesen Plänen einen Riegel vorgeschoben. Alle Versuche, das Ehepaar zu finden, waren vergebens gewesen, und am Ende hatte die Polizei die Suche eingestellt. Das *Turwall*-Filmprojekt verschwand mit dem Autor. Es gab niemanden, mit dem sie einen Vertrag über die Filmrechte hätten abschließen können.

Annika goss sich eine dampfende Tasse Kaffee ein und ging in den Besprechungsraum. Wie gewöhnlich stapelten sich auf dem Tisch zahlreiche Neueinsendungen, ungewöhnlich war jedoch, dass die gesamte Belegschaft versammelt war, vom Lektorat bis hin zu Buchhaltung und Marketingabteilung. Die vorwurfsvollen Blicke ihrer Kollegen verrieten, dass sie auf Annika gewartet hatten.

Fredrik Ask, der Geschäftsführer des Eklund-Verlags, saß am Kopfende des Tisches. Hinter seiner schmalen Brille ließ er Annika nicht aus den Augen. Das dunkle Gestell kontrastierte mit seinem von grauen Strähnen durchsetzten Haar und betonte seine markanten Wangenknochen.

Annika wurde zusehends mulmiger. Fredriks Anwesenheit verhieß nichts Gutes. Er nahm nie an Manuskriptbesprechungen teil. Er führte den Verlag wie ein produzierendes Gewerbe, was bedeutete, dass er keinen Fuß in die Werkshallen setzte, wenn er nicht dazu gezwungen war. Und Annika schätzte ihn dafür. Er mischte sich nicht in das Programm ein, solange die Bücher Gewinn abwarfen. Was sie seit geraumer Zeit nicht mehr taten, wie sie sich in Erinnerung rief.

Annika steuerte den freien Stuhl neben Katrin an. »Ist irgendwas passiert?«, flüsterte sie.

Katrin zuckte mit den Schultern. Fredrik wartete geduldig, bis Annika sich gesetzt hatte. Als er das Wort ergriff, war seine Stimme in der Stille deutlich zu hören.

»Schön, jetzt sind wir vollzählig. Ich fasse mich kurz.« Fredrik räusperte sich und faltete wie zum Gebet die Hände auf dem Tisch. »Wie ihr wisst, steckt die Verlagsbranche seit geraumer Zeit in der Krise. Bisher hatten wir kaum Einbußen zu verzeichnen, vor allem dank unserer Krimispitzentitel: Jan Apelgrens *Turwall*-Reihe und Stina von Grynings *Wolfsmorde*. Aber jetzt hat uns die Wirklichkeit leider eingeholt. Unsere Verkaufszahlen sind in allen Genres dramatisch eingebrochen. Der Vorstand hat mich Ende letzter Woche gebeten, eine Liquiditätsprognose zu erstellen und euch über die finanzielle Lage zu informieren.«

»Was soll das heißen?«, fragte Tobias Rönn, ein weiterer Lektor des Eklund-Verlags, und beugte sich mit verschränkten Armen über den Tisch. Seine hochgekrempelten Hemdsärmel entblößten stark behaarte Unterarme.

Fredrik sah ihn betrübt an. »Einfach ausgedrückt: Uns geht das Geld aus.«

Gedämpftes Raunen setzte ein, beunruhigtes Gemurmel. Annika suchte Katrins Blick, deren Augen noch runder waren als gewöhnlich. Sie saß mit offenem Mund da, als wollte sie etwas sagen, konnte aber keinen Ton herausbringen.

»Wie bitte?«, rief Rebecka Collin, deren üppiger Schmuck leise klirrte, als sie sich bewegte. Die vierte Lektorin des Eklund-Verlags war das Gegenteil von Annika: stets perfekt geschminkt und mit zahlreichen Ringen, Armbändern und Ketten ebenso perfekt gestylt.

»Der Vorstand hat mich gebeten, euch, so gut es geht, zu beruhigen«, fuhr Fredrik fort. »Die Eigentümer sind bereit, noch eine

Weile Geld zuzuschießen, aber ich will euch nichts vormachen. Wenn die Verkaufszahlen nicht steigen, dann … ja.«

»Was dann?«, fragte Annika.

Fredrik hob resigniert die Arme. »Dann müssen wir Konkurs anmelden, Punkt.«

Das Gemurmel verstummte. Annika stellte ihre Kaffeetasse auf dem vor ihr liegenden Manuskript ab. Die Luft war zum Schneiden. Katrin schüttelte den Kopf, blieb aber weiter stumm. Annika fühlte sich innerlich hohl. Das Wort *Konkurs* schwebte im Raum wie ein böser Geist.

Jesper Olsson, einer der Lektoren, beendete schließlich die Stille. Er beugte sich vor und sah Fredrik durchdringend an.

»Was zum Teufel faselst du da? Kündigst du uns etwa? Verlieren wir alle unsere Jobs?«

»Das kann ich gegenwärtig nicht beantworten«, erwiderte Fredrik. Annika hörte die Resignation in seiner Stimme.

»Aber du musst doch Genaueres wissen«, beharrte Jesper, dessen Wangen rot anliefen.

Tobias hob beschwichtigend die Hand. »Beruhige dich. Fredrik sagt doch, dass er das jetzt noch nicht sagen kann.«

Jesper fiel auf seinen Stuhl zurück und verschränkte die Arme vor der Brust. Aufgebracht schüttelte er den Kopf.

»Ich will nicht lügen«, sagte Fredrik. »Es sieht nicht gut aus. Aber noch sind wir nicht am Ende.« Er deutete auf die Manuskriptstapel auf dem Tisch. »Wer weiß, vielleicht liegt die Lösung schon vor uns. Ihr wisst, wie das läuft. Ein einziger Bestseller, und wir könnten wieder schwarze Zahlen schreiben.«

Annika betrachtete das Manuskript, auf dem ihr Kaffee stand. *Die Revansche des Journalisten.* Das rettet uns jedenfalls nicht, dachte sie grimmig.

Katrin hielt eine dicke blaue Mappe hoch. »Diesen Text habe

ich am Wochenende gelesen. Er ist wirklich gut.« Nervös strich sie sich eine schwarze Strähne ihres kurzen Bobs hinters Ohr, die jedoch sofort wieder nach vorne fiel.

Fredriks Gesicht leuchtete auf. »Na bitte! Welches Genre?«

»Also ...« Katrin errötete und senkte den Blick. Annika fühlte mit ihr. Sie hatte diesen Blick schon häufiger gesehen, wenn Katrin etwas gefiel, von dem sie wusste, dass sie bei den anderen damit auf taube Ohren stoßen würde. »Auf Netflix und im Kino sind die Leute verrückt danach.«

»Bist du etwa wieder auf der Fantasy-Schiene?«, fragte Tobias und funkelte Katrin wütend an. Diese warf einen flehenden Blick Richtung Annika, auf der Suche nach Unterstützung. »Science-Fiction«, murmelte sie. »Der Arbeitstitel lautet *Aus der Asche der Erde.*«

Annika hätte Katrin am liebsten wie ein kleines Kind umarmt. Den Impuls verspürte sie jedes Mal, wenn Katrin mit ihren kontroversen Vorschlägen kam. Aber sie begnügte sich mit einem liebevollen Lächeln. Sie hatten einmal versucht, eine Fantasy-Reihe herauszugeben. Aber obwohl sich der erste Band besser als erwartet verkauft hatte, war den Eigentümern das Genre nicht geheuer gewesen, und sie hatten eine Fortsetzung abgelehnt.

»Tut mir leid«, sagte Fredrik. »Da muss ich von vornherein mein Veto einlegen. Wir brauchen einen Bestseller. Auch wenn mir persönlich abseitige Projekte gefallen, ist dafür nicht der geeignete Zeitpunkt.«

Katrin nickte und legte die Mappe auf den Tisch zurück. Ihr Blick verharrte einen Moment auf dem Titel, als würde sie sich verabschieden.

»Wir brauchen einen Text, der sich verkauft«, wiederholte Fredrik. »Haben wir denn kein einziges geeignetes Manuskript in Arbeit?«

Mord, dachte Annika, während sie darauf wartete, dass die anderen etwas sagten. *Mord verkauft sich immer. Sex and Crime.* Ihr Körper kribbelte, als sie den Gedanken weiterspann. In der Unterhaltungsliteratur wimmelte es von Morden. Die Bestsellerlisten waren voll von psychisch kaputten Polizeibeamten und bestialischen Serienkillern. Annikas Hirn arbeitete fieberhaft. Es musste doch etwas geben, das aus der Krimischwemme herausstach, ein Alleinstellungsmerkmal. Aber was?

»Doch. Bald kommt ein neuer *Wolfsmord*«, sagte Tobias. »Stina ist nur ein bisschen in Verzug. Sie hat mir letzte Woche eine E-Mail geschickt und sich entschuldigt.«

Annika kramte in ihrem Gedächtnis, ob sie in den vergangenen Monaten ein Manuskript gelesen hatte, das in der Einsendungsflut untergegangen war, aber einen zweiten Blick wert sein könnte.

»Das ist bedauerlich«, erwiderte Fredrik. »Versuch, sie zur Abgabe zu drängen, Tobias. Und bis dahin erkläre ich unser Manuskriptteam zum Krisenteam. Findet irgendeinen Text, das Genre spielt keine Rolle, Hauptsache, er verkauft sich.« Fredrik warf Katrin einen Blick zu. »Das Genre spielt *fast* keine Rolle.«

Tobias setzte sich aufrechter hin. »Okay, dann schlage ich vor, dass wir mit den Manuskripten anfangen, die vor uns auf dem Tisch liegen, und die erste richtige Krisensitzung morgen abhalten. Einverstanden?«

Niemand antwortete. Das Schweigen war Antwort genug. Fredrik entschuldigte sich und verließ das Meeting mit der Aufforderung, den nächsten Bestseller noch vor Weihnachten aufzutreiben. Die restliche Belegschaft verschwand einer nach dem anderen an ihre Arbeitsplätze, bis nur noch das Manuskriptteam am Tisch saß.

Nachdem sie ein paar resignierte Blicke gewechselt hatten, taten sie ihr Möglichstes, zur Normalität zurückzukehren, und teilten die eingegangenen Manuskripte untereinander auf. Aber sie verrichteten ihre Arbeit wie auf Autopilot geschaltet. Alle standen unter Schock. Keiner konnte an etwas anderes denken, als dass sie möglicherweise bald auf der Straße standen. Annika sah, dass Katrin sich verstohlen eine Träne von der Wange wischte.

Sie verstand Katrin nur zu gut. Sie alle liebten ihre Arbeit. Dass die Verlagsbranche mit großen Problemen kämpfte, war allgemein bekannt, aber mit dieser Entwicklung hatte niemand von ihnen gerechnet. Keiner hatte geglaubt, dass der Eklund-Verlag von der Krise betroffen sein könnte. Er war länger eine solide Größe auf dem Buchmarkt, als Annika zurückdenken konnte.

Sie sortierten mehr Einsendungen aus als gewöhnlich. Keiner schaffte es, sich in die Lektüre zu vertiefen. Wenn der Titel kein unmittelbarer Eyecatcher war, landete das Manuskript unbarmherzig auf dem Absagestapel. Ebenso wie Texte, die mit einer Einleitung über das Wetter begannen. Danach erklärten sie das Meeting für beendet und kehrten in ihre Büros zurück, um E-Mails zu beantworten.

Annikas Blick wanderte zwischen ihrem Monitor und weiteren Einsendungen auf ihrem Schreibtisch hin und her. Es kam ihr vor, als hätte jemand der Wirklichkeit einen Schleier übergeworfen. Widerwillig griff sie nach dem obersten Manuskript. Es interessierte sie nicht. Sie war nicht mit dem Herzen bei der Sache. Das Einzige, woran sie dachte, während sie die Debüts hoffnungsvoller Jungautoren durchblätterte, war, was jetzt aus ihrem Traum von Haus und Familie werden würde. Konnten Martin und sie ein Haus kaufen, wenn sie ihren Job verlor?

3

Darum hast du Angst vor mir,
und so habe ich meinen Namen bekommen.
Du hast dieses Buch gekauft,
weil du mehr über mich erfahren willst, oder etwa nicht?
Was willst du wissen?

Montag, 8. November

CECILIA WREEDE UND Jonas Andrén waren im Polizeipräsidium allein am Konferenztisch zurückgeblieben. Bis vor einigen Minuten hatte hier die mit zusätzlichen Beamten aufgestockte Sonderkommission »Gräber« getagt. Sie waren den aktuellen Ermittlungsstand durchgegangen und hatten ein Briefing abgehalten. Abschließend hatte Cecilia als leitende Ermittlerin nach vorheriger Abstimmung mit Moa Lindgren, der für den Fall zuständigen Staatsanwältin, die anfallenden Aufgaben verteilt.

Die Lüftung rauschte, der Timer für den Ventilator tickte leise. Jetzt, wo sie nur noch zu zweit waren, kühlte der kahle Raum rasch aus. Aber Cecilia genoss die Kälte. Sie gab ihr Energie, mit der Arbeit weiterzumachen. Im Kopf spielte sie den heutigen Ablauf durch.

Sie würden das Gleiche tun, was sie letztes Jahr an diesem Tag getan hatten. Cecilia fühlte sich wie Miss Sophie aus »Dinner for One«. *Same procedure as every year, James.* Uniformierte Beamte würden von Tür zu Tür gehen und Anwohner befragen, die Spurensicherung würde verwertbares Material sicherstellen und es zur Analyse ins NFC, das Nationale Forensische Centrum, schicken. Hauptsächlich Blutproben und Haare. Wie jedes Jahr waren sie sicher, dass sie diesmal – endlich – auf einen Hinweis stoßen würden. Aber Cecilia teilte den Optimismus ihrer Kollegen nicht. Sie erkannte das Muster wieder, und ihr genereller Zynismus war im Laufe der Jahre nicht abgeklungen. Bisher hatte es nie Zeugen gegeben, warum sollte diesmal jemand etwas gesehen haben? Und an den Tatorten hatten sie ausnahmslos DNA der Opfer sichergestellt. Bestenfalls würden sie Spuren von Freunden oder Angehörigen finden. Vielleicht von einem Liebhaber.

Ihr Blick wanderte zu den Tatortfotos, die vor ihr auf dem Tisch lagen. Während sie die Aufnahmen studierte, band sie ihre blonden Haare mit einem grünen Haarband zurück. Das Grundstück war fast ebenso verwüstet wie der Keller, auch wenn das Chaos im Garten eine gewisse Systematik aufwies. Auf dem Rasen türmten sich Erdhügel. Vor dem Kellereingang war das Fundament freigelegt. Ringsum verlief ein lehmiger Schacht mit einem Drainagerohr. An der erdverschmierten Hauswand hatten Baggerschaufeln und die Spaten der Bauarbeiter lange Kerben hinterlassen.

Ein Tatortfoto vom Flur zeigte einen Garderobenständer mit Mänteln. Die müssen eine Stange Geld gekostet haben, dachte Cecilia. Dafür sprach auch die übrige Einrichtung. Auf dem Fußboden lagen dunkelrote Perserteppiche, an den Wänden hingen zahlreiche Kunstwerke. Das Mobiliar war stilvoll, wenn auch in die Jahre gekommen. Nur eine Vitrine, in der Barbiepuppen wie in einem Museumsschaukasten ausgestellt waren, passte nicht ins Bild. Cecilia fiel das Kellerregal ein, in dem weitere Exemplare dieser schlanken Plastikpüppchen gestanden hatten. Linda Sandström musste sie sammeln. *Hatte sie gesammelt*, korrigierte sie sich.

Cecilia schob die Tatortfotos zur Seite und sah Jonas, der gegenüber von ihr an seinem Laptop arbeitete, über den Tisch hinweg an. Der Monitor spiegelte sich in seinen Brillengläsern.

»Wie sieht es mit DNA-Proben im Obergeschoss aus?«, fragte sie.

Jonas hörte auf zu tippen und schob seine Brille auf die Nase zurück. »Ich glaube, da wurden keine Spuren gesichert. Warum auch? Die Tat wurde offensichtlich im Keller verübt.«

»Wir müssen gründlich sein, Jonas.«

»Natürlich. Und deshalb werden wir unsere Pappenheimer zum Verhör laden. Du weißt, von wem ich spreche.«

Cecilia funkelte Jonas an. »Die Bauarbeiter? Die haben uns noch nie weitergebracht.«

»Hast du nicht gerade gesagt, wir müssen gründlich sein?« Jonas grinste so breit, dass man die Lücke zwischen seinen Vorderzähnen sah.

»Ja.« Seufzend starrte Cecilia wieder auf die Tatortfotos. »Linda Sandström, wer warst du?«

»Von Beruf war sie Wirtschaftsprüferin.« Jonas drehte seinen Laptop in Cecilias Richtung. »Bei Ernst & Young.« Vom Bildschirm lächelte Cecilia eine Frau mittleren Alters an. Sie trug ein Kostüm und saß mit übereinandergelegten Händen an einem weißen Tisch. Cecilia registrierte die sorgfältig manikürten Fingernägel und einen breiten Ring am rechten Ringfinger.

»Keine schlechte Karriere«, sagte sie, als sie den Lebenslauf neben Linda Sandströms Foto überflog. »Sie war sogar Partnerin.«

»Das erklärt jedenfalls, wie sie sich als Alleinstehende ein Haus in *dieser* Lage leisten konnte«, kommentierte Jonas trocken.

»Ja, aber das ist kein verwertbarer Hinweis«, erwiderte Cecilia. »Der Gräber hat es auf gut situierte Opfer abgesehen. Sonst hätten sie kaum die finanziellen Mittel für Häuser in dieser Preisklasse, noch dazu als Alleinverdiener.«

»Sein Beuteschema scheinen Personen zwischen vierzig und fünfzig mit gehobenem Einkommen zu sein.« Jonas zuckte die Schultern. »Die außerdem Singles sind.«

»Und die Nacht auf den 6. November allein zu Hause verbringen«, ergänzte Cecilia und lehnte sich auf ihrem Stuhl zurück. »Wissen wir, ob Linda Sandström einen Freund hatte, mit dem wir reden sollten?«

»Auf ihrem Handy ist Tinder installiert«, sagte Jonas. »Ich nehme also an, dass es aktuell keinen festen Mann in ihrem Leben gab. Aber Andersson und Ulvstål wollten mit ihren Arbeitskollegen sprechen. Ich schicke ihnen eine SMS, dass sie nachhaken sollen, ob jemand etwas von einer Beziehung weiß.«

»Gut.« Cecilia wickelte sich ihren Pferdeschwanz um den Finger. Sie nutzte Tinder ebenfalls. Was sagt das über mich aus, dachte sie. Laut erklärte sie: »Alles wäre einfacher, wenn zwischen den Opfern eine Verbindung existieren würde.«

»Aber ein gewisses Muster ist doch vorhanden«, wandte Jonas ein.

Cecilia zuckte die Schultern. »Der Umfang ihres Bankkontos? Diesmal hat er sich eine Wirtschaftsprüferin ausgesucht. Was war das letzte Opfer von Beruf?«

»Der Mann hatte eine Cateringfirma. Das erste Opfer, bevor du den Fall übernommen hast, war Arzt.«

»Und das zweite Finanzmanager, oder?«

»Richtig. Danach kam dieser Schlagerproduzent, der zig Charthits gelandet hat.«

»Ach ja, erinnerst du dich noch an die Instrumente in seinem Keller? Ich habe noch nie so viele Gitarren an einem Ort gesehen.«

»*Zertrümmerte* Gitarren«, spezifizierte Jonas. »Der Raum sah aus, als ob da eine Metalband ihre After-Show-Party gefeiert hätte.«

Cecilia hob resigniert die Arme. »Gut, die Opfer sind beruflich erfolgreich, aber davon abgesehen kann ich keinen Zusammenhang erkennen. Sie haben nicht mal gemeinsame Facebook-Freunde.«

Jonas klappte seinen Laptop zu. »Was hältst du von einem Kaffee?«

Sie verließen den Konferenzraum und gingen die Treppe hoch. Cecilia warf einen Blick auf ihre Armbanduhr. Ein Fitnesstracker von Garmin mit GPS und Pulsmesser. Die Uhrzeit hatte sie im gleichen Augenblick wieder vergessen, aber das spielte keine Rolle. Das große Ziffernblatt schürte ihre Vorfreude auf ihre allabendliche Joggingrunde.

In der Teeküche des Präsidiums türmten sich schmutzige Tassen im Spülbecken, auf der Anrichte stand ein Holzkasten mit diversen Teesorten. Jonas kippte den letzten Rest Kaffee aus seinem Becher und schob ihn unter die Kaffeemaschine.

»Wie hat eigentlich die Presse reagiert?«, fragte er, während er auf den Strahl starrte, der aus der Maschine in seinen Becher rann. Aromatischer Kaffeeduft erfüllte die kleine Küche.

Cecilia schüttelte den Kopf. »Wie üblich«, sagte sie und ließ ihre Nackenwirbel knacken. Ihre Beine begannen zu kribbeln, wie immer, wenn die Sprache auf Interviews und Pressekonferenzen kam. Jedes Mal, wenn sie sich den Fragen der Journalisten stellte, fühlte sie sich wie ein Reh im Scheinwerferlicht. Die grellen Lampen und das Blitzlichtgewitter blendeten sie, was jedoch den Vorteil hatte, dass sie keine Gesichter erkannte und sich ausnahmslos auf die Fragen konzentrierte, bis sie den Pressezirkus für beendet erklären konnte. »Ich möchte eigentlich nicht darüber reden«, fügte sie hinzu.

»Ich bin beeindruckt, dass du das schaffst. Ich könnte dem Druck nicht standhalten.« Jonas zog seinen Becher unter der Kaffeemaschine hervor.

»Ich würde alles dafür geben, nicht noch einmal dasitzen und die Öffentlichkeit informieren zu müssen, dass der Gräber ein weiteres Opfer gefordert hat. Das allein wäre Motivation genug, diesen Psychopathen zu schnappen.«

»Du hast recht. Aber kannst du der Presse bis dahin nicht ein paar Brocken zuwerfen? Schockier sie, erzähl ihnen, dass die Gerüchte über die Tunnel wahr sind.«

»Spinnst du?« Aus Cecilias Augen schossen kalte Blitze. »Dann lassen diese Geier mich nie aus ihren Fängen.«

Jonas nippte an seinem Kaffee. »Stimmt, daran habe ich nicht gedacht.«

»Aber es gibt eine Pressekonferenz, die ich herbeisehne.« Cecilia neigte den Kopf zur Seite. »Die, auf der ich verkünden kann, dass wir diesen Irren endlich gefasst haben. Aber das wird ein Wunschtraum bleiben, wenn wir jetzt nicht wieder an unsere Arbeit gehen. Und sie verdammt gründlich machen.«

»Ich bitte die Spurensicherung, auch das Obergeschoss unter die Lupe zu nehmen«, sagte Jonas.

»Und ich bestelle die Bauarbeiter ins Präsidium.«

4

Fragst du dich, wie ich meine Opfer auswähle?
Wie ich mich in ihre Keller grabe, wie ich durch
die dicke Betonschicht des Fundaments komme?
Was ich mit ihnen mache, wenn ich sie
in mein unterirdisches Reich geschleppt habe?

Dienstag, 9. November

DER DIENSTAG BEGANN wie der Montag. Regen fiel unerbittlich aus tief hängenden Wolken, die die Dächer der Klinkerhäuser der Linnégatan zu streicheln schienen. Der starke Wind verjagte die diffuse Erinnerung eines unheimlichen Traums, der Annika wachgehalten hatte. Eine Sturmböe stülpte ihren Schirm so heftig um, dass der Stoff zerriss. Wütend presste sie die Überreste in den Mülleimer vor dem Kiosk am Järntorget und hastete mit gesenktem Kopf durch den strömenden Regen zum Verlag.

Das Schloss der Eingangstür war nach wie vor defekt. Im Haus roch es nach Bier und Zigarettenrauch. Naserümpfend warf Annika einen Blick in die Nische unter dem Treppenabsatz. Sie war leer. Abgesehen von einer verschütteten Bierdose und einigen Zigarettenkippen in der Lache. Die Filter waren in der schalen Pfütze zu kleinen gelben Schnecken aufgequollen. Auf der Treppe fielen Annika frische Erdbrocken auf, die mit jedem Schritt zahlreicher wurden. Aus einem von ihnen ragte eine halb verrottete Wurzel. Jemand muss die Hausverwaltung bitten, das Schloss zu reparieren, dachte sie. Das ist kein Zustand. Doch als sie die Verlagsräume betrat, schob sie ihren Ärger beiseite. Sie musste sich auf wichtigere Dinge konzentrieren. Das Meeting des Krisenteams fing gleich an, und wie durch ein Wunder kam sie heute sogar pünktlich.

Tobias und Katrin saßen schon im Besprechungsraum. Rebecka erschien direkt hinter ihr. Schweigend nickten sie sich zu. Niemandem behagte die Situation. Alle taten so, als würde alles gut, solange sie das Problem nicht beim Namen nannten.

»Wo ist Jesper?«, fragte Katrin.

»Ich habe ihn gerade in der Küche gesehen«, antwortete Tobias. »Er kommt bestimmt gleich.« Er warf Annika einen bekümmerten Blick zu. Sie verstand.

Jesper konnte launisch sein. In der letzten Zeit war er bei jeder Kleinigkeit aus der Haut gefahren und hatte sich häufig krankgemeldet, auch wenn er nach ein, zwei Tagen wieder zur Arbeit gekommen war. Doch jetzt war nicht der Zeitpunkt, um die Konzentration zu verlieren.

»Sollen wir schon mal loslegen?« Rebecka warf einen Blick auf ihre schmale Armbanduhr.

Tobias zuckte mit den Schultern. »Klar. Lasst uns doch mit einer Bestandsaufnahme anfangen. Welche Titel sind momentan in Arbeit?«

»Gute Idee«, stimmte Annika zu. »Also, was haben wir?«

Am Tisch wurde es still. Besorgte Blicke und unbehagliches Stühlerücken waren die Antwort. In diesem Moment kam Jesper, an einem Kaffee nippend, in den Besprechungsraum und ließ sich wortlos auf einen Stuhl fallen.

»Kommt schon«, forderte Tobias sie auf. »Ich habe zumindest den Nächsten von Gryning, auch wenn Stina um mehr Zeit gebeten hat. Ihre Bücher verkaufen sich gut. Das ist immerhin ein Anfang. Hat denn keiner von euch einen brauchbaren Titel?«

»Ich arbeite an einem Gedichtband und zwei neuen Kinderbüchern«, sagte Rebecka. Der Eichenblatt-Anhänger ihrer langen Kette klirrte auf die Tischplatte, als sie sich vorbeugte und Jesper auffordernd ansah.

Dieser stellte seinen Kaffeebecher ab. »Ich bin mit Olaussons Buch über Wildschweinjagd so gut wie durch. Aber davon abgesehen fällt mir auch nichts Zündendes ein.«

»Klingt nicht gerade nach Bestsellerpotenzial.« Tobias kratzte sich stirnrunzelnd mit einem Stift im Haar.

»Wir brauchen einen neuen *Turwall*«, sagte Katrin. »Annika, hast du nicht den dritten Band gelesen, bevor Apelgren verschwunden ist?«

»Ja.« Annika trank einen Schluck Kaffee. »*Der Ostermann*. Aber das Manuskript war enttäuschend. Apelgren war seine Figuren leid. Er wollte unbedingt einen Horrorroman schreiben. Ich habe versucht, ihn zu überzeugen, Kommissar Turwall noch eine Chance zu geben, aber er wollte sich nicht recht darauf einlassen. Ich glaube, er hat den dritten Band nur seiner Frau zuliebe geschrieben.«

Ihre Gedanken schweiften zu Martin. Sie hatten sich heute Morgen nicht voneinander verabschiedet. Annika spürte ein flaues Gefühl im Magen. Mit jedem weiteren Monat ohne Schwangerschaft kühlte sich ihre Beziehung ab. Mechanisch hüllte sie sich fester in ihre dunkelgrüne Strickjacke, als würde das Martins und ihre Gefühle füreinander wieder erwärmen.

»Können wir diesen Entwurf irgendwie retten?«, fragte Katrin. »Vielleicht durch einen Ghostwriter, der den Text überarbeitet?«

Annika registrierte, dass sich Jespers Miene verfinsterte, ehe er sein Gesicht rasch hinter seinem Kaffeebecher verbarg. Sie verschränkte die Arme vor der Brust und wartete auf einen säuerlichen Kommentar von ihm. Doch er schwieg.

»Mit wem sollten wir den Vertrag abschließen?«, gab sie zu bedenken. »Nein, da ist es klüger, wir machen es wie Norstedts bei *Millennium* und beauftragen einen bekannten Autor, der ganz von vorne anfängt.«

»Klar, ich hole Lagercrantz sofort an die Strippe. Wie hoch ist unser Budget, sagtest du?« Tobias lachte, doch als niemand mitlachte, verstummte er.

»Ich glaube, auch ein guter Ghostwriter hätte es schwer«, fuhr Annika fort. »Man kann über Apelgren sagen, was man will, aber an seinen Stil kommen nicht viele ran.« Ihre Kollegen nickten zustimmend, nur Jesper schaute weiter verbissen drein.

»Wir müssen eine andere Lösung finden«, ergriff Tobias wieder das Wort. »War bei den gestrigen Manuskripten irgendwas Brauchbares dabei?«

Einvernehmliches Kopfschütteln. Rebecka reckte einen Zeigefinger in die Höhe. »Ich habe eine Idee. Wir alle hier wissen doch ziemlich genau, was es braucht, damit ein Titel funktioniert. Kann nicht einer von uns unter Pseudonym schreiben?«

»Ja.« Katrins Gesicht leuchtete auf. »Ich habe schon immer davon geträumt, ein Buch zu schreiben.«

»Sorry, aber ein unbekanntes Pseudonym auf dem Markt zu etablieren dauert zu lange«, wandte Tobias ein.

»Und wie willst du es schaffen, in dieser kurzen Zeit einen kompletten Roman zu schreiben?«, mischte sich Jesper ein. »Dazu braucht es schon etwas mehr als die Schreibübungen aus meinem Kurs an der Volkshochschule.«

Katrin sackte auf ihrem Stuhl zusammen. »Du hast recht«, erwiderte sie. »Aber es würde Spaß machen.«

Jesper funkelte Katrin zornig an. Annika beschloss, ihn zu ignorieren, solange er in dieser Stimmung war. Sie lächelte Katrin aufmunternd an. »Du kannst trotzdem schreiben, Katrin«, sagte sie. »Aber Tobias hat recht. Pseudonyme sind immer heikel. Vor allem wenn sie sich schnell etablieren müssen. Wir brauchen ein Zugpferd, einen bekannten Namen. Was haltet ihr von einer Biografie?«

Rebeckas Miene leuchtete auf, ihre Augen funkelten hinter ihrer etwas zu großen Brille. »Ausgezeichnete Idee!«, rief sie. »Dafür reicht die Zeit. Alles, was wir brauchen, ist ein Promi mit einem bewegten Leben, das wir noch ein bisschen ausschmücken können.«

»Das ist doch was.« Tobias nickte beifällig. »Wie wär's mit einem Fußballer?«

»Nein, die Sparte ist abgegrast«, widersprach Rebecka. »Und in dem Bereich ist die Konkurrenz ohnehin zu groß. Aber ich habe vor Kurzem einen Artikel über Niklas Granath gelesen.«

»Entschuldige, wer ist das?«, fragte Katrin.

»Er war mit Jaqueline Fransson verheiratet. Ihr wisst schon, dieses Model, das in allen möglichen Dokusoaps mitspielt. Bis Granath und sie ein Paar wurden, war er ein erfolgreicher Bodybuilder und hat selbst gemodelt. Er behauptet, dass sie ihn bei der Scheidung bis aufs letzte Hemd ausgenommen und ihn um sein ganzes Geld gebracht hat. Also versucht er, wieder auf die Beine zu kommen, indem er selbst durch sämtliche Soaps tingelt.«

Katrin schüttelte den Kopf. »Glaubst du, dass die Leute *das* lesen wollen?«

Insgeheim stimmte Annika Katrin zu. Das klang wirklich nicht sonderlich spannend. Aber Biografien waren zurzeit populär. Die

Leser schienen vom Leben geschriebene Geschichten zu mögen, und wenn das, was Rebecka über diesen Granath sagte, stimmte, konnte es möglicherweise funktionieren.

»Einen Versuch ist es wert«, sagte Tobias. »Annika, du hast doch vor zwei Jahren die Autobiografie dieses Fernsehkochs betreut, oder? Übernimmst du das?«

Annika seufzte. »Sicher, auch wenn ich auf etwas Besseres gehofft hatte als einen Soap-Star.«

Rebecka hob ihre tiefschwarz getuschten Augenbrauen. »Immerhin ist er ein bekanntes Fernsehgesicht.«

»Das schon.« Tobias sah Rebecka an. »Aber ich stimme Annika zu. Eigentlich bräuchten wir einen Prominenten mit größerer Publicity. Nur fehlt uns für so jemanden leider das Geld. Den Ghostwriter müssen wir schließlich auch noch bezahlen.«

»Darum kümmere ich mich«, sagte Rebecka. »Annika, wenn du Granath ins Boot holst, habe ich schon jemanden im Kopf, der die Biografie für ein geringes Honorar schreibt.«

»Klar, kein Problem. Aber wir brauchen mehr als das«, gab Annika zu bedenken. »Ich übernehme die Biografie, was macht ihr?«

»Ich muss mich auf Stina von Gryning konzentrieren«, sagte Tobias. »Vor ihrer Schreibblockade hat sie mir ein halb fertiges Manuskript geschickt. Ich werde sie nach Kräften unterstützen, damit sie vielleicht doch früher abgibt.«

»Und ich kümmere mich darum, dass die Titel fertig werden, die wir trotz allem in der Pipeline haben«, versprach Rebecka.

Stuhlbeine scharrten über den Boden, und Papier raschelte, als sie ihre Sachen zusammensammelten und das Meeting beendeten.

»Na, wenn das kein Silberstreif am Horizont ist«, bemerkte Katrin ironisch und rückte ihre runde Brille zurecht.

»Den Mut zu verlieren hilft uns nicht weiter«, erwiderte Annika. »Und wer weiß, die Arbeit an einer Biografie kann doch richtig Spaß machen.«

»Du meinst, wir sollen gemeinsam daran arbeiten – du und ich?« Katrins düstere Miene hellte sich auf.

»Ja.« Annika griff nach ihrem Notizblock. »Bisher waren wir doch immer ein gutes Team. Übrigens, ist dir die Erde aufgefallen, die gestern und heute unten im Eingangsbereich und auf der Treppe gelegen hat?«

Katrin schüttelte den Kopf. »Nein, nicht dass ich wüsste. Warum?«

»Ach, nur so.«

5

Aber vor allem fragst du dich bestimmt, wer ich bin.
Lies weiter.
Vielleicht erfährst du es.

Sonntag, 14. November

MARTIN HIELT AN. Die Handbremse knackte, als er sie ein bisschen zu heftig anzog. Im Auto war es kühl, obwohl sie bis zu der Immobilie fast durch die halbe Stadt gefahren waren. Unterwegs hatten sie kaum ein Wort gewechselt. Annika war nicht nach einer Unterhaltung zumute. Sie machte sich Sorgen um ihren Job, war aber trotzdem fest entschlossen, an ihrem Traum vom Eigenheim festzuhalten.

»Ist es das?« Sie deutete mit dem Kopf auf das Haus, vor dem Martin geparkt hatte.

»Nein«, erwiderte Martin. »Das gelbe Holzhaus da drüben.«

Annika zuckte zusammen. Von so einem Haus hatte sie geträumt. Ein gelbes Holzhaus mit weißen Giebeln. Sie lächelte. Die Sonne schien hinter den Wolken hervorzukommen und ihre Strahlen exklusiv auf das kleine Häuschen zu richten. Doch im nächsten Moment wurde ihre Freude von aufkeimenden Ängsten überschattet. Wenn der Verlag in ein paar Monaten in Konkurs ging, wäre sie arbeitslos.

»Wie schön«, sagte sie gepresst. Was, wenn ihr Traumhaus vor ihr lag und sie es sich nicht leisten konnten?

»Ich dachte mir, dass es dir gefällt.«

Sie stiegen aus dem Auto. Fröstelnd knöpfte Annika ihren Mantel zu. Es wurde Zeit, die Wintersachen vom Dachboden zu holen.

Von der E 20 drangen Verkehrsgeräusche zu ihnen herüber, aber nicht so laut, dass es störte. Hinter dem Gartentor wuchsen ein paar stachelige Dornenbüsche. Annika bedachte die verhassten Sträucher mit einem finsteren Blick. »Die reißen wir auf jeden Fall raus«, sagte sie.

»Wie du willst«, stimmte Martin zu. »Aber guck dir das Haus bitte völlig unvoreingenommen an.«

»Warum sagst du das? Ich bin doch immer unvoreingenommen?«

»Ich bitte dich nur, es diesmal zu sein«, sagte Martin.

Sie gingen die Holzstufen zur Veranda hinauf und zogen die Eingangstür auf. Gedämpftes Stimmengewirr schlug ihnen entgegen. Im Flur türmte sich ein Schuhberg. Ein älterer Herr zwängte seine bestrumpften Füße gerade in ein Paar Stiefel. Martin und Annika warteten auf der Veranda, bis er fertig war.

Eine Frau in einem grauen Kostüm und mit einem Loopschal um den Hals empfing sie mit neugierig funkelnden Augen. »Willkommen«, sagte sie und gab ihnen die Hand. »Mein Name ist Louise. Ich komme vom Maklerbüro in Partille. Lassen Sie mich nur rasch Ihre Namen auf der Liste abhaken, dann können Sie sich ganz in Ruhe umschauen.«

Annika schüttelte Louises Hand und bemühte sich, sie nicht zu offensichtlich zu mustern. Die Maklerin erinnerte sie an sich selbst, als sie Martin getroffen hatte. Anders als Annika, die ihre Haare am liebsten mit einer Spange hochsteckte, trug Louise ihre Haare offen, aber ihre Haarfarbe war fast identisch. Ein sattes Rotbraun, das mit Louises lebhaften blauen Augen kontrastierte. Durchschimmernde Sommersprossen akzentuierten ihre Wangenknochen wie eine zarte Schicht Rouge. Sie hätte Annikas jüngere Schwester sein können, allerdings ohne die unnötigen Beziehungspfunde, wie Annika mit einem Blick auf Louises schmale Taille feststellte.

Martin begrüßte Louise übertrieben enthusiastisch und ließ sich von ihr eine Broschüre aushändigen. Annika versuchte, sein Verhalten zu ignorieren. Es gab keinen sichereren Beziehungskiller als Eifersucht. Eifersucht war schlimmer als Kinderlosigkeit, um die ihre Gedanken wie in einem Hamsterrad unablässig kreisten. Trotzdem verfinsterte sich ihr Blick, bis Martin ihr eine Hand auf den Rücken legte und sie sanft in die Küche schob. Augenblicklich fühlte sie sich besser, auch wenn sie sich vornahm, ab sofort wieder mehr Sport zu treiben.

»Groß ist sie ja nicht«, flüsterte sie Martin ins Ohr.

Martin kicherte und deutete auf ein Foto in der Maklerbroschüre. »Nein, aber geräumig. Siehst du?«

Für die Aufnahme hatte der Fotograf den Küchentisch samt Stühlen so dicht an die Wand geschoben, dass man weder daran sitzen noch einen Stuhl darunter hervorziehen konnte. Auf der anderen Seite schloss der Tisch bündig mit der Arbeitsplatte ab und ließ keinen Durchgang frei.

Annika lachte. »Wie gut, dass sie für die Besichtigung einen kleineren Tisch besorgt haben. Aber uns würde ein kleiner Küchentisch reichen. Es gibt ja ein Esszimmer.«

»Wie man's nimmt. Ess- und Wohnzimmer in einem. Aber klar, wir können unseren Esstisch da aufstellen.«

Annika nickte. Sie gingen weiter. Das Wohnzimmer war L-förmig geschnitten und verlief um eine Kaminecke und den schmalen Treppenaufgang ins Obergeschoss, wo sich ein Schlafzimmer und ein kleines Bad befanden.

»Ist das nicht sehr beengt?«, fragte Annika. »Ich meine, hier unten gibt es nur den Flur, die winzige Küche und das Wohnzimmer. Wo willst du dein Büro einrichten? Platz für ein Kinderzimmer ist hier auch nicht.«

»Du hast recht«, antwortete Martin. »Aber die Lage ist unbezahlbar. Und wir haben genug Geld für einen Anbau.« Nach kurzem Zögern deutete er mit dem Kopf auf eine Tür, die Annika bisher übersehen hatte. Sie war so schmal, dass man sie mit einem Einbauschrank verwechseln konnte. »Außerdem gibt es noch ein *winziges* Detail, das ich dir verschwiegen habe.«

»Verschwiegen? Was meinst du?«

»Du hast versprochen, unvoreingenommen zu sein.« Martin lächelte geheimnisvoll und öffnete die Tür. Dahinter lag eine noch schmalere Treppe. Die in einen Keller führte. Ein Schwall modriger Luft drang zu ihnen herauf.

Annikas Puls schlug schneller. Der Anblick der nach unten führenden Stufen traf sie völlig unvorbereitet. Eine eisige Hand umklammerte ihr Herz. Sie könnte schwören, vom Fuß der Treppe ein anhaltendes Kratzen zu hören. Sie schloss die Augen und schluckte. Wut stieg in ihr auf. Sie öffnete die Augen, funkelte Martin zornig an und deutete die Treppe hinunter.

»Was haben wir über Keller gesagt?«, fragte sie ruhig, doch ihre zusammengepressten Lippen verrieten, dass sie innerlich kochte.

»Warte, lass es mich erklären.«

»Wozu? Ich will nicht in einem Haus mit Keller wohnen.«

Über Martins Schulter hinweg sah sie, dass Louise ihre Unterhaltung interessiert verfolgte. Die anderen Interessenten blätterten in ihren Broschüren und taten so, als ob sie ihre Auseinandersetzung nicht mitbekämen.

»Ich weiß«, erwiderte Martin. »Aber es ist schwierig, ein Haus in unserer Preislage zu finden, das alle Kriterien erfüllt. Dieses Haus sieht von außen so gemütlich aus. Ich dachte, die Optik würde den Keller aufwiegen.«

Annika wurde rot. Martin hatte recht. Aber er konnte es nicht verstehen. Er wusste nichts von den Dingen in der Erde, die … Sie zwang sich, an etwas anderes zu denken.

»Da unten gibt es nur einen Raum und einen Heizungskeller«, fuhr Martin fort. »Ich kann da meine Männerhöhle einrichten. Du musst keinen Fuß in den Keller setzen. Wir bauen das Haus aus und richten das Kinderzimmer im Erdgeschoss ein. Das wird urgemütlich.«

»Wir gehen.« Annika rauschte in den Flur, ohne auf Martin zu warten. Sie musste hier raus. Die Luft im Haus war bleischwer geworden, der erdige Geruch aus dem Keller wurde mit jeder Sekunde intensiver. Sie hatte das Gefühl zu ersticken.

Annika hörte, wie Martin sich hastig von Louise verabschiedete. Sie verzichtete darauf und stürmte aus dem Haus. Auf dem Gartenweg holte Martin sie ein.

»Annika«, sagte er. Seine Stimme klang liebevoll, aber das kümmerte sie herzlich wenig. »Es tut mir leid, Liebling. Ich wusste nicht, dass es dir *so* wichtig ist.«

»Nein, du hattest nur deine verdammte Männerhöhle im Kopf«, erwiderte Annika, ohne sich umzudrehen. »Und genau das ist das Problem. Du hörst nicht zu, wenn ich dir sage, was *mir* wichtig ist.«

»Doch, das tue ich. Ehrlich. Entschuldige, das war dumm von mir. Ich verstehe es nur nicht.«

»Du musst auch nicht alles verstehen.«

»Nein. Es tut mir leid. Okay. Keine Keller mehr, versprochen.« Martin sah sie mit seinen großen blauen Welpenaugen an, die er immer bekam, wenn er etwas aufrichtig bereute. Sein Blick ließ die eisige Klammer um ihr Herz schmelzen.

Sie atmete tief durch. »Gut. Keine Keller mehr. Von jetzt an will ich jedes Objekt sehen, bevor du eine Besichtigung vereinbarst.«

»Einverstanden.«

Annika drehte sich um und betrachtete über Martins Schulter hinweg die Holzfassade des Hauses. Von außen sah es aus wie ihr Traum von einem gemütlichen Heim mit Garten, in dem sie sich verwirklichen konnte. In dem Kinder herumtoben und spielen konnten. Auf dem Grundstück wuchsen sogar Apfelbäume, an denen sie eine Schaukel aufhängen konnten. Hätten sie das Haus einige Monate früher besichtigt, hätte sie einen Apfel pflücken und ihn einem strahlenden Kind in die Hand drücken können. Wie ihre Großmutter früher, wenn sie sie in ihrem gelben Häuschen auf dem Land besucht hatten.

Martin lag nicht falsch. Gäbe es den Keller nicht, wäre dies das Haus, von dem sie geträumt hatte. Annika bekam ein schlechtes Gewissen und lächelte Martin an. Sie hatte ihn genug gestraft.

»Schade, dass das Haus einen Keller hat«, sagte sie. »Denn es *ist* schön.«

Martin nickte und starrte auf seine Füße. »Ja, ich dachte mir, dass es dir gefallen würde. Ich möchte mich nicht mit dir streiten, aber meinst du nicht, dass wir reden sollten?«

Annika sah ihn an. »Worüber? Wir haben keinen Streit, ich bin nur gestresst wegen der Situation im Verlag.«

»Das verstehe ich. Aber mit meinem Gehalt würden wir eine ganze Weile über die Runden kommen. Bis du etwas anderes gefunden hast. Aber das meine ich nicht.«

»Was meinst du dann?«

»Wir sollten über uns reden, Annika. Wie es wirklich zwischen uns steht. Ich weiß, der Zeitpunkt ist ungünstig, aber wir sollten vielleicht ausführlicher darüber reden, als wir es tun.«

»Ich weiß nicht, was du meinst. Es kommt alles wieder in Ordnung. Bald haben wir unser Haus und unsere Kinder, und dann ist alles wieder so, wie es sein soll.«

Martin sah sie lange an. »Versteh mich nicht falsch. Ich liebe dich. Aber es gibt Dinge, die sich nicht lösen lassen, indem man Kinder bekommt. Wir versuchen es schon so lange. Was ist, wenn es nicht klappt? Was machen wir dann?«

Annika ging einen Schritt auf Martin zu und nahm seine Hand. Er sah sie an und rang sich ein Lächeln ab.

»Komm«, sagte sie. »Lass uns jetzt nicht weiter darüber reden.«

6

Ehe ich der Gräber wurde, war ich wie alle anderen.
Wärst du mir auf der Straße begegnet,
hättest du nie vermutet, dass etwas nicht stimmte,
aber so war es. Ich trug, genau wie du,
die Saat des Bösen in mir, die darauf wartete,
Wurzeln zu schlagen.

Sonntag, 14. November

CECILIA SETZTE SICH im Bett auf und zog die Decke an ihre Brust. Das Licht, das durch die Jalousien sickerte, verriet, dass es bereits Nachmittag sein musste. Sie atmete tief ein, füllte die Leere in ihrem Inneren mit Luft und suchte nach ihrem BH, der am Fußende unter der Matratze gelandet war.

Der Mann, der neben ihr lag, bewegte sich. Sein Name war Marcus. Ein tätowierter Arm kam unter der Bettdecke hervor und strich ihre Wirbelsäule entlang. Sie entzog sich der Berührung, stand auf und schlüpfte in ihren Morgenmantel. Er war nicht besonders warm, schützte ihren Körper aber vor den neugierigen Blicken der Nachbarn in ihre Wohnung.

»Ich koche Kaffee«, sagte sie und verließ das Schlafzimmer.

Marcus drehte sich mit einem Stöhnen auf den Rücken.

Die Küche war in kaltes Sonnenlicht getaucht. Der Himmel war wolkenlos und von einem eisigen Blau, wie es nur im Herbst vorkam. In dem grellen Licht traten alle Fehler und Mängel in ihrem Zuhause erbarmungslos zutage. Auf der Anrichte hatten sich Brotkrümel und Kaffeeflecken angesammelt. Wollmäuse in den Ecken verrieten, dass sie seit Wochen nicht geputzt hatte. Auf dem Sofa lagen noch die zerwühlten Decken vom Vorabend, und auf dem Couchtisch standen zwei leere Weingläser. An ihrem klebte Lippenstift, in beiden haftete ein kristalliner Bodensatz aus eingetrocknetem Rotwein.

Ihre Gesichtshaut spannte sich unangenehm unter einer Schicht Make-up. Ihr Herz und ihr Verstand kämpften miteinander, während sie Kaffeepulver in den Filter füllte. Die Hälfte des Pulvers landete daneben. Cecilia machte sich nicht die Mühe, es wegzuwischen. Sie legte die Hand auf den Deckel des Wasserbehälters, drückte den Startknopf und schloss die Augen.

Sie war ihr Single-Dasein leid. Es kam ihr vor wie eine endlose Folge sinnloser Dates. Aber was blieb ihr anderes übrig? Sie musste der Sache eine Chance geben, wenn sie nicht den Rest ihres Lebens allein verbringen wollte. Als sie Marcus aus dem Schlafzimmer kommen hörte, spannte sich ihr Körper an, und sie bekam Atemnot. Er hatte seine Jeans übergezogen, aber sein Oberkörper war nackt. Lächelnd fuhr er sich durch seine zerwühlten schwarzen Haare, die er normalerweise zu einem straffen Dutt hochband.

»Guten Morgen, Schönheit«, sagte er.

»Guten Morgen«, antwortete sie, ohne sein Lächeln zu erwidern. »Du, ich möchte, dass du jetzt gehst.«

Marcus hielt mitten in der Bewegung inne. »Wie bitte?«

»Du hast mich verstanden.«

Er ließ die Hand sinken und blickte sich schlaftrunken und verwirrt um. »Ich verstehe nicht. Gestern …«

»Gestern war gestern.« Cecilia seufzte und legte den Kopf schief. »Ich kann das nicht weiter durchziehen. Es tut mir leid, aber es geht nicht.«

»Warum nicht? Ich meine, wir gehen seit über einem Monat miteinander aus.«

»Ich weiß. Aber es wäre dir gegenüber nicht fair, wenn wir weitermachen würden. Ich bin nicht gut für dich, für niemanden. Am Ende würde ich dich nur enttäuschen.«

Marcus schüttelte den Kopf. Ein Ausdruck von Enttäuschung, möglicherweise Schmerz, trat in seine Augen. »Ich weiß nicht, was ich sagen soll. Ich dachte, das mit uns wäre was Ernstes.«

»Ist es aber nicht, okay? Lass uns das Ganze beenden.«

Cecilia schluckte den Kloß in ihrem Hals herunter und kämpfte gegen die Tränen an. Sie hatte gewusst, dass es ein Fehler war, Marcus nach den ersten wunderbaren Dates weiter zu treffen. Wenn er sie berührte, ihr in die Augen sah, wurde ihr ganz warm ums Herz, und ihre Haut fing an zu kribbeln. Doch sobald der Rausch verflog, fiel ihr wieder ein, wie es enden würde. Wie sie ihn enttäuschen würde. Es war besser, es gar nicht erst so weit kommen zu lassen. Sie hatten heute ihre letzte gemeinsame Nacht verbracht. Es war Zeit, einen Schlussstrich zu ziehen, bevor mehr daraus wurde als nur eine weitere flüchtige Affäre.

Marcus schloss die Augen und kniff sich in die Nasenwurzel. Cecilia sah, wie es in seinem durchtrainierten Körper zuckte. Hastig sog er Luft durch die Nase. »Wo ist mein T-Shirt?«, fragte er und verschwand im Schlafzimmer. Kurz darauf kam er vollständig angezogen zurück.

»Scheiße, Cecilia«, sagte er kopfschüttelnd. »Aus uns hätte was werden können.«

Cecilia verschränkte die Arme vor der Brust, damit Marcus nicht merkte, wie angespannt ihr Körper war.

»Du bist eine tolle Frau«, fuhr er fort und strich ihr über die Wange. Seine Hand war warm und rau. »Warum bist du so hart gegen dich selbst?«

Cecilia nahm seine Hand von ihrer Wange und sah ihn an. »Ich tue das, was für uns beide das Beste ist.«

»Okay, wenn das deine Meinung ist.« Marcus wischte sich mit dem Handrücken eine Träne aus dem Gesicht und ging in den Flur hinaus. Cecilia hörte, wie er Schuhe und Jacke anzog. Einen Augenblick später fiel die Wohnungstür hinter ihm zu.

Sie sank auf einen Küchenstuhl und konzentrierte sich auf ihre Atmung. Abgesehen vom Gurgeln der Kaffeemaschine war es vollkommen still in der Wohnung. In ihrem Inneren schwirrten die Emotionen wie Bienen in einem Bienenstock. Selbstverachtung. Überzeugung, richtig gehandelt zu haben. Angst, einen Riesenfehler gemacht zu haben. Resignation, wieder allein zu sein. Und: *Geborgenheit*. Geborgenheit, die vom Alleinsein ausging und sich schützend um ihr Herz legte.

An diesem Punkt hatte sie schon oft gestanden, viele Male. Es tat weh, war aber besser als die Alternative: die Männer in ihrem Leben zu einem späteren Zeitpunkt noch mehr zu verletzen, nämlich dann, wenn sie sich Hoffnungen auf eine gemeinsame Zukunft mit Cecilia Wreede machten.

Cecilia goss sich einen Becher Kaffee ein und holte ihr Handy vom Nachttisch im Schlafzimmer. Sie bemerkte, dass ihr Morgenmantel aufgeglitten war, aber die frische Luft kühlte ihre Haut. Nach der gestrigen Nacht fühlte sie sich ungepflegt, und ihre Achseln klebten vom Stressschweiß, den die Trennung von Marcus ausgelöst hatte. Während sie ihre Hände am Kaffeebecher wärmte, trat sie ans Fenster und sah auf den Hof hinaus.

Einmal in ihrem Leben hatte sie sich von der Liebe mitreißen lassen. Hatte jemanden so sehr geliebt, dass es körperlich wehgetan hatte. Trotzdem hatte sie denjenigen enttäuscht und ihn verlassen. Ohne recht zu wissen, warum. Damals. Heute wusste sie, dass es in ihrer Natur lag. Sich etwas anderes vorzumachen war zwecklos.

Diesmal nicht, aber vielleicht beim nächsten Mal?

So sicher, wie sie wusste, dass es keinen Sinn hatte, so wenig war sie bereit, den Versuch aufzugeben. Cecilia trank einen Schluck Kaffee, öffnete Tinder und scrollte neue Profile durch.

7

Ich bin in einer Kleinstadt aufgewachsen.
Den Namen verrate ich nicht,
aber dort herrschte ein ländliches Idyll,
wo jeder jeden kannte.

Montag, 15. November

DIE KELLERTREPPE DES letzten Hauses hatte Erinnerungen geweckt, von denen Annika geglaubt hatte, sie vor langer Zeit begraben zu haben. Doch jetzt waren sie an die Oberfläche gestiegen wie Kohlensäurebläschen in einem Glas Mineralwasser und hatten sie nicht schlafen lassen. Gegen fünf Uhr gab sie auf und machte sich auf den Weg zur Arbeit.

Der Wind fegte unvermindert über Göteborg und peitschte die Regentropfen so heftig gegen die Fenster des Abteils, dass die Scheiben klirrten. Das Rasseln und Quietschen der Straßenbahn übertönte die Stimme des Hörbuchsprechers in ihren Ohrstöpseln. Aus Angst, die Scheibe könnte zu Bruch gehen, rutschte Annika vom Fensterplatz auf den Nachbarsitz. Um diese Uhrzeit war der Wagen nicht einmal halb voll. Die anderen Fahrgäste hockten verschlafen und in ihre Handys vertieft auf den blauen Sitzen.

Ohne richtig zuzuhören, ließ Annika sich von der hypnotischen Stimme des Hörbuchsprechers einlullen, bis die Straßenbahn mit einem Ruck am Järntorget hielt und sie ausstieg.

Auf der Straße presste der Sturm ihren roten Mantel gegen ihren Körper. Nicht einmal der winddichte Stoff hielt die Kälte ab. Sie unterdrückte das Gefühl einer herannahenden Gefahr und hastete im Laufschritt zum Verlag, froh, dass das Schloss der Eingangstür nach wie vor defekt war und sie dem Unwetter schnell entkam. Hinter der Tür blieb sie stehen, schöpfte Atem und wollte gerade die Treppe hochgehen, als ihr auf der untersten Stufe ein erdiger Schuhabdruck auffiel. Es war nicht der einzige. Auf fast jeder Stufe lagen Lehmbrocken, teilweise von groben Sohlen flach getreten, als ob im Haus Schachtarbeiten durchgeführt würden.

Annika tippte die 112 in ihr Handy, bereit, auf das grüne Hörersymbol zu drücken, sollte sich ein ungebetener Gast im Haus aufhalten. Als sie die Treppe hochstieg, flackerte ihr Blick zwischen den Erdbrocken und dem nächsten Absatz hin und her. Aber das Treppenhaus war leer. Die Schuhabdrücke endeten auf der Etage des Verlags. Vor der Tür lag etwas, von feuchten Erdklumpen umgeben. Ein schmutziger, mit einem groben Stein beschwerter Papierstapel. Erdige Finger hatten an den Seitenrändern Eselsohren hinterlassen.

Annika blickte sich um, vergewisserte sich, dass sie allein war, dann ging sie in die Hocke und las das oberste Blatt. Ihr Herz machte einen Sprung. Sie verlor das Gleichgewicht und landete ungraziös auf dem Hintern. In der Mitte der Seite stand in altmodischen Schreibmaschinenlettern ICH BIN DER GRÄBER. Aber nicht der Titel brachte sie aus dem Konzept, sondern der Name des Autors.

Jan Apelgren.

Der Autor der *Turwall*-Serie. Der Mann, der seit sechs Jahren spurlos verschwunden war.

Annika klaubte den Papierstapel vom Fußboden und schloss die Tür des Verlags auf. Als sie das Manuskript in ihr Büro trug, rieselte Erde zwischen den Seiten heraus. Sie legte den Stoß auf ihrem Schreibtisch ab und zog ihren Mantel aus, ohne das Manuskript aus den Augen zu lassen. Ihr Herz schlug bis zum Hals. Innerhalb weniger Minuten schwankte sie zwischen dem Verdacht, dass jemand sich einen Scherz erlaubte, und dem mulmigen Gefühl, dass tatsächlich Jan Apelgren dahintersteckte. Sie hatte keine Wahl. Wenn Jan das Manuskript vor ihre Tür gelegt hatte, musste sie es lesen. Annika setzte sich langsam, schob sich ihre nassen Haare aus dem Gesicht, um besser sehen zu können, legte das Titelblatt zur Seite, atmete tief durch und begann zu lesen.

Einmal angefangen, konnte sie nicht mehr aufhören. Der Text entfaltete einen nahezu hypnotischen Sog. Schon die ersten Sätze zogen sie in den Bann, zwangen sie regelrecht in die Handlung hinein. Annikas Unbehagen schlug in Euphorie um. Wohlige Schauer überliefen sie, und an den spannendsten Stellen ertappte sie sich dabei, ängstlich über die Schulter zu sehen. Das Buch verschlang sie, genau wie sie es verschlang. Gierig las sie jedes Wort. Der Plot überzeugte mit gut aufgebauten Szenen, lebendigen Figuren und viel Blut. Die Story war beängstigend, schonungslos selbstentblößend und gruselig. Schaurig genug, um den literarischen Blutdurst der Leser zu stillen, ohne den Bogen zu überspannen. Zugleich rief der Text tiefes Unbehagen bei ihr hervor.

Er schien ihre persönlichen Erinnerungen aufzugreifen. Die Erinnerungen, wegen denen sie gestern fluchtartig die Besichtigung abgebrochen hatte. Als kenne der Verfasser des Manuskripts ihren privaten Albtraum. Vor allem die Szenen, die in Kellerräumen spielten, ließen ihr das Blut in den Adern gefrieren. Sie waren zu intim. Zu beängstigend. Trotzdem konnte sie nicht aufhören zu lesen. Das Manuskript war wie eine Droge für ihre Lektorenseele. Wie im Rausch las sie Kapitel um Kapitel, während die Dunkelheit vor dem Fenster in graue Morgendämmerung überging.

Als sie die letzte Seite aus der Hand legte, waren Stunden vergangen, ohne dass sie es gemerkt hatte. Sie hatte die Krisenbesprechung verpasst, aber nichts hätte sie weniger kümmern können. Sie atmete tief durch und trat ans Fenster. Draußen prasselte der Regen unverändert auf den Parkplatz und rann in Schlieren die Scheibe hinunter. Passanten kämpften mit ihren Schirmen gegen den Wind an. Annika überlegte, wie viele von ihnen sich allein in den letzten Wochen als Buch oder Hörbuch einen Thriller gekauft hatten, in dem es vor brutalen Morden wimmelte.

Ich bin der Gräber war im Stil einer fiktiven Autobiografie verfasst, geschrieben aus der Perspektive des Gräbers, der seine eigene Geschichte erzählte. Eine Geschichte über Blut und Irrsinn. Eingebettet in einen Thriller, in dem ein psychisch kaputter Polizist versuchte, den Fall eines »Gräber« genannten Serienmörders gegen alle Widerstände zu lösen. Annika wusste nicht, was sie davon halten sollte. Ihre Gedanken und Gefühle fuhren Achterbahn. War die Handlung zu grausam? Nein, die meisten Thriller, die sie in den vergangenen Jahren gelesen hatte, inklusive der eingeschickten Initiativmanuskripte, waren weitaus blutrünstiger gewesen. Trotzdem. Der gleichnamige reale Serienmörder war in aller Munde. Wie eine moderne Legende, mit dem Unterschied, dass sie wahr war.

Jedes Jahr, in der Nacht zum 6. November, wählte der Gräber in den Göteborger Villenvierteln ein Opfer aus. Die Polizei hielt sich bedeckt und gab nur die absolut notwendigsten Informationen an die Öffentlichkeit, was die Spekulationen in den sozialen Medien umso mehr befeuerte. Angehörige der Opfer äußerten sich in privaten Blogs, auf Instagram kursierten Tatortfotos, die angeblich aus vertraulichen Polizeiakten stammten. Niemand wusste, was wahr und was erfunden war, aber alle Versionen enthielten den gleichen grundlegenden Kern. Angeblich grub sich der Gräber durch die Erde und gelangte durch den Kellerfußboden in die Häuser seiner Opfer, bevor er sie durch denselben Tunnel, durch den er sich Zugang verschafft hatte, in die Unterwelt verschleppte. Das tat er seit fünf Jahren.

Das war alles, was man über den Täter wusste. Gerüchte besagten, dass er nicht menschlich sei. Dass er – oder sie – eine Art Monster sei, das unter der Erde hause. Diese Details hatte der Autor aufgegriffen und ausgebaut. Annikas Magen verkrampfte sich. So sehr glich der Plot dem Vorfall, der ihre panische Phobie vor Kellern ausgelöst hatte. Erneut überkamen sie Zweifel. War es das Risiko wert, einen derartigen Text zu veröffentlichen? Andererseits war das Manuskript viel zu gut, um es in der Schublade verstauben zu lassen. Im Vergleich dazu waren die *Turwall*-Krimis das Werk eines Amateurs. So unheimlich ihr das Manuskript persönlich auch war, sie wusste ganz genau, dass es das Potenzial besaß, den Verlag zu retten. Sie konnte es nicht ignorieren. Aber das war nicht allein ihre Entscheidung. Sie musste die anderen einbeziehen.

Ihre Beine zitterten, als sie Tobias' Büro betrat. Irritiert blickte er von seinem Monitor auf. Zwischen Icons und Dialogfenstern blitzte sein Bildschirmhintergrund auf. Zwei lachende Kinder in orangefarbenen Schwimmwesten. Tobias hatte das Foto letzten Sommer auf seinem Segelboot gemacht. Jedes Mal, wenn Annika es sah, spürte sie die Sehnsucht nach eigenen Kindern bis tief ins Herz. Sie war froh, dass das Bild wenigstens teilweise verdeckt war.

»Warum warst du nicht bei der Besprechung?«, fragte Tobias.

»Du magst doch Horror, oder?«, erwiderte Annika.

»Ja, wenn er gut geschrieben ist.« Der Signalton einer eingehenden E-Mail erklang, Tobias blickte wieder auf seinen Monitor. »Und er sich als Thriller vermarkten lässt. Warum?«

Annika platzierte das verdreckte Manuskript, aus dem noch immer schwarze Erde rieselte, auf Tobias' Tastatur.

»Dann solltest du das hier lesen.«

»Was zum Teufel ist das?« Angewidert hob er den Papierstoß hoch, als hätte er Angst, sich eine ansteckende Krankheit einzuhandeln. »Jan Apelgren?«

Annika zuckte die Achseln. »Ich bin genauso schlau wie du.«

»Ich rufe das Krisenteam zusammen«, entschied Tobias. »Und mache Kopien für alle. Kein Wort zu den anderen, bis wir wissen, womit wir es zu tun haben.«

8

Meine Eltern waren wie alle anderen,
nach außen hin glücklich mit ihrem Dasein.
Ich las für mein Leben gern. Meine Nase steckte
von morgens bis abends in einem Buch.
Sodass sich niemand wunderte,
als ich mir eine alte Schreibmaschine kaufte
und schon als Kind kurze Novellen zu schreiben begann.

Montag, 15. November

ANNIKA DREHTE SICH um, als Tobias die Tür des Besprechungsraums hinter ihr zuzog. Er schloss ab. Das tat er sonst nie. Durch die Glasfront, die den Besprechungsraum von der offenen Bürolandschaft trennte, sah sie, dass die restliche Belegschaft dem Manuskriptteam neugierige Blicke zuwarf.

»Danke, dass ihr alle so kurzfristig gekommen seid«, begann Tobias und setzte sich auf seinen üblichen Platz.

Annika betrachtete die frischen Kopien von *Ich bin der Gräber*, die auf dem Tisch lagen. Die Blätter waren noch warm und verströmten einen leichten Tonergeruch.

»Was ist los?«, fragte Rebecka.

Annika legte die Hand auf einen Ausdruck und sah erst Tobias, dann die anderen der Reihe nach an. Als Letztes verweilte ihr Blick auf Katrin, deren Augen vor Neugier rund wie Untertassen waren. Sie wollte etwas sagen, doch Tobias kam ihr zuvor.

»Annika wird es euch gleich erzählen. Aber zuerst bitte ich euch, strengstes Stillschweigen zu bewahren. Fredrik möchte, dass nichts davon diesen Raum verlässt. Haben wir uns verstanden?«

»Und was ist der Grund für diese Geheimniskrämerei?«, fragte Katrin.

Annikas Kehle war trocken, sie schluckte, ehe sie das Wort ergriff. »Ich weiß, es klingt verrückt, aber dieses Manuskript hier habe ich heute Morgen vor unserer Tür gefunden«, sagte sie.

Rebecka verzog skeptisch das Gesicht. »Soll das heißen, es lag im Treppenhaus? Einfach so?«

»Ja. Völlig verdreckt.«

»Du hast recht, es klingt verrückt«, erwiderte Rebecka und schob ihre Brille höher auf die Nase.

Annika beschloss, direkt zur Sache zu kommen. »Tut es. Aber es ist richtig gut. Hört zu.« Sie blätterte zu einer Seite, die sie mit einem rosa Klebezettel markiert hatte, und las vor. »›Ich bin der Gräber. Dies ist meine Geschichte. Wenn du sie kennst, wirst du mich vielleicht in einem anderen Licht sehen. Doch das ändert nichts.‹« Annika las noch ein Stück weiter, verstummte und sah ihre Kollegen an, die sie mit aufgerissenen Augen anstarrten. Nur Jesper blickte finster drein und presste den Daumen gegen einen Bleistift, den er in der geballten Faust hielt. Annika räusperte sich. »Es ist ein Thriller und eine Art Autobiografie«, sagte sie. »Es geht um den Gräber.«

»*Den* Gräber?«, fragte Katrin zögernd. »Den Serienmörder?«

Annika nickte.

»Das ist doch verrückt«, wiederholte Rebecka. »Wer hat das geschrieben?«

Annika holte tief Luft. »Jan Apelgren.«

Im Konferenzraum wurde es still, bis Jespers Bleistift mit einem lauten Knacken durchbrach. Fluchend steckte er seinen blutenden Daumen in den Mund und verließ das Zimmer.

Annika hob die Schultern. »Genau genommen wissen wir es nicht. Aber das ist der Name, der auf dem Titelblatt steht.«

Rebecka schüttelte den Kopf. »Der Text muss von jemand anderem sein. Apelgren ist verschollen. Er hat sich in Rauch aufgelöst, ist wie vom Erdboden verschluckt. Nach allem, was wir wissen, ist er tot.«

Resigniert hob Annika die Hände. »Glaubst du, das weiß ich nicht? Schließlich war er mein Autor. Aber genau das ist der springende Punkt.«

»Was meinst du?«, fragte Tobias.

»Der Stil. Ich weiß, dass Apelgren den Text nicht geschrieben haben *kann*, aber der Stil klingt eins zu eins nach ihm. Natürlich gibt es hier und da Abweichungen, aber alles andere wäre nach sechs Jahren Pause auch seltsam, oder?«

Tobias nickte. »Das sehe ich genauso. Nach dem, was ich bisher gelesen habe, denke ich auch, dass der Text von Apelgren stammt. Es ist fast gespenstisch.«

»Aber wenn wirklich Apelgren das Manuskript geschrieben hat, dann muss die Suche nach ihm fortgesetzt werden«, sagte Rebecka. »Wir sollten die Polizei informieren.«

»Nein, wir informieren niemanden«, widersprach Tobias. »Bis wir wissen, wie wir weiter vorgehen, darf kein Wort an die Öffentlichkeit dringen.«

»Die Polizei hat damals wochenlang nach Apelgren gesucht«,

sagte Annika. »Falls er noch lebt, *will* er vielleicht ganz einfach nicht gefunden werden.«

Katrin starrte an die gegenüberliegende Wand. »Gott, was, wenn Jan der Gräber ist? Wie schrecklich.«

Eine Sekunde lang herrschte Schweigen, dann redeten alle wild durcheinander. Annika meinte, dass Apelgren nie und nimmer der Gräber wäre, aber nichtsdestotrotz der Autor des Manuskripts sein könnte. Rebecka beharrte darauf, dass das unmöglich war. Annika protestierte, dass keinesfalls der reale Gräber hinter dem Manuskript stecken könnte. Und wenn der Text nicht von Apelgren stammte, dann vielleicht von irgendeinem kranken Irren. Tobias bat sie, die Stimmen zu senken, damit die Kollegen sie nicht hörten. Katrin schlug vor, das Manuskript erst einmal zu lesen, bevor sie sich weiter den Kopf darüber zerbrachen, wer es geschrieben hatte.

Am Ende schlug Tobias mit der flachen Hand auf den Tisch. »Ruhe!«, rief er laut. Annika zuckte zusammen, aber es funktionierte. Im Raum wurde es still. Tobias musterte sie eindringlich. »Ich hatte mit Fredrik ein langes Gespräch. Er hält das Manuskript für zu kontrovers. Schließlich handelt es von einem realen Serienmörder, der frei herumläuft. Fredrik will, dass wir die Sache für uns behalten und uns auf Stinas Titel und die Promibiografie konzentrieren.«

Annika spürte, wie die Farbe aus ihrem Gesicht wich. Hatte sie richtig gehört? Sollten sie das Manuskript in der Schublade verstauben lassen, obwohl sie davon überzeugt war, dass es den Verlag rettete? »Ich verstehe kein Wort«, sagte sie. »Ich habe den Text gelesen, es ist das beste Manuskript seit Ewigkeiten. Möglicherweise das beste, das wir je bekommen haben. Sollen wir das einfach ignorieren?«

»Ich habe nicht gesagt, dass wir es nicht *lesen* werden.« Tobias hob die Augenbrauen und grinste verschwörerisch.

9

Ich versuchte, so zu leben wie meine Freunde.
Schule, Sport, Gemeinschaft.
Aber das Einzige, was ich wirklich wollte,
war, allein mit meinen Texten zu sein.

Montag, 15. November

»DANKE, ARON.« CECILIA gab dem Mann die Hand. Sein Händedruck war fest und freundlich. Raue Schwielen scheuerten gegen ihre Handinnenfläche, aber Arons Händedruck war ebenso warm wie sein Blick. Aron war einer der Bauarbeiter, die zum Tatzeitpunkt Drainagearbeiten an Linda Sandströms Haus durchgeführt hatten. Doch die Befragung hatte keine neuen Hinweise erbracht.

»Keine Ursache«, antwortete er. »Es tut mir leid, dass ich Ihnen nicht helfen konnte.«

»Melden Sie sich bitte, falls Ihnen noch etwas einfällt«, bat Cecilia.

Jonas reichte Aron seine Visitenkarte. »Ich hoffe, Sie haben nichts dagegen, dass wir uns bei Ihnen melden, sollten wir weitere Fragen haben.«

»Nein, nein. Rufen Sie jederzeit an.« Aron nahm die Karte entgegen, schlüpfte in seine neongelbe Arbeitsweste mit reflektierenden Streifen, schob sein Funkheadset ins Ohr und verschwand in Richtung Ausgang.

Seufzend sah Cecilia Jonas an, der die Schultern zuckte. »Wie erwartet: nichts Neues«, sagte sie und angelte ihr Handy aus der Hosentasche. »Wen haben wir als Nächstes?«

Langsam gingen sie den Flur hinunter. »Bengt Johansson«, antwortete Jonas und warf einen Blick in seinen Notizblock. »Er wartet schon.«

Cecilia nickte abwesend, während sie einen Blick auf ihr Handy warf. Vier neue Tinder-Nachrichten. Mechanisch glitt ihr Daumen auf das Icon, aber sie widerstand der Versuchung, die App zu öffnen. Resolut steckte sie das Handy in die Hosentasche zurück und nickte wieder. »Okay, dann sprechen wir noch vor der Mittagspause mit ihm.«

Sie zog die Tür eines anderen Vernehmungsraums auf. Der Mann am Tisch drehte sich zu ihnen um. Blassgrüne Augen flackerten unter buschigen Brauen. Cecilia nahm ihm gegenüber Platz und musterte ihn mit geschultem Polizistenblick. Johansson war klein und von untersetzter Statur, aber durchtrainiert. Seine Arme waren tätowiert, und die Hälfte seines Gesichts verschwand hinter einem ungepflegten Bart. Die Haare trug er zu einem kurzen Pferdeschwanz gebunden, der seine Stirnfurchen und seinen zurückgehenden Haaransatz betonte.

Jonas gab ihm die Hand und stellte Cecilia und sich vor. Nach Jonas' einleitenden Worten bohrte Cecilia ihre eisblauen Augen in Johanssons grüne.

»Wissen Sie, warum Sie hier sind?«, fragte sie.

Johansson wich ihr aus. Sein Blick irrte ruhelos durch den Raum, dann starrte er vor sich auf die Tischplatte. »Nein.«

Jonas sah von seinem Notizblock auf und räusperte sich. »Wir ermitteln in einem mutmaßlichen Gewaltverbrechen, das in einem Haus verübt wurde, an dem Sie Drainagearbeiten durchgeführt haben.«

»Ich arbeite auf vielen Baustellen in Göteborg«, erwiderte Johansson schulterzuckend.

»Laut Auskunft des Bauunternehmens sind Sie dort als Berater engagiert, nicht als Festangestellter«, fuhr Jonas fort. »Ist das richtig?«

»Ja.«

»Steht Ihr Name deshalb nicht in der Personalkartei?«

Johansson zuckte wieder mit den Schultern. »Vermutlich. Die großen Bauunternehmen führen digitale Personalkontrollen durch, aber die kleinen Firmen nehmen es damit nicht immer so genau.«

Cecilia lehnte sich auf ihrem Stuhl zurück. »Was macht ein Berater in Ihrer Branche?«

Johansson ruckte unwillig mit dem Kopf. »Nichts Besonderes. Ich werde gerufen, wenn Probleme mit der Fassade auftreten.«

»Was für Probleme?«

Johansson rutschte auf seinem Stuhl hin und her. »Das ist ziemlich technisch. Ich weiß nicht, warum das wichtig sein sollte.«

»Und bei diesem Haus gab es Probleme mit der Fassade?«, fragte Cecilia. Ehe Johansson etwas erwidern konnte, fuhr sie fort: »Sie brauchen die Frage nicht zu beantworten. Kennen Sie den Eigentümer des Hauses?«

»Flüchtig.« Johansson schien sich ein wenig zu entspannen.

Cecilia fragte sich, was der Grund dafür war, beschloss aber, nicht nachzuhaken.

»Das Haus gehörte einer Linda Sandström.« Jonas schob ein Foto von Linda Sandström über den Tisch. Ein Ausdruck des Fotos von der Website ihrer Kanzlei, die ihr Profil jedoch inzwischen gelöscht hatte. In den vergangenen Tagen waren unnatürlich viele Anfragen nach Linda eingegangen. Das Gerücht, dass sie das jüngste Opfer des Gräbers war, hatte sich in Windeseile verbreitet.

Johansson zog das Foto zu sich heran. »Ja, ich erkenne sie wieder. Sie machte einen sympathischen Eindruck.« Seine Hand zitterte, als er das Foto beiseiteschob.

Cecilia hob die Augenbrauen. »Sie haben also mit Linda Sandström gesprochen?«

»Nein. Ja. Aber nur kurz.« Johansson kaute an einem dreckigen Fingernagel. Cecilia registrierte, dass er rot geworden war.

»Wissen Sie, was Linda Sandström zugestoßen ist?«

»Nein.«

»Und Sie haben nichts Auffälliges bemerkt? An Linda Sandströms Verhalten, auf dem Grundstück oder in der Nähe des Hauses?«

Johansson schüttelte den Kopf. Ein bisschen zu heftig. Er sprach jetzt schneller. »Das Bauunternehmen rief morgens an und sagte, dass die Arbeiten eingestellt wären. Also bin ich im Bett geblieben. Das ist alles, was ich weiß.«

Cecilia musterte Johansson lange. Er gab sich weiter alle Mühe, ihrem Blick auszuweichen. Sie schwieg eine Weile, dann fuhr sie fort. »Wissen Sie noch, an welchem Tag das war?«

»Am Montag, vor zwei Wochen.«

»Am 1. November?«, fragte Jonas.

»Ja, wenn Sie das sagen.« Johansson wippte ungeduldig auf seinem Stuhl. »Entschuldigung, aber ich verstehe nicht, was ihr von mir wollt.«

Jonas sah Cecilia an. Sie beugte sich vor. »Herr Johansson, die Sache ist die: Wir haben allen Grund zu der Annahme, dass Linda Sandström tot ist.«

Johansson schüttelte den Kopf und heftete seinen Blick auf den Fußboden. »Ich habe damit nichts zu tun.«

»Das sagen wir auch nicht, aber Sie haben am Tatort gearbeitet«, erwiderte Cecilia. »Wir stellen Ihren Kollegen dieselben Fragen. Haben Sie das Haus betreten?«

»Nein. Wir gehen nicht in die Häuser der Kunden. Bei der Arbeit werden wir ziemlich dreckig.«

»Wissen Sie, ob einer Ihrer Kollegen im Haus gewesen ist? Vielleicht, um die Toilette zu benutzen?«

»Wir haben eine eigene Toilette im Bauwagen. Oder gehen in der Mittagspause.«

Dasselbe hatten Aron und die anderen Bauarbeiter ausgesagt. Genau wie die Bauarbeiter, die an den früheren Tatorten gearbeitet hatten. Cecilia seufzte. So kamen sie nicht weiter. Auch diesmal nicht.

»Haben Sie irgendetwas Ungewöhnliches bemerkt?«, fuhr sie schließlich fort.

»Nein. Alles war wie immer. Ich schwöre, ich habe nichts anderes getan, als den Bagger zu fahren. Ich habe die Ausschachtung vor dem Keller beendet, damit die anderen die Drainage verlegen konnten. Aber ich bin nicht ganz fertig geworden, die Arbeiten wurden ja vorher eingestellt.«

»Sonst haben Sie nichts gemacht?«, fragte Jonas.

»Nein.« Johansson schüttelte den Kopf. Er schien sich zu entspannen. Sein Blick flackerte nicht mehr, auch wenn er weiterhin jeden Augenkontakt vermied.

»Gut«, schloss Cecilia. »Dann sind wir hier fertig.«

10

Das Leben floss dahin, meins wie das der anderen.
Um es kurz zu machen: Ich verliebte mich.
So stürmisch und leidenschaftlich,
wie nur ein Siebzehnjähriger sich verlieben kann.

Dienstag, 16. November

MARTIN GRANLUND ÜBERFLOG auf seinem Tablet die aktuellen Immobilieninserate. Annika saß mit einer blauen Decke über den Knien neben ihm auf dem Sofa und schaute eine Vorabendserie, in der Paare ihr Traumhaus bauten.

»Nichts Neues dabei.« Martin klappte die Tablethülle zu und streckte sich gähnend.

Annika schüttelte den Kopf. »Im Ernst? Kein einziges Haus?«

»Doch, aber entweder sind die Objekte zu teuer, zu weit weg, oder sie haben einen …« Martin verstummte.

»Was haben sie?« Annika sah Martin unter ihrem Pony fragend an. Er wirkte nicht verärgert, eher resigniert.

»Ach, keine Ahnung. Zu viel Renovierungsbedarf.«

»Sie haben einen Keller, stimmt's?« Annika wandte ihre Aufmerksamkeit wieder der Fernsehserie zu.

Martin seufzte. Er zögerte. Sie mussten reden. Er hatte keine Ahnung, wie er das Thema anschneiden sollte, ohne dass es im Streit endete. Aber ein klärendes Gespräch war unvermeidlich.

»Du«, begann er zögernd. Annika sah ihn an. »Es tut mir leid, dass ich dir neulich den Keller verschwiegen habe.«

Annika nickte. Ihr Blick wanderte wieder zum Fernseher. »Schnee von gestern. Das Thema haben wir abgehakt, oder?«

Martin seufzte innerlich. Das Sofa fühlte sich unbequem an, aber er wollte seine Sitzhaltung nicht ändern, damit Annika nicht merkte, wie nervös er war. »Ja«, sagte er.

»Dann ist doch alles gut«, erwiderte Annika. »Kein Grund, weiter darauf herumzureiten.«

»Nein.« Martin schwieg einen Moment, dann fuhr er fort: »Aber die Auswahl an passenden Objekten ist nicht gerade groß. Also dachte ich, wir müssen doch nicht zwangsläufig ein Haus kaufen.«

Annika wandte sich ihm zu, eine steile Falte zwischen den Augenbrauen. »Wovon redest du? Du weißt, wie wichtig es mir ist, dass unsere Kinder in einem Haus aufwachsen.«

Martin hob die Arme. »Aber wir haben keine Kinder.«

»Ich bin sechsunddreißig, Martin«, sagte Annika. »Wir können nicht ewig warten.«

»Nein, das stimmt, aber …«

Annika fiel ihm ins Wort. »Du willst doch auch Kinder, oder?«

Martin nickte. »Natürlich will ich. Ich frage mich nur, ob wir unbedingt vorher ein Haus haben müssen. Ich meine, solange sie noch nicht laufen können, ist hier doch Platz genug.« Er machte eine ausholende Geste. Ihr Wohnzimmer, das nur vom Schein des Fernsehers und einer roten Tischlampe auf der Fensterbank erhellt wurde, war ziemlich geräumig. Die Ecke vor dem Bücherregal war groß genug für einen Laufstall, das Kinderbettchen konnten sie bei sich im Schlafzimmer aufstellen, wo momentan der Schreibtisch stand. Es würde gehen.

Annika schüttelte den Kopf. »Nein, ist dir nicht klar, dass wir hier eine komplette Babyausstattung unterbringen müssen? Mit einem Kinderwagen allein ist es nicht getan. Wir brauchen ein Bett, eine Wickelkommode, Windeln und tausend andere Dinge.«

»Ja, aber in der ersten Zeit können wir uns arrangieren, bis wir ein Haus finden, das unseren Vorstellungen entspricht.«

»Nein, das kommt nicht infrage, Martin«, entgegnete Annika. »Ich brauche Luft um mich herum. Ich weigere mich, mich mit einem Baby in diese Wohnung zu pferchen.« Das Licht des Fernsehers spiegelte sich in Annikas braunen Augen. »Zuerst das Haus, dann die Kinder.«

Martin seufzte. »Ich wollte nur Alternativen aufzeigen, damit uns das Haus nicht den Blick auf das verstellt, was wir wirklich wollen: miteinander glücklich sein und eine Familie gründen.«

»Wobei ich keine Kandidatin für eine Blitzschwangerschaft zu sein scheine«, meinte Annika.

Martin fiel auf dem Sofa zurück. Annikas Worte trafen ihn mitten ins Herz wie kleine schmerzhafte Pfeile. Es stimmte. Obwohl Annika die Pille vor über einem Jahr abgesetzt hatte, wurde sie nicht schwanger. Als ihr Kinderwunsch aufgekommen war, hatte sie sich noch nicht derart auf das Hausthema versteift wie jetzt. Aber sie hatte ihn ins Sahlgrenska Universitätsklinikum geschickt, um untersuchen zu lassen, ob die Ursache bei ihm lag. Lag sie nicht. Trotzdem klappte es nicht. Auch wenn ihre Versuche in der letzten Zeit ohnehin nachgelassen hatten.

Martin spürte einen Anflug von Irritation über die Art, wie Annika das Thema zur Sprache brachte.

»Wenn es so wichtig ist, sollten wir es vielleicht mit In-vitro-Fertilisation probieren«, erwiderte er und bereute es im selben

Moment. Er biss sich auf die Lippe. Er hatte Annika nicht verletzen wollen.

»Nein.« Sie schüttelte entschieden den Kopf. »Erstens ist es zu teuer. Wir brauchen das Geld für das Haus. Zweitens ist es für die Frau sehr belastend und kann zu einer negativen Fixierung werden. Ich kenne Paare, die sich getrennt haben, als es nicht geklappt hat. Das Risiko will ich nicht eingehen.«

»Das will ich auch nicht. Aber wir müssen darüber reden, meinst du nicht?«, beharrte Martin. Als gehen nicht weitaus mehr Beziehungen in die Brüche, weil man Probleme totschweigt, dachte er.

»Ich möchte mich nicht mit dir streiten.« Annika kroch wie eine Katze auf ihn zu und suchte seine Lippen. Er atmete ihren Duft ein, und sein Puls schlug schneller.

»Liebling«, flüsterte sie zwischen den Küssen. »Alles wird gut. Bald werden wir ein kleines gemütliches Haus haben, und dann platzt der Knoten. Versprochen.«

Annikas Nähe fühlte sich gut an. Martin zog sie an sich und hielt sie in den Armen. Er wollte mehr, aber gerade konnte er nicht. Seine Gefühle fuhren Achterbahn, während er ihren warmen Körper an seinem spürte. Er konnte nicht aufhören daran zu denken, was passierte, wenn Annika auch nach dem Hauskauf nicht schwanger wurde. Würde das ihre Beziehung nicht noch mehr belasten?

11

Mir hätte von Anfang an klar sein müssen,
dass sie eine Nummer zu groß für mich war.
Aber welchen Siebzehnjährigen kümmert das?
Aus der Distanz betrachtet sehe ich ein,
dass es nicht für die Ewigkeit bestimmt war.

Mittwoch, 17. November

GÄHNEND WARF ANNIKA einen Blick auf ihre Uhr. »Wo bleibt er?«, fragte sie und schlug die Beine übereinander. »Er kommt zu spät.«

Katrin und sie saßen in der Bar des Hotels Post auf einem dunkelgrünen Sofa, von dem aus sie das Foyer und die Drehtür des Eingangsbereichs im Blick hatten. Das regengefilterte Licht, das von draußen hereinfiel, ließ den frisch gebohnerten Granitfußboden farblos und stumpf wirken. Leise Musik strömte aus verborgenen Lautsprechern und vermischte sich mit dem Echo klappernder Absätze und dem Raunen gedämpfter Unterhaltungen. Katrin kramte in ihrer Stofftasche mit dem Logo der Göteborger Buchmesse nach ihrem Kalender. Der Schriftzug war noch deutlich zu erkennen, die Tasche musste von der diesjährigen Messe sein. Annika erinnerte sich daran, wie unzufrieden sie alle gewesen waren, weil der Stand des Eklund-Verlags nur halb so groß gewesen war wie in den Vorjahren. Schon da hätten sie das Unheil ahnen müssen.

»Wir sind jedenfalls pünktlich«, sagte Katrin und schlug den Kalender zu. »Er hätte vor zwanzig Minuten hier sein sollen.«

Annika stand auf und ging einige Schritte auf und ab. »Sollen wir ihn anrufen? Vielleicht hat er unser Treffen vergessen.«

»Ich weiß nicht, ob das viel bringt«, erwiderte Katrin. »Sein Manager meinte, dass er telefonisch schwer zu erreichen ist. Und bei unbekannten Nummern geht er grundsätzlich nicht ran. Wegen der ganzen Fans, die ihn anrufen.«

»Du meine Güte.« Annika verdrehte die Augen. »Für wen hält er sich eigentlich?«

Katrin zuckte die Schultern. »Keine Ahnung. Aber ich glaube, da kommt er.« Sie nickte in Richtung Lobby. Ein langhaariger Mann steuerte mit wiegendem Gang auf sie zu. Er war kleiner als Annika, aber breitschultrig und durchtrainiert, und seine Muskelmasse stellte er mit einem tief ausgeschnittenen T-Shirt bewusst zur Schau. Annika sah mehr von seinem tätowierten Brustkorb, als ihr lieb war.

»Seid ihr diese Verlagsleute?«, fragte er und blieb mit den Händen in den Hosentaschen und nach vorn geschobenen Hüften vor ihnen stehen.

»Annika Granlund. Lektorin, Eklund-Verlag.« Annika hörte, wie steif sie klang, als sie dem Mann die Hand hinhielt.

»Niklas Granath«, erwiderte ihr Gegenüber, musterte ihre Hand, machte aber keine Anstalten, sie zu ergreifen. »Schöner Ring. Von Attling?«, fragte er.

Annika betrachtete ihren Ring. »Ja.«

»Für die habe ich gemodelt.«

»Interessant. Das ist meine Kollegin Katrin Falk, ebenfalls eine Lektorin.« Katrin hob grüßend die Hand, blieb aber sitzen. »Wie schön, dass Sie Zeit für uns haben, wo Sie gerade in der Stadt sind.«

»Mein Manager meinte, dass ihr eine Biografie über mich schreiben wollt«, sagte Granath. Sein kantiges Gesicht wurde weicher, und als er lächelte, bildete sich ein Netz aus Falten, das er in seinem Alter noch nicht haben sollte. »Cool. Ihr ahnt nicht, wie viele irre Storys ich zu erzählen habe.« Breitbeinig ließ er sich auf das Sofa auf der anderen Tischseite fallen. »Wie habt ihr euch das Ganze vorgestellt?«

Annika warf Katrin einen Blick zu und setzte sich wieder hin. »Es ist allgemein bekannt, dass Sie mit Ihrer Exfrau Jaqueline stürmische Zeiten hinter sich haben. Aber kaum jemand weiß, wie sich das auf Sie persönlich ausgewirkt hat. Wir glauben, dass viele Leute gern Ihre Seite der Geschichte erfahren würden.«

»Verflochten mit Fakten aus Ihrem Leben«, warf Katrin ein. »Wie Sie die Zeit vor, während und nach der Scheidung erlebt haben. Wo Sie jetzt stehen und so weiter.«

Granath seufzte. Er beugte sich vor und bedeutete Annika, es ihm gleichzutun. »Sie sind hier die Chefin, oder?«, fragte er. »Kommen Sie mal ein Stück näher.«

Annika rutschte vor und beugte sich zu Granath. Eine kräftige Alkoholfahne wehte ihr entgegen. »Sie hat mich geschlagen«, sagte er und fixierte Annika mit dem Blick. »Nicht viele Männer in meiner Stellung würden das zugeben. Nach außen muss man immer Macho sein. Aber es ist die Wahrheit. Sie hat mich geschlagen, Lügen über mich verbreitet und dafür gesorgt, dass die ganze Welt mich hasst.«

»Ich … Das tut mir leid, wirklich. Aber genau das können Sie aufgreifen, wenn Sie Ihr Einverständnis zu der Biografie erteilen.

Sie haben alles selbst in der Hand und können Ihre Sicht klarstellen.«

Granath musterte Annika. »Sie sind eine schöne Frau«, sagte er und lehnte sich zurück. »Ich mag Ihre Haare.«

Annika wusste nicht, wie sie darauf reagieren sollte. Sie blieb sitzen, wo sie war, und verzog keine Miene. Rasch zupfte sie ihre Bluse zurecht, damit Granath ihr nicht in den Ausschnitt starren konnte.

»Was springt für mich dabei raus?«, fuhr der fort. »Eine Story wie meine ist nicht gratis. Zugang zu Niklas Granath bekommt man nur mit VIP-Ausweis.«

Annika atmete durch die Nase aus und schielte auf Granaths Stiefel. Braune Cowboyboots. Abgewetzt und dreckig, nicht einmal eine Generalüberholung würde sie noch retten. »Ich kann Ihnen ad hoc kein Angebot unterbreiten«, sagte sie. »Wie mit Ihrem Manager vereinbart, wollten wir Sie zuerst zu einem unverbindlichen Gespräch treffen, um festzustellen, ob eine Zusammenarbeit mit unserem Verlag infrage kommt.«

Granath nickte desinteressiert. »Ach so.«

Annika hätte ihn am liebsten auf den Mond geschossen. Gut möglich, dass er eine Tränendrüsenstory zu erzählen hatte, aber auf sie wirkte er vor allem wie ein abgehalfterter B-Promi, der Geld brauchte. Sie hatte Bedenken, aber der Verlag benötigte einen Titel, der Umsatz generierte. Und es gab bestimmt etliche Leute, die sich für Niklas Granaths private Höhen und Tiefen interessierten.

»Wären Sie bereit, sich von dem Autor, den wir mit dem Verfassen Ihrer Biografie beauftragen wollen, interviewen zu lassen, um auszuloten, ob die Chemie zwischen Ihnen stimmt?«

»Bekomme ich was dafür?«

»Leider nein.«

Granath blickte sich in der Bar um, als suche er jemanden, und klopfte dabei ungeduldig mit der Stiefelspitze auf den Boden. »Hört ihr das?«, fragte er. »Das ist das Geräusch der Riesenchance, die sich für euch auftut. Wenn ihr nicht wollt, dass sie an euch vorbeirauscht, müsst ihr auf den Zug aufspringen.«

»Springen *Sie* auf?«, konterte Annika.

Granaths Miene erhellte sich. Er deutete auf Annika. Vom Knöchel seines tätowierten Zeigefingers grinste sie ein Totenkopf an. »Das ist der erste Satz mit ein bisschen Pep, den ich von Ihnen höre. Okay, ich lasse mich interviewen. Aber ich will fünfzig Mille, mindestens, wenn ihr ein Buch über mich schreibt. Deal?«

»Wir denken darüber nach«, erwiderte Annika. »Wir melden uns bei Ihnen.«

Das Treffen endete, wie es begonnen hatte. Granath ging breitbeinig und mit wiegendem Gang hoch in sein Hotelzimmer, Annika und Katrin standen allein in der Lobby.

»Was meinst du?«, fragte Annika, während sie in ihren Mantel schlüpfte.

Katrin schüttelte den Kopf. »Nein.«

»Sehe ich genauso. Hast du seine Fahne gerochen?« Annika verzog das Gesicht und wedelte mit der Hand vor ihrer Nase. »Ich weiß nicht mehr, wann ich das letzte Mal einem Menschen mit einer so starken Fahne begegnet bin.« Ein kalter Blitz fuhr ihre Wirbelsäule hinab. »Nicht seit …« Sie brach ab. Eine lange verschüttete Erinnerung blitzte in ihr auf.

Katrin sah sie an und zog eine Augenbraue hoch, was sie immer tat, bevor sie eine Frage stellte. »Nicht seit … wann?«

Annika schüttelte den Kopf. »Nicht seit meiner letzten Begegnung mit Jan Apelgren.«

»War das auf unserem Herbstfest? Ich kann mich nicht daran erinnern, dass er nach Alkohol gerochen hat.«

»Hat er«, sagte Annika. »Nicht so stark wie Granath, aber stark genug. An dem Abend hat er nichts anderes getan, als Unmengen Wein zu trinken und darüber zu reden, wie gern er einen Horrorroman schreiben würde. Ich habe versucht, ihn zu überzeugen, weiter am *Turwall* zu arbeiten. Aber er wollte partout nicht mit sich reden lassen.«

Annika schluckte einen Kloß hinunter. Apelgren hatte ihr erzählt, dass er schlecht schlief. Dass etwas an den Wänden seines Hauses scharrte, sobald er ins Bett ging. Wie in dem Manuskript. Wie im Keller ihrer Großtante.

Katrin wickelte sich ihren lilafarbenen Wollschal um den Hals. »Er wirkte unglücklich. Als wäre er irgendwo gefangen, wo er nicht sein wollte.«

»Ja, du hast recht.« Annika runzelte die Stirn und überspielte ihr Unbehagen, indem sie ihren Mantel enger zuknöpfte. Trotz des warmen Stoffes fröstelte sie. Apelgren hatte scharrende Geräusche gehört. Rasch schob sie den Gedanken beiseite und folgte Katrin in den Regen hinaus.

»Wie läuft es mit Martin?«, fragte die in diesem Moment.

Annika schnitt eine Grimasse. »Gut, denke ich.«

Natürlich tat es das nicht. Aber alles würde wieder ins Lot kommen, sobald sie ihr Haus gefunden hatten.

12

Sie betrog mich mit einem anderen.
Ich blieb allein und verbittert zurück, fest entschlossen,
so etwas nie wieder geschehen zu lassen.
Die schwarze Saat war auf fruchtbaren Boden gefallen,
hatte Wurzeln geschlagen und zu wachsen begonnen.

Mittwoch, 17. November

SCHON IM FLUR stieg Annika Essensduft in die Nase. Sie ließ ihre große Einkaufstasche auf den Boden fallen und zog ihren Mantel aus. Martin kam in den Flur hinaus. Er trug eine karierte Schürze mit zahlreichen Spuren früherer Kochabenteuer.

»Willkommen zu Hause«, begrüßte er sie.

»Du bist schon da?«, erwiderte Annika. »Ich dachte, du hättest im Büro alle Hände voll zu tun.«

»Habe ich auch.« Martin lehnte sich an die Wand. »Aber ich wollte dich mit einem Abendessen überraschen.«

Annika kämpfte sich aus ihren Stiefeln. »Einfach so?« Schnell schickte sie ihrem misstrauischen Tonfall ein Lächeln hinterher.

»Ja. Du warst in letzter Zeit so niedergeschlagen. Ich dachte, es würde dich ein wenig aufmuntern. War das keine gute Idee?«

»Doch«, sagte Annika. »Entschuldige, ich wollte dich nicht verletzen.« Gemeinsam gingen sie in die Küche. Martin schenkte ihr ein Glas Wein ein und machte sich wieder am Herd zu schaffen.

»Du ahnst nicht, was für eine bizarre Begegnung ich heute hatte«, erzählte Annika. »Weißt du, wer Niklas Granath ist?«

»Nein, sollte ich?«

»Ein Dokusoap-Star. Du weißt schon, ein Haufen Muskeln und Tattoos, aber null Tiefgang.«

»Ist das der, der sauer war, weil er nicht bei *Paradise Hotel* mitmachen durfte?«, fragte Martin. Er schob ein Blech in den Ofen und legte die Topflappen auf die Anrichte. »Warum hast du ihn getroffen?«

Annika verdrehte die Augen und trank einen Schluck Wein. »Gute Frage. Der Verlag sucht verzweifelt nach einem Titel, der Geld in die Kassen spült. Wir wollen vielleicht eine Biografie über ihn veröffentlichen.«

»Ha! Dann seid ihr wirklich verzweifelt.«

Annika stützte die Stirn in die Hand. »Ich weiß.«

Martin setzte sich ihr gegenüber an den Tisch und nahm ihre Hand. »Es wird sich alles finden. Selbst wenn der Verlag pleitegeht, wir haben immer noch uns.«

Annika lächelte. Sie betrachtete Martins weiche Gesichtszüge im Kerzenschein. Er war wunderbar. Sie konnte von Glück sagen, dass sie damals auf diese Feier gegangen war. Trotzdem spürte sie es, ganz tief unten im Magen. Das Gefühl, dass etwas fehlte.

»Ich wünschte nur, ich könnte irgendwas tun.« Annika trank einen großen Schluck Wein, um ihre Zweifel hinunterzuspülen. »Ich liebe meinen Job. Ich würde meine Seele verkaufen, um ihn zu behalten.«

»Die Verlagsbranche ist hart. Vielleicht solltest du umsatteln und IT-Consultant werden, wie ich.«

»Nein danke.«

Martin lachte. »Angst um deinen Job müsstest du da jedenfalls nicht haben. Wir haben mehr zu tun, als wir bewältigen können.«

»Lenk jetzt nicht ab. Hör mir zu und sag mir, dass ich nicht verrückt bin. Wir haben ein Manuskript reinbekommen, das unsere Rettung sein könnte. Aber ich glaube nicht, dass die anderen sich trauen, es zu veröffentlichen.«

Martin runzelte die Stirn. »Warum nicht?«

»Rate mal, wer es geschrieben hat.« Annika nippte an ihrem Wein. Sie lächelte verschwörerisch. »Eigentlich dürfte ich dir das gar nicht sagen. Jan Apelgren.«

Martin hob die Augenbrauen. »Warte, warte. Ich dachte, der wäre tot?«

»Na ja, Genaues weiß man nicht. Er gilt als spurlos verschwunden. Was die Frage der Manuskriptrechte erschwert. Wir wissen auch nicht mit Sicherheit, ob der Text wirklich von ihm stammt. Aber trotzdem! Ist es nicht verrückt, dass die anderen zögern? Bin ich die Einzige, die den Verlag retten will?«

Martin füllte Soße in eine Sauciere. »Ich kenne mich in diesen Dingen nicht aus, aber wenn nicht feststeht, wer den Text geschrieben hat, ist es vielleicht klüger, erst einmal abzuwarten. Aber jetzt lass uns essen.«

Beim Essen schwelgten sie in schönen Erinnerungen und lachten gemeinsam wie früher. Keine Diskussionen über Haus, Kinder oder die Arbeit. Sie erinnerten sich an die brütende Hitze, in der sie die Stufen zur Akropolis hochgekraxelt waren und Martin die letzte Flasche Wasser ausgetrunken hatte, an den New Yorker Taxifahrer, der im Höllentempo durch eine Tankstelle gebrettert war, um eine Abkürzung zu nehmen, und daran, wie sie sich auf einem Fest begegnet waren, obwohl keiner von ihnen die Gastgeber gekannt hatte.

Fast eine Stunde lang verschwanden Alltag und Sorgen, während sie sich das Essen schmecken ließen und die Gesellschaft des anderen genossen. Martin hatte sogar Nachtisch gemacht. Annikas Lieblingsdessert, Schokoladenkuchen mit Erdbeersorbet.

Als sie fertig gegessen hatten, sah er sie ernst an. »Ehrlich gesagt gibt es noch einen anderen Grund für dieses opulente Dinner. Ich denke, dass wir reden sollten.«

Augenblicklich überkam Annika ein mulmiges Gefühl. Sie tat ihr Bestes, es zurückzudrängen. »Worüber?«

Martin seufzte. »Bitte versteh mich nicht falsch.« Nervös drehte er sein Glas in der Hand. Annika betrachtete seine verschmierten Fingerabdrücke auf dem Kristall.

Das flaue Gefühl in ihrem Magen verstärkte sich. »Was meinst du?«

»Es gibt Punkte in unserer Beziehung, über die wir reden müssen. Aber jedes Mal, wenn ich es versuche, gehst du darüber hinweg. Wechselst das Thema. Wie gestern.«

»Geht es um das Haus?«, fragte Annika. Oder die Kinder, dachte sie. *Will er nicht?*

»Nein, nicht direkt. Aber ich habe das Gefühl, dass du zögerst. Kein Objekt, das wir uns ansehen, gefällt dir. Du findest immer irgendwas, das dir nicht passt. Wie den Keller. Warum bist du so strikt dagegen?«

Annika nahm einen großen Schluck Wein. Sie wollte nicht darüber reden. Vielleicht würde Martin es verstehen, vielleicht nicht. Könnte sie es vergessen, würde sie es tun, aber es saß zu tief. Sie seufzte. »Ich hätte es dir schon lange erzählen sollen. Aber … über gewisse Dinge will ich einfach nicht reden und verdränge sie.«

»Okay?«

Annika stellte ihr Glas ab und atmete tief durch. Das Essen rumorte in ihrem Magen, als sie sich ein Herz fasste.

»Die Tante meines Vaters wohnte in einem alten Haus auf dem Land. Ich habe es gehasst, sie da zu besuchen. Aber du weißt, wie das ist. Als Kind muss man mit, ob es einem gefällt oder nicht.«

»Ja, das kennt wohl jeder«, sagte Martin.

»In dem Haus gab es keine Dusche, und die einzige Toilette war eine Komposttoilette unten im Keller. Im Sommer sind wir immer draußen ums Haus herumgegangen und durch eine Seitentür direkt ins Bad gelangt. Aber im Winter oder bei Regen hatte man keine Wahl.« Annika schluckte. »Da musste man durch den Keller gehen.«

Martins Gesichtsausdruck verriet, dass seine volle Aufmerksamkeit auf ihr lag.

»Die Kellertreppe war aus alten Bohlen, die bei jedem Schritt knarrten. Sie war steil und schmal und endete in einem Erdkeller mit groben Steinwänden. Der Lichtschalter war einer dieser alten Schalter, die man drehen musste, bis es klick machte, und die Glühbirnen hingen nackt an Kabeln von der Decke.«

Annika beugte sich vor und stützte die Ellenbogen auf den Tisch. Ihr Körper spannte sich vor Unbehagen an. »Da unten war es wie in einem Labyrinth. Überall gab es Verschläge voller Gerümpel, Türen, hinter denen dunkle Räume lagen, und einen brummenden Heizkessel, der mir panische Angst einjagte. Im Keller wurde nicht geputzt. An der Decke hingen Spinnweben mit toten Insekten, auf dem Boden standen unzählige Mausefallen. Und wenn man aus dem Bad kam, musste man den ganzen Weg wieder zurück und das Licht ausmachen.«

»Klingt nicht gerade angenehm«, meinte Martin.

»Es war supergruselig. Mama musste jedes Mal mitkommen.«

»Das glaube ich gern. Aber heute würdest du es wohl schaffen?«

Annika schauderte. »Ja, wenn dieser eine Vorfall nicht gewesen wäre.« Gänsehaut überkam sie. Wie zum Schutz schlang sie die Arme um ihren Oberkörper.

Martin beugte sich näher zu ihr.

»Ich bin mitten in der Nacht aufgewacht und musste so dringend aufs Klo, dass ich dachte, meine Blase würde platzen. Die Erwachsenen schliefen. Mama und ich hatten uns an dem Abend gestritten, und ich traute mich nicht, sie zu wecken. In dem Jahr bin ich in die Schule gekommen und war groß genug, allein aufs Klo zu gehen. Trotzdem hatte ich panische Angst. Ich habe minutenlang die Kellertreppe runtergestarrt und auf das Brummen des Heizkessels gelauscht. Irgendwann bin ich in ein Paar Holzpantinen geschlüpft, um keine dreckigen Füße zu bekommen, und die Treppe runter und weiter zum Bad geschlichen. Da unten war es kalt und roch nach Erde. Ich hätte schwören können, dass in der Dunkelheit Ungeheuer lauerten, die mich beobachteten. Als ich am Heizungskessel vorbeikam, ging das Licht aus. Um mich herum wurde es stockfinster. Mein Herz schlug mir bis zum Hals, und ich war vor Schreck wie gelähmt.«

»Shit, das kann ich verstehen.«

»Das war nur der Anfang. Spinnen, Käfer, Mäuse und alles andere Getier, das in alten Kellern lebt, sind eine Sache. Ich wusste, dass sie nicht gefährlich waren. Nicht einmal die rote Lampe des Heizkessels war gefährlich, auch wenn ich sie für ein boshaft glühendes Auge in der Dunkelheit hielt. Aber das war nichts im Vergleich dazu, was dann passierte.« Annika schluckte und versuchte, ihren Puls zu beruhigen. »Ich habe ein Kratzen gehört«, fuhr sie fort. »Ein kratzendes Geräusch, wie Messer an einer Wand. Das Geräusch war von draußen gekommen. Von unten. *Von etwas, das in der Erde lebte*. Etwas, das ins Haus wollte. Etwas Böses.

Irgendwas war draußen vor dem Haus, in der Erde, und wetzte seine Krallen an der Mauer. Es hat mir *zugeflüstert*. Als wollte es mich zu sich locken. Frag mich nicht, woher ich das weiß, aber ich bin mir ganz sicher.«

»Was hast du gemacht?«

»Was glaubst du? Ich habe mir in die Hose gemacht. Dann sprang das Licht wieder an, und ich bin die Treppe hochgerannt, so schnell ich nur konnte. Aber die Tür klemmte und ging nicht auf. Ich habe völlig hysterisch dagegengehämmert, während das scharrende Geräusch immer näher kam. Bis Mama die Tür endlich aufbekam.«

»Gott.« Martin trank einen Schluck Wein. »Du musst wirklich zu Tode verängstigt gewesen sein.«

Annika nickte. »Ich habe keinen Fuß mehr in diesen Keller gesetzt. Seitdem hasse ich Keller.«

»Das kann ich verstehen. Aber du warst ein Kind. Du hast dir das eingebildet.«

»Natürlich. Aber dieses kratzende Geräusch werde ich nie vergessen.«

Annika erschauerte wieder. Das gleiche kratzende Geräusch wie in dem Manuskript. Das gleiche Geräusch, das Apelgren nachts wachgehalten hatte.

13

So hätte es enden können,
mit einem gebrochenen Herzen und der Weisheit,
dass die Zeit alle Wunden heilt.
Da trat das Unglück ein, in derselben Nacht,
in der ich sie zum ersten Mal hörte.

Donnerstag, 18. November

ANNIKA KAM WIE üblich pudelnass ins Büro. Ein Bagger hatte die Oberleitung der Straßenbahn abgerissen, und irgendwann hatte sie die endlose Warterei auf die Bahn sattgehabt und war durch den strömenden Regen den Stigbergsliden entlang und am Masthuggstorget vorbei zu Fuß gegangen. Im Flur traf sie auf Katrin, die mit einem Notizblock unter dem Arm und einem dampfenden Becher Tee in der Hand auf dem Weg in den Besprechungsraum war. Mitfühlend sah sie Annika an.

»Kein guter Tag heute?«, fragte sie.

Annika schüttelte den Kopf, hastete in ihr Büro, hängte ihren durchnässten Mantel über den Schreibtischstuhl und schob ihn zum Trocknen vor die Heizung.

Rebecka blickte abwesend von einem Manuskript auf, als

Annika den Besprechungsraum betrat. Es roch nach Kaffee und feuchten Wollpullovern, ein typischer Herbstgeruch, der normalerweise Gemütlichkeit verströmte, doch stattdessen lag eine unbehagliche Anspannung in der Luft. Mit jeder weiteren Woche, die verstrich, stieg das Risiko, dass der Eklund-Verlag Konkurs anmelden musste, wenn sie keine Lösung fanden.

»Was Gutes?«, fragte Annika, während sie sich setzte.

Rebecka schüttelte den Kopf.

Katrin schien sich unbehaglich zu fühlen. Annika beschlich das Gefühl, dass die anderen etwas wussten, das sie ihr nicht erzählen wollten. Sie wollte gerade fragen, ob sie *Ich bin der Gräber* gelesen hatten, als Tobias erschien.

»Sorry für die Verspätung«, sagte er. Er blickte sich um. »Weiß irgendwer von euch, wo Jesper steckt?«

»Er ist gestern stinksauer nach Hause gegangen«, erwiderte Rebecka. »Heute Morgen hat er sich krankgemeldet.«

»Noch schlechteres Timing als üblich.« Tobias schüttelte den Kopf und sah Annika an.

Sie zuckte die Schultern. Tobias hatte recht. Auch wenn es normal war, dass Jesper hin und wieder verschwand, jetzt war kaum der richtige Zeitpunkt.

Tobias fuhr fort: »Ich werde ihn später anrufen und mit ihm reden. Sollen wir anfangen?«

»Katrin und ich haben gestern Niklas Granath getroffen«, sagte Annika. »Nicht unbedingt der schüchterne Typ.«

»Das hat auch niemand behauptet«, erwiderte Rebecka. »Können wir was aus seiner Story machen?«

»Ganz ehrlich?«, sagte Annika. »Er scheint ein Kotzbrocken zu sein. Ich kann keinen Funken Mitgefühl für ihn empfinden.«

»Ja, so ein Typ nimmt kein Blatt vor den Mund«, antwortete Rebecka. »Aber seine Story ließe sich doch vermarkten, oder?«

»Ich glaube, er war betrunken.« Annika verschränkte die Arme vor der Brust. »Er hat versucht, mit mir zu flirten.«

»Außerdem will er fünfzigtausend Kronen Vorschuss«, fügte Katrin hinzu.

Tobias trommelte mit den Fingern auf dem Tisch. »Das ist ziemlich viel, vor allem in der gegenwärtigen Situation.«

»Abgesehen davon, dass er sich als ungehobelter Säufer präsentiert hat, weiß ich nicht, ob sein Leben genug Stoff für eine Biografie liefert.«

Tobias seufzte. »Nein, wenn du das sagst, wohl nicht. Aber wir sollten das Biografie-Projekt nicht fallen lassen, sondern versuchen, einen anderen Promi zu finden.«

»Ich mache mich an die Recherche«, bot Rebecka an. »Eine Journalistin, die die Biografie schreibt, sobald wir einen geeigneten Kandidaten haben, habe ich schon aufgetan. Sie arbeitet als Sportjournalistin bei der *Göteborgs-Tidningen*, versucht sich an Romanen und würde sich gerne einen Namen als Schriftstellerin machen. Sie würde ohne Vorschuss sofort loslegen.«

»Klingt perfekt«, meinte Tobias. »Wie heißt sie?«

»Johanna Widström«, sagte Rebecka. »Kennst du sie?«

Tobias schüttelte den Kopf. »Nein, aber sie ist bestimmt gut. Trotzdem sieht es wohl so aus, als müssten wir unsere Hoffnungen auf den nächsten *Wolfsmord* setzen.«

»Ja, wie kommt Stina von Gryning voran?«, fragte Annika.

»Keine Ahnung.« Tobias seufzte. »Sie geht nicht ans Telefon, wenn ich anrufe.«

»Ghostet sie dich?«, fragte Katrin. Tobias warf ihr einen vernichtenden Blick zu. Seine Augen verengten sich.

Die Schlinge zieht sich zu, dachte Annika. Uns gehen die Alternativen aus. Ihre Gedanken schwirrten mal in die eine, mal in die andere Richtung. Sie spürte, dass sie *Ich bin der Gräber* erneut zur Diskussion stellen musste. Die Erinnerung an die scharrenden Geräusche ließ sie zögern, aber das Manuskript war zu gut, um es zu ignorieren. Trotz ihres eigenen Zwiespalts wollte sie erfahren, wie die anderen darüber dachten.

»Also«, sagte sie und ließ ihren Blick durch die Runde schweifen. »Habt ihr das Manuskript gelesen?«

Tobias hob eine Augenbraue. »Du meinst das Manuskript, das du Montag vor unserer Tür gefunden hast?«

»Ja.«

»Das ist phänomenal.« In Tobias' Gesicht rührte sich keine Miene.

»Gut«, erwiderte Annika. Ihr Magen kribbelte, als ob ein Hornissenschwarm darin wohnte. Sie konnte nicht sagen, ob ihr die Antwort gefiel oder nicht. »Findet ihr das alle?«

»Ja, aber wir können es nicht veröffentlichen«, fuhr Tobias fort. »Das ist dir doch klar?«

Es dauerte einen Moment, bis die Worte bei ihr ankamen. Hatte sie richtig gehört? »Entschuldige, aber warum können wir das nicht?«, erwiderte sie. Annika hatte keine Ahnung, ob sie Erleichterung oder Enttäuschung empfand. Gab sie aus purer Sturheit nicht auf?

»Es ist zu kontrovers. Der Gräber ist eine reale Person. Ein Irrer, der jedes Jahr aufs Neue mordet. Die Medien würden uns in Stücke reißen und uns Profitmacherei vorwerfen.«

»Aber es ist doch offensichtlich Fiktion«, wandte Annika ein. Sie dachte an das Kapitel *Die in der Erde ruhen* und spürte, wie ihre Nackenhaare sich aufstellten. *Diese Wesen existierten doch nicht wirklich?* Laut argumentierte sie weiter für das Manuskript. »Der Gräber ist ein realer Serienmörder, aber Apelgren ist Schriftsteller. Der Plot entspringt seiner Fantasie, das ist doch glasklar. Du hast selbst gesagt, dass das Manuskript phänomenal ist. Es würde sich aufgrund seiner eigenen Stärken verkaufen. Der Medienhype um den wahren Gräber würde das Interesse der Leser nur zusätzlich schüren.«

Tobias schüttelte den Kopf. »Was machen wir, wenn der reale Gräber wieder zuschlägt? Eine Neuausgabe drucken? Das ist geschmacklos, Annika. Aber eigentlich spielt es auch keine Rolle, weil wir sowieso nicht wissen, wer das Manuskript geschrieben hat.«

»Jan Apelgren, wer sonst? Er muss der Autor sein. Ich erkenne seinen Stil.«

»Ich stimme dir zu«, sagte Tobias. »Aber das ist unmöglich. Seit sechs Jahren gibt es kein Lebenszeichen von ihm.«

»Bis jetzt«, widersprach Annika. Sie stellte fest, dass sie ihren Zeigefinger auf die Tischplatte presste. Sie hatte gar nicht gemerkt, ihre Hand dorthin gelegt zu haben. Sie drückte die Fingerspitze so fest auf, dass der Nagel unter ihrem Nagellack weißlich hervortrat. »Wenn Apelgren nicht wollte, dass wir das Manuskript veröffentlichen, warum hätte er es dann vor unsere Tür legen sollen?«

Tobias seufzte. »Es geht nicht. Solange Jan nicht persönlich herkommt und bestätigt, dass er der Autor ist, können wir es nicht veröffentlichen.«

»Du gibst nicht auf, oder?«, schaltete Rebecka sich ein.

»Nein«, bestätigte Annika. »Dieses Manuskript kann den Verlag retten. Wir müssen es veröffentlichen.«

Sie weigerte sich, den Eklund-Verlag untergehen zu lassen. Sie würde ihr Haus finden, ihr Kinderwunsch würde in Erfüllung gehen. Martin und sie würden sich heute Abend ein Haus ansehen, das vielversprechend aussah. Die Dinge würden wieder ins Lot kommen, privat und beruflich, sobald sie ihr Haus bekam. Zugleich keimte ein Körnchen Angst in ihrer Magengrube. Sie wusste, dass es Einbildung war, aber sie hätte schwören können, an der Wand neben sich ein scharrendes Geräusch zu hören.

14

Mein Vater kam eines späten Abends mit dem Auto
von der Straße ab und starb noch am Unfallort.
Meine komplette Welt brach zusammen.
Ich weinte in meinem Zimmer unten im Keller.
Allein mit meiner Trauer
hörte ich sie an der Hauswand scharren.
Das Geräusch machte mir Angst, trotzdem blieb ich
bei ihnen in der Dunkelheit, bis ich einschlief.
Du hörst sie auch, habe ich recht?

Freitag, 19. November

CECILIA WREEDE SAH aus ihrem Bürofenster. Schmutzige Regenschlieren liefen die Scheibe herunter. Autoschlangen wälzten sich auf der Zufahrtsstraße, die vom alten Ullevi-Stadion am Präsidium vorbei zum neuen Ullevi-Stadion auf der anderen Straßenseite führte. Die Sonderkommission »Gräber« war im Viertel Stampen untergebracht, in dem roten Backsteinbau gegenüber den gläsernen Neubaukomplexen, in denen das Amtsgericht und das Untersuchungsgefängnis lagen. Ihr Haus war älter und auch äußerlich in die Jahre gekommen, trotzdem war Cecilia froh, hier und nicht in einem Großraumbüro zu sitzen.

Sie warf einen Blick auf ihr Handy. Das dunkle Display zog sie an, aber sie widerstand der Versuchung, ihre Chats zu checken, streckte sich und wandte sich wieder ihren Notizen zu. In den letzten Tage war sie die Vernehmungsprotokolle aller Personen durchgegangen, die sie in den vergangenen Jahren im Fall »Gräber« befragt hatten. Jetzt verglich sie die alten Aufzeichnungen mit ihren aktuellen Befragungen. Sie erwartete zwar nicht, auf neue Hinweise zu stoßen, wollte aber nicht riskieren, etwas zu übersehen.

Anders als bei den Opfern existierten zwischen den Verdächtigen einige gemeinsame Nenner, wenngleich auch offenkundige, die noch nie zu einer Festnahme geführt hatten. Bisher war es Jahr für Jahr darauf hinausgelaufen, dass einer der Bauarbeiter, die zum Tatzeitpunkt Arbeiten am Haus des Opfers durchgeführt hatten, ins Fadenkreuz geraten war. Schließlich war es Fakt, dass der Gräber sich in die Keller seiner Opfer *grub*, und auf den Baustellen vor den Häusern gab es die nötigen Gerätschaften dafür.

Aber früher oder später war diese Fährte aus Mangel an Beweisen stets im Sand verlaufen. Von den Opfern fehlte jede Spur, und in den Häusern hatten sie keine DNA der Bauarbeiter sichergestellt. Hinzu kam, dass es ihnen bislang nie gelungen war, den Einstieg der Tunnel zu finden. Jemanden durch die Tunnel kriechen zu lassen war zu gefährlich. Die Kriminaltechniker hatten ferngesteuerte Kameraautos eingesetzt, aber nach wenigen Metern waren die Tunnel eingestürzt.

So auch diesmal.

Auf ihrem Monitor leuchtete die Personalkartei des aktuellen Bauunternehmens. Ein paar Namen kamen ihr bekannt vor, und sie blätterte die Befragungsprotokolle durch – wie so oft. Einige

Bauarbeiter hatten auf mehreren der fraglichen Grundstücke Drainagen verlegt, aber auch diese Übereinstimmung hatte sie nicht weitergebracht.

Ihr Handy vibrierte. Eine Nachricht von Jonas. *Die Ergebnisse der DNA-Analyse sind da.*

Cecilia rief ihn an.

»Schieß los«, forderte sie ihn ohne Vorrede auf.

»Hallo, Cissi«, erwiderte Jonas. »Ich bin auf dem Weg. Sitze neben Andersson im Auto.«

»Gut, dann kannst du reden. Irgendwas Brauchbares?«

»Ja, diesmal ist wirklich was dabei.«

Cecilia richtete sich kerzengerade auf. Ihr Puls schoss in die Höhe. »Du machst Witze?«

»Nein. Neben der DNA des Opfers haben die Kollegen DNA einer weiteren Person sichergestellt. Aber das war's auch schon an guten Neuigkeiten.«

»Was meinst du?«

»Wir wissen nur, dass die DNA von einem unbekannten Mann stammt. Der Abgleich mit der DNA-Datenbank hat keinen Treffer ergeben.«

»Scheiße.« Frustriert sank Cecilia auf ihren Stuhl zurück.

»Aber es ist trotzdem ein Fortschritt«, sagte Jonas. »Es beweist, dass eine bis dato noch unbekannte männliche Person in Linda Sandströms Haus gewesen ist. Sobald wir die DNA zuordnen können, haben wir einen Verdächtigen.«

Cecilia sah auf die Personalkartei der Baufirma auf ihrem Bildschirm.

»Denkst du dasselbe wie ich?«, fragte sie.

»Dass der Feierabend ruft?«

Cecilia lachte. »Nein, Scherzkeks. Ich denke, dass einer unserer Bauarbeiter lügt.«

»Ja, das ist wohl anzunehmen. Was willst du als Nächstes tun?«

»Wir laden sie noch mal zum Verhör, bitten sie um eine DNA-Probe und gleichen diese mit der DNA unseres unbekannten Besuchers ab.«

»Klingt gut. Bis gleich.«

Sie legten auf. Cecilia blickte einen Moment lächelnd an die Decke. Zum ersten Mal hatten sie eine vielversprechende Spur. Ein unbekannter Mann, der in Linda Sandströms Haus gewesen war. Es musste sich um einen der Bauarbeiter handeln. Wenn sich ihre Vermutung als richtig erwies, würden sie bald schlauer sein. Aber ein leiser Zweifel blieb. Diese Spur war nicht neu, warum sollte sie diesmal ans Ziel führen? Wobei sie jetzt DNA hatten, rief sie sich in Erinnerung.

Cecilia wischte ihre Bedenken beiseite und beschloss, den Fortschritt zu feiern. Sie öffnete Tinder und schrieb gleich mehrere Profile an. Irgendeiner würde bestimmt anbeißen, vielleicht sogar schon für heute Abend. Immerhin war Freitag, und es war erst halb vier. Während sie auf Antworten wartete, blieb noch Zeit genug für ihre Joggingrunde.

15

Der Tod meines Vaters hätte meine Mutter und mich zusammenschweißen müssen.
Stattdessen kamen Geheimnisse ans Tageslicht.
Er war in der Nacht des Unfalls betrunken gewesen, und eine Frau hatte neben ihm gesessen.
Meine Mutter hatte schon lange von dem Verhältnis gewusst, mir aber nichts davon gesagt.
In der Zeit, in der mein Vater trank, hatte sie die Flaschen versteckt.
Jetzt begann sie zu trinken.

Sonntag, 21. November

DIE NÄCHSTE BESICHTIGUNG, das nächste von einer Inneneinrichtungsfirma dekorierte Haus mit Dauerschleifen-Mobiliar.

Annika stand in einem Flur mit verblassten Raufasertapeten und wurde von einem Gefühl der Ruhe erfasst, ohne dass sie den Grund dafür hätte nennen können. Einen Atemzug später wusste sie, warum. Sie stand in einem bizarren Paradox. Einer Kulisse aus modernen Möbeln und Accessoires, die davon ablenken sollten, dass diese Wände seit 1974 keine neue Tapete mehr gesehen hatten. Trotzdem fühlte sie sich zu Hause. Die Atmosphäre ließ ihr Herz ruhiger schlagen. Das Haus war gemütlich, trotz seiner Mängel. Sie fühlte sich hier wohl.

Sie zupfte Martin am Ärmel. »*Hier* will ich wohnen«, sagte sie und spürte, wie sich ein strahlendes Lächeln auf ihrem Gesicht ausbreitete, wie die Sehnsucht, genau hier mit Martin zu leben, in ihr zu wachsen begann und ihre aufsteigenden Bedenken verdrängte.

»Bist du sicher?« Martin sah sie fragend an. »Ich bin überrascht, dass du dir das Haus überhaupt ansehen wolltest.«

Annika nickte so nachdrücklich, dass ihre Haare um ihr Gesicht tanzten. Sie fühlte sich wie eine überdrehte Zwölfjährige. Sie wollte dieses Haus so sehr, dass sie kaum stillstehen konnte.

Martin blickte sich mit einem zufriedenen Lächeln auf den Lippen um. »Tja, wer Raufaser mag.«

»Hör auf.« Annika boxte ihn liebevoll in den Bauch. Martin lachte.

»Gib zu, dir gefällt es auch.«

Martin nickte. »Die Lage ist gut. Und es gibt keinen Keller. Wie heißt es so schön? 10 von 10 Punkten?«

»Ja! Komm, wir reden im Auto weiter.« Annika schielte zu den anderen Interessenten hinüber. »Die Wände haben Ohren.«

Sie verabschiedeten sich von der Maklerin, warfen ihre blauen Plastikschuhüberzieher in einen Eimer neben der Eingangstür und verließen das Haus. Annika konnte nicht aufhören zu lächeln. Das Haus war perfekt. Nicht zu klein und nicht zu groß. Die nächste Bushaltestelle mit Anbindung zum Järntorget lag um die Ecke. Ein paar Renovierungen waren nötig, aber es gab nichts, was sie direkt in Angriff nehmen mussten. Sie konnten ein, zwei Jahre warten, bis sie das finanzielle Polster angespart hatten. Gerade war sogar ihre Angst, ihren Job zu verlieren, wie weggeblasen.

»Hier müssen wir Steinplatten verlegen«, sagte Martin nachdenklich, als sie den gekiesten Gartenweg hinunterliefen.

»Nein, warum?«

»Damit du hochhackige Schuhe tragen kannst, wenn du willst.«

»Wie oft tue ich das? Ich mag Kies. Das hat was Gemütliches, findest du nicht?«

Das Gartentor quietschte, als sie es hinter sich zuzogen. Auf dem Weg zum Auto musterten sie die umliegenden Häuser. Eine Mischung aus älteren Holzhäusern und typischen Achtzigerjahrebauten mit weißen Klinkerfassaden. Der Straßenbelag war rissig und wellig, genau wie in der Straße, in der Annika aufgewachsen war. Sie sah förmlich vor sich, wie ihre Kinder hier rosa Kreidehüpfekästchen aufmalten. Die letzten Strahlen der Abendsonne brachen durch die Wolken und tauchten das Viertel in silbriges Licht. Es verlieh dem Moment etwas Magisches. Alles fühlte sich richtig an.

Während der Rückfahrt in die Stadt hing sie ihren Gedanken nach. Die Nachbarschaft war genauso beschaulich, wie sie es sich vorgestellt hatte. Der Kaufpreis war vielleicht ein wenig höher, als sie veranschlagt hatten, sprengte aber nicht den Rahmen. Annika rechnete nach, wie viel sie unter Berücksichtigung der Kosten für eine neue Küche bieten konnten. Wohnte nicht auch Martins Chef in dieser Gegend? Martin riss sie mit einer Bemerkung über die Gartenhecke, die ihm nicht gefiel, aus ihrer Tagträumerei. Die Hecke müsste weg. Annika überlegte, wie viel die Eintragung ins Grundbuch kostete. Diesen Punkt hatten sie nicht bedacht, aber Martin versprach, sich zu informieren.

Als sie nach Hause kamen, erschien ihnen ihre Wohnung schon im Flur klein und beengt, als wäre sie in ihrer Abwesenheit geschrumpft. Der Schnitt war offen und einladend, die Wände waren weiß gestrichen, und zahlreiche Fenster ließen Licht in jede Ecke. Aber es gab nur zwei Zimmer plus Küche. Annika lehnte sich an die Kochinsel, schloss die Augen und stellte sich vor, in dem Haus zu stehen. Sofort fühlte sie sich besser.

»Hast du Hunger?«, fragte Martin. »Ich kann uns schnell was machen, wenn du möchtest.«

»Bist du verrückt? Wie kannst du jetzt an Essen denken?« Annika machte eine auffordernde Geste. »Hol deinen Laptop. Wir geben ein Gebot ab. Bevor uns jemand zuvorkommt.«

»*Du* bist verrückt«, erwiderte Martin. »Aber das gefällt mir. Wie viel sollen wir bieten?«

»Den Ausgangspreis natürlich. Darunter werden die Verkäufer das Haus wohl kaum hergeben.«

»Sag das nicht.«

Annika streckte sich der Länge nach auf dem Sofa aus und ließ sich von dem gleichen warmen Gefühl einhüllen wie in dem Haus. »Wir wollen nicht mehr zahlen, als wir müssen. Du hast das Haus gesehen. Die Küche muss renoviert werden, das Bad auch. Von den Wänden ganz zu schweigen.«

»Ein paar Tapeten und Malerfarbe bringen uns schon nicht ins Armenhaus. Vielleicht dauert es ein Weilchen, aber wir haben es schließlich nicht eilig.«

»Mit den Renovierungen nicht, aber mit dem Gebot. Wo ist dein Laptop?«

»Okay, ich hab verstanden. Also den Ausgangspreis?«

Annika nickte und blickte an die Decke. Sie hatte das Gefühl, über dem Boden zu schweben. Martin setzte sich mit seinem Laptop auf den Knien auf den gepolsterten Hocker. Er klickte und schrieb mehrere Minuten. Annika drehte sich zu ihm.

»Warum dauert das so lange?«

»Man muss auf der Maklerseite erst ein Profil einrichten. Ich hasse so was. Schließlich haben wir nicht vor, nächste Woche ein neues Haus zu kaufen.«

»Nein. Nur dieses.« Annika lächelte verträumt.

»Ganz genau. Ich habe auch deine Handynummer hinterlegt. Dann bekommen wir beide eine SMS, wenn uns jemand überbietet.«

»In Ordnung.« Annika streckte den Arm aus und zog an Martins Hosenbund. »Bist du bald fertig?«

»Gleich. Jetzt! Unser Gebot ist registriert.«

»Waren wir die Ersten?«

Martin schüttelte den Kopf. »Nein, ein Paar war schneller.«

»Was?« Annika sprang vom Sofa auf. »Du machst Witze. Wie viel haben sie geboten?«

Martin lachte. »Dreihunderttausend unter Ausgangspreis. Die haben keine Chance.« Martin klappte den Laptop zu und legte ihn auf den Wohnzimmertisch. »Weißt du, was das heißt, Liebling? Wir haben bald ein Haus!«

»Ich *weiß*«, erwiderte Annika. »Ein eigenes Haus, das uns gehört, uns ganz allein.«

Sie schlang die Arme um Martin und küsste ihn. Die Emotionen durchfluteten sie. Freude, Spannung, Erregung. Ihre Haut kribbelte elektrisiert, ihr Blut prickelte wie Champagner. Sie konnte ihre Gefühle nicht zurückhalten, sie musste sie ausleben.

»Komm«, sagte sie und zog Martin ins Schlafzimmer.

16

Sie ertrug meinen Anblick nicht mehr.
Ich erinnerte sie an ihn,
den Mann, der uns beide verraten hatte.
Sie ließ ihren Hass an mir aus,
und dadurch verriet sie auch mich.
Ich verließ sie, um zu studieren, und seitdem haben wir
kein Wort mehr miteinander gewechselt.

Montag, 22. November

AUF DEM WEG in den Pausenraum kam Annika an Tobias' Büro vorbei. Seine Tür war geschlossen. Normalerweise stand sie immer offen. Neugierig blickte Annika durch den Glaseinsatz neben der Tür. Tobias saß mit aufgestützten Ellenbogen am Schreibtisch und hatte das Gesicht in den Händen vergraben. Im nächsten Moment fuhr er sich so hektisch durch sein aschblondes Haar, dass es in alle Richtungen abstand. Eine kalte Hand umklammerte Annikas Herz. Sie schlüpfte in sein Büro und zog die Tür hinter sich zu. Tobias reagierte nicht. Er atmete schwer.

»Was ist los?« Annika legte ihm vorsichtig eine Hand auf die Schulter.

Tobias schrak zusammen und sah sie an. Seine Augen waren gerötet. Hastig wischte er sich eine Träne von der Wange. »Scheiße«, sagte er. »Ich habe dich gar nicht reinkommen hören.«

Annika zog Tobias' Besucherstuhl heran und setzte sich. Sie beugte sich zu ihm. »Was ist passiert?«

Tobias schluckte. »Ich weiß nicht, was ich sagen soll.« Er hob die Arme. Seine Augen füllten sich mit Tränen, und er presste sich die Handflächen vors Gesicht.

»Was ist los, um Himmels willen?« Annika legte ihm wieder eine Hand auf die Schulter. Sie bebte innerlich vor Unruhe. Sie hatte Tobias viele Male aufgebracht erlebt, mitunter sogar stinksauer, aber noch nie hatte sie ihn weinen sehen. Ihre Brust zog sich vor Mitgefühl und Angst zusammen.

Tobias holte tief Luft. »Es ist aus. Ich habe mit Stina von Gryning gesprochen«, sagte er mit bebender Stimme. »Es gibt keinen neuen *Wolfsmord* mehr. Sie hat bei Albert Bonniers einen Vertrag über eine andere Reihe abgeschlossen. Sie wird nicht mehr für uns schreiben.«

Annika ließ sich gegen die Stuhllehne fallen. Sie musste sich auf ihre Atmung konzentrieren. »Hat sie gesagt, warum?«

Tobias hob resigniert die Schultern. »Bonniers zahlt wohl besser, nehme ich an. Mit dieser Größenordnung können wir eben nicht konkurrieren, weder früher noch jetzt.«

Annika blinzelte mehrmals, wie um aus einem bösen Traum zu erwachen. Stina von Gryning war ihre letzte Hoffnung gewesen. Jetzt hatten sie nichts mehr. Ihr Blickfeld verengte sich zu einem schmalen Tunnel. Sie war noch nie in ihrem Leben in Ohnmacht gefallen. Doch jetzt war sie kurz davor. Der Boden schwankte unter ihr, und sie hörte ein Piepen in den Ohren. Es war aus. Der Verlag musste Konkurs anmelden. Sie würde ihren Job verlieren. Martin und sie würden nie ihr Haus, ihre Kinder bekommen.

Wie aufs Stichwort vibrierte ihr Handy zornig in der Hosentasche. Annika fischte es hervor. Ein dritter potenzieller Käufer war ins Bietergefecht eingestiegen. Sie zwang sich, Ruhe zu bewahren.

»Worum geht's?« Tobias deutete mit dem Kopf auf ihr Telefon.

»Wir bieten für ein Haus«, sagte Annika.

»Perfektes Timing«, erwiderte Tobias. »Ich hoffe, dein Mann verdient gut.«

Annikas Verlangen wuchs. Sie weigerte sich, das Haus aufzugeben. Etwas Unförmiges, ölig Schwarzes bäumte sich in ihr auf, breitete sich wie Tinte im Wasser in ihrem Körper aus.

»Wir veröffentlichen *Ich bin der Gräber*«, beschloss sie. Als sie es aussprach, ließ der Druck auf ihrer Brust nach, und sie bekam wieder Luft. Sie fühlte sich wie nach einer Offenbarung.

Tobias starrte sie an, als ob sie den Verstand verloren hätte. »Bist du verrückt? Das ist völlig ausgeschlossen.«

»Für ethisch korrekte Lösungen fehlt uns leider die Zeit«, entgegnete Annika, dabei konnte sie selbst kaum glauben, dass diese Worte aus ihrem Mund kamen. Das Ganze fühlte sich vollkommen unwirklich an. »Wir müssen nicht sagen, dass das Manuskript von Jan Apelgren ist. Wir geben es unter Pseudonym heraus.«

»Wer sollte uns das abkaufen?«, wandte Tobias ein. »Du hast selbst gesagt, dass Apelgrens Stil unverkennbar ist. Genauso gut könnte jede Seite mit seinem Namen überschrieben sein.« Er schüttelte resigniert den Kopf und fuhr sich mit der Hand durch seinen Haarschopf.

»Es muss doch einen Weg geben«, beharrte Annika.

»Nur wenn Apelgren tot ist.«

»Wie meinst du das?«

»Es gibt eine Sache über Apelgren, die nur wenige wissen.« Tobias knetete seine Nasenwurzel. »Es gibt ein Testament.«

Annikas Puls schnellte in die Höhe. *Ein Testament?* »Hast du es gelesen?«

»Nein. Ich weiß es von Fredrik.«

»Apelgren hat Fredrik also von seinem Testament erzählt?« Annika runzelte die Stirn. »Aber mir nicht?«

»Er wird wohl seine Gründe gehabt haben. Immerhin ist Fredrik unser Geschäftsführer. Im Fall von Apelgrens Ableben gehen alle Rechte an seinen Werken an den Verlag über. Sofern er keine Kinder hat. Das war Jans Dank dafür, dass wir von Anfang an an ihn geglaubt haben.«

»Und das erzählst du mir *jetzt?*«

Tobias hob verteidigend die Hände. »Fredrik hat mir verboten, etwas zu sagen. Ich habe es selbst erst erfahren, nachdem dieses Manuskript aufgetaucht ist.«

Annika stand auf. »Ich muss das Testament lesen. Wer verwahrt es?« Ihr Magen kribbelte vor Aufregung. Sie erkannte sich selbst nicht wieder. Was hatte sie vor?

»Apelgrens Notarin, nehme ich an. Emma Sieverts. Hast du sie mal getroffen? Sympathische Frau – für eine Notarin.«

Annika stützte ihre Hände auf Tobias' Schreibtisch und sah ihm fest in die Augen. »Dieses Manuskript ist unsere letzte Chance. Wenn du und ich unsere Jobs behalten wollen, müssen wir *Ich bin der Gräber* herausgeben.«

Eine lange Weile erwiderte Tobias ihren Blick aus seinen rot geränderten Augen. Annika wich ihm nicht aus. Schließlich nickte er. »Ich rufe Fredrik an und erkläre ihm die Situation. Was hast du vor?«

Annika richtete sich auf. Sie hatte das Gefühl, zehn Zentimeter gewachsen zu sein.

»Ich vereinbare einen Termin bei dieser Notarin. Jetzt, sofort.«

17

Meine Studienzeit war eine Qual.
Die Großstadt war ein nachtragendes Geschöpf
aus Beton und Asphalt.
Ich war häufiger betrunken, als mir lieb war.
Aber alle meine Freunde waren es auch.
Es gab Frauen in meinem Leben,
doch jeder Versuch, Liebe zu finden,
endete mit kleinem oder großem Verrat.

Montag, 22. November

EMMA SIEVERTS' NOTARBÜRO lag in der Vasastan, in einem alten Klinkerbau mit schmutzig gelber Fassade in einer der Gassen, die vom Vasaplatz abzweigten. Das Treppenhaus mit hoher Stuckdecke war in gedeckten Naturfarben mit roten Akzenten gehalten. Annika sah sich mit großen Augen um, als sie durch die Tür trat. Sie hatte das Gefühl, ein Jahrhundert in die Vergangenheit gereist zu sein. Sogar die Plafondlampen an der Decke verströmten ein orangefarbenes Licht, als würden sie weniger Volt benötigen.

In der Eingangstür des Notarbüros empfing sie eine dunkelhaarige Frau mit dickem Brillengestell.

»Annika Granlund?«, fragte sie und gab Annika die Hand.

»Ja«, antwortete Annika. »Sind Sie Emma Sieverts?«

»Höchstpersönlich«, bestätigte die Notarin mit einem perlenden Lachen. »Kommen Sie rein. Ich koche uns einen Tee.«

Die Notarin sah nicht so aus, wie Annika sie sich vorgestellt hatte. Allerdings war sie noch nie einer Notarin begegnet und hatte keine Ahnung, was sie erwartet hatte. Ein geschäftsmäßigeres Outfit vielleicht, eher in Richtung Schleifenbluse und Bleistiftrock. Emma Sieverts trug schwarze Jeans und einen Wollpullover mit einem weiten Schlauchkragen, der ihr bis zum Kinn reichte und über ihre Schultern floss. Ihre Haare hatte sie zu einem hohen Dutt gebunden, der bei jeder Bewegung wippte.

Auch ihr Büro sah nicht so aus, wie Annika, deren Bild einer Notarkanzlei auf amerikanischen Fernsehserien basierte, es sich vorgestellt hatte. In der TV-Welt war alles aus poliertem Glas, und jedes Fenster bot eine atemberaubende Aussicht auf Manhattan. Emma Sieverts' Büro war vor allem klein. Es gab keinen Empfangsbereich, und eine Aussicht, die diese Bezeichnung verdiente, war auch nicht vorhanden. Annika hatte eher das Gefühl, ein Wohnzimmer zu betreten.

Unter ihren Füßen knarrte Parkett. In wandfüllenden Bücherregalen und auf dem Fußboden stapelten sich Fachliteratur und Akten in braunen Pappheftern. Durch eine geöffnete Spiegeltür fiel ihr Blick auf einen Schreibtisch mit einem älteren Laptopmodell.

Während Annika sich umsah, goss Emma Sieverts in einer kleinen Teeküche heißes Wasser in zwei Becher. Zwei nicht zusammenpassende Becher, registrierte Annika, als die Notarin zurückkam. Der eine war ein elfenbeinfarbener Porzellanbecher mit kleinen Blümchen am Rand, der andere ein henkelloser blauer Steingutbecher.

»Setzen Sie sich, bitte.« Emma Sieverts deutete auf ein nussbraunes Ledersofa vor einem Fenster, das zum Innenhof hinausging. Annika nahm Platz, während die Notarin die Becher auf den Tisch stellte und eine Katze vom Sofa hob, die es sich am anderen Ende auf einigen Kissen bequem gemacht hatte. »Ich hoffe, Sie haben keine Katzenhaarallergie.«

»Nein, wie heißt Ihre Katze?«

»Zucker. Sie wohnt hier. Ich hätte sie gerne bei mir zu Hause, aber seit meiner Scheidung bin ich kaum da. Das Haus ist eine Baustelle. Alles muss renoviert werden, und ich habe viel zu viel zu tun.« Emma Sieverts machte eine weit ausholende Geste. »Mein Leben findet zurzeit hier statt, also muss Zucker auch hier sein.«

Annika nickte. »Mein Mann und ich sind gerade auf Haussuche. Aber Ihr Büro ist gemütlich.«

»Mir gefällt es.« Emma Sieverts lächelte ansteckend. »Hier habe ich alles, was ich brauche. Aber was führt Sie so eilig zu mir?«

»Jan Apelgren«, erwiderte Annika. »Oder genauer gesagt, sein Testament.«

»Ah.« Emma Sieverts schlug die Beine übereinander. »Der Eklund-Verlag. Das hätte mir schon bei Ihrem Anruf klar sein sollen.«

»Ist das ein Problem?«

»Ja. Und nein. Ich unterliege meinen Mandanten gegenüber der Schweigepflicht. Aber Jan war anders, sowohl was seine Auftragsvergabe an mich anging als auch in vielen anderen Dingen. Sie müssen wissen, ich habe Jan viele Jahre lang betreut. Es waren keine großen Angelegenheiten, aber trotzdem. Normalerweise dürfte ich Ihnen darüber gar keine Auskunft geben, aber in dieser speziellen Sache muss ich Sie sogar hinzuziehen. Jan schien den Eklund-Verlag sehr zu schätzen.«

»Das hoffe ich«, erwiderte Annika. »Er war ein absoluter Newcomer, als wir ihn unter Vertrag genommen haben. Ich war seine Lektorin. Im Laufe der Jahre haben wir uns gut kennengelernt – jedenfalls hatte ich den Eindruck. Jans Verschwinden kam für uns völlig unerwartet. Seins und das seiner Frau.«

»Ja, seine Frau. Seinen Verlag hat er geschätzt, seine Frau weniger.« Emma Sieverts sah Annika an. »Apelgren hat seine Frau enterbt, er kann sie also nicht sehr gemocht haben.«

»Ist das legal?«

Emma lächelte und blinzelte amüsiert. »Ist es, und zwar völlig problemlos. Nur den eigenen Kindern steht grundsätzlich der Pflichtteil zu.«

Annika nickte nachdenklich. Sie nippte an ihrem Tee. Er schmeckte gut. Mild, aber trotzdem kräftig im Geschmack. »Mein Kollege sagt, dass Apelgren das Urheberrecht an seinen Werken unserem Verlag übertragen hat«, fuhr sie nach einer Weile fort. »Ist das üblich?«

»Nein. Vor allem nicht, wenn man bedenkt, dass Jan sein Testament diesbezüglich erst kurz vor seinem Verschwinden geändert hat. Als hätte er es gewusst …« Emma Sieverts verstummte und blickte einen Moment gedankenverloren aus dem Fenster. Dann deutete sie auf das Sofa, auf dem Annika saß. »Bei der Testamentsunterzeichnung hat er genau da gesessen, wo Sie jetzt sitzen.«

Auf einmal fühlte sich das Sofa unbequem an. Annika begann, unter den Armen zu schwitzen. Dass Jan sein Testament genau hier unterschrieben hatte, kam ihr wie ein Omen vor.

Emma Sieverts sah sie mit zur Seite geneigtem Kopf an. Ihr Dutt fiel nach links, und sie lächelte, während sie darauf wartete, dass Annika etwas sagte.

Annika schüttelte ihr Unbehagen ab. Sie war hier, um ein Problem zu lösen. Für Gewissensbisse war es zu spät. »Wir möchten ein unveröffentlichtes Manuskript von Jan herausgeben. Wir halten es für sehr vielversprechend, aber wir besitzen nicht die Rechte an dem Text. Können Sie uns dabei helfen?«

Emma Sieverts schüttelte den Kopf. »Bedaure. Jan hat dem Eklund-Verlag die Urheberrechte an seinen Werken testamentarisch übertragen, aber diese Verfügung gilt nur im *Fall seines Ablebens*. Soweit wir wissen, ist Jan nicht tot. Und deshalb müssen Sie mit ihm sprechen.«

»Wissen Sie, wo er ist?«

»Leider nein. Ich habe seit der Testamentsunterzeichnung nichts mehr von ihm gehört.«

»Aber irgendwas müssen wir doch tun können?«

»Bevor Jan nicht offiziell für tot erklärt wird, sind mir die Hände gebunden«, antwortete Emma Sieverts achselzuckend.

Annika durchflutete eine Woge der Enttäuschung, sie zwang sich aufzustehen. »Wenn das so ist, möchte ich Sie nicht weiter aufhalten.«

»Es tut mir wirklich leid. Wenn ich könnte, würde ich Ihnen gerne helfen.«

Plötzlich klickte etwas in Annikas Hirn, sie blieb wie angewurzelt stehen und sah Emma Sieverts an. Zucker sprang aufs Sofa und machte es sich – mit dem Rücken zu Annika – auf Annikas Platz gemütlich.

»Seit wann genau ist Jan eigentlich verschwunden?«, fragte sie.

»Schwer zu sagen. Aber das letzte Lebenszeichen von ihm war im November vor sechs Jahren. Wieso fragen Sie?«

Annika errötete nervös. »Kann man nach all den Jahren nicht davon ausgehen, dass er tot ist?«

Emma Sieverts neigte wieder den Kopf zur Seite. »Er kann offiziell für tot erklärt werden. Aber der Antrag muss von einem Erben gestellt werden. Jan hat keine Erben.«

»Aber er hat ein Testament verfasst, in dem er verfügt, dass sein Verlag die Rechte an seinen Büchern erbt. Hat er den Eklund-Verlag damit nicht zu seinem Erben ernannt?«

»Genau genommen nicht.« Emma Sieverts schüttelte den Kopf. »Wobei … Ohne einen anderen gesetzlichen Erben nehme ich an, dass es so sein könnte. Wenn auch nur analogieweise.«

»Was bedeutet das?«

»Verzeihung. Das ist meine Art zu sagen, dass Sie möglicherweise recht haben.«

»Können Sie mir helfen?«

Emma Sieverts lächelte. »Nein. Ich bin Apelgrens Testamentsvollstreckerin. Wenn er tot aufgefunden oder amtlich für tot erklärt wird, werde ich seinen Nachlass regeln. Was die Frage eines möglichen Ablebens angeht, bin ich befangen.«

»Aber Sie können mir doch einen Tipp geben, wie der Verlag weiter vorgehen muss?«

»Natürlich. Sie müssen bei Gericht einen Antrag auf Todeserklärung stellen. Ich kann Ihnen eine Kopie von Jans Testament zukommen lassen, damit Sie sich auf rechtliches Interesse berufen können. Nach Antragstellung beginnt eine sechsmonatige Wartefrist. Wenn währenddessen kein Lebenszeichen von Jan eingeht, wird er amtlich für tot erklärt.«

»Tausend Dank für Ihre Hilfe. Sie ahnen nicht, wie viel mir das bedeutet.«

»Gern geschehen.« Emma Sieverts stand auf, gab Annika die Hand und blickte ihr fest in die Augen. Ihre entgegenkommende Art war wie weggeblasen. »Sind Sie sicher, dass Sie das tun wollen?«

Mit einem Mal färbten sich die Schatten im Raum dunkler. Die schweren Bücherregale schienen sich auf Annika herabzuneigen, und ihr wurde flau im Magen. Sie existierten, die Klauenwesen.

Vielleicht hatten sie auch Apelgren heimgesucht. Wollte sie diesen Weg wirklich gehen?

Hatte sie eine Wahl?

»Warum fragen Sie?«, brachte sie schließlich hervor.

»Weil der Verlag ihm damit das Leben nimmt, wenn auch nur auf dem Papier.« Emma Sieverts hob eine Augenbraue und drückte Annikas Hand fester. »Dieser Schritt wird … Fragen aufwerfen.«

Annikas Kehle war wie ausgedörrt. Vergeblich versuchte sie zu schlucken. »Das ist mir bewusst«, sagte sie. »Aber es ist der einzige Weg. Um den Verlag zu retten.« *Meinen Job. Mein Haus.*

»Ich verstehe«, sagte Emma Sieverts. Einen Wimpernschlag später war alles wieder wie zuvor. Die Notarin lächelte und ließ Annikas Hand los. Die Regale standen kerzengerade an den Wänden, die Bücher dicht an dicht auf den Brettern.

»Auf Wiedersehen, Frau Granlund. Es war nett, Sie kennenzulernen. Viel Glück bei der Antragstellung.«

18

Meine Abscheu wuchs, gegen meine Freunde
sowie gegen meine pathetischen Versuche,
Beziehungen einzugehen.
Trotz der vielen Menschen auf den Straßen
wurde ich zunehmend einsamer.
Aber ich quälte mich durch mein Studium,
und nach dem Abschluss bekam ich einen Job.
Äußerlich sah man es mir nicht an,
aber mein Leben war grau und schnürte mir die Luft ab.
Erkennst du dich wieder?

Montag, 22. November

»ES GIBT EINE Möglichkeit«, sagte Annika. Ihre Wangen waren vor Kälte und Aufregung gerötet. Nach ihrem Gespräch mit Emma Sieverts war sie zu Fuß ins Büro zurückgegangen. »Ich habe mit der Notarin gesprochen, und es *gibt* eine Möglichkeit.«

»Ich weiß nicht, ob das noch eine Rolle spielt«, seufzte Tobias. Er warf seine Lesebrille auf die Computertastatur, sodass die Metallbügel schepperten.

»Natürlich spielt es noch eine Rolle«, widersprach Annika und schluckte den Kloß in ihrem Hals hinunter. »Was ist los mit dir? Dieses Buch kann den Verlag retten, Tobias. Das weißt du. Es hat alles. Die richtige Menge Blut, Horrorelemente, einen authentischen Ermittler. Und einen aktuellen Hintergrund.«

»Ja, bis dahin stimme ich dir zu. Aber hast du die E-Mail gelesen?«

»Welche E-Mail?«

»Von Fredrik. Die solltest du zuerst lesen.«

Annikas Handy vibrierte in ihrer Hosentasche. Sie zog es hervor und las die Nachricht auf dem Display, während sie versuchte, Tobias' Blicke abzuschütteln, die wie lästige Ameisen über ihre Haut krochen. »Scheiße«, fluchte sie.

»Verstehst du jetzt?«

Annika sah ihn an. »Nein. Ein neues Gebot für das Haus. Die Interessenten geben nicht auf. Kannst du dir vorstellen, wie nervig Bieter sind, die jedes Gebot mit fünftausend Kronen überbieten?«

Tobias zuckte die Achseln. »Niemand will mehr bezahlen als nötig.«

Annika schickte Martin eine Nachricht, dass er nachlegen sollte. Es gab keine Alternative, sie mussten das Haus haben.

Tobias schüttelte den Kopf. »Vergiss es. Ich sag dir, was in Fredriks Mail steht. Die Eigentümer haben ein Ultimatum gesetzt. Uns bleiben neun Monate. Dann ist der Geldhahn zu.«

Annika sank auf Tobias' Besucherstuhl. Sämtliche Luft wich aus ihr heraus. Neun Monate waren nicht ansatzweise genug Zeit, um das Manuskript herauszugeben. So lange brauchten sie allein für Lektorat, Satz und Druck. Marketing, Vertrieb und Distribution würden sich noch viel länger hinziehen, von der Dauer des Antragsverfahrens auf Todeserklärung ganz zu schweigen.

Trotzdem hatte sie nicht vor, das Handtuch zu werfen. *Es könnte klappen.*

Annika hatte keine Ahnung, wie sie das Kunststück fertigbrachte, aber sie erwiderte Tobias' Blick, ohne sich ihre Nervosität anmerken zu lassen. »Kein Problem. Wir brauchen sechs Monate, dann ist alles in trockenen Tüchern.«

Tobias sah sie skeptisch an. Annika beugte sich näher zu ihm. »Du hast das Manuskript gelesen. Es muss hier und da lektoriert werden, mehr nicht. Die meisten Kapitel könnten unbesehen in den Druck. Wie viele Manuskripte bekommen wir rein, die von vornherein druckreif sind?«

»Annika, wir haben darüber geredet. Wir können das Manuskript nicht veröffentlichen, das weißt du. Apelgren ist verschwunden.«

»Wer weiß das schon? Ich bin überzeugt, dass er tot ist, oder was glaubst du?« Annika beugte sich noch ein Stück näher zu Tobias und sah ihm in die Augen. »Was du gesagt hast, stimmt. Apelgren hat uns die Rechte an seinen Büchern testamentarisch vermacht. Wenn er tot ist, besitzen wir die Rechte an dem Manuskript. Wir können es veröffentlichen, wenn wir wollen. Wir müssen nicht einmal Tantiemen zahlen. Alle Einnahmen gehen an *uns*.«

»Ja, das mag sein. Aber wir wissen nicht, ob Apelgren wirklich tot ist.«

»Er ist lange genug verschwunden, um ihn offiziell für tot zu erklären. Nach Antragstellung beginnt eine sechsmonatige Wartefrist. In der Zeit können wir die Veröffentlichung vorbereiten. Werbung, Cover, Druck. Die Zeit reicht.«

Tobias verschränkte die Arme vor der Brust und schüttelte den Kopf. »Vielleicht. Aber es wäre nicht richtig. Ich meine, wenn wirklich Apelgren das Manuskript vor unsere Tür gelegt hat, dann muss er doch noch am Leben sein, oder etwa nicht?«

Annika rang mit sich. Sie dachte an Emma Sieverts' Blick, als sie gefragt hatte, ob sie diesen Weg wirklich gehen wolle. Zugleich nagte der sehnliche Wunsch nach einem Haus an ihr. Sie durfte sich ihren Traum nicht von Bedenken zerstören lassen.

Ihr Handy vibrierte wieder. »Moment, ich muss kurz nachsehen.«

Tobias hob die Hände, während Annika das jüngste Gebot auf ihrem Display las. Sehr viel höher diesmal. »Das kann doch nicht wahr sein«, fluchte sie. »Noch ein Bieter.«

»Können wir dieses Thema bitte kurz außer Acht lassen?«, fragte Tobias.

Annika nickte und riss widerstrebend den Blick vom Telefon. »Natürlich. Es geht ja nur um mein Traumhaus.«

»Das du mit welchem Geld bezahlen willst, wenn der Verlag pleitegeht?«

Annika warf ihm einen tödlichen Blick zu. »Wenn wir das Manuskript herausgeben, ist es kein Problem.«

»Okay, mal angenommen, wir veröffentlichen es. Wie sollen wir das plötzliche Auftauchen erklären? Wir können kaum sagen, dass wir es im Treppenhaus gefunden haben.«

»Das muss niemand erfahren. Wir sagen einfach, dass wir es schon lange hatten, es aber erst herausgeben wollten, wenn feststeht, dass Apelgren tot ist. Das wäre nicht einmal wirklich gelogen. Es ist fast die Wahrheit.«

Annikas Telefon klingelte in ihrer Hand. Martin. »Denk darüber nach. Ich muss kurz rangehen.« Sie nahm ab. »Hallo, Liebling. Was gibt's?«

»Hast du das letzte Gebot gesehen?«, fragte Martin.

»Ja, wie kann das sein?«, antwortete Annika. »Wer bietet so spät mit und treibt den Kaufpreis derart in die Höhe?«

»Das Gebot kommt vom ersten Paar«, sagte Martin trocken.

»Ich dachte, sie hätten aufgegeben. Was sollen wir machen? Ich weiß, dass du das Haus willst, aber ganz ehrlich? Wir können nicht höher gehen. Vor allem nicht, wenn …« Martin verstummte.

»Ich habe nicht vor, meinen Job zu verlieren«, erwiderte Annika und kaute nervös an einem Fingernagel.

Martin seufzte. Sie konnte hören, dass er zögerte. »Okay, noch ein Gebot. Lass uns hoffen, dass das erste Paar keine neureichen ausgewanderten Schweden sind, die es zurück in die Heimat zieht.«

»Ich drücke die Daumen. Liebe dich«, sagte Annika und legte auf, bevor Martin antworten konnte. Sie hatte das Gefühl zu fallen, obwohl sie fest auf beiden Beinen stand. Insgeheim nagten Zweifel an ihr. Ihr Handy summte. Martin hatte ihr Gebot abgegeben. Jetzt gab es kein Zurück mehr.

Annika fixierte Tobias' Blick. »Wir *müssen* es tun. Ich stelle noch heute den Antrag auf Todeserklärung.«

»Worauf lassen wir uns da bloß ein, Annika?« Tobias seufzte tief. »Was wird man über uns sagen, falls Apelgren doch noch lebt?«

»Ein Problem nach dem anderen. Was uns angeht, ist er tot. Wir geben das Buch heraus.« Annika hob die Schultern. »Apelgren hätte es so gewollt. Warum hätte er sonst dieses Testament verfasst?« Ihre Worte klangen hohl, als ob sie sich von etwas überzeugen wollte, das sie selbst nicht glaubte.

»Okay, ich mach mich sofort ans Lektorat«, beschloss Tobias. »Wenn wir es machen, machen wir es gründlich.«

Annika ging in ihr Büro. Sie setzte sich an ihren Schreibtisch, rief die Homepage des zuständigen Gerichts auf, suchte den Link für den Antrag auf Todeserklärung und gab Apelgrens Personalien anhand des Verlagsvertrags zu *Die Mittsommerfrau* in das Formular ein. Währenddessen machte die untergehende Sonne vor ihrem Fenster aus den Kränen im Hafen schwarze Schattenrisse. Die Dunkelheit senkte sich auf Göteborg herab und kroch ihr unter die Haut. Sie hatte ein Rauschen in den Ohren, und ein leises Pochen hinter den Schläfen kündigte eine Migräne an.

Mit einem letzten Klick schickte sie den Antrag ab. Auf dem Bildschirm erschien eine Eingangsbestätigung. In sechs Monaten würden sie das Buch herausgeben können.

Als sie erleichtert ausatmete, vibrierte ihr Handy. Das wütende Summen ließ sie zusammenfahren. Angespannt griff sie nach dem Telefon und las die Nachricht.

Die ersten Interessenten hatten Nägel mit Köpfen gemacht. Sie hatten das Bietergefecht verloren.

19

Das Einzige, was mich aufrecht hielt, war das Schreiben.
Jeden Abend, egal wie müde ich war,
setzte ich mich an meinen Computer und schrieb.
Ich versuchte mich an allem,
sogar an erotischen Novellen.

Dienstag, 23. November

»ICH DACHTE, IHR wärt durch mit mir«, sagte Bengt Johansson. Er sah aus wie ein Schuljunge, der im Materialraum beim Filzstiftklauen ertappt worden war. »Ich habe nichts gemacht. Ihr verschwendet nur eure Zeit.«

»Die Entscheidung überlassen Sie bitte uns«, erwiderte Cecilia. »Aber wir sprechen auch noch einmal mit Ihren Kollegen. Wir müssen einigen neuen Hinweisen nachgehen.«

Johansson sah Cecilia für einen Sekundenbruchteil an, dann wich er ihrem Blick aus. Er war genauso nervös wie bei der ersten Befragung. Cecilia konnte sein Unbehagen förmlich riechen, es durchdrang alle Schichten von Angst, die die Glasfasertapete des Vernehmungsraums im Laufe der Jahre von Johanssons Vorgängern absorbiert hatte.

»Gibt es etwas, das Sie uns erzählen möchten?«, fragte Jonas. »Über den Tatort oder was Sie dort gemacht haben.«

Johansson schüttelte den Kopf. »Ich habe euch alles gesagt, was ich weiß.«

Cecilia stützte ihre Ellenbogen auf den Tisch und beugte sich vor. Das alte Holz knackte. »Denken Sie nach. Sind Sie ganz sicher, dass Sie nichts hinzufügen wollen?«

»Ganz sicher.« Johansson verschränkte die Arme vor der Brust.

Jonas räusperte sich. »Bei unserem letzten Gespräch sagten Sie, dass weder Sie noch Ihre Kollegen in Linda Sandströms Haus gewesen sind. Ist das richtig?«

»Ja.«

»Wir wissen, dass das nicht stimmt«, sagte Cecilia. Johansson zuckte zusammen. »Wir haben im Haus unbekannte männliche DNA sichergestellt. Haben Sie eine Ahnung, von wem sie stammen könnte?«

Johansson saß wie zur Salzsäule erstarrt da. »Nein. Ich wusste nicht, dass man automatisch zum Verdächtigen abgestempelt wird, wenn man ein Haus betritt.«

»Nicht irgendein Haus, Herr Johansson. Ein Haus, in dem eine Frau ermordet wurde. Das letzte Mal haben Sie ausgesagt, das Haus nicht betreten zu haben, das hat bei uns einige Fragen aufgeworfen.«

Johansson seufzte. »Okay, ich war im Haus. Aber das waren meine Kollegen auch. Und ich habe die Frau nicht ermordet. So etwas würde ich nie tun.«

»Warum waren Sie im Haus?«, fragte Jonas.

Johansson sackte auf seinem Stuhl zusammen. »Ich habe Quiche geholt«, sagte er resigniert.

»Quiche?«, wiederholte Cecilia ungläubig. Sie warf Jonas, der die Augenbrauen hob, einen Blick zu.

»Ja. Die meisten Kunden bieten Gebäck an. Diese Lady kam zu uns raus und meinte, sie hätte Quiche für uns gemacht. Sie hatte ein ganzes Blech gebacken und bat uns, ihr beim Tragen zu helfen, damit wir im Bauwagen essen konnten.«

Cecilia musste sich alle Mühe geben, nicht mit offenem Mund dazusitzen. »Uns? Wer von Ihren Kollegen war noch im Haus?«

»Alle«, sagte Johansson. »Sie hatte auch Kaffee gekocht. Richtigen Filterkaffee. Im Bauwagen haben wir nur Instantkaffee.«

»Und Ihre Kollegen werden das bestätigen?«, fragte Jonas.

»Ja.« Johansson nickte so nachdrücklich, dass sein Bart wippte.

»Warum haben Sie uns das nicht erzählt, als wir das erste Mal mit Ihnen gesprochen haben?«

»Keine Ahnung. Die ganze Sache hat mich nervös gemacht.«

Cecilia holte tief Luft, dann fuhr sie fort. »Sie haben uns schon einmal die Unwahrheit gesagt. Warum sollten wir Ihnen diesmal glauben?«

Johansson starrte auf die Tischplatte. »Ich weiß. Aber ich hatte Angst. Ich dachte, ihr würdet mich einsperren. Ich habe gehört, dass die Polizei das macht, um Geständnisse zu erzwingen.«

»Nicht in Schweden«, erwiderte Cecilia. »Aber wir würden gerne eine DNA-Probe von Ihnen nehmen.«

»Warum?«

»Um zu ermitteln, wessen DNA wir in Linda Sandströms Haus sichergestellt haben«, erklärte Jonas. »Es tut nicht weh.«

Johansson schüttelte heftig den Kopf. »Das will ich nicht.«

»Wir können Sie nicht zwingen. Aber wenn Sie sich weigern, muss Ihnen klar sein, dass das kein gutes Licht auf Sie wirft.«

»Nein«, beharrte Johansson. »Ich habe nichts Falsches getan. Ich möchte einfach nicht, dass meine DNA in eurem Register gespeichert ist. Ich vertraue euch nicht. Wer weiß, was ihr damit anstellt.«

»Wir speichern sie nur für die Ermittlung«, erwiderte Cecilia.

»Woher soll ich wissen, dass das die Wahrheit ist?«

Jonas legte Cecilia eine Hand auf die Schulter. »Fünf Minuten Pause?«, fragte er.

Cecilia nickte. Sie gingen auf den Korridor hinaus.

»Wir können ihn nicht zwingen«, sagte Jonas. »Wir haben nicht genug gegen ihn in der Hand. Die unbekannte männliche DNA wurde in der Küche sichergestellt. Auch wenn Johansson lügt, haben wir keinen Beweis, dass er im Keller gewesen ist. Wir brauchen mehr.«

Cecilia schüttelte den Kopf. »Das ist total absurd, aber du hast recht. Wir können ihn nicht zwingen, jedenfalls noch nicht. Warten wir ab, ob seine Kollegen die Story bestätigen.«

»Sie kommen heute Nachmittag zu neuen Befragungen«, erwiderte Jonas. »Wir bitten alle um eine DNA-Probe und hoffen, dass ein Treffer dabei ist.«

»In Ordnung.« Cecilia seufzte. »Aber ich bin sicher, dass Johansson irgendwas verschweigt. Wir müssen ihn stärker unter Druck setzen.«

»Ich weiß nicht«, sagte Jonas. »Die Geschichte ist abwegig, aber ich glaube trotzdem, dass er die Wahrheit sagt.«

»Scheiße«, zischte Cecilia. »Okay, wir lassen ihn ohne DNA-Probe laufen. Aber wenn auch nur einer seiner Kollegen seine beschauliche Quiche-Story widerlegt, nehmen wir ihn wegen dringenden Tatverdachts in Gewahrsam.«

20

Ich schickte jede Zeile, die ich schrieb,
an Verlage, Zeitungen und reichte sie
bei literarischen Wettbewerben ein.
Aber niemand wollte meine Texte haben.

Sonntag, 12. Dezember

ANNIKA LAG AUF dem Sofa und starrte auf ihr Handy. Die Immobilienseite im Internet zeigte ihr Haus um Haus, aber kein Objekt weckte ihr Interesse. Zu teuer. Zu weit weg. Zu alt. Zu klein.

Sie blickte aus dem Fenster auf die graue Fassade des gegenüberliegenden Hauses. Schneeregen glänzte im Schein der weihnachtlichen Lichterketten, die die Nachbarn um ihre Balkongeländer drapiert hatten. Die ersten ansatzweiße weißen Flocken in diesem Winter, der bislang nichts als Graupelschauer und kalte Nebelschwaden geboten hatte.

Im Verlag hatten sich die Ereignisse in den letzten Wochen überschlagen. Im ersten Moment war Fredrik über ihren Beschluss, *Ich bin der Gräber* allen Umständen zum Trotz herauszugeben, vor Wut an die Decke gegangen. Nachdem Annika jedoch

Apelgrens laufendes Todeserklärungsverfahren ins Spiel gebracht hatte, hatte er Feuer gefangen. Seine ethischen Bedenken schwanden in dem Moment, als ihm aufging, dass der Eklund-Verlag den Umsatz komplett in die eigene Tasche wirtschaften konnte, da kein Autor Tantiemen beanspruchen würde. Danach hatte die eigentliche Arbeit begonnen. Das Cover musste erstellt, das Manuskript lektoriert, redigiert und gesetzt, die Fahnen mussten Korrektur gelesen werden. Von Druck und Marketing ganz zu schweigen. Auch eine Hörbuchproduktion war geplant. Doch um unnötige Kosten zu vermeiden, wollten sie die Vorbestellungszahlen der Hardcover-Ausgabe abwarten. Alles erfolgte unter strengster Geheimhaltung. Kein Wort durfte an die Öffentlichkeit dringen, bevor die Marketingabteilung entschieden hatte, wie der Titel lanciert werden sollte.

Annika kam jeden Abend völlig erschöpft nach Hause und verbrachte die Wochenenden auf dem Sofa. Trotzdem schlief sie noch schlechter als sonst. Nachts wälzte sie sich unruhig hin und her und verhedderte sich in den Laken. Ihr schlechtes Gewissen plagte sie. Sie träumte von scharrenden Geräuschen und flüsternden Stimmen aus dem Erdreich.

Schneeflocken blieben am Fenster kleben und schmolzen. Annika folgte den schmutzigen Schlieren, die an der Scheibe hinunterliefen, mit dem Blick. Auf dem Sofa, mit hochgezogenen Beinen unter der Decke, überkam sie ein Gefühl von Geborgenheit. Martin kochte Abendessen. In der Küche zischte Fett in der Pfanne, und die Dunstabzugshaube summte. Der Duft von zerlassener Butter und frischen Kräutern verstärkte das heimelige Gefühl.

Trotzdem kribbelten ihre Beine vor Ungeduld, weil zurzeit keine passenden Immobilien auf dem Markt waren. Seufzend ließ Annika ihr Handy neben sich aufs Sofa fallen. »Heute ist wieder nichts dabei!«, rief sie in Richtung Küche und ließ den Kopf in die Hände sinken.

»Geduld, Liebling«, rief Martin zurück. »Es wird schon wieder was kommen.«

»Das Gefühl habe ich nicht. Ich hasse diese Warterei.«

»Die Leute stecken in Weihnachtsvorbereitungen. Keiner denkt daran, sein Haus zu verkaufen. Warte das Frühjahr ab. Dann sind die ersten Scheidungsverfahren der Ehen angelaufen, die über die Festtage in die Brüche gehen.« Martin kam mit einem dampfenden Löffel in der Hand ins Wohnzimmer. »Hier, koste mal.«

Lächelnd ließ Annika sich von ihm füttern. Eine cremige Soße, perfekt abgeschmeckt, mit einem Hauch Chili. »Himmlisch«, urteilte sie.

»Ich weiß.« Fröhlich summend verschwand Martin wieder in der Küche. »Wie läuft es im Verlag?«

Annika setzte sich auf. »Keine Ahnung. Alle stehen unter Strom, aber keiner wagt, ernsthaft zu hoffen. Habe ich dir schon erzählt, dass der Titel feststeht?«

»Ja. *Ich bin der Gräber*«, sagte Martin. »Das wird ein Bestseller. Ich meine, mit einem namensgleichen realen Serienmörder ist ein Flop wohl ausgeschlossen.«

Annika kratzte sich lächelnd im Nacken. »Das hoffe ich«, sagte sie. »Entweder wir schwimmen auf der Erfolgswelle, oder der Verlag geht unter.«

Martin rührte in einem Topf. »Es wird schon klappen.«

Annika sah wieder aus dem Fenster. Abgesehen von den bunten Lichterketten der Nachbarbalkone war es draußen finster wie im Grab. Sogar der Schneefall hatte aufgehört. Ihr Gesicht spiegelte sich geisterbleich in der Scheibe, kaum wahrnehmbar. Sie hatte Martin verschwiegen, dass sie es gewesen war, die Apelgrens Leben zugunsten des Fortbestehens des Verlags in die Waagschale geworfen hatte. War es das wirklich wert? Was, wenn Apelgren noch lebte? Wenn jemand anderes das Manuskript geschrieben hatte? Aber für einen Rückzieher war es zu spät. *Was, wenn er plötzlich von den Toten aufersteht?*

»Da bin ich mir nicht so sicher«, murmelte sie so leise, dass Martin es nicht hören konnte. Sie stand auf und leistete ihm in der Küche Gesellschaft. »Wir haben morgen eine Besprechung mit der Marketingabteilung.«

»Perfekt. Das gefällt dir doch immer.«

Annika zuckte die Schultern. »Ja, aber diesmal bin ich supernervös. Da Apelgren nicht verfügbar ist, brauchen sie jemanden, der die Interviews übernimmt. Ich schätze, dass sie mir diesen Job aufs Auge drücken wollen.«

»Warum auch nicht? Du bist die verantwortliche Lektorin. Wer wäre besser geeignet als du?«

»Ich bin kein Interview-Typ. Das wäre das reinste Desaster. Du weißt, dass ich nicht gern im Mittelpunkt stehe.«

»Sei nicht albern. Du bist die Beste. Wenn eure Marketingleute wollen, dass du das machst, wirst du es bravourös meistern.« Martin legte einen Arm um ihre Taille und küsste sie. Annikas Herz flatterte wie ein kleiner Kolibri in ihrer Brust.

Sie lehnte sich an die Kücheninsel. »Warten wir's ab. Wir haben jedenfalls alle unser Herzblut in diesen Titel gesteckt und daran gefeilt wie an keinem anderen.«

»Das habe ich gemerkt.« Martin rüttelte an der Pfanne. Ein brauner Champignon hüpfte über den Rand und landete auf dem Herd. »Du bist in den letzten Wochen fast genauso spät nach Hause gekommen wie ich.«

»Ich weiß, im Lektorat war die Hölle los. Aber jetzt ist die Marketingabteilung am Zug. Ich kann nicht mehr viel anderes tun, als zu warten.«

Martin schob sich den getürmten Champignon in den Mund. »Auf was?«

Es hatte keinen Sinn, seiner Frage auszuweichen. »Dass Apelgren amtlich für tot erklärt wird«, sagte sie. »Darum ist das Ganze so streng geheim. Erst wenn Apelgren offiziell tot ist, besitzen wir die Rechte an dem Titel. Ziemlich krank, wenn man genauer darüber nachdenkt. Aber jetzt gibt es nur noch ein Szenario, das uns einen Strich durch die Rechnung machen kann.«

»Und welches?«

Annika schüttelte besorgt den Kopf. »Wenn Apelgren auftaucht und Einspruch erhebt.«

»Aber wie wahrscheinlich ist das?«, fragte Martin. »Apelgren ist seit Jahren verschwunden. Es kann doch niemand mehr ernsthaft glauben, dass er noch lebt.«

Annika wich seinem Blick aus. Das flaue Gefühl in ihrer Magengrube wuchs. *Was, wenn Apelgren doch noch am Leben war?*

Daran wagte sie gar nicht zu denken.

21

Sie waren ein Verrat an meinen Träumen,
und meine Verbitterung wuchs.
Ich schrieb weniger und arbeitete mehr
und verachtete mich dafür,
es nicht länger zu versuchen.

Sonntag, 12. Dezember

DIE JOGGINGSTRECKE FÜHRTE durch ein Waldstück, das außerhalb des Scheins der Gehweglaternen undurchdringlich schwarz war. Auf den Ästen der Bäume glitzerte schwerer, nasser Schnee. Der heftige Schneefall war vorüber, aber hin und wieder fielen noch vereinzelte kalte Tropfen vom Himmel und trafen ihr Gesicht.

Zu Cecilias Erleichterung war der Schnee größtenteils von den Bäumen aufgefangen worden oder zu matschigen Pfützen geschmolzen. Die Kälte war Herausforderung genug. Bisher war es ihr gelungen, den Pfützen auf dem Boden auszuweichen, aber sie wusste, dass sie durchnässt und durchgefroren nach Hause kommen würde. Trotzdem genoss sie ihr tägliches Training.

Weiße Atemwolken stiegen vor ihrem Mund auf. Bei jedem

Atemzug brannten ihre Lungen vor Kälte, aber das war sie gewöhnt. Es war fast erfrischend. Trotz der kalten Luft waren ihre Muskeln warm und geschmeidig. Ihre Funktionsunterwäsche und die Bewegung hielten sie warm. Nur ihre Fingerspitzen und Wangen waren kalt.

Ihr Laufrhythmus pulsierte in ihrem Körper. Beleuchtete und im Schatten liegende Abschnitte wechselten sich ab, während sie der Wegmarkierung folgte. Sie hatte das Gefühl, allein in der Nacht zu sein. Bis auf eine Handvoll Jogger und zwei Frauen, die mit einem Königspudel spazieren gingen, war ihr niemand begegnet. Um diese Jahreszeit – und vor allem abends – war hier kaum jemand unterwegs. Vermutlich stößt man im Wald eher auf Elche als auf Menschen, dachte Cecilia. Ihr war das nur recht. Sie war nicht hier, um Gesellschaft zu haben, sondern um zu trainieren und einen klaren Kopf zu bekommen. Manchmal hörte sie beim Laufen Musik, aber wenn sie nachdenken musste, horchte sie lieber auf ihre eigenen Geräusche, ihre Schritte auf dem Asphalt, ihren Puls, ihre Atmung. Das half ihr, ihre Gedanken zu fokussieren und die Arbeit hinter sich zu lassen.

Das abschüssige Gefälle auf halber Strecke verlieh ihr zusätzlichen Schwung. Unten angekommen, spürte sie den Widerstand in den Beinen. Im selben Augenblick tauchte Bengt Johanssons Gesicht auf ihrer Netzhaut auf. Sie biss die Zähne aufeinander. Es ärgerte sie, dass er sich einer DNA-Probe widersetzt hatte. Verheimlichte er etwas, oder war er wirklich einer dieser »All cops are bastards«-Typen, als der er sich ausgab? Cecilia beschleunigte ihr Tempo und konzentrierte sich abermals auf ihren Laufrhythmus. Die Anstrengung verscheuchte Johansson aus ihrem Kopf. Lächelnd warf sie einen Blick auf ihren Fitnesstracker und checkte ihren Puls. Alles im grünen Bereich. Kein Grund, der Pumpe zuliebe mit den Kräften hauszuhalten.

Plötzlich hörte sie Schritte in ihrem Rücken. Waren sie schon länger hinter ihr? An Abenden wie heute, wenn der Parcours fast leer war, hörte sie schnelle Jogger, lange bevor sie zu ihr aufschlossen. Vielleicht hatte sie die Schritte nicht registriert, weil sie mit den Gedanken bei Johansson gewesen war. Sie warf einen Blick über die Schulter.

Der Jogger trug schwarze Kleidung und hatte sein Gesicht hinter einer Sturmhaube verborgen. Cecilia wurde mulmig. So kalt war es nun auch wieder nicht. Die Temperaturen rechtfertigten einen solchen Gesichtsschutz jedenfalls nicht.

Der Wald lichtete sich, ab hier verlief die Joggingstrecke entlang des Delsjön. Links von ihr schimmerte das Wasser. Die Luft wurde kälter, vom See wehte ein eisiger Wind herauf. Cecilia beschleunigte ihr Tempo. Der Mann lief ebenfalls schneller und kam näher. Vielleicht hatte ihn der Ehrgeiz gepackt, sie zu überholen. Sie maß sich selbst oft an anderen Joggern. Aber sicher konnte sie nicht sein.

Cecilias Puls schnellte in die Höhe. Ihr Fitnesstracker zeigte fast 190. Trotzdem zog sie das Tempo weiter an, doch der Mann kam immer näher. Sie warf einen Blick zurück, er war nur noch wenige Meter entfernt. Wenn er sich mit ihr maß, würde er sie gleich überholen. Cecilia rückte von der Uferseite nach rechts ab. Hier war der Untergrund fester, flach getretener. Sie spürte den Unterschied in den Knochen und den Knien. Der Mann tat es ihr nach. Er schloss zu ihr auf und packte sie am Arm. Cecilia riss sich los.

»Was soll das?«, rief sie. Sie wich zur Seite und starrte den Mann an. Er antwortete nicht und versuchte abermals, nach ihr zu greifen.

Cecilia strauchelte, konnte seiner Hand aber ausweichen. Der Mann nutzte den Moment, um ihr ein Bein zu stellen. Sie stieß ihn zur Seite und schlug ihm mit der geballten Faust auf den Kopf.

Der Schlag war nicht hart, genügte aber, damit der Mann langsamer wurde. Cecilia zwang sich, schneller zu laufen und Vorsprung zu gewinnen. Sie hielt nach Hilfe Ausschau. Aber der Weg lag verlassen vor ihr. Sie war allein. Hier gab es keine Häuser, keine Menschen. Niemanden, der sie hören konnte. Sie hatte keine andere Wahl, als weiter die lange Steigung zur Skisprungschanze hochzulaufen.

Der Gedanke, gegen eine Steigung ankämpfen zu müssen, ließ ihr Herz schneller schlagen. Aber wenn sie es schaffte, wäre sie in Sicherheit. Sie biss die Zähne zusammen, erhöhte ihre Schrittfrequenz, verkürzte die Länge und arbeitete sich vorwärts, während der Mann unverändert hinter ihr blieb. Ihr Fitnesstracker piepte alarmierend, als ihr Puls sich der 200-Marke näherte. Ihr Herz hämmerte gegen die Rippen. Die kalte Luft brannte in ihren Lungen. In ihrem Rücken hörte sie die entschlossenen Schritte ihres Verfolgers, der dicht hinter ihr blieb. Cecilia presste die Zähne noch fester aufeinander und kämpfte sich das letzte Stück die Anhöhe hinauf.

Hier oben war der Boden vereist. Ihre Füße verloren den Halt, und einige Male war sie kurz davor zu stürzen. Trotzdem gelang es ihr, ihr Tempo zu erhöhen. Ihr Verfolger keuchte, er schien zunehmend außer Puste zu geraten. Seine Schritte wurden langsamer.

Rasch sah sie sich um. Der Mann war stehen geblieben. Er gab die Jagd auf. Aber Cecilia blieb nicht stehen. Sie schluckte den Speichel in ihrem Mund herunter und zwang sich weiterzulaufen, bis sie ganz sicher war, dass der Mann sie nicht mehr einholen konnte. Auf Höhe der Skisprungschanze wurde ihr schwindelig, und sie schmeckte Blut im Mund. Sie drehte sich um. Hinter ihr war niemand. Also verlangsamte sie ihr Tempo und joggte das letzte Stück bis zum Trainingszentrum.

Sobald Menschen in Sicht kamen, blieb sie stehen, beugte sich vor, stützte die Hände auf den Knien ab und kämpfte tief durchatmend gegen den aufsteigenden Brechreiz an. Sie hatte es geschafft, sie war in Sicherheit. Aber sie wagte nicht, sich auszumalen, wie das Ganze hätte enden können, wäre es um ihre Kondition weit weniger gut bestellt gewesen.

Als ihr Puls sich wieder beruhigt hatte, holte ihr Verstand die Gefühle ein. Einen kurzen Moment überlegte sie, ob der Mann womöglich mit ihren Ermittlungen in Verbindung stand. Was, wenn es der Gräber gewesen war? Nein. Sie wischte den Gedanken beiseite. Der Vorfall stimmte in keiner Weise mit dem bekannten Modus Operandi des Gräbers überein. Vermutlich war es ein normaler Übergriff gewesen. Was schlimm genug war, aber immer noch das kleinere Übel, redete sie sich ein. Es bedeutete, dass die Ermittlung keine erhöhte Gefahrenlage für sie bewirkte. Sie wollte wegen dieses Vorfalls keinen Personenschutz beantragen, so arbeitete sie nicht. Dafür war sie zu stark.

Cecilia beschloss, niemandem davon zu erzählen. Der Angreifer konnte ohnehin nicht ermittelt werden, es gab keinen verwertbaren Fahndungsansatz. Eine Anzeige würde bloß auf dem beunruhigend hohen Stapel mit Übergriffen auf Frauen landen, die allein unterwegs gewesen waren. Sie weigerte sich, Teil dieser Statistik zu werden.

Aber sie beschloss, abends nicht mehr draußen zu joggen. Das erschien ihr als logische Konsequenz. Ab sofort würde sie im Fitnessstudio auf dem Laufband trainieren, auch wenn es ihr ganz und gar nicht gefiel, ihre persönliche Freiheit derart einzuschränken.

Erst als sie zu Hause in ihrem Wohnungsflur stand und die Tür hinter sich abgeschlossen hatte, atmete sie auf. Ihre Beine gaben unter ihr nach. Am ganzen Körper zitternd sank sie auf den Boden, schlug die Hände vors Gesicht und ließ ihren Tränen freien Lauf.

22

Und eines Tages stand sie vor mir, die Frau, von der
ich wusste, dass sie die letzte Frau in meinem Leben war.
Sie leuchtete wie keine andere vor ihr.
Wir wurden ein Paar und kauften uns gemeinsam
ein kleines Haus, mit einem Gewächshaus,
wo sie ihre Pflanzen anbaute,
und einem Keller, wo ich meinen Schreibtisch aufstellte.

Montag, 13. Dezember

AUF EINEM DER jüngsten Initiativmanuskripte, die auf dem Konferenztisch lagen, stand ein weißer Beamer. Die Lüftung surrte leise, wie ein Hummelschwarm in einer Fliederhecke. Das Gerät projizierte große Lettern an die gegenüberliegende Wand. *Ich bin der Gräber*. Daneben stand Linda *aus* der Marketingabteilung, wie sie alle nannten. Aber in Wahrheit *war* Linda die Marketingabteilung. Der Eklund-Verlag war nicht groß genug, um das Team mit weiteren Mitarbeitern aufzustocken. Es war auch nicht nötig. Linda kam wunderbar alleine zurecht. Bei Bedarf nahm sie Hilfe von externen Marketingbüros in Anspruch.

Das Licht des Beamers reflektierte in Lindas breitem rotem

Brillengestell, das im exakt gleichen Rotton gehalten war wie ihr Lippenstift, ihr Nagellack, ihre Bluse und sogar das rote Tuch, mit dem sie ihre Haare zurückgebunden hatte. Annika empfand Lindas Kleidungsstil immer als ein bisschen übertrieben, schämte sich aber zugleich für ihr Urteil. Manchmal wünschte sie, sie würde mehr Wert auf ihr Äußeres legen. Ihr wäre es nie in den Sinn gekommen, ihr komplettes Outfit derart akribisch aufeinander abzustimmen.

»Willkommen«, sagte Linda und ließ ihren Blick über die Runde schweifen, wobei sie Annika, Tobias und Fredrik geflissentlich übersah. Fredrik mischte sich selten in das Verlagsprogramm ein, aber was das Marketing betraf, hatte er grundsätzlich eigene Ansichten. »Heute werden wir über etwas reden, das ebenso herausfordernd wie unmöglich ist. Wir werden darüber reden, wie wir *Ich bin der Gräber* binnen weniger Wochen zu einem Bestseller machen.«

»Ja, das interessiert mich brennend«, sagte Fredrik. »Damit das Kunststück gelingt, müssen wir verdammt schnell sein, und bisher besitzen wir nicht einmal die Rechte am Manuskript.«

Annika rutschte nervös auf ihrem Stuhl hin und her. Ihre ganze Arbeit, ihre ganze Hoffnung konnten noch immer wie ein Kartenhaus zusammenfallen, wenn Apelgren urplötzlich auftauchte und Einspruch erhob.

Linda klickte mit einer kleinen Fernbedienung, und der Titel wurde von einer Zeitachse abgelöst, deren Beschriftung jedoch zu winzig war, um sie zu entziffern.

»Das ist unser übliches Schema«, erläuterte Linda. »Ungefähr hier, wenn das Manuskript gut genug ist, um angekündigt zu werden, nehmen wir den Titel in unseren Katalog auf. Und etwa ein halbes Jahr vor dem Erscheinungstermin finden Vertretertagungen statt, wir buchen Anzeigen, planen Messen et cetera pp.«

Linda verstummte und sah Fredrik an, die Fernbedienung nonchalant zwischen den Fingerspitzen, als hielte sie eine Zigarette. Annika fing Fredriks Blick auf, der eine Augenbraue hob.

»Wenn wir dieses Verfahren beibehalten, können wir pünktlich zur ersten Vertretertagung Konkurs anmelden«, fuhr Linda fort. »Wie gut, dass ich Herausforderungen liebe.«

Annika widerstand der Versuchung, mit den Augen zu rollen. Stattdessen zuckte sie mit keiner Wimper und wartete ab, was als Nächstes kam.

»Wir müssen unsere Taktik umdrehen«, sagte Linda. »Wir müssen die Kosten *senken* und unser Zeitfenster *vergrößern*, um die Nachfrage zu steigern, bevor es überhaupt ein Buch *gibt*.«

»Aber das ist unmöglich«, wandte Tobias ein. »Wir können den Titel nicht promoten, bevor feststeht, ob wir ihn herausgeben dürfen.«

»Nein, *wir* nicht«, erwiderte Linda. »Aber andere können es. *Für* uns. Und das Beste daran: Sie machen es gratis.«

»Ich verstehe nicht«, sagte Fredrik. »Wer sollte das tun?«

Linda klickte zur nächsten Ansicht. An der Wand erschienen drei große Lettern. WOM. »Word of Mouth«, sagte Linda triumphierend. Ihr strahlendes Lächeln offenbarte ebenmäßige weiße Zähne, die jeder Zahnpastareklame Ehre gemacht hätten.

»Entschuldige, aber bis so eine Mund-zu-Mund-Propaganda Wirkung zeigt, dauert es noch länger«, meldete Annika sich zu Wort. »Bisher hatten wir damit nur Erfolg, wenn das Buch schon erschienen war und die richtigen Leute es empfohlen haben. Warum denkst du, dass es schneller funktioniert als der übliche Weg?«

»Ich bin froh, dass du das fragst«, antwortete Linda. »Es wird funktionieren, weil wir ein Ass im Ärmel haben, das außer uns niemand hat. Wir haben eine Story *über* eine Story, die wir nutzen können, um das Interesse zu schüren. Wir haben ein Buch, das von einem lebenden Serienmörder handelt, geschrieben von einem Mann, der vermutlich tot ist. Sobald wir mit *dieser* Geschichte an die Öffentlichkeit gehen, werden sich die Medien darauf stürzen wie die Bienen auf den Honig.«

Fredrik lachte. »Damit hast du recht.«

»Aber!« Linda hielt einen Zeigefinger hoch. »Ihr wisst, wie der Hase läuft. Geheimnisse sind spannend. Die Medien lieben Enthüllungen. Und damit werden wir uns mehr Zeit kaufen, als wir eigentlich haben.«

»Wie das?«, fragte Tobias und deutete mit seiner Lesebrille auf die Ansicht an der Wand. »Wir müssen doch mit der Wahrheit herausrücken, damit sie darüber schreiben können.«

»Ja, natürlich«, antwortete Linda. »Aber wer sagt, dass wir mit der *ganzen* Wahrheit herausrücken müssen?«

»Willst du damit sagen, dass wir lügen sollen?«, hakte Tobias nach.

»Dreh- und Angelpunkt jeglichen Marketings ist die Verschönerung der Wahrheit«, sagte Linda. »Aber nein, wir werden nicht lügen. Wir tun so, als ob die Informationen aus Versehen durchgesickert wären.«

Fredrik nickte zufrieden. »Ich glaube, ich verstehe, worauf du hinauswillst.«

Linda klickte zur nächsten Ansicht. Ein Kalenderblatt. Etliche Tage waren eingekreist. Sie deutete auf ein Datum Ende Januar. Ihr Arm verdeckte die Ansicht, und die Lichtbrechung projizierte die Zahlen wie verzerrte Tattoos auf ihren Unterarm. »Ungefähr hier werden einige wenige, von mir handverlesene Journalisten auf verschiedenen Wegen von einem geplanten Buch über den Gräber erfahren. Wenn sie mich anrufen, werde ich alle Gerüchte dementieren, aber so, dass sie *weitergraben* werden.« Linda legte eine Kunstpause ein und musterte die Runde. »Entschuldigt, ein kleiner Scherz«, sagte sie, als niemand reagierte.

Annika verdrehte die Augen.

»Dabei werden sie auf Informationen stoßen, die ich schon jetzt in diversen Internetforen und sozialen Netzwerken gestreut habe«, fuhr Linda fort. »Und dann werden sie mich anrufen, um ein Statement zu erhalten. Wenn es so weit ist, verspreche ich den Ersten die Exklusivrechte an der Wahrheit.« Linda malte Anführungszeichen in die Luft, als sie *Wahrheit* sagte.

»Und du glaubst, das funktioniert?«, fragte Fredrik.

Linda lächelte selbstsicher. »Hundertprozentig. Aber falls sie den Köder nicht schlucken, rufe ich die Journalisten, die ich ausgesucht habe, selbst an und biete ihnen die Story vor allen anderen an. Das ist nicht genauso gut, aber ein Plan B.«

»Denkst du nicht, dass die Information, dass das Buch vom Gräber handelt, genügt?«, fragte Annika.

»Möglich. Aber wir müssen dafür sorgen, dass andere über das Buch reden, bevor wir es können. Wenn die Gerüchteküche brodelt, fahren wir die traditionelle Schiene. Interviews im Frühstücksfernsehen und das ganze Pipapo. Und da kommst du ins Spiel, Annika.«

»Ich?« Annika gab sich Mühe, erstaunt zu klingen, obwohl sie es geahnt hatte. Ein banger Kloß bildete sich in ihrem Hals. Sie schluckte einige Male, um ihn zu vertreiben, aber er blieb, wo er war. »Ich weiß nicht, ob ich die Richtige dafür bin.«

»Wen sollen wir sonst schicken?«, fragte Fredrik. »Nein, du bist zu bescheiden, du wirst das bravourös meistern.«

»Mach dir keine Sorgen«, sagte Linda mit einem Lächeln, das beruhigend wirken sollte, bei Annika aber eher das Gegenteil bewirkte. »Ich werde dich briefen, damit du genau weißt, was du sagen musst.«

Annika hob die Arme. »Habe ich eine Wahl?«

»Nein.« Fredrik stand auf. »Wunderbar, dann haben wir einen Plan. Wann fangen wir an?«

»Die ersten Informationen werden Ende Januar durchsickern. Ich nehme an, dass die Medien Anfang Februar anbeißen. Sonst nehme ich selbst Kontakt zu ihnen auf.«

»Gut. Gehen wir an die Arbeit!«

23

Lange Zeit machte sie mich glücklich.
Meine erstickende Angst ließ nach, verschwand,
und ich konnte frei atmen.
Die Sonne wärmte unser gemeinsames Leben,
und eine Weile glaubte ich, es würde ewig halten.
Bis die schwarze Saat in mir erneut zu wachsen begann.

Mittwoch, 2. Februar

CECILIA STÜRMTE AN Jonas' Schreibtisch und pfefferte eine Zeitung auf seine Computertastatur.

»Was soll das?« Jonas hob die Arme und sah sie aufgebracht an.

»Hast du das gesehen?« Cecilia deutete auf die Zeitung. Einige blonde Strähnen hatten sich aus ihrem Pferdeschwanz gelöst, hingen ihr im rechten Auge und ließen sie noch wütender aussehen. Sie war nicht im Umkleideraum gewesen und trug noch ihr Fahrradtrikot. Das Umziehen konnte warten. Die Zeitungsmeldung hingegen nicht.

Jonas hob die klamme Zeitung auf und überflog stirnrunzelnd die Überschriften.

»Über den Fall soll ein Buch erscheinen!«, ereiferte sich Cecilia. »Das ist ein Skandal!«

Jonas schlug die Zeitung auf. Seine Augenbrauen schossen in die Höhe. »Sieh mal einer an.«

»Ist das alles, was du dazu sagst? Sieh mal einer an? Es war heute Morgen schon im Frühstücksfernsehen.«

Jonas lachte. »Was ist daran so schlimm?«

»Wenn jemand von uns geplaudert hat, werde ich denjenigen höchstpersönlich umbringen.«

»Ich glaube nicht, dass das nötig ist. Hör zu. Es ist ein Krimi. Wahrscheinlich von irgendeinem mediengeilen Autor, der einen billigen Versuch macht, auf den PR-Zug aufzuspringen.«

»Wenn es stimmt, was in dem Artikel steht, sind es die Fantastereien eines toten Mannes.« Cecilia deutete wieder auf die Zeitung. »Der Verlag will den Autor amtlich für tot erklären lassen. Sie haben einen Antrag eingereicht, um das Buch posthum herausgeben zu können. Ich frage mich, wie diese Leute ticken.«

»Jan Apelgren«, sagte Jonas. »Er gilt seit Jahren als verschwunden. Die Zeitungen waren damals voll davon. Von ihm und seiner Frau fehlte von heute auf morgen jede Spur. Sie waren einfach weg. Trotz wochenlanger Suche blieben sie unauffindbar. Als hätte die Erde sie verschluckt. Ehrlich gesagt dachte ich, er wäre längst für tot erklärt worden.«

Cecilia zog einen Stuhl heran und setzte sich neben Jonas.

»Wer das Buch geschrieben hat, ist doch völlig egal«, sagte sie und strich sich die losen Strähnen hinters Ohr. »Ich könnte jedes Mal aus der Haut fahren, wenn die Medien über den Fall spekulieren. Das ist keine Hilfe.«

»Das stimmt.« Jonas sah Cecilia an. »Aber es hilft auch nicht, wenn du dich darüber aufregst.«

Cecilia lehnte sich auf dem Stuhl zurück und starrte an die Decke. »Du hast recht. Ich hasse die Presse einfach. Diese ganzen neugierigen Aasgeier, die glauben, dass wir ihnen etwas verheimlichen. Gott, jetzt werden sie noch mehr Fragen stellen.«

»Nimm's locker. Keiner bleibt so cool vor Mikrofonen wie du, das weißt du.«

»Danke für die Blumen.« Cecilia warf Jonas ein kurzes, aufrichtiges Lächeln zu. »Aber was unternehmen wir jetzt? Wir können den Verlag diesen kranken Quatsch doch nicht einfach veröffentlichen lassen.«

Jonas holte tief Luft. »Doch, genau das können wir. Wir lassen den Verlag diesen kranken Quatsch veröffentlichen. Wir unternehmen nichts.« Gelassen faltete er die Zeitung zusammen und schob sie beiseite.

Cecilias Augen funkelten. »Verarschst du mich?«

»Nein. Tut mir leid, dich daran erinnern zu müssen. Aber in Schweden herrscht Meinungsfreiheit. Wir können die Leute nicht daran hindern, Geschichten zu erfinden, und wir werden es auch nicht versuchen.«

»Und wenn dieses Buch unsere Ermittlung behindert?«

Jonas lachte. »Das wird es ganz bestimmt nicht, versprochen. Auch wenn wir nicht gerade viele Anhaltspunkte haben.«

»Wohl wahr.« Cecilia seufzte. »Ich weiß. Es ist hoffnungslos. Gibt es eigentlich noch keinen Kaffee?«

»Du musst ihn nur holen, weißt du.« Jonas deutete auf den Flur in Richtung Teeküche, wo die schwarze Kaffeemaschine um die Ecke blitzte.

»Wir übersehen irgendwas, ich bin mir ganz sicher.« Cecilia schüttelte resigniert den Kopf. »Nur was?«

»Lass uns das Buch lesen«, erwiderte Jonas lachend. »Vielleicht liefert es uns eine heiße Spur.«

Cecilia zeigte ihm den Mittelfinger, dann stand sie auf, um sich einen Kaffee zu holen. Sie kochte vor Wut. Sie würde nicht zulassen, dass irgendein Schreiberling den Fall vor ihr löste! Vor allem keiner, der spurlos verschwunden war, seit der Gräber sein Unwesen trieb.

Es war höchste Zeit, dass Apelgren für tot erklärt wurde. Den Lebenden ging es nicht gut, wenn die Toten sich weigerten, unter der Erde zu bleiben.

Die Toten sollten still liegen, damit sie gründlich obduziert werden konnten.

24

Sie ermunterte mich, das Schreiben wiederaufzunehmen.
Und mit der Zeit verbrachte ich mehr und mehr Zeit
im Keller, allein mit meinem Computer
und meinen literarischen Versuchen.
Zugleich verbrachte sie mehr und mehr Zeit
bei der Arbeit oder mit ihren Freunden – ohne mich.

Dienstag, 19. April

ANNIKA STRICH MIT den Fingerspitzen über den rauen Beton. Er war kalt, kratzte unter ihren Nägeln und jagte ihr einen Schauer über den Rücken. In der feuchtkalten Finsternis waren die Wände ihre einzige Orientierungshilfe. Ihr Puls schlug bis zum Hals, steckte wie ein Gummiball in ihrer Kehle und brachte sie zum Würgen.

»Mama!«, rief eine Kinderstimme irgendwo in der undurchdringlichen Dunkelheit.

Schritt für Schritt tastete Annika sich an der Wand entlang. Langsam und vorsichtig.

»Ich komme!«, rief sie zurück.

Sie spürte Vibrationen im Beton. Irgendetwas hämmerte auf der anderen Seite rhythmisch gegen die Außenmauer. Die

Schläge ließen die Wand erzittern und hämmerten im Takt mit ihrem klopfenden Herzen. Annika wich von der Wand zurück. Ohne Orientierungspunkt umgab sie nichts als leere Finsternis, als schwömme sie in einem schwarzen Weiher. Nach kurzem Zögern legte sie die Hände wieder an die Wand und tastete sich langsam vorwärts, trotz der Schläge auf der anderen Seite.

Ein anhaltendes metallenes Schleifen ging ihr durch Mark und Bein und ließ ihre Nackenhaare zu Berge stehen. Es kam von draußen. Sie wusste, was es war. Messer, die an der Hauswand geschärft wurden. Klauen. Etwas Böses. Die Kinderstimme schrie. Annika hörte schnelle Schritte, die über lose Dielenbretter liefen, einen Aufprall und einen weiteren Schrei.

»Warte!«, rief sie. »Ich komme.« Alles in ihr wollte laufen, aber sie musste sich weiter frustrierend langsam vorwärtstasten, um nicht aus Versehen irgendwo gegenzustoßen.

Es wurde still. Annikas Hände fühlten eine neue Wand, einen Moment später eine Tür. Als sie verzweifelt nach der Klinke tastete, riss sie sich den rechten Zeigefingernagel ein. Der Finger begann schmerzhaft zu pochen. Hinter der Tür schluchzte jemand. Ihr Herz krampfte sich zusammen. Wer auch immer dort war, er brauchte ihre Hilfe.

Sie öffnete die Tür und blickte in einen riesigen Raum. Ein feuerrotes Auge glühte ihr entgegen. Der Widerschein fiel auf nackten, von Rissen durchzogenen Estrich. Ein kleines Mädchen lag auf dem Fußboden, vor einem metallgrünen Heizkessel, der elektrisch knackte. Das rote Auge war die rote Lampe des Heizkessels. Das Mädchen weinte. Es war mit Dreck und Erde beschmiert. In dem Raum herrschte eine unerträgliche Hitze, die Annika den Schweiß aus den Poren trieb. Hinter dem Heizkessel existierte nichts als kompakte Dunkelheit, Wände waren keine zu erkennen. Der Fußboden verschwand in der Finsternis.

Sie kniete sich neben das Mädchen und wiegte es in den Armen. »Alles wird gut«, murmelte sie. »Ich bin da.«

»Sie kommen«, wimmerte das Mädchen.

»Sch, sch. Niemand kommt. Bei mir bist du in Sicherheit.«

In diesem Moment setzte das schleifende Kratzen wieder ein. Anhaltende scharrende Geräusche, die ihr Gänsehaut verursachten. Plötzlich erstarrte sie. Die Geräusche kamen nicht mehr von draußen. Sie kamen von der Tür – und sie kamen näher. Flüsternde Stimmen kitzelten in ihren Ohren. Irgendetwas atmete in der Dunkelheit. Lange zischende Atemzüge, als kämen sie aus einem schmalen Rohr, nicht aus einer Kehle.

»Sie wollen, dass ich dich töte«, schluchzte das Mädchen und hob die Hände. Ihre Fingernägel waren lange schwarze Klauen, an denen Erde und frisches Blut klebte. Annika schrie auf und wich von dem Mädchen zurück, dessen Augen auf einmal so rot glühten wie die Lampe des Heizkessels. Die Tränen, die ihr über die Wangen liefen, waren blutige Rinnsale. Annika stolperte immer weiter zurück, bis sie in ein Loch im Boden stürzte. Erde regnete auf sie herab. Hustend spuckte sie Lehmbrocken aus, die in ihren Mund drangen. Das Gesicht des Mädchens erschien über dem Loch, und ein schwarzer Käferschwarm ergoss sich über Annika.

Im nächsten Moment spürte sie zwei Hände, die ihre Oberarme packten. Sie wand sich hin und her, versuchte sich loszureißen.

»Beruhige dich«, sagte eine Stimme. Keuchend wehrte sie sich, bis sie begriff, dass sie wach war.

Sie war zu Hause, in ihrem Bett. Sie hatte sich im Laken verheddert und war schweißgebadet. Im Schlafzimmer war es dunkel, doch im Schein der Innenhoflaternen, der durchs Fenster fiel, erkannte sie Martins Gesicht. Sein rotes Haar stand wirr in alle Richtungen ab.

»Du hattest einen Albtraum. Es ist alles in Ordnung«, sagte er und lockerte vorsichtig seinen Griff, als wollte er sichergehen, dass sie nicht davonlief.

»O Gott.« Annika sank aufatmend auf die Matratze.

»Wie fühlst du dich? Du hast im Schlaf geredet.«

»Was habe ich gesagt?«

»Ich konnte es nicht verstehen. Dann hast du angefangen zu schreien.«

»Es war so verdammt unheimlich.« Annika sah Martin an. Seine Augen schimmerten im Halbdunkel.

»Willst du darüber reden?« Sie hörte, dass er müde war, aber er würde es nie zugeben.

»Es ist alles in Ordnung«, sagte sie. »Ich muss nur etwas trinken. Schlaf weiter.«

Martin wälzte sich auf die andere Seite. Die Bettdecke raschelte, und er atmete aus. Annika setzte sich im Bett auf, wartete, bis ihr Puls wieder normal schlug, dann schlich sie auf Zehenspitzen in die Küche. Martin war schon wieder eingeschlafen und schnarchte leise.

Annika holte sich ein Glas und nahm die Wasserkaraffe aus dem Kühlschrank. Im Schein der Innenbeleuchtung sah sie, dass ihr rechter Zeigefingernagel eingerissen war, genau wie in ihrem Traum. Vor Schreck fiel ihr das Glas aus der Hand und zersprang vor ihren Füßen in glitzernde Scherben.

25

Ich habe es kommen sehen.
Wir lebten uns auseinander,
trotzdem taten wir nichts.
Ihre Karriere ging steil bergauf. Meine stand still.
Mein Schreiben ähnelte eher einer Flucht als Leidenschaft,
und mit jedem missglückten Versuch
trafen mich die Absagen härter.

Mittwoch, 20. April

NACHDEM ANNIKA DIE Scherben beseitigt hatte, lag sie noch stundenlang wach. Als ihr Wecker klingelte, hätte sie sich am liebsten unter der Decke verkrochen. Die Augen mit Schlafsand verklebt, tastete sie nach ihrem Handy, um den Alarm auszuschalten. Aber sie fand es nicht. Stattdessen stieß sie ein Buch vom Nachttisch. Martin stellte den Ton für sie ab.

»Du musst aufstehen, Liebling«, sagte er und setzte sich neben sie auf die Bettkante. Er war schon angezogen. Wie spät war es eigentlich?

»Noch einmal umdrehen«, murmelte sie und drehte sich auf die andere Seite.

»Du hast dich heute schon oft genug umgedreht«, sagte Martin. »Hoch mit dir. Ich hab dir Frühstück gemacht.«

Annika schlug die Bettdecke zur Seite und blinzelte ins Licht. Martin hielt ihr seine Hand hin, und sie ließ sich von ihm hochziehen. Als sie auf der Bettkante saß, wurde ihr schwindelig. Ihr war schlecht. Das Oberteil ihres Pyjamas hatte sich verdreht und klemmte ihre Brüste ein.

»Es gibt nichts Grässlicheres als den Morgen«, stöhnte sie und stolperte ins Bad. Annika hörte Martin hinter sich lachen, aber ihr fehlte sogar die Kraft für einen giftigen Kommentar. Um wach zu werden, stellte sie sich unter die Dusche und lehnte sich dabei gegen die mattweißen Kacheln, um nicht zu fallen.

Der restliche Morgen verging wie im Nebel. Ihr Kopf war schwer wie eine Bowlingkugel. Der Wind blies durch ihre Kleidung, und sie fror bis auf die Knochen. Der Atem ihres Sitznachbarn in der Straßenbahn roch nach abgestandenem Kaffee, und die Frau, die ihr gegenübersaß, stank nach Parfüm. Als sie ausstieg, hätte sie sich fast übergeben, nach ein paar wankenden Schritten blieb sie stehen und schloss die Augen, um das Gleichgewicht wiederzugewinnen. Sie bemühte sich, ruhig und gleichmäßig zu atmen, wie sie es in ihrem Yoga-Kurs gelernt hatte. Die frische Luft rettete sie, aber als sie in den Verlag kam, war sie noch immer übermüdet und gereizt.

Im Pausenraum murmelte sie Rebecka und Katrin, die sich dort unterhielten, einen unverständlichen Gruß zu, goss sich einen Becher Kaffee ein und verschwand in ihrem Büro. Ein kompletter Arbeitstag lag vor ihr: Sie musste der Druckerei und den externen Korrekturlesern mailen, Entscheidungen treffen, Besprechungen planen. Und über all dem schwebte ein Gefühl der Unlust. Szenen aus ihrem Albtraum kamen ihr in den Sinn und trieben ihr die Tränen in die Augen.

Als sie ihre Zyklus-App öffnete, um ihre Gemütsverfassung einzutragen, fiel es ihr wie Schuppen von den Augen. Sie war fünf Tage überfällig. Fünf Tage! Das Blut schoss ihr in die Wangen. Normalerweise kam ihre Regel pünktlich wie ein Uhrwerk. *Bin ich etwa schwanger?* Es verblüffte sie, dass sie nicht schon längst daran gedacht hatte. Mit flatterndem Herzen schloss sie die App. Ihre Übelkeit war wie weggeblasen. Konnte das wirklich wahr sein nach all den vergeblichen Versuchen? Würden Martin und sie endlich ein Kind bekommen?

Annika zwang sich, ihren Kaffee auszutrinken, bevor er kalt wurde, aber er schmeckte nicht so gut wie sonst. Lachend schüttelte sie den Kopf über sich selbst. Für solche Schwangerschaftssymptome war es noch viel zu früh, das musste sie sich einbilden. Trotzdem brauchte sie Gewissheit. Fünf Minuten später stand sie im Mantel in Katrins Büro. »Ich muss kurz weg«, sagte sie.

»Okay«, stimmte Katrin zu. »Vergiss nicht, dass nach der Mittagspause die Coverbesprechung für *Die Wiedergänger* ansteht.« *Die Wiedergänger* war der erste Teil einer Young-Adult-Trilogie eines Newcomers. Katrin war Feuer und Flamme für den Titel, Annika war nur mäßig überzeugt. Aber obwohl Urban Fantasy nicht ihren Geschmack traf, musste sie zugeben, dass der Plot spannend war, und sie hatte sich von Katrins Begeisterung anstecken lassen. Die Handlung blieb einigermaßen realistisch und driftete nicht völlig in übernatürliche Sphären ab. Wenn sie einen annähernd kompletten Frühjahrskatalog präsentieren wollten, reichte *Ich bin der Gräber* ohnehin nicht aus.

Annika wickelte sich ihren Schal um den Hals. »Es geht schnell. Ich bin in einer halben Stunde wieder da.«

Sie lief die Treppe hinunter und trat in das kalte Frühlingswetter hinaus. Trotz Sonnenschein war die Luft eisig und leicht wie klares Wasser. Das grelle Licht blendete. Der Schnee war weggetaut, nur am Straßenrand türmte sich noch ein grauschwarzer Berg, den ein Pflug vom Gehweg geräumt und dort angehäuft hatte. An einem Strauch neben dem Schneematschberg sprossen winzig kleine grüne Blätter. Die Natur schwankte zwischen Winterschlaf und Frühlingserwachen, wie ihre Gefühle zwischen sprudelnder Freude und banger Beklemmung. Würde Martins und ihr Glück endlich vollkommen werden? Zugleich nagte die Angst an ihr, ob sie die finanzielle Belastung tragen konnten, sollte der Verlag Konkurs gehen. Sie hörte Martins vernünftige Stimme, der sie daran erinnerte, dass sie ohnehin erst einmal in Elternzeit gehen würde, alles Weitere würde sich beizeiten lösen. Aber die Ungewissheit stresste sie. Die Gedanken rotierten in ihrem Kopf und ließen sie ihre Schritte beschleunigen. Am Ende rannte sie fast die Linnégatan bis zur Apotheke entlang. *Was, wenn mich jemand sieht?* Sie wollte nicht, dass es jemand erfuhr, noch nicht. Das Risiko, dass etwas schiefging, war noch zu groß. Mit zitternden Händen nahm sie einen Schwangerschaftstest aus dem Regal. An der Kasse tippte sie zweimal die falsche PIN in das Kartenlesegerät, und im Hinausgehen spähte sie immer wieder unruhig über die Schulter.

Zurück im Verlag, schloss sie sich im WC ein. Als der Stick das Resultat anzeigte, brach sie vor lauter Freude in Tränen aus. Ein Traum wurde wahr.

Sie *war* schwanger. Ihr Kinderwunsch ging endlich in Erfüllung.

26

Ich beneidete sie um ihr Leben.
Aus Neid wurde Eifersucht.
Und mit der Eifersucht kam die Gewissheit,
dass sie mich betrog.
Mit der Eifersucht kamen auch die kratzenden
Geräusche zurück. Sie hatten mich aufgespürt.
Sie drangen mir bis ins Mark
und verstärkten meine Schreibblockade,
bis ich kein einziges Wort mehr zuwege brachte.

Freitag, 29. April

DAS TELEFON AUF Cecilias Schreibtisch läutete.

»Hier ist ein Christoffer Olsson, der dich sprechen möchte«, informierte sie die Rezeptionistin, als Cecilia abnahm. Sie legte auf, ließ die Hand aber auf dem Hörer, als wollte sie sich darauf abstützen.

»Worum ging's?«, fragte Jonas.

»Dreimal darfst du raten. Um Personen, um die ich lieber einen großen Bogen mache.«

»Ach so, *die*. Na dann, viel Glück.«

Nachdem der Gräber sein drittes Opfer gefordert hatte, hatten sich die Familien der Opfer zu einer kleinen, aber aktiven Angehörigeninitiative zusammengetan. Sie stellten die Ermittlungen infrage und versuchten ständig, aktuelle Informationen zu erlangen. Natürlich teilte Cecilia ihnen nur die Fakten mit, die sie auch an die Presse weitergab, aber die Angehörigen ließen nicht locker. Inzwischen hatten sie sogar Privatdetektive engagiert, die eigene Ermittlungen anstellten. Aber auch die schienen auf der Stelle zu treten, sonst hätte sie es garantiert aus der Presse erfahren. Cecilia gingen die ewigen Nachfragen der Angehörigen auf den Wecker, aber sie wollte die Familien nicht gegen sich aufbringen. Sie verfolgten dasselbe Ziel, wenn auch mit unterschiedlichen Mitteln: dem Gräber das Handwerk legen.

Seit das Erscheinen dieses Buchs publik geworden war, versuchte Christoffer Olsson, der Sprecher der Angehörigeninitiative, sie zu erreichen. Cecilia wusste, dass sie ihm nicht ewig aus dem Weg gehen konnte, und als sie ihm jetzt am Empfangstresen gegenüberstand, beschloss sie, den Stier bei den Hörnern zu packen.

Lächelnd streckte sie ihm die Hand entgegen. »Herr Olsson«, sagte sie. »Schön, Sie zu sehen.«

»Ich freue mich auch, obwohl ich kaum glaube, dass Sie ehrlich zu mir sind, Frau Kriminalinspektorin.« Er nahm ihre Hand und drückte sie ein wenig zu fest. Olssons Körperumfang war beeindruckend, wenn auch eher durch seinen Hüftumfang als durch seine Muskelmasse bedingt. Aber sein Handschlag war kräftig. Cecilia war froh, dass sie so gut wie nie Ringe trug. »Kriminalkommissarin«, korrigierte sie ihn. »Leitende Ermittlerin der Sonderkommission ›Gräber‹.« Bei der Erwähnung ihres Dienstgrads streckte sie automatisch den Rücken durch. »Warum denken Sie, dass ich nicht ehrlich zu Ihnen bin?«

»Nur so ein Gefühl. Seit drei Monaten versuche ich, Sie ans

Telefon zu bekommen. Warum, glauben Sie, bin ich wohl den ganzen Weg von Malmö hergefahren?«

»Tut mir leid, aber ich versuche, dem Gräber das Handwerk zu legen.«

Olsson sah sie mit unergründlicher Miene an. »Das hoffe ich sehr. Aber ich habe eine Menge Fragen. Die Mitglieder der Angehörigeninitiative erwarten Antworten von mir, und ich erwarte Antworten von Ihnen. Sie wissen, wie das läuft.«

Cecilia nickte. »Ja. Aber Sie wissen genauso gut wie die anderen Mitglieder, dass ich Ihnen keine Informationen geben darf, sondern der Schweigepflicht unterliege, solange die Voruntersuchungen noch nicht abgeschlossen sind.«

»Aber die Voruntersuchungen laufen seit Jahren. Werden Sie uns jemals Antworten geben können?«

»Wenn der Gräber hinter Schloss und Riegel sitzt«, antwortete Cecilia. »Können wir dieses Geplänkel lassen und zur Sache kommen?«

»Natürlich, ganz wie Sie wollen. Lassen Sie uns über dieses verfluchte Buch sprechen, das erscheinen soll.«

»Okay.« Cecilia holte tief Luft.

»Das können Sie doch nicht zulassen! Es muss doch irgendeinen Weg geben, die Veröffentlichung zu verhindern. Es würde nur alte Wunden aufreißen und Schmerz und Leid verbreiten.«

Cecilia sah Christoffer Olsson an. Er wirkte aufrichtig bestürzt, nicht nur aufgebracht, wie sonst. »Wissen Sie was? Ich bin ganz Ihrer Meinung. Ich finde auch, dass dieses Buch ein Unding ist. Es sollte verboten werden. Aber das *ist* es nicht.«

»Wie kann so etwas rechtens sein? Diese Bestie hat meine Schwester ermordet. Verstehen Sie? Sie wird nie wieder zurückkommen. Und mehr als fünfzig Angehörige machen dasselbe Leid durch wie ich. Und daraus soll jetzt *Unterhaltung* werden?«

»Was soll ich sagen? Es tut mir leid, aber in Schweden besteht das Recht auf Meinungsfreiheit. So sehr ich auch wollte, mir sind die Hände gebunden. Vielleicht sollten Sie mit einem Anwalt sprechen.«

Olsson hob resigniert die Arme. »Das habe ich schon getan. Er meinte, dass wir wegen Verstoßes gegen die Pressefreiheit klagen könnten, falls das Buch Verleumdungen oder rechtswidrige Schilderungen von Gewalt enthält. Aber das können wir zum jetzigen Zeitpunkt noch nicht sagen. Und wenn das Buch erschienen ist, ist es zu spät.«

»Es tut mir wirklich leid.« Cecilia legte Olsson eine Hand auf den Arm. »Wenn ich könnte, würde ich die Veröffentlichung verhindern, glauben Sie mir.«

Olsson nickte. »Danke«, sagte er. »Ich verstehe. Aber ich musste es versuchen, das verstehen *Sie* doch?«

»Natürlich. Ich dürfte das wahrscheinlich gar nicht sagen, aber an Ihrer Stelle würde ich mich an die Presse wenden. Die Medien interessiert es bestimmt brennend, was die Angehörigen der Opfer zu dem Buch zu sagen haben.«

»Auch das haben wir schon versucht. Aber selbst die Medien wollen erst das Erscheinen des Buchs abwarten.« Olsson wandte den Blick ab. Cecilia kam nicht umhin, Mitleid mit ihm zu empfinden. Mit jedem weiteren Jahr, in dem es ihr nicht gelang, den Gräber zu fassen, würde die Angehörigeninitiative wachsen. Immer mehr Familien würden ihre Liebsten verlieren. Die Verantwortung lastete wie ein Joch auf ihren Schultern.

»Aber es gibt eine Sache, die Sie tun könnten«, fuhr Olsson schließlich fort. »Überprüfen Sie diesen Verlag. Vielleicht weiß man dort mehr.«

»Das werden wir tun«, versprach Cecilia.

27

Am Anfang wusste ich nicht, was sie von mir wollten,
warum sie ausgerechnet mich ausgewählt hatten.
Ich versuchte, sie zu ignorieren, so zu tun,
als existierten sie nicht, genau wie du es tust.
Aber sie weigerten sich zu verschwinden.
Du weißt, wie das ist.
Du hörst sie auch.

Freitag, 20. Mai

ICH BIN DER GRÄBER erschien am 20. Mai. Rezensionstag war der 24. Mai, strategisch günstig vor den Gehaltszahlungen platziert. Lindas Schachzug ging perfekt auf. Die gestreuten Informationen hatten den gewünschten Effekt erzielt, und der Medienhype um das Buch war nicht mehr aufzuhalten. Nach den ersten Berichterstattungen im Februar, exklusiv für *Rapport* und *Expressen*, stieg das Interesse täglich an. Die Gerüchteküche in den sozialen Medien brodelte. War das Buch wirklich von Jan Apelgren? Und wenn ja, wo steckte er? Einige Stimmen behaupteten, er sei untergetaucht, um den Gräber zu interviewen. Andere glaubten, dass nicht Apelgren, sondern der Gräber das Buch geschrieben hatte.

Der Presserummel sorgte dafür, dass die erste Auflage vorbestellt und ausverkauft war, bevor die Bücher überhaupt ausgeliefert waren. Die zweite Auflage war die größte, die der Eklund-Verlag je hatte drucken lassen. Sie veranstalteten eine teure Releaseparty im Hotel Post, wo sie einen Teil des Kellergewölbes gemietet hatten. Prominente taten sich am Champagner gütlich und nahmen statt signierter Bücher erdverschmierte Exemplare mit nach Hause. Der Abend war ein rauschender Erfolg – und das war erst der Anfang.

Die Rezensenten überschlugen sich mit Lobeshymnen, priesen das Buch als spannend und genial, gruselig real mit übernatürlichen Horrorelementen. Der einzige Wermutstropfen bestand ihrer Meinung nach darin, dass es ganz offensichtlich nie wieder ein Buch aus Apelgrens Feder geben würde. Jetzt, wo er bewiesen hatte, dass er mehr schreiben konnte als die eher betulichen *Turwall*-Krimis, waren sie auf den Geschmack gekommen. Und die Leser stießen ins selbe Horn. Im Fahrwasser des Ansturms, den *Ich bin der Gräber* auf die Buchhandlungen auslöste, vervielfachte sich die Nachfrage nach Apelgrens *Turwall*-Krimis massiv, und der Eklund-Verlag ließ gebundene Jubiläumsausgaben drucken.

Annika wurde in zahllose Morning-Shows eingeladen, von deren Existenz sie noch nicht einmal gewusst hatte. Sie war bei TV 4 zu Gast, *Morgonpasset*, *Go'kväll*, *Babel* und in zig Podcasts und Onlineformaten. Sogar die Zeitschrift *Advokaten* interviewte sie zu der Frage, wie es juristisch möglich war, dass der Verlag ein Buch eines vermeintlich toten Autors herausgab.

Praktisch über Nacht sah sich der Eklund-Verlag mit dem völlig neuen Problem konfrontiert, schnellstmöglich Nachauflagen zu drucken. Zahlreiche bekannte Schauspieler standen Schlange, um die Hörbuchausgabe einzusprechen. Der Erfolg in Schweden rief die ausländischen Verlage auf den Plan, die sich bei der

Ersteigerung der Lizenzrechte überboten. Eben noch kurz vor dem geschäftlichen Aus, stieg der Eklund-Verlag jetzt wie ein strahlender Stern am Verlagshimmel empor, und zwar dank einem Manuskript, das Annika Granlund buchstäblich von den Toten bekommen hatte.

Die Eigentümer des Verlags hätten nicht dankbarer sein können. Sie belohnten Annika mit einer dicken Bonuszahlung sowie einer ordentlichen Gehaltserhöhung, was Annikas und Martins Hauskaufbudget beträchtlich ausbaute. Annika hatte das Gefühl, als ob die Wolkendecke über Göteborg aufriss und die Sonne ihr warm und golden ins Gesicht schien. Der Einzige, der leer ausging, war der Autor. Auf Anraten eines Finanzberaters reservierte der Verlag in der Buchführung eine Summe für eine fiktive Tantiemenschuld, sollte Apelgren wider Erwarten doch auftauchen und seinen Anteil fordern. Aber keiner von ihnen glaubte, dass es je zu einer Auszahlung kommen würde.

Annika tat ihr Möglichstes, um nicht an Apelgren zu denken, obwohl das Thema unvermeidbar war. In jedem Interview wurde sie nach ihm gefragt, worauf sie ihre eingeübten Antworten abspulte. Natürlich sei alles Apelgrens Verdienst. Es sei sein Buch. Sie hätten die Veröffentlichung allerdings zurückhalten müssen, bis er offiziell für tot erklärt worden sei. Nein, es bestand nicht die geringste Chance, dass Apelgren noch lebte. Und auch wenn das natürlich bedauerlich sei, so habe Apelgren in Ermangelung eigener Erben den Eklund-Verlag zum Begünstigten seiner Urheberrechte gemacht. In dieser Erfolgsstory gäbe es nur Gewinner.

In den Momenten, in denen Annika diese einstudierten Sätze aussprach, war sie überzeugt, die Wahrheit zu sagen. So gut hatte sie Lindas Medientraining gedrillt. Sie taten das einzig Richtige.

Trotzdem lag sie jede Nacht wach, schweißgebadet und mit ausgedörrtem Hals. Sobald sie die Augen schloss, hörte sie kratzende Geräusche, die sie nicht schlafen ließen, bis ihr Wecker klingelte. Während sie im Bett lag und mit leerem Blick an die Decke starrte, kreiste unablässig dieselbe Frage in ihrem Kopf.

Wenn Jan Apelgren tot ist, wer hat dann das Manuskript vor die Tür des Verlags gelegt?

TEIL 2

Das Haus

28

Nachts ließen mich die Geräusche nicht schlafen.
Vielleicht wollten die Wesen, dass ich wach blieb,
denn so bekam ich mit, dass die Frau,
die ich als meine Lebensgefährtin gewählt hatte,
später und später nach Hause kam.

Sonntag, 18. Oktober,
sechs Jahre zuvor

»SEIT EINER WOCHE haben sie keinen Handschlag getan.«

Über den Abendbrottisch hinweg fing Jan Apelgren den Blick seiner Frau auf. Ihre stahlblauen Augen waren kälter als gewöhnlich, die Pupillen nicht größer als Stecknadelköpfe, obwohl das einzige Licht von der brennenden Kerze zwischen ihnen kam. Als sie Jan den Ernst der Lage klargemacht hatte, fuhr sie fort, ihre Nägel zu feilen. Das kratzende Geräusch verursachte ihm Gänsehaut. Er war überzeugt, im beißenden Gestank ihrer Acrylnagelverlängerung zu ersticken.

»Du musst die Firma anrufen und dich beschweren. So kann das nicht weitergehen. Sie hätten längst fertig sein müssen«, fuhr Therese fort.

Sie waren die Bauarbeiter, deren Gerätschaften und Materialpaletten ihr Grundstück vollstellten. Drei Männer in signalgelben Overalls und ein Bagger, die in ihrem Siebzigerjahrehaus eine neue Drainage verlegen sollten. Was keinerlei Aufschub duldete: Die Kellerwände waren durchfeuchtet und wiesen bereits massive Ausblühungen auf. Aber momentan tat sich nichts. Die Männer hatten letzte Woche einfach aufgehört zu arbeiten und glänzten seitdem durch Abwesenheit.

Zunächst war ihm das ganz gelegen gekommen. Das dumpfe Dröhnen des Dieselbaggers, der ihn an ein mechanisches Urzeitungeheuer erinnerte, hatte ihn beim Schreiben gestört. Ebenso wie die unheimlichen Erschütterungen, wenn die Baggerschaufel gegen die Hauswand stieß, oder die Stimmen der Bauarbeiter, die in sein Arbeitszimmer drangen. Aber inzwischen musste er Therese recht geben. Die ausgehobenen Gräben im Vorgarten erinnerten an ein Schlachtfeld aus dem Ersten Weltkrieg, und ausgeschachtete Erde türmte sich wie riesige Kuhfladen auf ihrem Rasen. Auch vor dem Haupteingang auf der Vorderseite verlief ein tiefer Schacht. Um ins Haus zu gelangen, mussten sie über einen zusammengezimmerten Brettersteg laufen.

Das war kein Zustand mehr.

Jan spülte den Kloß in seinem Hals mit einem Schluck Wein hinunter. Er bildete sich ein, mit dem Alkohol winzige Mikroplastikpartikel von Thereses Acrylnägeln zu schlucken. Diese unbehagliche Mischung füllte das Loch in seiner Brust, in dem die Angst nistete, seit er das Manuskript an den Verlag geschickt hatte. Und mit jedem Tag wurden seine Zweifel größer. Annika hatte auf seine E-Mail lediglich mit einem knappen »Danke« reagiert. Und das war Wochen her. Ein Teil von ihm hoffte auf eine Absage, um nicht dem Druck ausgesetzt zu sein, die *Turwall-*

Reihe weiterschreiben zu müssen. Aber nur der Teil von ihm, der nicht den finanziellen Aspekt im Auge behalten musste.

Zugleich wuchs eine andere Angst in ihm. Therese war Unternehmensjuristin und hatte lange Arbeitszeiten. Er war daran gewöhnt, dass sie spät nach Hause kam, das tat sie, seit sie sich kannten. Auch wenn Therese es sich anders wünschte. Aber solange sie die Hauptverdienerin in ihrer Ehe war, mussten sie damit leben.

Doch ihre Begründungen wurden immer fadenscheiniger, manchmal waren es sogar offenkundige Lügen. Das Misstrauen nagte an ihm wie Ratten in einem Käfig. Neulich hatte er nach einer Besprechung, die angeblich bis in die späten Abendstunden gedauert hatte, Thereses Bluse aus dem Wäschekorb genommen und daran geschnuppert. Sie hatte nach Schweiß und Aftershave gerochen. Er hatte sie mit der restlichen Schmutzwäsche in die Waschmaschine gestopft und war vor der Trommel sitzen geblieben, bis Wasser und Waschpulver alle Beweise weggespült hatten. Seine Brust hatte vor Scham gebrannt. Wie konnte er so etwas denken? Von seiner eigenen Frau?

Jan atmete einige Male tief durch, dann fasste er sich ein Herz. »Therese«, begann er und wartete darauf, dass sie den Blick hob.

»Mir fehlt dafür die Zeit, du musst dich darum kümmern«, sagte sie und trank einen Schluck Wein. »Du bist doch sowieso den ganzen Tag zu Hause.«

»Ich arbeite auch, weißt du.« Jan seufzte. »Aber klar, ich rede mit der Firma.« Seine Entschlossenheit verpuffte.

»Wunderbar«, erwiderte Therese. »Hat der Verlag dein Buch inzwischen gekauft? Es wäre jedenfalls an der Zeit.« Sie sah Jan an und stellte ihr Weinglas ab.

»Nein, noch nicht«, sagte er. »Bis sie antworten, skizziere ich ein anderes Projekt.«

»Hoffentlich ist es was, das sich verkauft.«

Jan seufzte. »Ich tue, was ich kann.«

Therese legte ihre Nagelfeile mit Nachdruck auf den Tisch. »Ich sage nur meine Meinung. Wir leben zu zweit in diesem Haushalt. Aber momentan bin ich die Einzige, die die Rechnungen bezahlt, oder irre ich mich? Vielleicht ist es sogar gut, dass die Bauarbeiten nicht weitergehen, dann gibt es eine Rechnung weniger, an die wir denken müssen.«

»Ich warte darauf, dass Annika sich meldet.«

Therese verdrehte die Augen. »*Warten* scheint das Einzige zu sein, was du tust. Außerdem kann ich diese Annika nicht ausstehen. Sie hat Glotzaugen wie eine Kuh, ist dir das schon mal aufgefallen?«

»Nein. Aber es spielt auch keine Rolle, was du von ihr hältst. Sie ist meine Lektorin. Vergiss nicht, dass sie bisher zwei Bücher von mir herausgegeben hat.« Jan leerte sein Weinglas, um die Zweifel zu verdrängen, die erneut in ihm aufstiegen. »Warum sollte sie das dritte ablehnen?«

»Wenn das so ist.« Therese lächelte freudlos. »Dann löst sich ja bald alles in Wohlgefallen auf, oder?« Sie räumte ihren Teller ab und verschwand nach unten ins Souterrain. Jan stellte das restliche Geschirr in die Spülmaschine, während von unten das Gemurmel einer Dokusoap heraufdrang.

»Scheiße«, fluchte er leise und schlug die Klappe zu. Seine Selbstverachtung wuchs, während die Spülmaschine gurgelnd Wasser zog. Er war ein hoffnungsloser Fall. Seine Ehefrau betrog ihn, wie bisher jede Frau in seinem Leben, und er war nicht stark genug zu fragen, was zwischen ihnen nicht stimmte.

Er füllte sein Glas aus dem Weinschlauch auf und nahm es mit die Treppe hinunter. Vor den bodentiefen Panoramafenstern lag der Garten pechschwarz da. Die Tannen am Waldrand zeichneten sich im Mondlicht als schwankende Schatten gegen den Nachthimmel ab. Der bleiche Schein des Fernsehers fiel auf den Rasen, spiegelte sich in den Scheiben und in Thereses abwesenden Augen. Jan blieb einen Moment am Fuß der Treppe stehen und überlegte, ob er sie noch einmal ansprechen sollte, doch er verwarf den Gedanken und ging in sein Arbeitszimmer.

Es war ein kleiner Raum neben ihrem Fernsehzimmer, in den man durch einen kurzen Flur gelangte, an dessen Ende der Vorratskeller lag. Ursprünglich hatten sie vorgehabt, hier eine Sauna einzurichten, doch dann hatten sie den Raum zunächst als zusätzlichen Abstellraum genutzt, bis er ihn zu seinem Büro umfunktioniert hatte. Vorratskeller, Wirtschaftsraum und sein Arbeitszimmer lagen am hinteren Ende des Souterrains und besaßen keine Fenster. In der Luft hing ein muffiger Geruch wie in einem alten Sommerhaus, und an den Wänden zogen sich feuchte Ausblühungen entlang, die der Grund für die Drainagearbeiten waren. Wenn sie den Kaminofen anzündeten, wurde der Schimmelgeruch kurzzeitig vom Geruch des Feuers überdeckt, kehrte aber bald zurück.

Jan stellte sein Weinglas auf den Schreibtisch und fuhr seinen Laptop hoch. Neben dem Laptop stand eine betagte Reiseschreibmaschine, die Therese ihm geschenkt hatte, als sein erster Roman *Der Pfingstmann* erschienen war. Sie hatte das Ungetüm in einem Antiquariat entdeckt und es passend gefunden. Ein Relikt aus den Achtzigern, ein flaches Modell mit Kunststoffdeckel, Tragegriff und beiger Pulverlackierung, die im Laufe der Jahre einen Gelbstich bekommen hatte. So hatte es angefangen. Als Therese und er sich kennengelernt hatten, hatte er schon am *Pfingstmann* gearbeitet. Sie hatte ihn ermuntert, mit dem Schreiben weiterzumachen. Für sich. Für seinen Traum. Und für sie beide. Damit sie von den Tantiemen zusammen leben konnten, sobald sein

Schreiben von Erfolg gekrönt war. Sie hatten einander unterstützt. Sie hatten einander geliebt.

Was ist nur aus uns geworden, dachte er und nahm einen großen Schluck Wein.

Das Worddokument auf dem Bildschirm leuchtete ihm weiß entgegen, blank wie sein Gehirn. Die Zeit verstrich. Das Weinglas leerte sich. Der Bildschirm blieb weiß. Ebenso wie sein Notizblock. Das Einzige, das wuchs, war der Kloß in seinem Hals. Je mehr er versuchte, seine Sorgen zu verdrängen, umso mehr dachte er an sie.

Der Pfingstmann hatte sich gut verkauft. Richtig gut. Der Nachfolger, *Die Mittsommerfrau*, hatte die Erfolgswelle fortgesetzt. Man hatte ihm eine glorreiche Zukunft als neuem Stern am schwedischen Krimihimmel prophezeit. Er hatte seinen Job gekündigt, um sich ganz aufs Schreiben zu konzentrieren. Das Haus hatten sie fast ausschließlich von seinen Tantiemen bezahlt. Das Leben hätte besser nicht sein können. Dann hörte alles von heute auf morgen auf. Die beiden letzten Tantiemenabrechnungen waren milde ausgedrückt mager ausgefallen. Und während der Druck wuchs, den dritten *Turwall*-Krimi abzuliefern, hatte er erkannt, dass er ihn gar nicht schreiben wollte. Er wollte *gar keine* Krimis mehr schreiben. Als er Therese davon erzählte, hatte sie ihn gebeten, mit dem *Turwall* weiterzumachen, des Geldes wegen, also hatte er weitergeschrieben. Und während er sich mit dem Text abmühte, hatte sich Therese ihm gegenüber zunehmend distanzierter verhalten, kalt und abweisend reagiert, wenn er versuchte, sie zu berühren. Sie hatten seit über einem Monat nicht mehr miteinander geschlafen, und sie küssten sich auch nicht mehr.

Jetzt saß er hier, betrunken, und starrte auf einen leeren Bildschirm. Im Nebenzimmer vermischte sich das monotone Gemurmel des Fernsehers mit Thereses Schnarchen, die auf dem Sofa eingeschlafen war. Der Alkohol machte ihn gefühlsduselig, und ihm war schlecht. Er beschloss, ins Bett zu gehen. Als er aufstand, vernahm er ein kratzendes Geräusch. Wie ein scharfer Gegenstand, der an Beton entlanggezogen wurde. Das Geräusch verstummte so abrupt, wie es eingesetzt hatte, begann aber im nächsten Moment von Neuem. Es kam von draußen. Jans Herz schlug schneller, er legte eine Hand auf die alte Raufasertapete der Kellerwand.

Er spürte Vibrationen unter seiner Handfläche. *Da draußen ist jemand.* Er hielt den Atem an und horchte. Das Blut pochte in seinen Ohren. Er vermochte nicht zu sagen, ob er es sich nur einbildete, aber er hätte schwören können, ein Flüstern zu hören. Er wich von der Wand zurück und stieß so heftig gegen seinen Schreibtischstuhl, dass er um ein Haar das Gleichgewicht verloren hätte. Das Flüstern und Kratzen verstummten.

»Was machst du?«, fragte Therese von der Tür.

Jan fuhr herum. »Ich … ich dachte, ich hätte was gehört«, antwortete er.

Therese gähnte. »Ich gehe ins Bett. Bleib nicht zu lange auf, du machst dich nur verrückt.«

Ausnahmsweise stimmte er ihr zu. Aber er *hatte* etwas gehört. Da war er sich ganz sicher.

29

Das Geräusch, wenn sie ihre Klauen am Beton schärften,
öffnete mir die Augen.
Ihr Flüstern brachte mich dazu, die Wahrheit zu erkennen.
Sie betrog mich. Sie hatte mich verraten.
Also tötete ich sie.

Samstag, 28. Mai

ANNIKAS HANDY VIBRIERTE auf dem Nachttisch. Nach einer weiteren durchwachten Nacht fühlte sich ihr Kopf wie Sirup an. Fahrig tastete sie umher, um den Alarm zum Verstummen zu bringen und wenigstens noch ein paar kurze Minuten zu schlafen. Stattdessen stieß sie das Telefon vom Tisch.

»Geh endlich ran«, stöhnte Martin neben ihr.

Annika schüttelte die Bettdecke ab und suchte ihr Handy auf dem Fußboden. Martin hatte recht. Es war nicht der Wecker.

»Wer zum Teufel ruft an einem Samstagmorgen um acht Uhr an«, sagte sie und bekam endlich das Telefon zu fassen.

»Annika Granlund?«, fragte eine Frauenstimme am anderen Ende der Leitung.

»Ja?«

»Hier ist Emma Sieverts. Entschuldigen Sie, dass ich so früh anrufe.«

Annikas Gehirn rotierte wie ein Wäschetrockner. Sie setzte sich aufrecht auf die Bettkante und wartete darauf, dass der Schwindel nachließ.

»Wer?«

»Emma Sieverts. Jan Apelgrens Notarin. Sie waren im Herbst bei mir in der Kanzlei.«

Annika rappelte sich auf und ging leise aus dem Schlafzimmer. Die Holzdielen unter ihren Füßen fühlten sich kalt an. »Ach so, ja, richtig. Ich erinnere mich. Ist irgendwas passiert?« Für einen Moment vergaß sie, dass man vom Innenhof aus in ihre Küche gucken konnte. Rasch duckte sie sich, als sie draußen eine Nachbarin entdeckte.

»Damals sagten Sie, dass Sie und Ihr Mann ein Haus suchen. Ist das richtig?«

»Ja. Warum?« Das Sonnenlicht fiel unbarmherzig auf die verkrümelte Anrichte. Der Frühling hatte mit Pauken und Trompeten Einzug gehalten und war dabei, in den Frühsommer überzugehen. An den Sträuchern im Innenhof spross ein grünes Knospenmeer.

»Wie Sie wissen, bin ich Jan Apelgrens Nachlassverwalterin und Testamentsvollstreckerin. Teil des Nachlasses ist sein Haus. Seit seinem Verschwinden steht es leer und ist im Laufe der Jahre ziemlich heruntergekommen. Ich habe das Gröbste renovieren lassen und werde Montag ein Maklerbüro mit dem Verkauf beauftragen.«

»Okay«, sagte Annika, damit Emma Sieverts nicht glaubte, sie sei verstummt.

»Ich dachte, Sie würden es sich vielleicht gerne vorher ansehen?«, fragte die Notarin. »Wer könnte als Käufer besser geeignet sein als Sie? Vorausgesetzt natürlich, Sie haben noch kein Haus gefunden.«

»Nein, haben wir nicht. Wo liegt es?« In Annika keimte ein Hoffnungsschimmer auf. Die Immobilienauswahl war in den letzten Monaten nicht gerade berauschend gewesen. Inzwischen war sie bereit, nach jedem Strohhalm zu greifen.

Emma Sieverts nannte ihr die Adresse. Annika kritzelte sie rasch auf einen Umschlag, während die Notarin weiterredete.

»Ich schicke Ihnen ein paar Fotos. Heute muss ich leider arbeiten, aber ich könnte Ihnen das Haus morgen zeigen, wenn Sie Interesse haben. Es hat keine Eile, aber ich würde Jans Nachlassverwaltung gern so schnell wie möglich über die Bühne bringen.«

»Natürlich. Schicken Sie mir die Fotos. Ich melde mich«, erwiderte Annika.

Kurz darauf erhielt sie eine E-Mail und öffnete die Fotos auf ihrem Handy. Von der Straße mit Blick auf den Vordereingang sah das Haus wie ein schlichter Klinkerbau aus. Der Garten war von einer Hecke eingefasst. Über den Dachfirst emporragende Baumwipfel verrieten, dass auf der Rückseite des Grundstücks ein Wald angrenzte. Annika lächelte, als sie im Garten vier im Quadrat angepflanzte Apfelbäume entdeckte. Die Bilder waren auf die Schnelle gemachte Handyfotos, wahrscheinlich von Emma Sieverts selbst, nicht zu vergleichen mit den perfekt retuschierten Aufnahmen der Maklerbroschüren. Aber ihr wurde warm ums Herz. Die Bilder waren authentisch. Sie wollte mehr sehen und öffnete ein Foto nach dem anderen.

Die Innenräume waren leer. Nur verblichene Rechtecke an den Tapeten zeigten, wo einmal Bilder gehangen hatten. Sonnenlicht fiel einladend durch die Fenster, und Annika war froh, nicht mit dem gemieteten Mobiliar der Inneneinrichtungsfirmen konfrontiert zu werden. Unwillkürlich stellte sie sich vor, wie Jan und seine Frau in den Räumen gelebt hatten, wie sie nebeneinander auf dem Sofa gemeinsam ferngesehen und in der Küche zusammen gekocht hatten.

Doch das warme Gefühl verschwand augenblicklich, als das nächste Bild eine dunkle Treppe zeigte, die vom Flur nach unten führte. Rasch schloss sie das Display. Die Kellertreppe brannte auf ihrer Netzhaut. In dem Haus konnte sie nicht leben.

Aber alles andere hatte sich so gut angefühlt. Instinktiv legte sie eine Hand auf ihren Bauch. Sie würden bald eine Familie sein. Sie mussten in einer kinderfreundlichen Umgebung wohnen, wo die Kinder im Garten spielen konnten, ohne dass sie die ganze Zeit nach Autos Ausschau halten musste.

Was ist eigentlich so schlimm an einem Keller? Sie war kein kleines Mädchen mehr. Damals war ihre kindliche Fantasie mit ihr durchgegangen, sie hatte Angst bekommen, als plötzlich das Licht ausgegangen war. Das war alles. In nicht allzu ferner Zukunft würde sie ihren eigenen Kindern beibringen, dass es in dunklen Kellern nichts gab, wovor sie sich fürchten mussten.

Annika holte tief Luft und betrachtete das nächste Foto. Es überraschte sie. Die Treppe endete nicht in einem dunklen Kellerraum, sondern in einem hellen, frisch renovierten Souterrainzimmer mit einem gusseisernen Kaminofen. An der Rückseite verlief eine bodentiefe Panoramafensterfront zum Garten hinaus. Sonnenlicht fiel durch die Äste der Bäume am Waldrand und tauchte den Raum in warmes goldenes Licht.

Ein Lächeln breitete sich auf ihren Lippen aus. Sie stellte sich vor, wie ein knisterndes Feuer ihre Füße wärmte, während sie in den Strahlen der untergehenden Abendsonne gemütlich in einem Sessel saß und ein Buch las.

Das Haus lag an einem Abhang. Der Vordereingang befand sich im Obergeschoss, wodurch ein Großteil des Hauses technisch gesehen unter der Erde lag, aber ein Souterrain war etwas völlig anderes als ein kalter, feuchter Keller. Annika spürte, wie sie eine anheimelnde Wärme erfasste. Sie wollte das Haus sehen. Was hatte sie schon zu verlieren? Für den Bruchteil einer Sekunde dachte sie an die flüsternden Stimmen, die sie als Kind zu sich locken wollten. Schaudernd wischte sie die Erinnerung beiseite. Sie würde nicht auf sie hören. Im Gegenteil. Sie würde sie besiegen.

Es war Zeit, ihre alten Ängste zu begraben und nach vorne zu schauen.

30

Nach ihrem Tod gaben sich die Wesen zu erkennen.
Sie kamen zu mir, und ich gab ihnen ihre Leiche.
Im Gegenzug öffneten sie ihr dunkles Erdreich
und führten mich in ihre Tunnel. In mein neues Heim.

Samstag, 28. Mai

AM ANDEREN ENDE von Göteborg saß Cecilia Wreede in ihrem Wohnzimmer auf dem Sofa und verglich Aufzeichnungen. Vor ihr lag ein mit bunten Post-its, Eselsohren und zwischen den Seiten hervorlugenden Zetteln gespicktes Exemplar von *Ich bin der Gräber.* Sie schlug es an einer bestimmten Stelle auf und kreiste einen Satz ein, den sie bereits mit einem gelben Marker unterstrichen hatte. Das Buch war inzwischen Teil ihrer Ermittlungslektüre.

Zunächst hatte sie sich geweigert, es zu kaufen. Was war das für ein Mensch, der sich von einem wahren Mordfall inspirieren ließ, *bevor er gelöst war*, und ihn kaltschnäuzig zu *Unterhaltungszwecken* aufbereitete? Bücher nach wahren Begebenheiten waren schon schlimm genug, es sei denn, die Autoren griffen die Ereignisse respektvoll auf. Aber das hier? Es wollte ihr einfach nicht in den Kopf, dass der wahre Gräber nach wie vor sein Unwesen trieb und jedes Jahr aufs Neue mordete. Die Angehörigeninitiative mit Christoffer Olsson an der Spitze hatte öffentlich gegen das Buch protestiert, damit aber vermutlich nur bewirkt, dass noch mehr Leute diesen Dreck kauften.

Trotzdem hatte sie sich zu guter Letzt ebenfalls ein Exemplar zugelegt, das inzwischen vor Anmerkungen wimmelte und so zerlesen war, dass die Seiten aus der Bindung fielen. Die erste Hälfte hatte sie nicht beeindruckt. Es begann wie ein ganz gewöhnlicher Krimi. Wie immer weigerte sich ein Polizist mit Alkoholproblem und einer Abneigung gegen die Ehe, einen hoffnungslosen Fall ad acta zu legen, und trieb damit das halbe Präsidium in den Wahnsinn. Die Ermittlungen ähnelten ihrem realen Ermittlungsverlauf, wenn auch in einer Art Fantasieversion. Der Stil war gut, aber den Plot hatte sie in der Form schon tausendmal gelesen. Nichts daran entsprach authentischer Polizeiarbeit.

Doch das war nicht alles. In der zweiten Hälfte verwob sich die Kriminalhandlung mit einem autobiografischen Erzählstrang, in dem ein Mann zum Mörder wurde. Und ab da hatte sie Parallelen erkannt, die es nicht geben dürfte. Als der Polizist ab der Mitte des Buchs das Muster entdeckte, das der Mörder hinterließ, begann sie zu ahnen, worauf es hinauslief.

Sie hatte das Buch im Bett gelesen und sich in dem Moment mit einem Ruck aufgesetzt. Von einer Seite zur nächsten wandelte sich der Text von einem Standardkrimi zum Horrorroman. Der fiktive Gräber war eine Art Halbmensch, der in Gesellschaft von übernatürlichen Dämonenwesen unter der Erde hauste und sich wie der reale Gräber durch das Kellerfundament in die Häuser seiner Opfer grub. Sein erstes Opfer war seine eigene Ehefrau gewesen, die ihn betrogen und seine Liebe verraten hatte.

Es waren nicht die Horrorelemente, die Cecilia beunruhigten, sondern die Tatsache, wie sehr der Plot der Wirklichkeit entsprach. Obwohl Jan Apelgren – sofern das Buch tatsächlich von ihm stammte – kaum etwas über den wahren Gräber wissen konnte, da all ihre Ermittlungsergebnisse unter Verschluss waren, gab die Handlung sein Vorgehen besorgniserregend authentisch wieder.

Trotz der bizarren Horrorelemente war Cecilias Interesse an dem Buch gestiegen, und sie machte sich daran, es unter dem Gesichtspunkt ihrer Ermittlungen zu analysieren. Sie trank einen Schluck Kaffee, schlug ihr Notizbuch auf und zog in der Mitte der Seite einen Längsstrich. Über die linke Spalte schrieb sie *Fakten*, über die rechte *Fiktion*.

Als sie alle Stichpunkte eingeordnet hatte, starrte sie die Tabelle ungläubig an. Jedes Detail stimmte. Bis auf die unterirdischen Dämonenwesen. Sie waren überflüssig, konstruiert, um den Gruselfaktor zu steigern. Als wäre der Gräber allein nicht schon gruselig genug.

In ihrem weißen, mit Rosen gemusterten Morgenmantel lief sie im Wohnzimmer auf und ab und versuchte, Ordnung in ihre Gedanken zu bringen. Offenbar wusste der Autor des Buchs genauso viel über den wahren Gräber wie die Polizei. Wie war das möglich? Widerstrebend gestand sie sich ein, dass es dafür nur eine Erklärung gab. Jemand aus dem unmittelbaren Ermittlungsumfeld musste Apelgren Informationen gesteckt haben. Was wiederum unmöglich war. Von Apelgren fehlte seit Jahren jede Spur. Cecilia setzte sich wieder aufs Sofa und starrte an die Decke. Konnte jemand einem Toten vertrauliche Ermittlungsergebnisse zuspielen, Tausende Seiten Material, das immer weiter anwuchs? Der Gedanke war absurd.

Oder hatte einer ihrer Kollegen das Buch geschrieben? Hegte irgendjemand im Präsidium literarische Ambitionen? Jonas? Kaum. Außerdem wäre keiner ihrer Kollegen so dumm, die Einzelheiten so nah an der Realität zu belassen. Sie wussten ganz genau, dass sie ein Dienstverfahren riskierten, wenn sie vertrauliches Material zu ihrem finanziellen Vorteil missbrauchten. Und warum hätte jemand Apelgrens Namen verwenden sollen? Das hatte das Erscheinen des Buchs nur verkompliziert. Jedes andere x-beliebige Pseudonym wäre doch sinnvoller gewesen.

Cecilia starrte auf das Cover. Es war alles andere als diskret. Eine von Rissen durchzogene Betonwand, aus der eine rote Lache rann, als würde sie bluten, und der in glänzenden Goldbuchstaben gedruckte Titel forderten sie heraus. *Ich bin der Gräber.* Jan Apelgren.

Ihr Blick wanderte zum Verlagslogo in der unteren Ecke. Sie dachte an Christoffer Olssons Bitte, mit dem Verlag zu sprechen. Der Zeitpunkt war gekommen, den Leuten auf den Zahn zu fühlen.

Sie ging in die Küche und zog das Ladekabel aus ihrem Handy. Jonas' Nummer war als Favorit einprogrammiert. Er war im Prinzip der Einzige, mit dem sie telefonierte. Ihr Freundeskreis war im Laufe der Jahre immer kleiner geworden, und mit ihren flüchtigen Männerbekanntschaften chattete sie in der Regel. Während es tutete, markierte sie einige Textstellen im Buch.

Von ihnen bleibt nichts übrig. Aber eine ihrer Habseligkeiten im Leben bewahre ich auf, als Souvenir. Jedes einzelne im gleichen liebevollen Angedenken.

»Hast du das Buch gelesen?«, fragte sie ohne Umschweife, als Jonas abnahm.

»Guten Morgen, Cecilia«, sagte er. Seine Stimme klang rau, als hätte sie ihn geweckt. »Genießt du dein Wochenende?«

»Du weißt, dass ich Small Talk hasse.«

»Nein. Ich habe es mir gekauft, es aber noch nicht gelesen. Ich ziehe Fantasy vor. Kriminalromane erinnern mich nur an die Arbeit.«

»Lies es, damit wir darüber reden können. Irgendwas ist faul daran.«

Cecilia legte auf und blinzelte ins Sonnenlicht, das durchs Wohnzimmerfenster fiel. Ihre Beine kribbelten. Sie musste sich bewegen, ihre Gedanken mit Adrenalin betäuben, obwohl ihr der Vorfall mit dem Mann, der sie im Winter verfolgt hatte, noch immer Gänsehaut verursachte. Fast wäre sie selbst ein Opfer geworden.

Sie hatte ihre Joggingstrecke gegen ein Laufband im Fitnessstudio eingetauscht und es Jonas gegenüber auf die Kälte geschoben. Aber jetzt, wo es wärmer wurde und es abends länger hell blieb, kam ihr das Training im Fitnessstudio wie ein persönliches Versagen vor. Sie wollte an die frische Luft, doch allein beim Gedanken, in Skatås zu joggen, wurde ihr mulmig. Sie hasste es, sich von der Angst vereinnahmen zu lassen, konnte aber nichts dagegen tun. Cecilias Blick fiel auf die Kommode, in der sie ihre Dienstwaffe aufbewahrte.

Sollte sie ihre Waffe mitnehmen? Es war verboten. Aber wer sollte davon erfahren? Ihre Hände zitterten, als sie die Waffe aus der Schublade nahm und sie zu ihrer Polizeimarke in die Gürteltasche steckte. Sicherheitshalber. Das Gewicht der Waffe drückte unangenehm gegen ihre Hüfte, doch sie erfüllte ihren Zweck. Ihre Angst, der Mann könnte wieder auftauchen, legte sich.

Erleichtert atmete sie aus und verließ die Wohnung.

31

Warum ich beschloss, unter der Erde
bei Kreaturen zu leben, die ich nur als Schattenwesen
mit Klauen und mahlenden Fängen kannte,
aus denen Erde und Insekten fielen?

Sonntag, 29. Mai

SIE RUCKELTEN ÜBER holprigen Asphalt, als Martin in der Auffahrt des Hauses hielt. Er schaltete den Motor aus und betrachtete über Annikas Schulter das Haus. Die rote Klinkerfassade war in Wirklichkeit röter als auf den Fotos. Die Fenster starrten wie leere schwarze Augenhöhlen daraus hervor.

»Das ist es?« Martin sah Annika erstaunt an.

»Ja«, antwortete sie.

»Ist das dein Ernst? Der Garten sieht aus wie ein Dschungel. Hat sich keiner darum gekümmert?«

»Ich denke nicht. Aber du hast doch wohl keine Angst vor ein bisschen Gartenarbeit?«

»Nicht wenn ich sie vermeiden kann.«

Annika seufzte. »Ich mache es gerne. Sollen wir reingehen? Die Notarin wartet.«

Die Gehwegplatten zum Haus waren teilweise abgesackt und locker. Annika klopfte an die Tür, dann drückte sie die Klinke nach unten. Die Tür war unverschlossen. Sie gingen hinein.

»Hallo!«, rief Annika.

Einen Augenblick später kam Emma Sieverts in den Flur und begrüßte sie. Lächelnd gab sie ihnen die Hand und stellte sich Martin vor.

»Willkommen«, sagte sie. »Ich dachte, ich mache eine kleine Führung mit Ihnen. Einverstanden?«

Martin klopfte an die Holzvertäfelung der Flurwand. Das Geräusch klang hohl und verriet die dahinterliegende Steinmauer. »Ist das original?«, fragte er.

Emma Sieverts lachte. »Hundertprozentig echt. Das Haus stammt aus den Siebzigern, nur das Schlafzimmer wurde nachträglich angebaut. Die Apelgrens haben das Haus kurz vor ihrem Verschwinden gekauft. Sie sind nicht dazu gekommen, viel zu renovieren.«

Martin zuckte zusammen. »Apelgren?« Er sah Annika an. »Ist das hier *Jan* Apelgrens Haus?«

Annika wich seinem Blick aus.

»Ja, hat Ihnen Ihre Frau das nicht gesagt?«, antwortete Emma Sieverts.

»Nein.« Martin sah Annika fragend an.

Nach ein paar Sekunden brach die Notarin das betretene Schweigen. »Ich verstehe.« Sie warf Annika einen Blick zu. »Es ist Jan Apelgrens Haus. Jetzt wissen Sie es beide.«

Sie deutete durch eine breite Türöffnung in einen leeren Raum mit Eichenparkett im Fischgrätmuster. Emma Sieverts' Stimme hallte zwischen den nackten Wänden.

»Das ist das Wohnzimmer. Hinter der nächsten Tür liegt die Küche. Ebenfalls noch das Original aus den Siebzigern. Die Wand zwischen Wohnzimmer und Küche kann herausgenommen werden. Schlaf- und Badezimmer liegen hinter der Treppe.«

Martin schüttelte den Kopf. »Tut mir leid«, sagte er. »Aber wir können hier abbrechen.«

Emma Sieverts verstummte. »Ich verstehe nicht. Was gefällt Ihnen nicht?«

»Ich will mehr sehen«, widersprach Annika.

Martin deutete in Richtung Treppe. »Annika, siehst du, was ich sehe? Wir hatten doch gesagt, keinen Keller.«

Annika wusste, dass es im Untergeschoss nichts gab, wovor sie sich fürchten musste, trotzdem schoss ihr Puls in die Höhe, und sie begann zu schwitzen. Steif lächelte sie Martin an. »Liebling, ich habe Fotos gesehen. Das ist kein normaler Keller.« Es war ein gutes Gefühl, es zu auszusprechen. Als ob sie ihre Angst mit ihren Worten besiegte.

»Ich verstehe nicht. Du hast so viele Häuser abgelehnt, nur weil sie …« Martin ließ den Satz unvollendet und hob die Arme. »Aber klar, sehen wir uns weiter um, wenn du willst.«

Emma Sieverts lächelte. »Wenn wir sowieso beim Keller sind, lassen Sie uns doch gleich damit beginnen. Das komplette Untergeschoss ist frisch renoviert.«

Die Stufen knarrten, als sie Emma Sieverts die Treppe hinunterfolgten. Die bodentiefen Panoramafenster auf der Rückseite ließen das Sonnenlicht herein, das die frisch verlegten Fliesen wärmte. Das Laub der Bäume bewegte sich leicht im Wind, ließ die Sonnenstrahlen flirren und tauchte den Raum in goldenes Licht. Ein schwacher Geruch von Malerfarbe verriet, dass die Renovierungsarbeiten erst kürzlich beendet worden waren.

Annika machte einige Schritte in den Raum hinein, dann wirbelte sie in einer Pirouette herum. Übers ganze Gesicht strahlend sah sie Martin an. »Siehst du? Das ist kein muffiger gruseliger Keller.«

Martin blickte sich lächelnd um. Er nickte. »Du hast recht, das ist kein normaler Keller.«

»Der Raum ist schön geworden, nicht wahr?«, sagte Emma Sieverts. Sie deutete in einen Flur hinter der Treppe. »Da hinten liegen noch zwei klassischere Kellerräume. Der Wirtschaftsraum und ein kleiner Vorratskeller.«

»Keine Feuchtigkeitsprobleme?«, fragte Martin und grinste Annika an.

»Nein«, antwortete die Notarin. »Die Apelgrens haben kurz vor ihrem Verschwinden eine neue Drainage verlegen lassen. Trotzdem war der Keller in einem desolaten Zustand, als ich die Verwaltung des Hauses übernommen habe. Aber jetzt ist alles neu und topmodern. Wände, Dach, Böden. Die Renovierungsarbeiten wurden erst vor Kurzem abgeschlossen.«

Sie gingen den kurzen Flur entlang. »Erdwärme«, erläuterte Emma Sieverts und deutete auf eine brummende Heizungsanlage im Wirtschaftsraum, der komplett mit Waschmaschine, Trockner und einem Handwaschbecken ausgestattet war. An den gestrichenen Betonwänden schlängelte sich ein Wirrwarr aus Kupferrohren entlang, die von der Heizungsanlage ins Obergeschoss führten.

»Wie groß ist das Haus?«, fragte Martin.

»Insgesamt zweihundert Quadratmeter«, antwortete Emma Sieverts. »Die Wohnfläche im Obergeschoss beträgt hundertfünfundzwanzig Quadratmeter, aber das Untergeschoss misst nur fünfundsiebzig.«

»Merkwürdig«, sagte Martin. »Die Wohnfläche hier unten ist also kleiner als im Obergeschoss?«

»Ja«, bestätigte die Notarin. »Das Schlafzimmer wurde

nachträglich angebaut. Das Untergeschoss inklusive der beiden Kellerräume entspricht etwas mehr als der halben Länge des Hauses.«

»Das spielt doch keine Rolle«, meinte Annika. »Wir halten uns doch sowieso überwiegend im Obergeschoss auf. Hier unten richten wir dir ein gemütliches Büro ein.«

»Möchten Sie sich ein wenig alleine umsehen?«, fragte Emma Sieverts. »Ich warte so lange oben.«

Als die Notarin die Treppe hinauf verschwunden war, ergriff Annika Martins Hände. »Gib zu, es gefällt dir!«

»Ja.« Martin blickte sich um. Die Deckenspots spiegelten sich in der Scheibe des Kaminofens. »Aber eins musst du mir erklären. Neulich war ein Keller noch Ausschlusskriterium Nummer eins, und jetzt stehen wir in einem. Woher dieser plötzliche Sinneswandel?«

»Ich weiß«, gab Annika zu. »Aber ganz ehrlich, dieser Raum ist wirklich nicht mit einem Keller gleichzusetzen.« Sie trat an die Panoramafensterfront und blickte durch den Garten zum Waldrand.

»Und du findest es nicht unbehaglich, in Apelgrens Haus zu wohnen?«

Annika drehte sich um. »Warum? Er ist doch tot.«

»Er wurde für tot erklärt«, korrigierte Martin. »Woher wissen wir, dass er nicht eines Tages vor der Tür steht und sein Haus zurückfordert?«

»Apelgren ist *tot*«, wiederholte Annika mit Nachdruck und beugte sich vor. »Und wir haben es ihm zu verdanken, dass wir uns sein Haus überhaupt leisten können.«

Martin schüttelte den Kopf. »Das ist einfach zu gut, um wahr zu sein, irgendwo muss ein Haken sein. Sollen wir nicht weitersuchen?«

Annika griff nach seiner Hand und legte sie auf ihren Bauch. »Wir erwarten ein Kind, Martin. Die Wohnung ist zu klein. Dieses Haus ist perfekt. Ich will nicht riskieren, dass wir es nicht bekommen. Jetzt haben wir die Chance.«

Martin nickte. »Okay. Ich kann hier leben, daran liegt es nicht.«

»Du wirst dich hier wohlfühlen, versprochen.«

»Solange ich meine Männerhöhle kriege.« Martin sah Annika an. Auf seinem Gesicht breitete sich ein Lächeln aus, das kleine Lachfalten in seine Augenwinkel zauberte. Annikas Herz wallte über vor Liebe. Sie würden bald eine Familie sein, in ihrem gemeinsamen Haus. Danach hatte sie sich gesehnt, seit sie denken konnte. Ihre ewigen Zweifel würden bald der Vergangenheit angehören. Ihr vollkommenes Glück lag so nah, dass sie es spüren konnte.

»Natürlich kriegst du deine Männerhöhle«, sagte sie und küsste Martin. »Du kriegst alles, was du willst.«

32

Die Antwort ist ebenso simpel wie erschreckend.
Nicht ich habe sie gewählt, sie haben mich gewählt.
Und jetzt bleibt mir keine andere Wahl,
als weiterzumachen.
Oberhalb der Erde gibt es nichts mehr für mich.

Dienstag, 31. Mai

IM PAUSENRAUM WURDE gelacht. Als Annika die Küche des Verlags betrat, um sich ihren Nachmittagskaffee zu holen, hielt Katrin einen länglichen, mit Hagelzucker bestreuten Keks hoch. Ihre Wangen waren vor Lachen gerötet. »Was sagst du zu diesen Plätzchen?«, fragte sie, um eine ernste Miene bemüht.

»Finnenstäbchen?«, fragte Annika. »Was ist daran so lustig?«

»Darüber herrschen hier am Tisch geteilte Meinungen.« Katrin kicherte. »Hopp oder top für Finnenstäbchen?«

Annika goss sich Kaffee ein. »Was ist denn hier los? Altherrenkaffeeklatsch?«

Katrin lachte so sehr, dass Annika sich Sorgen machte, ob sie noch Luft bekam.

»Moment mal.« Tobias wedelte mit den Armen. »Was heißt hier Altherrenkaffeeklatsch?«

»Wie würdest du es denn nennen?«, fragte Annika. »Trockene Kekse, die nach Mehl schmecken, und eine Tasse lauwarmer Kaffee. Ein typischer Altherrenkaffeeklatsch.«

»Und ob.« Katrin wischte sich die Lachtränen von den Wangen. In ihren Augenwinkeln hatten sich schwarze Mascaraklümpchen gebildet.

Annika schnappte ihr den Keks aus der Hand und steckte ihn in den Mund. »Aber lecker sind sie trotzdem.«

»Ich wusste es«, sagte Tobias. »Trockene Kekse sind nicht zu toppen.«

»Falsch.« Annika schüttelte den Kopf. »Gegen Zuckerkuchen kommen sie nicht an.«

»Wer hat von Altherrenkaffeeklatsch angefangen?«, erwiderte Tobias. »Wenn etwas danach schreit, dann ja wohl *Zuckerkuchen!*«

Annika spülte den Keks mit einem Schluck Kaffee hinunter. Das Bittermandelaroma verlieh ihm einen säuerlichen Beigeschmack. Sie verzog das Gesicht und setzte sich neben Katrin. Ab sofort würde sie zu Tee übergehen.

»Habt ihr kein besseres Gesprächsthema?«, fragte sie und wartete auf Tobias' Reaktion. Der schüttelte den Kopf und nippte an seinem weißen Mumin-Kaffeebecher mit dem Schnupferich. Sie hatte ihm den Becher zum Geburtstag geschenkt – als Anspielung auf sein reizbares Gemüt –, und offenbar hatte sie damit ins Schwarze getroffen, er benutzte keinen anderen Becher mehr.

»Ich bin hundemüde«, sagte Katrin. »Ich habe dieses Jugendbuchmanuskript gelesen, das dir so gefällt.«

»Und? Was sagst du?«

»Ganz ehrlich? Ich denke, es hat Potenzial. Aber im Lektorat kommt ein gewaltiges Stück Arbeit auf uns zu.«

»Ich weiß. Aber es ist ein Debüt. Was erwartest du?«

Dank dem kometenhaften Aufstieg von *Ich bin der Gräber* und Apelgrens beiden *Turwall*-Krimis an die Spitze der Bestsellerlisten hatten sie die Krise abgewendet und schrieben wieder schwarze Zahlen. Fürs Erste konnten sie positiv in die Zukunft blicken, aber ohne Neuerscheinungen würden sie bald wieder vor dem drohenden Konkurs stehen. Zum Glück war der Eklund-Verlag durch den Medienrummel in aller Munde, und sie erhielten mehr Initiativmanuskripte denn je. Die meisten Texte waren nach wie vor zu unausgegoren, um für eine Veröffentlichung in Betracht zu kommen, aber im Schnitt war die schriftstellerische Qualität gestiegen.

»Hat irgendwer etwas von Jesper gehört?«, fragte Rebecka.

Sie sahen sich schweigend an. Seit *Ich bin der Gräber* vor ihrer Tür aufgetaucht war, war Jesper wegen Burn-out krankgeschrieben.

»Ich hoffe, dass er bald wieder auf dem Damm ist«, sagte Katrin.

Annika kam die Vermutung, dass Jespers Krankschreibung womöglich nicht zufällig mit dem Hype um *Ich bin der Gräber* zusammenfiel. Das flaue Gefühl in ihrer Magengegend wuchs. In den vergangenen Wochen hatte sie unter immensem Druck gestanden, und bisher wussten nur sie und Martin von ihrer Schwangerschaft. Sie musste aufpassen, dass es ihr nicht ebenso erging wie Jesper. Vielleicht sollte sie mit ihm reden, sobald sich eine Gelegenheit ergab.

»Ich habe heute Morgen eine interessante Anfrage von einer Agentur erhalten, die mehrere große Autoren vertritt«, wechselte Tobias das Thema.

»Sind die Autoren mit ihren aktuellen Verlagen unzufrieden?«, fragte Rebecka.

»Offenbar. Das würde uns natürlich in die Karten spielen.«

»Das kann man wohl sagen.« Annika schob ihren Kaffee zur Seite. Insgeheim fragte sie sich, wann *sie* jemand anrief, um sie zu einem der größeren Verlage abzuwerben. Undenkbar war es nicht, vor allem nicht unter den gegenwärtigen Umständen. Sie war sich nicht sicher, wie sie reagieren würde, sollte ihr diese Option tatsächlich angeboten werden.

Tobias sah Katrin an. »Ich komme einfach nicht über den Altherrenkaffeeklatsch hinweg«, sagte er.

Katrin prustete wieder los, und diesmal musste auch Annika mitlachen.

In diesem Moment steckte Fredrik den Kopf in den Pausenraum und sah sie an. »Kann ich dich kurz sprechen?«, fragte er.

»Klar. Worum geht's?«

»Komm in mein Büro«, antwortete er und verschwand.

»Das klang ernst«, sagte Katrin.

»Besser, ich gehe gleich.« Annika schnitt eine Grimasse, die Fredriks ernste Miene imitieren sollte.

Fredrik saß vor seinem Computer, als Annika sein Büro betrat. »Gut, dass du kommst«, sagte er. »Sie wollen sofort eine Antwort.«

»Entschuldige, aber wer will eine Antwort?«

Fredrik wirkte gestresst. Es lag eine nervöse Spannung im Raum, die Annika nicht behagte.

»Das SVT-Rededuell hat den Sprecher der Angehörigeninitiative ›Die Opfer des Gräbers‹ in seine Sendung eingeladen. Der Sender möchte, dass auch ein Vertreter von uns dabei ist. Du hast in den Morgenmagazinen einen wunderbaren Job gemacht. Ich kann mir niemand Geeigneteren dafür denken als dich.«

Annikas Körper begann zu kribbeln. Sie zog Fredriks Bürotür hinter sich zu und lehnte sich gegen die Klinke, damit sie niemand störte.

»Nein«, sagte sie. »Tut mir leid, Fredrik. Aber da ziehe ich die Grenze.«

Annika erkannte sich selbst nicht wieder, aber das konnte sie einfach nicht tun.

Fredrik presste die Lippen aufeinander. Annika hatte diese Miene oft genug bei ihm gesehen, um zu wissen, dass ihm ihre Antwort absolut nicht gefiel.

»Ich verstehe nicht«, sagte er. »Was ist daran schlimmer als an den anderen Interviews?«

»Das ist das SVT-Rededuell, eine der wichtigsten Fernsehsendungen überhaupt. Ich muss dem Sprecher dieser Angehörigeninitiative vor laufender Kamera Rede und Antwort stehen.«

Fredrik nickte langsam. »Und?«, sagte er dann und zuckte verständnislos die Schultern.

Jede Faser in Annikas Körper sträubte sich. »Findest du nicht, dass eine Debatte mit den Angehörigen der Opfer des Gräbers ein unbehagliches Szenario ist?«, fragte sie.

»Nein.« Fredrik straffte den Rücken und zog die Augenbrauen in die Höhe. »Und ehrlich gesagt verstehe ich nicht, warum du so heftig reagierst. Vergiss nicht, dass du diejenige warst, die das Buch auf Teufel komm raus veröffentlichen wollte.«

Annika blieb die Luft weg. Wie konnte Fredrik ihre eigenen Argumente gegen sie verwenden? Er sollte ihr den Rücken stärken, ihr zuhören. Und sie nicht den Wölfen zum Fraß vorwerfen.

»Es ging darum, den Verlag zu retten. Aber wie soll ich es schaffen, den Angehörigen der Opfer von Angesicht zu Angesicht gegenüberzustehen?« Ich bin schwanger, fügte sie in Gedanken hinzu. Es war noch zu früh, um das laut auszusprechen.

»Daran hättest du früher denken sollen«, erwiderte Fredrik. »Jetzt gibt es kein Zurück mehr. Das Buch ist erschienen. Die Leser lieben es, aber die Menschen, die von den Taten des Gräbers betroffen sind, haben das Recht, aufgebracht zu sein.« Er hob die Hand, damit sie ihn nicht unterbrach. »Zum Teufel, Annika. Wir haben das Buch herausgegeben, *damit* die Leute emotional reagieren. Jetzt müssen wir mit den Konsequenzen professionell umgehen.«

Annika warf einen Blick auf ihre Uhr. Martin und sie hatten mit Emma Sieverts einen Termin zur Unterzeichnung des Kaufvertrags vereinbart. Wenn sie nicht zu spät kommen wollte, musste sie gleich gehen.

Den Kaufvertrag für das Haus, das sie mit dem Geld bezahlten, das Apelgrens Buch für sie verdient hatte.

Tief in ihrem Inneren schämte sie sich dafür, dass sie sich der Talkrunde nicht stellen wollte, aber ihr fehlte die Kraft, es einzugestehen. Sie wollte den Menschen, die ihre Entscheidung, *Ich bin der Gräber* herauszugeben, verletzt hatte, nicht in die Augen schauen müssen. Genauso wenig wie sie zugeben wollte, dass sie Apelgren gewissermaßen getötet hatte. Sie atmete tief durch und bemühte sich, ruhig und gelassen zu antworten. »Natürlich müssen wir das«, sagte sie. »Aber ich frage mich, ob es nicht besser wäre, jemand anderes in die Sendung zu schicken.«

»Ich denke, dass du die Einzige bist, die das übernehmen kann«, erwiderte Fredrik. Er stützte die Ellenbogen auf den Schreibtisch, verschränkte die Hände unter dem Kinn und sah Annika über die Knöchel hinweg an. »Du bist die verantwortliche Lektorin.«

»Warum machst du es nicht selbst?«, konterte Annika und machte eine unwillige Geste in Fredriks Richtung. »Wenn du so versessen darauf bist, die Ehre des Verlags zu verteidigen, warum machst du es dann nicht selbst?«

Fredrik fuhr auf seinem Stuhl zusammen. Er wirkte jetzt aufrichtig verärgert.

»Weil es als Lektorin des Eklund-Verlags Teil deiner Aufgaben ist, unsere Titel zu repräsentieren.«

»Und wenn ich mich weigere?«

Fredrik presste die Kiefer aufeinander und schüttelte den Kopf. »Ich kann dich nicht zwingen. Aber wenn du in unserem Haus weiter eine Zukunft haben willst, solltest du dich besser dazu bereit erklären.«

Annika starrte zu Boden, während sie die Tragweite von Fredriks Worten erfasste. Alles, wofür sie gekämpft hatte, wäre umsonst gewesen, wenn sie sich nicht im Funkhaus des SVT am Norra Älvstrand einfand und sich dem Rededuell stellte.

»Ich verstehe«, sagte sie.

33

Unter der Erde gibt es kein Licht.
Alle Geräusche sind gedämpft und tonlos.
Ich werde gehasst und gejagt.
Aber ich bin nie verlassen.

Dienstag, 31. Mai

ANNIKA ZITTERTE VOR Stress, als sie über den Järntorget zu Emma Sieverts' Büro hetzte. Die unebenen Pflastersteine der Haga Nygata zwangen sie, ihr Tempo zu drosseln, gaben ihr aber zugleich Gelegenheit, ein wenig Ordnung in ihre Gedanken zu bringen. Hin und wieder blieb sie vor einem der Schaufenster der kleinen urigen Geschäfte stehen. Fast eine Minute lang betrachtete sie die edlen Bände und Folianten in der Auslage eines Antiquariats. Aber ihre bevorstehende Teilnahme an dieser Talksendung ließ sie nicht los. Sie sah sich dastehen, stumm und ohne Argumente, während ganz Schweden dabei zusah. Zugleich machte sie sich Sorgen um das neue Leben, das in ihr heranwuchs. Wie würden sich Druck und Stress auf das Kind auswirken?

Als sie den Hagapark durchquerte, beschleunigte sie ihre Schritte. Sie war nicht religiös, aber im Schatten des hohen Turms der Hagakirche regte sich ihr schlechtes Gewissen. Würde sie bald den Preis für den Erfolg bezahlen müssen, den sie mit Apelgrens Leben erkauft hatte? Sie kämpfte gegen die aufsteigenden Tränen an, während sie die Storgatan hinunterlief. Martin wartete vor dem Haus, in dem Emma Sieverts' Büro lag.

»Du siehst müde aus«, begrüßte er sie.

»Danke, genau den Look hatte ich im Sinn.« Annika versuchte sich an einem Lächeln, doch es geriet zu einer Grimasse.

»Entschuldige.«

»Schon gut. Ich bin einfach kaputt. Es war ein Scheißtag. Und die Schwangerschaft macht aus mir nicht gerade ein Energiebündel.«

Martin wandte sich der massiven hölzernen Eingangstür zu und wechselte rasch das Thema. »Hier residiert sie also?«

»Ganz recht, das ist der Eingang zu Notarin Sieverts' mondäner Wirkungsstätte. Komplett mit Katze.«

»Katze?«

Sie klingelten an der Gegensprechanlage. Als es summte, drückten sie die Tür auf. Ihre Schritte hallten durch das Treppenhaus. Kurz darauf stand Annika zum zweiten Mal in Emma Sieverts' wohnzimmerartigem Büro. Die Notarin begrüßte sie und gab ihnen die Hand. Ihre Hand war warm und leicht fettig, als ob sie sich gerade die Hände eingecremt hätte.

Emma Sieverts ging vor ihnen her in die kleine Küche und setzte Teewasser auf. »Nehmen Sie doch bitte auf dem Sofa Platz. Der Kaufvertrag liegt auf dem Tisch, wenn Sie ihn schon einmal durchlesen möchten. Es ist ein einfacher Standardvertrag.«

Annika lehnte sich auf dem Sofa zurück, während Martin den Vertrag studierte. Für juristische Floskeln fehlte ihr die Energie.

»Das ist wirklich einfach«, sagte Martin. »Der Vertrag, als ich meine Wohnung verkauft habe, war mehr als doppelt so lang. Und hier geht es um ein Haus.«

Emma Sieverts erschien mit einem Tablett, auf dem eine altmodische geblümte Teekanne und drei bunt zusammengewürfelte Becher mit großen Untertassen standen. »Ich denke, ich kann auf die überflüssigen Klauseln der Maklerbüros verzichten«, sagte sie und schenkte Annika Tee ein. »An die Vorgaben habe ich mich natürlich gehalten. Den Rest habe ich mir gespart.«

Martin hielt den Vertrag hoch. »Es gibt keinerlei Gewährleistung. Ist das richtig?«

»Ja«, sagte sie. »Und ganz so ist es auch nicht, wenn Sie einen Blick auf die zweite Seite werfen.«

»Ich verstehe nicht ganz«, sagte Martin.

»Ich habe keine Ahnung vom baulichen Zustand des Hauses«, erklärte Emma Sieverts. »Ich bin lediglich die Testamentsvollstreckerin des Verstorbenen und veräußere dessen Nachlass auf Grundlage der Vorgaben seines Testaments. Weshalb ich keine Gewährleistung geben kann, außer dass das Haus dem Verstorbenen gehört hat. Sie müssen im Vorfeld eine eigene Begehung mit einem Sachverständigen machen. Dafür können Sie jederzeit einziehen, und es fällt keine Anzahlung an.«

»Was steht auf der zweiten Seite?«, fragte Annika.

»Da geht es um die Renovierung des Untergeschosses. Sollten Sie dort Mängel feststellen, müssen Sie sich an die Baufirma wenden.«

»Das klingt logisch«, sagte Martin.

»Und falls der Sachverständige beim Begehungstermin Mängel feststellt, mit denen Sie nicht einverstanden sind, können Sie vom Kaufvertrag zurücktreten«, fügte Emma Sieverts hinzu.

Martin zuckte mit den Schultern. »Das genügt mir.«

»Dann müssen Sie nur noch unterschreiben.« Emma Sieverts reichte Martin einen Füllfederhalter, der das altmodische Schreibgerät skeptisch betrachtete.

»Halten Sie ihn so.« Die Notarin drehte den Stift in Martins Hand. »Mit diesen alten Füllfederhaltern lässt sich so viel angenehmer schreiben als mit gewöhnlichen Kugelschreibern. Man muss die Feder nur im richtigen Winkel ansetzen.«

Martin setzte die Federspitze auf die Unterschriftenzeile des Kaufvertrags und schrieb langsam seinen Namen. Das kratzende Geräusch klang unangenehm in Annikas Ohren. Sie rutschte auf dem Sofa nach vorn, als Martin ihr den Füllfederhalter reichte. Ihre Hand zitterte. Die Federspitze erinnerte sie an eine Klaue, befleckt mit blauer Tinte, die ebenso gut rotes Blut sein konnte. Ein Prickeln schoss durch ihre Finger wie ein elektrischer Schlag. Sie ließ den Stift los, und er fiel zu Boden. Tinte spritzte aus der Feder und auf den Teppich.

»Verzeihung«, murmelte sie. »Ich weiß nicht, wie das passieren konnte. Der Stift ist mir einfach aus der Hand gefallen.«

»Geht's dir gut, Liebling?«, fragte Martin und hob den Federhalter auf.

Annika blickte in Zuckers grüne Augen. Die Katze lag unter dem Sofa, beobachtete sie und wetzte dabei ihre Krallen am Teppich. Eine Kralle schabte über das Holzparkett. Fauchend entblößte das Tier seine Zähne.

»Zucker«, sagte Emma Sieverts. »Was hast du denn?«

»Ich muss sie erschreckt haben.«

Die Katze bedachte Annika mit einem letzten lauernden Blick, dann verließ sie ihr Versteck und stolzierte in die Küche. Rasch unterzeichnete Annika den Vertrag und legte ihn zusammen mit dem Füllfederhalter auf den Tisch.

»Wunderbar«, sagte Emma Sieverts. »Jetzt haben Sie ein Haus gekauft.«

34

Über meinen hämmernden Herzschlag hinweg
höre ich die Kreaturen kehlige Laute ausstoßen
wie unterirdische Dieselmotoren.
Das Geräusch setzt sich als Vibrationen fort.

Donnerstag, 2. Juni

ES WAR KURZ nach zweiundzwanzig Uhr. Cecilia stand im Badezimmer und wollte sich gerade die Zähne putzen, als ihr Handy im Wohnzimmer klingelte. Sie schüttelte den Kopf und beschloss, nicht ranzugehen. Aber das Klingeln hörte nicht auf. Sie legte ihre Zahnbürste auf den Waschbeckenrand und sah nach. Jonas. Warum rief er um diese Uhrzeit an? War er auf einen wichtigen Hinweis gestoßen?

»Guckst du das SVT-Rededuell?« Jonas sprach ungewöhnlich schnell.

»Nein. Ich ertrage dieses Gequatsche nicht«, erwiderte sie.

»Diese Sendung solltest du dir ansehen.«

Cecilia schaltete ihren Fernseher an. »Worum geht's?«, fragte sie, als der Schein des Bildschirms ihr dunkles Wohnzimmer erhellte.

»Dein Freund Christoffer Olsson diskutiert mit einer Lektorin des Eklund-Verlags über das Buch.«

»Im Ernst?«, stieß Cecilia hervor. »Warte, bleib dran.«

Christoffer Olsson stand an der Stirnseite eines ovalen Stehtisches und gestikulierte wild in Richtung einer mittelgroßen rothaarigen Frau, die ihm gegenüberstand. Sie hatte ihre Haare mit einer Spange hochgesteckt und trug einen hellroten Blazer. Die Talkmasterin stand mit einem Stapel Moderationskarten in der Hand eifrig nickend zwischen ihnen. Christoffer Olsson, dessen Gürtelschnalle auf Höhe der Tischkante saß, wirkte an dem bordeauxroten Tisch wie ein Riese. Das Studiopublikum war auf Rängen rund um das Podium platziert.

Cecilia hatte mitten in einem Satz von Christoffer Olsson eingeschaltet und wusste nicht, worum die Diskussion sich gerade drehte. Aber es war offensichtlich, dass er darum kämpfte, die Ruhe zu bewahren. Auf seinem Hals leuchteten rote Flecken, und die Adern an seinen Schläfen traten unter der Studioschminke bläulich hervor. Die Moderatorin hob eine Hand. Olsson verstummte widerstrebend. Cecilia sah, dass seine Kieferpartie mahlte, während die Moderatorin sich gleichzeitig an ihn und das Publikum wandte. »Ich denke, wir alle hier haben Verständnis dafür, dass Sie aufgebracht sind, aber jetzt möchte ich der Gegenseite die Gelegenheit geben, sich zu den Vorwürfen zu äußern.« Die Moderatorin wandte sich an die Frau. »Annika Granlund, Sie sind Lektorin des Eklund-Verlags, bei dem *Ich bin der Gräber* erschienen ist. Was sagen Sie zu Herrn Olssons Anschuldigungen?«

Annika Granlund sah blass aus, obwohl die mit warmem Licht ausgeleuchtete bordeauxrote Studiokulisse mit ihrem Teint und Outfit harmonierte. Ihr Blick flackerte wie der eines verängstigten Tiers. »Zunächst einmal möchte ich betonen, dass wir niemanden mit der Veröffentlichung des Buchs verletzen wollen.« Ihre Stimme klang dünn.

Christoffer Olsson schüttelte den Kopf und fiel ihr ins Wort. »Euch kümmert es einen Dreck, ob ihr jemanden verletzt. Hauptsache, ihr verdient Geld.«

Die Moderatorin warf Olsson einen strengen Blick zu. »Jetzt hat die Gegenseite das Wort.«

»Wie gesagt«, fuhr Annika Granlund fort. »Wir wollten und wir wollen niemanden verletzen. Aber als wir das Potenzial von Jan Apelgrens letztem Manuskript erkannt haben, konnten wir es nicht in der Schublade verkümmern lassen. Wir waren es dem Autor schuldig, es herauszugeben und der Öffentlichkeit die Chance zu geben, es zu lesen.«

Die Moderatorin beugte sich zu Annika Granlund. »Aber haben Sie dabei auch an die Angehörigen der Opfer des realen Täters gedacht? Immerhin handelt das Buch von einem wahren Serienmörder, der frei herumläuft.«

»Selbstverständlich haben wir das. Wir haben das Buch nicht leichtfertig aus einer Laune heraus veröffentlicht, sondern im Vorfeld lange Diskussionen geführt. Aber wir dürfen nicht vergessen, dass es sich um einen fiktiven belletristischen Text handelt. Das Buch hat nichts mit dem realen Mörder zu tun.«

»Aber verstehen Sie nicht, dass das die Sache verschlimmert?« Christoffer Olsson stützte die Fingerknöchel auf den Tisch und beugte sich vor. Er bohrte seinen Blick in Annika Granlund, und die Kamera schwenkte auf eine Nahaufnahme seines Gesichts. »Hier geht es um reale Menschen, um Menschen, die von diesem Irren ermordet worden sind. Um Menschen, die dabei zusehen müssen, wie ihre Trauer und ihr Leid als perverse Unterhaltung missbraucht werden. Meine Schwester …«

Olssons Stimme versagte. Er schüttelte den Kopf. »Meine

Schwester ist tot. Sie kommt nie wieder zurück. Und Sie stehen hier und behaupten, dass das alles nur Fantasie ist.«

Das Publikum klatschte.

Die Moderatorin wartete, bis der Applaus verebbte, dann sagte sie: »Frau Granlund hat ja nun nicht behauptet, dass die wahren Taten des realen Gräbers Fantasie sind. Aber wie rechtfertigen Sie die Entscheidung Ihres Verlags, das Buch vor diesem Hintergrund herauszugeben?«

Cecilia musterte Annika Granlund. Sie kam nicht umhin, Sympathie für die Lektorin zu empfinden, die allein im Scheinwerferlicht stand und darum kämpfte, unter dem Druck nicht zusammenzubrechen. »Sie fühlt sich nicht wohl in ihrer Haut«, sagte sie zu Jonas.

»Der Eklund-Verlag setzt in allen literarischen Genres, die wir im Programm führen, höchste qualitative Maßstäbe an«, sagte Annika Granlund im Fernsehstudio. Cecilia hörte ihr an, dass sie auf Autopilot lief, genau wie viele Zeugen im Vernehmungsraum, wenn es ans Eingemachte ging.

»Das, denke ich, ist jedem hier klar«, erwiderte die Moderatorin. »Die Frage, die das Publikum interessiert, lautet: Warum haben Sie *Ich bin der Gräber* herausgegeben?«

»Ich … In Schweden herrscht das Recht auf Meinungsfreiheit«, stammelte Annika Granlund. »Wie ich bereits sagte, der Verlag hält die literarische Qualität des Textes für zu gut, um ihn den Lesern vorzuenthalten. Der Roman ist das letzte Vermächtnis eines beliebten Autors, der leider nicht mehr unter uns ist. Wir konnten ganz einfach nicht anders handeln.«

»Das Vermächtnis eines Autors, der auf Bestreben Ihres Verlags für tot erklärt wurde?«, konterte die Moderatorin. Annika Granlund griff nach ihrem Wasserglas, doch ihr Versuch zu trinken misslang. Stattdessen verbarg sie ihren Mund hinter dem

Glas. Cecilia registrierte, dass es zitterte. »Unsere Redaktion hat im Vorfeld der Sendung Einsicht in den Antrag auf Todeserklärung genommen. Er wurde von Ihnen digital unterzeichnet, Frau Granlund. Möchten Sie sich dazu äußern?«

»Ihr macht in eurer Profitgier wirklich vor nichts halt«, entfuhr es Christoffer Olsson. »Wie könnt ihr so perfide sein, euren eigenen Autor zu töten, nur um ein Buch herauszugeben, das nichts als Kummer und Leid verbreitet. Das ist so schamlos, dass …«

Cecilia schaltete den Fernseher aus. Sie schüttelte den Kopf. »Jetzt weiß ich wieder, warum ich mir diese Talkshows nie anschaue«, sagte sie.

»Ich kann dich verstehen«, erwiderte Jonas. »Olsson holt gerade zum verbalen Vernichtungsschlag aus. Die Frau kann einem fast leidtun, obwohl sie selbst schuld ist. Warte!«

»Was?«

Jonas schwieg. Cecilia hörte das Hintergrundgemurmel aus seinem Fernseher. Einen Augenblick später fuhr Jonas fort. »Olsson hat eben erzählt, dass die Angehörigeninitiative von Anwälten klären lässt, ob sie den Verlag verklagen können. Ich frage mich, wie das wohl ausgeht.«

»Das ist bestimmt kein leichtes Unterfangen«, meinte Cecilia. »Aber wir müssen mit dieser Annika Granlund reden.«

»Meinst du, das bringt was?« Jonas seufzte. »Ich habe das Buch inzwischen fast ganz gelesen, und einige Details stimmen tatsächlich frappierend mit der Wirklichkeit überein. Aber warum sollte der Verlag das Buch herausgeben, wenn sie wüssten, wer der wahre Gräber ist? Dann würden sie doch die Polizei informieren?«

»Ich weiß nicht. Nenn es Intuition. Gehen wir Polizisten nicht oft nach unserem Bauchgefühl? Annika Granlund weiß irgendwas, und dieses Wissen belastet sie. Hast du nicht gesehen, wie blass sie war? Ich will wissen, was sie weiß.«

35

Die Kreaturen sind abscheulich, aber sie tun mir nichts.
Sie führen mich sicher durch die Erde,
zwischen Wurzeln und Steinen hindurch.
Und an den Stellen, wo die Erde für meine Finger
zu hart ist, graben sie mir den Weg frei.

Mittwoch, 21. Oktober,
sechs Jahre zuvor

ALS JAN APELGREN das kleine Café in der Linnégatan betrat, bimmelte das Glöckchen über der Tür. Der verführerische Duft von frisch gemahlenem Kaffee stieg ihm in die Nase. Suchend blickte er sich nach Annika Granlund um.

Dass sie sich hier trafen, war schon fast Tradition. Nichtsdestotrotz war er jedes Mal nervös, wenn Annika und er sich verabredeten. Und heute ganz besonders. Für ihn stand viel auf dem Spiel. In der heimeligen Atmosphäre fiel es ihm leichter, seine Pulsfrequenz auf Normalniveau zu halten, trotzdem spürte er, wie ihm das Blut in die Wangen schoss. Er schob seine schweißnassen Hände in die Hosentaschen und rieb sie unauffällig am Innenfutter trocken. Annika formulierte ihre E-Mails grundsätzlich kurz, trotzdem hatte er aus dem knappen Zweizeiler, den sie ihm am Montag geschickt hatte, das Schlimmste herausgelesen. Nichts hatte darin gestanden, außer dem Vorschlag, dass sie sich heute hier treffen sollten, um über *Der Ostermann*, seinen dritten *Turwall*-Krimi, zu sprechen. Sie hatte mit keiner Silbe erwähnt, wie sie den Text fand. Und das beunruhigte ihn.

»Hallo, Jan!« Annika stand von einem Tisch auf und winkte ihm zu. Wie immer hatte sie ihre Haare mit einer schwarzen Haarspange hochgesteckt, ohne einige lange Nackensträhnen zu erwischen, die hinter ihren Ohren hervorringelten.

»Hallo.« Jan gab sich Mühe, sein nervöses Herzklopfen zu ignorieren. Er begegnete Annikas Blick. Thereses Kommentar über ihre Kuhaugen kam ihm in den Sinn. Zugegeben, Annika hatte große Augen, braune noch dazu, aber *so* groß waren sie auch wieder nicht.

Sie umarmte ihn herzlich. »Was möchtest du trinken? Ich habe mir schon einen Cappuccino bestellt, während ich gewartet habe.«

»Einen doppelten Espresso«, sagte er und nickte der Bedienung zu. Jan griff nach seinem Portemonnaie, aber Annika legte ihm eine Hand auf den Arm.

»Das übernehme ich«, erwiderte sie in einem Ton, der keine Diskussion zuließ.

Sie setzten sich, und Jan nippte an seinem Espresso. Vollmundig, mit einer säuerlichen Note, genau wie er ihn mochte. Zu Hause hatten sie nur eine normale Kaffeemaschine. Sie erfüllte ihren Zweck, aber er träumte von einer Espressomaschine. Doch momentan floss jede Öre in die Renovierungsarbeiten, diese Anschaffung würde also noch eine Weile ein Wunschtraum bleiben.

»Wie schreiten die Renovierungsarbeiten voran?«, fragte Annika in diesem Moment wie aufs Stichwort und umfasste ihre Cappuccinotasse mit beiden Händen.

»Die Arbeiten dauern noch an, aber langsam ist ein Ende in Sicht. Gerade lassen wir eine neue Drainage verlegen.«

Annika schüttelte den Kopf. »*Drainage*. Schon das Wort klingt unheilvoll.«

»Ja, es ist ziemlich kostspielig, aber es führt kein Weg daran vorbei. Besser als Schimmel und Feuchtigkeitsschäden, schätze ich.«

»Da hast du vermutlich recht. Aber ich bin froh, dass mir diese Dinge noch erspart bleiben. Für Martin und mich ist es noch ein bisschen früh, um an ein Haus zu denken. Das hat Zeit, bis die Kinder kommen.«

Jan nickte. Sein aufgesetztes Lächeln spannte in den Mundwinkeln und fühlte sich übertrieben an. Wie das Grinsen einer dieser alten weißen Theatermasken mit roten Kreisen auf den Wangen. Er war nicht hier, um Small Talk zu führen, er wollte wissen, was der Verlag von seinem Manuskript hielt. Trotzdem redeten sie fast eine Viertelstunde über irgendwelche belanglosen Themen. Was er sagte, hatte er im gleichen Moment wieder vergessen. Er nickte interessiert und antwortete höflich. Als sie ihren Kaffee ausgetrunken hatten, versiegte ihre Unterhaltung. Jan drehte seine Tasse in der Hand und fasste sich ein Herz.

»Also«, sagte er tief durchatmend. »Wie hat dir das Manuskript gefallen?«

Er merkte, dass Annika sich Mühe gab, nicht unangenehm berührt auf ihrem Stuhl hin und her zu rutschen. Sie lächelte, aber ihre Haltung war deutlich angespannt. Ihr behagte die Situation ebenso wenig wie ihm.

»Ich weiß nicht«, sagte sie schließlich. »Die Einleitung ist gut, wie immer. Und die Handlung ist *richtig* gut, jedenfalls dem Konzept nach.« Annika lachte auf. »Keiner wird bis zum Schluss durchschauen, wer der Täter ist. Aber …«

»Aber was?«

»Ich weiß nicht. Es ist leblos. Verstehst du, was ich meine? Diesmal ist nicht nur Kommissar Turwall chronisch ausgebrannt, sondern der ganze Text.« Annika legte die Stirn in tiefe Falten und sah ihn an, als wollte sie ihn um Entschuldigung bitten. »Ich kann es nicht mal an einem bestimmten Detail festmachen. Die Zutaten sind vorhanden, aber die Gesamtkomposition ist einfach nicht stimmig.«

Jan wusste nicht, was er darauf erwidern sollte. »Okay …«, brachte er schließlich hervor.

»Wir haben im Team diskutiert, ob du an dem Text feilen kannst«, fuhr Annika fort. »Aber ich möchte ehrlich zu dir sein. Der dritte Band entspricht nicht unseren Ansprüchen.«

Jan hatte das Gefühl, außerhalb seines Körpers zu stehen. Hatte er richtig gehört? Lehnte der Verlag sein Manuskript etwa ab, jetzt, nachdem er zwei Bestseller geliefert hatte? Sein Blut kribbelte wie von einer chemischen Reaktion. *Verraten sie mich?* Er presste die Kiefer aufeinander und schaffte es irgendwie, die Ruhe zu bewahren.

»Also lehnt ihr das Manuskript ab?«, fragte er.

»Leider ja.« Annika sah ihn ernst an.

»Habt ihr einen Rat für mich, wie ich weitermachen soll?«

Annika seufzte. »Ich bin froh, dass du es so gut aufnimmst. Du reagierst immer professionell, nie empfindlich oder zartbesaitet wie viele andere Autoren.«

»Danke«, erwiderte Jan. »In dieser Branche darf man nicht sentimental sein. Aber natürlich bin ich enttäuscht.« Seine Stimme klang fremd. Äußerlich bemühte er sich, seine Stimme ruhig klingen zu lassen, aber innerlich wollte er seine Verzweiflung herausschreien und weinen wie ein kleines Kind. Doch Annika sollte diese Seite von ihm nicht sehen. Er war ein Profi, kein gefühlsduseliger Dilettant.

»Ich verstehe, dass du enttäuscht bist. Und ich wünschte wirklich, ich hätte eine bessere Nachricht für dich. Aber wir sind alle der Meinung, dass du das Manuskript komplett neu schreiben solltest.« Annika beugte sich über den Tisch, um ihren Worten Nachdruck zu verleihen. »Du bist ein Eklund-Autor, Jan. Der Verlag hat weder dich noch Kommissar Turwall aufgegeben. Nur dieses Buch. Verstehst du?«

Jan spürte, wie die Luft aus ihm entwich. *Das komplette Buch neu schreiben?* In seinem Kopf herrschte Leere. Er hatte fast ein ganzes Jahr an diesem Manuskript gearbeitet. Ein Jahr voller Selbstzweifel, in dem sein Gehirn gegen jeden einzelnen Satz protestiert hatte. »Ich weiß nicht«, hörte er sich selbst sagen. Er seufzte. »Ich denke darüber nach, etwas völlig anderes zu schreiben.« »Und was?« Annika sah ihn neugierig an, aber er wich ihrem Blick aus.

»Ich wollte schon immer einen Horrorroman schreiben«, sagte er, als sei das etwas Verwerfliches, das er niemandem erzählen wollte. »Ich habe in den letzten Wochen begonnen, einen groben Plot zu skizzieren. Ich habe noch keine Ahnung, wohin es führt und ob etwas Vernünftiges dabei herauskommt. Aber ich glaube, ich möchte es erst herausfinden, bevor ich einen neuen *Turwall* schreibe.«

Annika verschränkte die Arme vor der Brust. Ihre Miene war skeptisch. »Horror gehört nicht zu unseren Genres«, sagte sie kopfschüttelnd, dann lächelte sie wieder. »Aber ich finde nicht, dass du Kommissar Turwall an den Nagel hängen solltest. Mach einen neuen Versuch. Die Leser wollen mehr über ihn erfahren. Gib ihm eine zweite Chance, okay?«

Jan nickte stumm.

»Wunderbar.« Annika warf einen Blick auf ihre Armbanduhr. »Ich muss leider los. Aber wir sehen uns doch auf unserem Herbstfest?«

»Auf jeden Fall«, erwiderte Jan. Bis gerade eben hatte er sich auf das Verlagsfest gefreut. Jetzt würde er am liebsten nicht hingehen, aber ihm war klar, dass er keine andere Wahl hatte. Er musste dem Eklund-Verlag beweisen, dass nach wie vor Potenzial in ihm steckte.

Das Haus war dunkel und leer, als er nach Hause kam. Er versuchte sich einzureden, dass Therese noch im Büro war und ihren Feierabend herbeisehnte, um zu ihm zu kommen. Aber er konnte die Bilder seiner Frau mit einem anderen Mann nicht verjagen. Er hörte ihr heiseres Stöhnen, wenn sie miteinander schliefen – aber er war es nicht, der ihr diese Laute entlockte. Wütend hieb er mit der Faust gegen die Wand. »Scheiße«, fluchte er laut. *Sie verraten mich, wie immer. Alle verraten mich.*

Zum Kochen fehlte ihm die Energie. Er belegte ein paar Knäckebrote mit Käse und spülte die trockenen Scheiben mit Wein hinunter. Die Krümel knirschten zwischen seinen Zähnen, und der Wein schmeckte bitter, jedoch nicht so bitter wie die finsteren Gefühle, die sich in ihm einnisteten. Er war überzeugt, dass Therese ihn betrog, auch wenn der endgültige Beweis noch ausstand. Zugleich schämte er sich für seinen Verdacht.

Jan griff nach seinem Weinglas und klappte seinen Laptop auf. Der Cursor schwebte lange über dem Manuskript zu *Der Ostermann*, während er mit sich kämpfte. Sollte er das Manuskript einem anderen Verlag schicken? Aber wer sollte es haben wollen? Es war eine Reihe. Welcher Verlag würde den dritten Band einer Reihe kaufen, ohne die Rechte an den beiden Vorgängern zu besitzen? Er verschob das Dokument in den Papierkorb, dann leerte er sein Weinglas in tiefen Zügen. Was jetzt? dachte er. Noch mal bei null anfangen, wie Annika es will, oder etwas völlig Neues machen?

Der Desktophintergrund seines Laptops verhöhnte ihn. Eine Porträtcollage berühmter Schriftsteller mit dem Slogan *YOU SHOULD BE WRITING* in großen weißen Lettern.

Der Wein hatte ihn schläfrig gemacht. Ein kratzendes Geräusch ließ ihn hochfahren, das gleiche Geräusch, das er vor Kurzem schon gehört hatte. Er stand auf, klappte seinen Laptop zu und lauschte. Aber alles blieb still. In dem kleinen Arbeitszimmer war es stockfinster. Gähnend kniff Jan die Augen zusammen und ging die Treppe hinauf ins Schlafzimmer. Als er seine Hose auszog, vernahm er das Geräusch wieder. Ein kratzender Laut an der Hauswand. Er hielt mitten in der Bewegung inne. Diesmal wiederholte sich das Geräusch. Aber jetzt kam es von der anderen Seite des Schlafzimmers, als hätte es sich an der Fassade entlangbewegt.

Jan schlüpfte in seine Hose zurück, nahm die Taschenlampe aus der Nachttischschublade und trat vor die Haustür. Er leuchtete in den Schacht, den die Bauarbeiter rings um das Fundament ausgehoben hatten, ohne zu wissen, wonach er suchte. Der Lichtkegel fiel auf erdverschmierten Beton. In der Ecke lag ein aufgerollter gelber Drainageschlauch. Die Kälte machte ihn wach. Er leuchtete in jeden Winkel, überquerte den Brettersteg vor der Eingangstür und ging zur Rückseite des Hauses, wo sein Arbeitszimmer lag. Hier hatten die Aushubarbeiten noch nicht begonnen. Feuchtes Gras glänzte im Schein seiner Taschenlampe, als er über den Boden leuchtete. Lange stand er da und überlegte, wie etwas unter der Erde an der Hauswand kratzen konnte.

Fröstelnd beschloss er, sich nicht weiter den Kopf darüber zu zerbrechen.

36

Wenn die Tunnel über mir einstürzen
und mich lebendig zu begraben drohen,
flüstern sie mir beruhigend zu und graben mich frei.
Sie sind meine Brüder und Schwestern in der Finsternis.
Meine Schutzengel.

Freitag, 3. Juni

»WIE GEHT ES dir?« Katrin musterte Annika besorgt.

Annika schüttelte den Kopf. »Du hast es doch gesehen«, sagte sie. »Es war eine Katastrophe.« Einen Moment lang legte sie die Stirn in die Hände, dann fuhr sie sich durch die Haare und atmete tief durch, um die Tränen zurückzuhalten. Sie hatte heute Nacht keine Sekunde geschlafen und sich vor der Arbeit nicht geschminkt. Nicht mal geduscht hatte sie.

Katrin beugte sich vor und legte ihr eine Hand aufs Knie. »Ich finde, du hast dich tapfer geschlagen. Der Sprecher dieser Angehörigeninitiative war ein richtiger Kotzbrocken.«

Annika lächelte. »Danke, das ist lieb von dir. Aber ich kann mich kaum daran erinnern, was ich gesagt habe. Die Hälfte der Zeit habe ich gedacht, dass er vielleicht doch recht hat.«

»Warum?«

»Ich weiß nicht. Wir haben nur daran gedacht, den Verlag zu retten.« *Und ich an mein Haus.* Scham nagte an ihr.

»Aber du hast die Wahrheit gesagt«, erwiderte Katrin. »Es ist ein Buch, nicht die Realität.«

»Trotzdem«, beharrte Annika. »Die Familien der Opfer leiden. Für sie ist es nicht einfach nur ein Buch.«

»Können wir nicht irgendwas tun?«, überlegte Katrin. »Eine öffentliche Entschuldigung herausgeben, der Angehörigeninitiative eine Geldspende zukommen lassen. Irgendwas, das den Familien zeigt, dass wir Anteil nehmen?«

Annika sah Katrin an. »Ich weiß nicht. Vielleicht. Aber das ändert nichts. Ich habe Apelgren getötet, damit dieses Buch erscheinen konnte.«

»Annika ...«, begann Katrin, aber Annika fiel ihr ins Wort.

»*Ich habe es getan*, Katrin. Was ist, wenn er noch lebt?«

Katrin schüttelte den Kopf und nahm Annikas Hand. »Apelgren ist tot, zweifellos.«

»Ich weiß. Aber wenn er tot ist, hat jemand anderes das Buch geschrieben. Nur wer?« Jesper Olsson? durchfuhr es Annika plötzlich. Er könnte dahinterstecken. Jesper hatte nie einen Hehl daraus gemacht, dass er von einer Schriftstellerkarriere träumte, allerdings wusste sie nicht, ob sein literarisches Talent für einen Roman reichte. Aber möglich war es. Warum hätte er sonst so heftig reagieren sollen, als sie das Manuskript vor der Tür gefunden hatte? Er hatte sich sogar krankschreiben lassen.

Ich muss mit ihm reden, dachte sie.

»Entschuldigt, dass ich störe.« Rebecka steckte den Kopf in Annikas Büro. »Aber du hast Besuch, Annika.«

Annika sah sie erstaunt an. »Nein, das kann nicht sein. Ich habe heute keine Termine. Wer ist es?«

»Die Polizei.«

Annika erstarrte. »Die Polizei?«

Katrin starrte Rebecka mit offenem Mund an.

»Sie möchten mit dir über *Ich bin der Gräber* sprechen.«

»Du machst Witze«, sagte Annika.

»Nein.«

Annika stand auf und zupfte ihren Pullover zurecht. Ihre Beine zitterten, als sie ihr Büro verließ.

Draußen im Flur standen eine blonde schlanke Frau mit unfreundlicher Miene, die ihre Haare im Nacken zu einem praktischen Knoten geschlungen hatte, und ein Mann mit wirrem Haarschopf und einer schwarzen Kunststoffbrille. Ihr Auftreten strahlte Ernst aus, und die Körpersprache der Frau verriet, dass sie ungeduldig war.

»Sie wollen mich sprechen?«, fragte Annika.

»Annika Granlund?«, erwiderte die Frau und gab Annika mit festem Händedruck die Hand. »Cecilia Wreede, Kriminalkommissarin und leitende Ermittlerin der Sonderkommission ›Gräber‹. Das ist mein Kollege Kriminalkommissar Jonas Andrén.«

»Hallo«, sagte Jonas.

»Ja. Willkommen.« In Annikas Kopf jagte eine Frage die nächste. *Die Polizei? Hier? Warum?* »Was kann ich für Sie tun?«

»Können wir uns irgendwo ungestört unterhalten?«, fragte Cecilia Wreede und blickte über Annikas Schulter in die offene Bürolandschaft.

Einen Moment lang erwog Annika, die Polizeibeamten in ihr Büro zu bitten, doch das erschien ihr zu privat. Sie entschied sich für den Besprechungsraum. Annika nahm einige ausgedruckte Manuskripte vom Tisch, und sie setzten sich.

»Ich möchte gleich zur Sache kommen«, begann Cecilia Wreede und sah Annika fest an. »Was wissen Sie über den Gräber?«

Annika schüttelte den Kopf. »Ich verstehe nicht«, sagte sie. »Würden Sie mir bitte erklären, worum es geht?«

Cecilia Wreede legte ein Exemplar von *Ich bin der Gräber* auf den Tisch. »Dieses Buch ist in Ihrem Verlag erschienen. Was können Sie mir darüber sagen?«

»Das ist Belletristik«, erwiderte Annika. Ihre Stimme schien aus weiter Ferne zu kommen. *War es hier nicht viel zu warm?* Sie mussten die Klimaanlage überprüfen lassen. Im Besprechungsraum war es entweder zu warm oder zu kalt. Nie angenehm. »Ich habe den Roman nicht geschrieben. Ich weiß nur das, was darin steht.«

Die Kriminalkommissarin warf ihrem Kollegen einen kurzen Blick zu. »Lassen Sie mich die Frage neu formulieren. Sie wissen, dass dieses Buch durch wahre Begebenheiten inspiriert ist, oder etwa nicht?«

»Ja, natürlich. Das steht in der Einleitung.«

Jonas Andrén räusperte sich.

»Dann sind wir uns einig«, sagte die Kommissarin. »Wie ich bereits sagte, bin ich die leitende Ermittlerin der Sonderkommission ›Gräber‹. Meine Kollegen und ich versuchen, dem Gräber das Handwerk zu legen. Und auf einmal taucht dieses Buch hier auf.« Sie klopfte mit dem Zeigefinger auf das Cover.

»Was wollen Sie damit sagen?«

»Ich darf Ihnen keine Einzelheiten nennen, nur so viel: Viel zu viele Details in diesem Buch stimmen mit wahren Begebenheiten überein, Begebenheiten, die nicht öffentlich, sondern nur der Polizei bekannt sind.«

Cecilia Wreede verstummte. Annika rutschte unruhig auf ihrem Stuhl hin und her.

»Also müssen wir herausfinden, wie das sein kann«, fuhr die Kommissarin fort. »Lassen Sie uns mit der Frage beginnen, wer das Buch geschrieben hat.«

Annika gab die Antwort, die sie beim Medientraining mit Linda einstudiert hatte. »Jan Apelgren. Wie es auf dem Cover steht.«

»Das kann nicht sein«, wandte Jonas Andrén ein. »Apelgren ist seit Jahren verschwunden. Und wie Ihnen bekannt sein dürfte, wurde er inzwischen für tot erklärt.«

»Ja.« Annika gab sich Mühe, nicht rot anzulaufen. Sie musste sich an die Version halten, die sie in allen Interviews erzählt hatte. Wie immer war ihr nicht wohl dabei, aber diese Situation war auch nicht unangenehmer als die vorherigen. »Wir sind auf das Manuskript gestoßen, als wir Jan Apelgrens unveröffentlichte Texte durchgegangen sind. Er hat dem Verlag die Rechte an seinen Werken testamentarisch vermacht.« Annika hatte diese Sätze so oft ausgesprochen, dass sie ihr wie die Wahrheit vorkamen.

Wenn nicht Jesper das Buch geschrieben hat. Aber warum sollte er das tun?

Cecilia Wreede schüttelte den Kopf. »Das glaube ich nicht.« Sie klopfte abermals auf das Cover, diesmal mit den Knöcheln. »Die Person, die dieses Buch geschrieben hat, weiß mehr über unsere Ermittlungen, als sich ein verschwundener Bestsellerautor zusammenfantasieren kann. Ich glaube, dass Sie etwas wissen, das Sie uns verheimlichen.«

Ein Gedanke fegte wie ein Wintersturm durch Annikas Kopf. *Ist es strafbar, die Polizei anzulügen?* »Ist das hier ein Verhör?«, fragte sie.

»Nein«, antwortete die Kommissarin. »Aber ich würde unser Gespräch ungern dazu machen.«

»Werfen Sie mir irgendeine Straftat vor?«

Jonas Andrén sah seine Kollegin an. »Nein«, sagte er dann. »Aber Sie und Ihre Kollegen sind ermittlungsrelevante Personen.«

»Was bedeutet das?«, fragte Annika.

»Das bedeutet, dass wir vielleicht noch einmal mit Ihnen sprechen müssen«, antwortete Cecilia Wreede langsam, um ihren Worten Gewicht zu verleihen. »Und wenn Ihnen noch etwas einfällt, das Sie uns mitteilen wollen, würden wir Sie bitten, sich bei uns zu melden.«

Die Kommissarin schob Annika ihre Visitenkarte zu.

Nachdem die beiden Polizisten gegangen waren, blieb Annika im Besprechungsraum zurück. Ihr Puls pochte in den Ohren, und kalter Schweiß rann ihren Rücken hinunter. Ihr Blick fiel auf das gerahmte Cover an der Wand. Grauer, blutbesudelter Beton. Und darunter ein Messingschild mit der Aufschrift *Nr.-1-Bestseller*.

Was hatte sie da nur herausgegeben?

37

Sie brachten mir bei, meine Nahrung zu jagen.
Wie ich geeignete Beute fand,
deren Fleisch mich am Leben hielt.

Freitag, 3. Juni

»SIE VERHEIMLICHT IRGENDWAS«, sagte Cecilia, als Jonas und sie draußen vor dem Verlagsgebäude standen. Sie hielt ihr Gesicht in den Wind und ließ sich den Pony aus der Stirn wehen.

Unten im Hafen legte gerade eine der großen weißen Dänemarkfähren an.

Jonas nickte. »Das denke ich auch. Sollen wir sie zu einer Vernehmung vorladen?«

Cecilia schüttelte den Kopf. »Noch nicht. Das Buch ist noch zu heiß. Es würde zu hohe Wellen schlagen, falls die Presse davon Wind bekommt.«

»Du hast recht. Wir können sie vorerst vom Schreibtisch aus durchleuchten. Bis November ist es noch eine Weile hin.«

»Übernimmst du das? Aber bleib auch an den anderen Spuren dran. Am Ende stellt sich doch heraus, dass sie nichts anderes getan hat, als ein Buch herauszugeben.«

»In Ordnung.«

Cecilia zog den Reißverschluss ihrer Jacke runter. Wenn man nicht im Schatten lief, waren die Temperaturen inzwischen richtig sommerlich.

»Und es ist auch nicht gesagt, dass sie mehr wissen *muss*. Die Frage ist, was die Person weiß, die das Buch geschrieben hat. Jan Apelgren kann es jedenfalls nicht gewesen sein.«

Jonas wiegte den Kopf. Vom Järntorget näherte sich eine Straßenbahn der Haltestelle Stenpiren. »Nicht, wenn er wirklich tot ist.«

Cecilia drehte sich zu ihm um. »Was meinst du damit?«

»Es gibt keinen Beweis. Es könnte auch nur ein verdammt ausgeklügelter Werbeschachzug sein.«

»Wer ist so geisteskrank, sich selbst für tot erklären zu lassen, um die Auflagenhöhe eines Buchs zu steigern?« Cecilia schüttelte den Kopf.

»Der Gräber, vielleicht«, sagte Jonas.

»Du glaubst also, dass wir es mit einem literarisch talentierten Serienkiller zu tun haben, der Bücher schreibt, wenn er nicht gerade Leute ermordet? Hör auf.« Cecilia schob die Hände in die Jackentaschen und stieß darin auf ihre Handschuhe. Die würde sie vorerst nicht mehr brauchen. Sie zog ihr Handy hervor, um ihre Nachrichten zu checken, als sie jäh stehen blieb.

»Was ist? Hast du was im Verlag vergessen?«, fragte Jonas.

»Du könntest verflucht noch mal recht haben.«

»Womit?«

»Was, wenn der Gräber das Buch geschrieben hat? Er könnte Apelgrens Namen geklaut haben. Der Mann ist als Autor nicht unbekannt und noch dazu praktischerweise wie vom Erdboden verschluckt.«

Jonas schürzte die Lippen, was ein Zeichen dafür war, dass er nachdachte. »Möglich. Aber du hast selbst gesagt, dass du dieses Szenario für unwahrscheinlich hältst.«

»Es wäre nicht das erste Mal, dass ein Serienmörder das Rampenlicht sucht«, gab Cecilia zu bedenken. »Auch wenn es dafür einfachere Wege gibt, als Bücher zu veröffentlichen.«

»Okay, mal angenommen, es ist so. Wie passt da unsere Freundin die Lektorin ins Bild?«

»Keine Ahnung«, sagte Cecilia.

Sie öffnete Tinder. Drei User waren online. Willkürlich klickte sie einen Chat an und schrieb eine Antwort, die fast nur aus Emojis bestand.

38

Meine erste Beute, die ich bis aufs Mark ihrer Knochen
verzehrte, war die Frau, die ich geliebt hatte.
Ich weinte bei jedem Bissen,
aber die Wesen trösteten mich und versicherten mir,
dass ich das Richtige tat.

Freitag, 3. Juni

ZURÜCK IM PRÄSIDIUM war das Erste, was Cecilia sah, ein Paar abgewetzte Loafers, die auf ihrem Schreibtisch ruhten. Sie gehörten zu einem Mann mit langen Beinen und überlangem Oberkörper. Er hatte sich auf ihrem Bürostuhl zurückgelehnt und las in einem Exemplar von *Ich bin der Gräber*, das sein Gesicht verdeckte und lediglich einen schütteren Haaransatz erkennen ließ. Als Cecilia den Raum betrat, ließ er das Buch sinken und musterte sie über den schmalen Rand seiner Lesebrille hinweg.

»Entschuldigung«, sagte Cecilia. »Wer sind Sie?«

Der Mann hielt einen knochigen Zeigefinger in die Höhe. »Moment. Diese Stelle gefällt mir ganz besonders gut. Hören Sie zu.« Er räusperte sich und begann laut vorzulesen.

»*Wenn die Tunnel über mir einstürzen und mich lebendig zu begraben drohen, flüstern sie mir beruhigend zu und graben mich frei. Sie sind meine Brüder und Schwestern in der Finsternis. Meine Schutzengel.* – Das ist verflucht noch mal Poesie!«

»Sie sitzen an meinem Schreibtisch.«

Der Mann blickte Cecilia verständnislos an. Dann schlug er das Buch zu und richtete sich in voller Größe auf. »Knut Lerjedal.« Sein Händedruck war schlaff und ohne Herzlichkeit.

Cecilia legte den Kopf ein wenig zurück, um den Blick seiner dicht beieinandersitzenden grauen Augen zu erwidern. »Aha«, sagte sie uninteressiert. »Und was machen Sie in meinem Büro? Hier befinden sich vertrauliche Dokumente.«

»Und genau das ist der Grund für meine Anwesenheit.« Lerjedal lächelte. »Ich komme von der Abteilung für interne Ermittlungen.« Er hob die Augenbrauen und hielt Cecilias Hand fest, während er sprach. Ihr wurde unbehaglich zumute.

»Das erklärt noch immer nicht, was Sie in meinem Büro machen«, sagte sie und versuchte, ihm ihre Hand zu entziehen, aber Lerjedal hielt sie noch einen Moment fest, ehe er losließ.

»Doch«, erwiderte er. Sein Blick wanderte von den Papierstapeln auf den Rollcontainern über Cecilias Fahrradhelm und Jonas' Rucksack zu dem Whiteboard, auf dem sie ihre Ermittlungsergebnisse zusammengetragen hatten, und verweilte dort. »Das tut es. Wie viele Kollegen arbeiten an dem Fall?«

»Das variiert«, sagte Cecilia. »Momentan nur ich und Kriminalkommissar Jonas Andrén. Wenn der Gräber erneut zuschlägt, wird die Sonderkommission auf fünf, sechs Personen aufgestockt. Dann schrumpft die Gruppe, bis er das nächste Opfer fordert.«

Lerjedal nickte. »Insgesamt also eine begrenzte Personenzahl. Gut, das erleichtert meine Arbeit.«

»Und was genau ist Ihre Arbeit?«

»Ah, habe ich das nicht gesagt? Andererseits – ist es nicht offensichtlich?« Lerjedal hielt das Buch hoch. »Ich wurde hergeschickt, um die Sonderkommission ›Gräber‹ zu überprüfen und herauszufinden, ob wir die Quelle für dieses Meisterwerk feststellen können.«

»Sie meinen, die oberste Polizeiführung vermutet eine undichte Stelle bei uns?« Cecilia schüttelte nachdrücklich den Kopf. »Nicht in meinem Team.« *Es kann doch wohl niemand aus meinem Team sein?*

Lerjedal schnalzte mit den Lippen und zuckte die Schultern. »Der Verstoß gegen die in Polizeiermittlungen bestehende Geheimhaltungspflicht ist ein Dienstvergehen, Fräulein Wreede. Das ist Ihnen doch wohl bekannt?«

Cecilia fiel die Kinnlade herunter. Hatte der Mensch sie gerade *Fräulein* genannt? Sie blinzelte einige Male, ehe sie antwortete.

»Natürlich ist mir das bekannt.«

»Dann verstehen Sie auch, warum Klarheit in diese Angelegenheit gebracht werden muss. Sollte sich herausstellen, dass jemand hier – und Gott bewahre, dass sich der Verdacht als begründet erweist – Polizeiinterna ausgeplaudert hat, müssen wir den Schuldigen finden und die undichte Stelle stopfen. Bevor dieser Schmierfink, wer immer es auch ist, noch mehr derartigen Schund produziert.« Lerjedal legte eine Kunstpause ein und sah Cecilia an, um seinen Worten Gewicht zu verleihen. »Oder was sagen Sie?«

»Ja, natürlich. Aber ich kann mir kaum vorstellen, dass es tatsächlich so ist.«

»Lassen Sie uns keine übereilten Schlüsse ziehen«, sagte Lerjedal. »Der Gräber mag *Ihre* Ermittlung sein, ich habe *meine*. Die ich auf *meine* Art durchführe. Ich erwarte nicht weniger als hundertprozentige Kooperation.«

Cecilia nickte. »Selbstverständlich. Aber ich würde gerne den Ermittlungsbeschluss sehen, wenn Sie nichts dagegen haben.«

Lerjedal zog einen Umschlag aus der Innentasche seines Jacketts. »Ich habe bereits Zugriff auf Ihre Serverdateien erhalten. Ich werde mich zunächst einmal einlesen und mir einen Überblick verschaffen. Dann werde ich mit allen Beamten, die mit dem Fall betraut gewesen sind, persönliche Gespräche führen. Die Termine lasse ich Ihnen zukommen. Ich wünsche Ihnen einen angenehmen Abend.«

»Ich kenne fast alle Kollegen, die hier im Präsidium arbeiten«, sagte Cecilia, als Lerjedal sich zum Gehen wandte. »Wie kommt es, dass ich Sie noch nie gesehen habe?«

Lerjedal drehte sich mit einem breiten Lächeln um. »Weil ich gestern mit dem Zug aus Stockholm angereist bin.«

Er ging an Jonas vorbei, der mit einem Kaffeebecher in jeder Hand das Büro betrat, ohne ihn eines Blickes zu würdigen.

»Wer war das?« Jonas reichte Cecilia einen der Becher.

Cecilia schüttelte den Kopf. »Ein Tölpel. Er soll uns auf die Finger schauen. Offenbar ist es heutzutage wichtiger, undichte Stellen in den eigenen Reihen aufzudecken, als einen Mörder zu fassen.«

39

Ich weiß nicht, wie lange die Wesen
unter der Erde geschlummert haben.
Aber das fortwährende Bauen und Graben der Menschen
weckt sie aus ihrem Schlaf.
Wird ihre Ruhe gestört, üben sie Rache.

Samstag, 4. Juni

DIE VORMITTAGSSONNE SCHIEN durch das Fenster und ließ die in der Luft tanzenden Staubpartikel glitzern. Annika stand in der Tür ihrer neuen Küche. Wie Feenstaub, dachte sie. Zauberpulver, das ihr Leben in ein Paradies verwandelte.

Ein Lächeln breitete sich auf ihren Lippen aus. Ihr wurde warm ums Herz. Man konnte es noch nicht sehen, aber in ihr wuchs ein neues Leben heran, das darauf wartete, das Licht der Welt zu erblicken. Alles war vollkommen. Sie fühlte sich geborgen, ausgeglichen und glücklich. Mit jedem Atemzug fiel der Stress der vergangenen Monate von ihr ab. Zwei Hände umschlangen ihre Taille. Martins warmer Körper schmiegte sich an ihren Rücken.

»Willkommen zu Hause, Liebling.«

Bei seinen Worten schnürte sich ihr Herz vor Liebe zusammen. Sie konnte nicht antworten. Die Gefühle übermannten sie, ihre Stimme versagte, und ihre Augen füllten sich mit Freudentränen. Sie lehnte den Kopf an Martins Schulter.

»Ist das wirklich wahr?«, fragte sie, als ihre Stimme wieder trug. »Wohnen wir jetzt hier?« *Glücklich, bis ans Ende unserer Tage?*

»Das Haus gehört uns.« Martin gab ein leises Schnauben von sich, wie immer, wenn er zu einem Scherz ansetzte. »Obwohl wir noch keine Möbel hier haben. Technisch gesehen wohnen wir also wohl noch ein paar Nächte in unserer alten Wohnung.«

Annika stieß ihm ihren Ellenbogen in den Bauch, hart genug, damit er sie losließ.

»Aua.« Martin lachte. »Meine Frau misshandelt mich.«

»Gib's zu, das gefällt dir.« Annika drehte sich zu ihm um und küsste ihn. »Sonst musst du wohl die Polizei rufen.«

Sein Blick bekam einen abwesenden Ausdruck. Er sah über Annikas Schulter. »Guck mal!«

»Was ist?« Annika drehte sich um und ging zum Küchenfenster. Eine große getigerte Katze strich an der Hecke zum Nachbargrundstück entlang, blieb stehen und spähte lauernd unter die dornigen Zweige.

»Was für ein schönes Tier«, sagte Annika und klopfte gegen die Fensterscheibe. Die Katze wandte ihr den Kopf zu.

»Wem sie wohl gehört?«, überlegte Martin.

Annika öffnete die Terrassentür. »Ich will sie streicheln.«

Die Katze stand unbeweglich mit hochgerecktem Schwanz da. Annika trat ein paar Schritte auf die Terrasse hinaus und ging in die Hocke. »Komm, miez, miez«, lockte sie mit heller Stimme.

Die Katze starrte Annika einige Sekunden an, dann stolzierte sie weiter an der Hecke entlang, als sei nichts geschehen.

»Wollte sie nicht?«, fragte Martin.

»Nein, aber sie hat mich wenigstens nicht angefaucht wie das verrückte Katzenvieh der Notarin.«

Martin hielt ihr die Hand hin. »Komm, wir müssen noch eine komplette Wagenladung Umzugskartons ins Haus tragen, bevor der Tag vorbei ist.«

»Und deine schwangere Frau soll dir beim Tragen helfen? Willst du mir das damit sagen?«

»Ganz genau. So schwanger bist du nicht. Aber ich nehme die schweren Kartons.«

Annika überfiel leichter Schwindel, als Martin sie hochzog. Aber sie nickte und ging mit ihm in die Einfahrt, wo er den Sprinter rückwärts vor dem Haus geparkt hatte. Sie öffneten die Hecktüren. Auf der Ladefläche wartete ihr Leben, sorgfältig verpackt in beschrifteten Umzugskartons. Küche. Wohnzimmer. Schlafzimmer. Badezimmer. Dazwischen ragten Tischbeine und andere Kleinmöbel empor. Der Sprinter war so voll, dass er zu platzen drohte, aber Martin war zufrieden. Er hasste es, öfter als nötig hin und her zu fahren. Bis auf ihr Bett und drei große Reisetaschen mit Kleidung und Hygieneartikeln, die noch im leeren Wohnzimmer der Wohnung standen, hatten sie alles mitbekommen.

»Auf geht's!« Martin grinste verschmitzt und hob den ersten Karton heraus.

Nach und nach füllte sich das Haus mit ihren Sachen. Die Zimmer wurden mit jedem Karton, jedem Gegenstand, den Annika auf der Stelle auspackte und auf einer Fensterbank oder im Raum platzierte, wohnlicher. Aus einer leeren Hülle wurde ein Zuhause.

Ihr Zuhause. Wo sie leben, eine Familie gründen und bis ans Ende ihrer Tage glücklich miteinander sein würden. Annika konnte es kaum glauben.

Sie trug einen mit *Vorratskeller* beschrifteten Umzugskarton ins Souterrain hinunter. Der große Raum mit der Panoramafensterfront war noch komplett leer. Sonnenlicht fiel durch die Blätter und Äste der Bäume am Waldrand, sprenkelte die Fliesen mit tanzenden Sonnenflecken und warf flirrende Schatten an die weißen Wände. Hier unten war die Luft kühler und trocknete den Schweißfilm, der sich auf ihrer Haut gebildet hatte. Annika ging den kurzen Flur zum Vorratskeller entlang. Als sie den Karton abstellte, schabte die Pappe rau über den Boden. Das Geräusch verursachte ihr Gänsehaut, fröstelnd schlang sie die Arme um ihren Körper.

Sie sah sich im Vorratskeller um und rieb sich über die Oberarme. Ihr Blick fiel auf einen dunklen, halb vom Umzugskarton verdeckten Schatten auf dem hellen Zementfußboden. Annika ging in die Hocke und betrachtete die Stelle genauer. Es war Erde, grau und staubig. Sie schob den Karton ein Stück zur Seite, um besser sehen zu können. Ihr Herz begann zu hämmern, als sie einen sandigen Abdruck ausmachte, den Abdruck eines Stiefels mit grob profilierter Sohle. Annika suchte den Boden nach weiteren Abdrücken ab, aber es schien der einzige zu sein. Vielleicht war er bei der Endreinigung vor der Übernahme übersehen worden.

»Martin!«, rief sie, erhielt aber keine Antwort.

Annika ging in Richtung Kellertreppe, blieb jedoch stehen, als sie ein Geräusch vernahm. Ein Kratzen an der Hauswand. Jeder Muskel ihres Körpers spannte sich an. Mit zur Seite geneigtem Kopf horchte sie, aus welcher Richtung das Geräusch kam, aber es wiederholte sich nicht. Das Einzige, was sie hörte, war das leise Summen der Klimaanlage und Martins Schritte im Obergeschoss.

Sie musste es sich eingebildet haben. Annika atmete aus und schüttelte den Kopf. Hier unten gab es nichts, wovor sie sich fürchten musste.

40

Ich weiß nicht, warum sie ausgerechnet
mich gewählt haben.
Vielleicht brauchten sie jemanden, der ihnen half.
Der ihre Augen oberhalb der Erde sein konnte.

Donnerstag, 22. Oktober,
sechs Jahre zuvor

JAN FUHR IMMER wieder aus dem Schlaf hoch. Seine Gedanken wirbelten durcheinander wie Socken in einem Wäschetrockner. Als ihm endlich die Augen zufielen, hörte er Therese nach Hause kommen. Sie bemühte sich, leise zu sein. Aber er war schon aufgewacht, als sie die Haustür aufgeschlossen, sich die Schuhe ausgezogen hatte und auf Zehenspitzen ins Schlafzimmer geschlichen war.

»Bist du wach?«, fragte sie, als sie merkte, dass er sie musterte.

»Wie spät ist es?«, erwiderte er und wünschte, er hätte den Mut, sie zur Rede zu stellen, wo sie gewesen war.

»Schlaf weiter.« Therese legte sich ins Bett.

Sie roch nach Alkohol und würzigem Schweiß. Jans Argwohn flammte auf. Er drehte sich um, kniff die Augen zu und versuchte, nicht zu denken, doch sein Gehirn produzierte in einem fort Bilder, wie Therese ihn betrog.

Ein Geräusch schnitt ihm in die Ohren. Wie Papier, das langsam durchgerissen wurde. Jan lag stocksteif da und lauschte. Seine Muskeln spannten sich an, aber nichts geschah, das Geräusch verstummte. Obwohl seine Augenlider vor Müdigkeit schwer wie Blei waren, konnte er nicht schlafen. Da vernahm er das Geräusch wieder. Etwas Scharfes, das an der Außenwand des Schlafzimmers entlangschabte. Jan presste sich das Kopfkissen auf die Ohren und beschloss, dass er sich das Geräusch nur einbildete. Er hatte nachgesehen. Dort war nichts. Trotzdem hörte er es, wieder und wieder, jedes Mal ein klein wenig näher. Und genau in dem Moment, als er glaubte, eingeschlafen zu sein, erklang das Geräusch abermals, bis Therese das Licht anknipste und sich für die Arbeit fertig machte. Jans Kopf schmerzte vor Schlafmangel, und er war froh, dass Therese wortlos im Badezimmer verschwand.

Als er das nächste Mal aus dem Schlaf schreckte, läutete die Türklingel. Therese war schon ins Büro gefahren. Jan stolperte aus dem Bett und griff fluchend nach seinem karierten Bademantel. Draußen vor der Tür stand ein Bauarbeiter in signalgelber Arbeitsweste. Er hob die Augenbrauen, als er Jans Aufzug sah, dann gab er ihm die Hand.

»Guten Morgen, Johnny von Gunnarssons Schachtarbeiten.«

Jans Gehirn musste sich anstrengen, um mitzukommen. »Jan Apelgren«, sagte er. Langsam kehrte die Erinnerung zurück. Hatte er am Montag nicht mit einem Johnny gesprochen, als er mit der Baufirma telefoniert hatte?

»Wir wollten nachsehen, was wir hier ausrichten können.« Johnny deutete auf den Schacht neben dem Eingang. »Oder habe ich mich im Tag geirrt?« Er musterte Jan schmunzelnd, seine Miene verriet, dass er die Situation ziemlich komisch fand.

Jan nickte und kratzte sich seinen wirren Haarschopf. »Ja, nein. Das war heute«, sagte er und gab sich Mühe, überzeugt zu klingen. »Ich muss verschlafen haben. Tut mir leid.«

»Ich habe damit kein Problem«, erwiderte Johnny. »Aber für Sie könnte es ein bisschen frisch werden. Schließlich müssen wir einen kleinen Rundgang machen.«

»Das geht schon.« Jan schlüpfte in ein Paar Schuhe und folgte Johnny nach draußen.

Der ging langsam am Rand des Schachts entlang und inspizierte die Fassade. Hin und wieder blieb er stehen und schüttelte den Kopf. »Das könnte kompliziert werden«, seufzte er.

»Sie müssen die Arbeiten doch nur noch abschließen. Das meiste haben Sie doch schon erledigt?«, fragte Jan. Kalte Luft strich um seine nackten Beine. Sein Bademantel war zwar warm, aber der Wind wehte unter den Saum, und der Morgennebel legte sich als Wassertröpfchen auf den Frotteestoff.

Johnny kratzte sich im Nacken. »Das ist richtig. Aber schauen Sie hier.« Er deutete mit einer ausholenden Geste in den Schacht. »Das ist gar nicht gut.«

»Ich verstehe nicht. Gibt es ein Problem?« Jan beugte sich vor und spähte in den Graben, konnte aber nichts erkennen.

»So kann man es nennen«, erwiderte Johnny, während Jan die freigelegte Fassade betrachtete. Sie war erdverschmiert, und an den Stellen, wo Feuchtigkeit ins Mauerwerk eingedrungen war, hatten sich dunkelgraue Flecken gebildet.

»Sie haben das, was wir als Problemfassade bezeichnen«, fuhr Johnny fort. Aber Jan hörte nicht zu. Über die Hauswand verliefen hellgraue Kerben, die gestern noch nicht da gewesen waren. Er war sich hundertprozentig sicher. Vier oder fünf parallele Linien, halbmeterlange Bögen, einige überlappend, andere nebeneinander. Als ob scharfe Fingernägel über die Fassade gekratzt hätten. Oder scharfe Krallen.

»Für so was müssen wir Experten hinzuziehen. Meine Leute trauen sich nicht weiterzumachen, falls etwas passieren sollte. Sie müssen sich darauf einstellen, dass es ein Weilchen dauert, bis sie Zeit haben«, sagte Johnny.

Jan drehte sich um und zwang sich zuzuhören.

»Das kostet natürlich ein bisschen was extra, das ist Ihnen klar, oder?« Johnny fingerte eine Dose Kautabak aus seiner Weste.

»Ja, sicher. In Ordnung«, sagte Jan. Bei dem Gedanken, wie Therese auf diese Neuigkeit reagieren würde, wurde ihm ganz schlecht. »Wann können Ihre Experten kommen?«

Johnny schob sich ein Beutelchen Tabak unter die Oberlippe. »In ein paar Wochen, denke ich. Ich melde mich bei Ihnen.« Er gab Jan die Hand, dann drehte er sich um und ging zu seinem Auto.

Jan musterte die Kerben an der Fassade. Er musste herausfinden, woher sie kamen. »Eine Frage«, rief er Johnny nach.

Der blieb stehen und wandte sich um.

Jan deutete in den Schacht. »Ich habe heute Nacht hier draußen merkwürdige Geräusche gehört. Wissen Sie, was das gewesen sein könnte?«

Johnny zuckte die Schultern. »Nein, was für Geräusche?«

Jan zögerte. »Ich weiß nicht genau. Ein Kratzen. Als würde etwas an der Hauswand scharren.«

»Ein Dachs vielleicht?«

»Kommt das häufiger vor?«

Johnny schüttelte den Kopf. »Nein. Mein Bruder hat das mal erlebt. Aber es war wohl eher Zufall, dass sie ausgerechnet da einen Schacht ausgehoben haben, wo er seinen Bau hatte. Manchmal tauchen auf den Baustellen auch Ratten auf. Sie verschwinden wieder, wenn die Schächte zugeschüttet werden.«

»Kratzen Ratten an Mauern?«

Johnnys Miene wurde hart. »Warten Sie, bis die Experten die Arbeiten abschließen. Dann wird alles in Ordnung kommen, okay?«

Jan nickte stumm. Johnny musterte ihn von oben bis unten. Dann drehte er sich grußlos um und verschwand.

41

Auf diese Weise leben wir in einer fruchtbaren Symbiose,
die uralten Erdwesen und ich.
Sie führen mich an Orte,
wo die Erde frisch aufgebrochen ist,
in die Nähe des Lebens, das ich als Nahrung brauche,
und überlassen mir die Wahl.
Ich bin dankbar für das Recht, das sie mir gewähren.

Sonntag, 5. Juni

JESPER OLSSON WOHNTE in einem Mehrfamilienhaus mit gelber Putzfassade ganz in der Nähe des Eriksbergstorget. Annika klingelte an der Gegensprechanlage. Kalter Wind wehte um die Gebäudeecke und führte einen leichten Meeresgeruch mit sich. Ein Stück entfernt schimmerte das Wasser in der Sonne. An der weißen Fähre der Stena Line, die am anderen Ufer im Hafen ankerte, glitt ein Segelboot vorbei. Sie konnte verstehen, warum das Viertel eine beliebte Wohngegend war. Es war ein Neubaugebiet, und überall gingen junge Paare mit Kinderwagen spazieren, voller Vertrauen in die Zukunft.

In der Gegensprechanlage knackte es. »Hallo?«

Annika hätte Jespers Stimme fast nicht erkannt. Er klang verschlafen, obwohl es kurz vor elf war. »Hallo, Jesper«, sagte sie. »Ich bin's. Annika vom Verlag.«

»Hallo«, antwortete Jesper. Er zog das Wort in die Länge, als ob er sich fragte, warum sie bei ihm zu Hause aufkreuzte.

»Darf ich kurz reinkommen? Ich will mich nur erkundigen, wie es dir geht.«

»In Ordnung.« Jesper klang widerwillig. »Ich mache auf. Dritter Stock.«

Das Türschloss klickte, und Annika betrat das Treppenhaus. Frischer Reinigungsmittelgeruch hing in der Luft. Sie entschied sich gegen den Fahrstuhl und stieg die Treppe in den dritten Stock hinauf. Jesper stand mit vor der Brust verschränkten Armen in seiner Wohnungstür.

»Hallo«, keuchte Annika außer Atem und lächelte.

Jesper trug eine Jogginghose und ein zerknittertes T-Shirt mit einem Star-Wars-Motiv. Er war unrasiert, seine Haare waren zerwühlt. »Entschuldige, aber was willst du hier?«, fragte er stirnrunzelnd.

»Ich möchte mit dir reden«, antwortete Annika.

Jesper trat einen Schritt zur Seite und ließ sie herein. »Ich hoffe nur, dass du nicht im Auftrag von Fredrik kommst«, sagte er. »Mein Arzt sagt, dass ich die Arbeit für eine Weile ruhen lassen soll.«

»Nein, keine Sorge«, erwiderte Annika. »Fredrik hat mich nicht geschickt.«

»Warum bist du dann hier?« Jesper schlurfte ihr voran den Flur hinunter.

Annika ging an einer geschlossenen Schlafzimmertür und einer geöffneten Badezimmertür vorbei und betrat ein geräumiges Wohnzimmer, das von einer Couch und einem Monsterflachbildschirm dominiert wurde. Jesper guckte gerade die Leichtathletik-Meisterschaften. Sportler in engen Trikots zogen auf Aschebahnen ihre Runden. Der Fernseher lief ohne Ton. Auf der Couch lagen eine zerwühlte Decke und mehrere Kissen. Auf Tischen und Stühlen türmten sich ausgedruckte Verlagsmanuskripte, Bücher und Comichefte. Zwischen Frühstücksresten stand ein zugeklappter Laptop auf dem Couchtisch. Vor einer Tür, die auf einen kleinen Balkon hinausführte, wehten bodenlange Gardinen im leichten Wind. Obwohl die Balkontür offen stand, roch es muffig, als ob Jesper die Wohnung seit Tagen nicht verlassen hätte.

»Schön hast du's hier.« Annika blickte sich um.

Jesper ließ sich schnaubend auf die Couch fallen und stützte die Ellenbogen auf die Knie. »Wenn du es sagst.«

»Wie geht es dir?«

Jesper seufzte. »Gerade bin ich es vor allem leid, dass sich alle Sorgen um mich machen. Außerdem bin ich völlig k. o. In der ersten Zeit habe ich buchstäblich tagelang geschlafen.«

»Das kann ich verstehen. Das muss sehr belastend sein.«

»Ja. Aber seit ein paar Tagen schaffe ich es immerhin fernzusehen. Ab und zu schreibe ich sogar.« Jesper lächelte flüchtig.

Annika schoss durch den Kopf, dass sie Jesper kaum je lächeln gesehen hatte, nicht einmal vor seiner Krankschreibung. Sie erwiderte sein Lächeln.

»Du wolltest also nur vorbeikommen und nachsehen, wie es mir geht?« Jesper hob die Arme. »Nimm's mir nicht übel, aber ich habe das Gefühl, dass das nicht die ganze Wahrheit ist.«

»Doch, das war mein Hauptanliegen, aber es gibt tatsächlich etwas, das ich dich gerne fragen würde.«

»Und was?« Jesper verschränkte die Arme wieder vor der Brust.

»Ich habe über etwas nachgedacht«, sagte Annika. »Vor deiner Krankschreibung warst du partout dagegen, einen Ghostwriter zu engagieren, der die *Turwall*-Reihe fortsetzt. Und als das Manuskript vor unserer Tür aufgetaucht ist, ist dir regelrecht der Kragen geplatzt. Ich habe dich noch nie so aufgebracht gesehen. Man hatte fast den Eindruck, dass du dich persönlich angegriffen gefühlt hast.«

Jesper presste die Zähne aufeinander und sah aus dem Fenster. »Daran erinnere ich mich nicht.«

»Du musst natürlich nicht antworten, wenn du nicht willst.« Annika setzte sich neben Jesper auf die Couch. »Aber ich brauche Gewissheit. Für mich. Ich habe Jan Apelgren für tot erklären lassen, damit wir dieses Buch herausgeben konnten. Damit muss ich leben. Aber wenn nicht Apelgren das Buch geschrieben hat, dann würde ich gerne wissen, wer es war.«

Jesper schnaubte. »Ich war es jedenfalls nicht.« Er spuckte die Worte aus wie einen Kugelhagel.

»Aber du wärst es gern gewesen, habe ich recht?«

»Du weißt, dass ich einen Krimischreibkurs besuche, oder nicht?«, antwortete Jesper. »Ich lese bei der Arbeit so viele Manuskripte, und überwiegend halte ich sie für schlecht. Aber trotzdem verkaufen sie sich. Und da dachte ich, was die können, kann ich auch.«

»Daran ist doch nichts Verwerfliches. Katrin möchte auch schreiben. Ich habe es auch mal versucht, ist schon länger her, aber es war nicht mein Ding. Ich finde es toll, dass du am Ball bleibst.«

»Ja. Aber als das ganze Gerede darüber losging, den *Turwall* weiterzuschreiben … Ich weiß auch nicht. Ich stand im Verlag sowieso schon unter Druck, und mein Freund hatte gerade Schluss gemacht. Ich hatte nur noch meine Texte, aber auch damit ging es nur mühsam vorwärts. Und dann haben wir in meinem Krimischreibkurs die Übung aufbekommen, eine Novelle mit der Figur eines bekannten Autors zu schreiben. Ich habe mich für Kommissar Turwall entschieden.«

Jesper schwieg einen Moment und schüttelte den Kopf. »Mein Dozent wurde stinksauer. Er hat mir vorgeworfen, im Verlag einen von Apelgrens Texten geklaut zu haben, um mich mit fremden Federn zu schmücken.«

Annika starrte Jesper an. Sie traute ihren Ohren kaum.

»Verstehst du?«, sagte Jesper. »Er hat geglaubt, dass nicht ich, sondern Apelgren den Text geschrieben hat. Zuerst war ich niedergeschlagen, aber dann dachte ich: Hey, vielleicht ist ja genau das mein Ding. Also habe ich mich hingesetzt und versucht, einen eigenen *Turwall*-Krimi zu schreiben. Ich weiß nicht, was ich damit gemacht hätte. Vielleicht hätte ich ihn in irgendeinem Fan-Fiction-Forum ins Netz gestellt.« Jesper zuckte die Schultern. »Aber ich bin nicht fertig geworden.«

»Und als wir dann darüber diskutiert haben, ob wir einen Ghostwriter ins Boot holen sollen, hättest du das gern übernommen?«

Jesper nickte. »Ja, aber ich habe mich nicht getraut, was zu sagen. Das hätte nur angeberisch gewirkt. Und keiner hätte mich ernst genommen.«

»Ich verstehe. Also …« Annika zögerte. »Hast du *Ich bin der Gräber* geschrieben?«

Jesper schüttelte den Kopf. »Als dieses Manuskript aufgetaucht ist, habe ich einen Tunnelblick bekommen. Ich konnte nicht mehr zur Arbeit gehen. Am nächsten Tag bin ich buchstäblich nicht aus dem Bett gekommen.« Er seufzte, dann sah er Annika an. »Ich wünschte, ich hätte es geschrieben. Aber ich war es nicht.«

42

Wenn ich jage, übe ich Rache, für sie und für mich.
Aber nicht jeder, der meine Beschützer stört,
verdient dafür den Tod.

Montag, 6. Juni

IHRE BEINE BEWEGTEN sich rhythmisch und trugen sie durch die asphaltierten Straßen der Wohnsiedlung zur Joggingstrecke in Skatås. Die Luft strich um Cecilias Wangen, während sie ihr Tempo Schritt für Schritt steigerte. Sie brauchte das. Laufen half ihr, fokussiert zu bleiben.

Besonders jetzt.

Warum hatte niemand etwas gesagt? Dass die obere Polizeiführung eine interne Untersuchung eingeleitet hatte, bestätigte die Befürchtungen, die sie seit einem Jahr hegte. Ihre Vorgesetzten wussten nicht, wie sie mit der Ermittlung um den Gräber umgehen sollten. Sie konnte nicht ewig ergebnislos verlaufen, aber genauso wenig zu den Akten gelegt werden. Allen war klar, dass der Gräber erneut zuschlagen würde.

Sie könnten ihr den Fall entziehen und die Leitung jemand anderem übertragen. Nur wem? Niemand kannte den Fall besser als sie, und niemand außer ihr hatte den Job übernehmen wollen. Der Fall war eine karrieretechnische Sackgasse, das war ihr bewusst. So lange sie den Gräber nicht fassten, könnten Jonas und sie in ihrem Büro ihr eigenes Grab schaufeln, ohne dass jemand sie vermisste.

Cecilia zog ihr Tempo noch ein wenig an und joggte die Anhöhe zum Trainingszentrum hinauf. Ab und zu überholte sie ein Auto, das oben zum Parkplatz wollte. Ihr Atem kratzte im Hals, als die Sonne hinter den Bäumen verschwand und die Wärme mitnahm. Mittlerweile blieb es so lange hell, dass sie die ganze Strecke bei Tageslicht schaffte, allerdings nur knapp. Bei dem Gedanken überkam sie ein mulmiges Gefühl, das jedoch augenblicklich wieder verschwand, als ihr ihre Dienstwaffe einfiel, die neben ihrem Handy in ihrer Gürteltasche steckte. Ihr Gewicht schlug beim Laufen störend gegen die Hüfte, verlieh aber Sicherheit.

Seit dem Vorfall im Winter hatte sie Verständnis für Leute, die im Netz illegal Pfefferspray kauften. Nicht jeder konnte beim Joggen heimlich eine Automatikpistole bei sich tragen. Und sie hatte keine Zeit für Angst. Cecilia legte eine Hand auf die Gürteltasche und spürte den Kolben der Waffe durch den Stoff. *Na los, verfolg mich doch!* Würde dieser Dreckskerl sie heute angreifen, würde sie, ohne zu zögern, schießen. Ihre unterdrückte Wut ließ sie noch schneller laufen. Die Joggingrunde kostete sie so viel Willenskraft wie lange nicht mehr. Die interne Untersuchung spukte unablässig in ihrem Kopf herum. Das war ein persönlicher Affront, einzig und allein gegen *sie* gerichtet. Sie besaß keinerlei Kontrolle darüber, und das machte sie nervös.

Sie hatte sich umgehört. Lerjedal war dafür bekannt, jeden Stein umzudrehen, wieder und wieder, bis er etwas fand. Irgendwas, das vergessen worden war oder zwischen Dreck und Kellerasseln im Verborgenen geschlummert hatte. Einerseits war das gut. Falls im Umfeld der Ermittlungen tatsächlich eine undichte Stelle existierte, war es für alle am besten, wenn sie gefunden wurde. Andererseits war es katastrophal. Man könnte sie dafür verantwortlich machen. Sie hätte ihre Kollegen besser im Blick haben müssen. Oder noch schlimmer. Lerjedal könnte auf die Idee kommen, dass *sie* die undichte Stelle war.

Cecilia versuchte sich in Erinnerung zu rufen, was sie bei jeder Pressekonferenz, bei jedem Interview gesagt hatte, seit sie die Ermittlungen leitete, versuchte, den Wortlaut jeder Pressemitteilung, jeder Webbrowsersuche und jeder E-Mail zu rekonstruieren, die sie formuliert hatte. Alles, was gegen sie ausgelegt werden, alles, was auch nur andeuten könnte, dass sie ermittlungsrelevante Informationen zu anderen als dienstlichen Zwecken genutzt hatte.

Sie blieb mit dem Fuß in einer Senke im Boden hängen und stolperte. Der Schmerz, der in ihren verdrehten Knöchel schoss, zwang sie stehen zu bleiben. Sie hatte sich überfordert. Sie beugte sich vor, stützte die Hände auf den Knien ab und atmete tief durch.

Ihr Job stand auf dem Spiel. Gut möglich, dass sie am Ende des Wegs angelangt war. Ihre Karriere war nie glanzvoll gewesen, aber jetzt könnte sie buchstäblich vor dem Aus stehen. Alles nur wegen dieses verfluchten Buchs. Es gab nur eine Lösung. Sie musste diese Lektorin zum Verhör holen. Wenn jemand etwas wusste, dann sie. Und sei es nur, damit sie ihnen half herauszufinden, woher die Informationen aus dem Buch stammten. Auch wenn sie dem Gräber dadurch nicht auf die Spur kam, könnte sie die undichte Stelle möglicherweise vor Lerjedal aufspüren und so den Fokus von sich nehmen.

Einen Versuch war es wert.

43

Die aufrichtigen Menschen lasse ich in Frieden.
Ich jage die Lügner, die Verräter,
die ihre Nächsten betrügen und hintergehen.
Diese Menschen strafe ich mit meinem Zorn,
räche das Unrecht, das sie der Welt zugefügt haben.

Dienstag, 7. Juni

ANNIKA MUSTERTE MARTIN, der ihren Flachbildfernseher an die Wohnzimmerwand hielt. Sie waren noch nicht zum Tapezieren gekommen, an den Wänden hing nach wie vor die verblasste braungelbe Medaillontapete. Inzwischen gefiel sie ihr fast. Sie passte zum restlichen Stil des Hauses.

»Wir brauchen einen größeren Fernseher«, seufzte Martin.

»Warum? Der ist doch völlig in Ordnung«, sagte Annika blinzelnd. Die hellgraue Einfassung schimmerte in der Abendsonne.

»Der Bildschirm misst nur zweiundvierzig Zoll«, sagte Martin. »In der Wohnung war er groß genug, aber hier?« Stöhnend legte er den Fernseher auf dem Sofa ab. »Außerdem wiegt er eine Tonne. Die neuen Modelle sind leichter.«

»Wir haben gerade ein Haus gekauft. Sollten wir mit weiteren Neuanschaffungen nicht erst einmal warten?«

»Ich habe nicht vor, dieses Ungetüm aufzuhängen. Der Fernseher wirkt hier lächerlich, außerdem ist es eine Heidenarbeit, ihn später wieder abzuhängen und einen neuen zu montieren.«

»Dann stellen wir ihn eben auf eine TV-Bank.« Annika schüttelte den Kopf. »Du machst aus einer Mücke einen Elefanten.«

»Ich bin nur müde. Im Büro wächst mir die Arbeit über den Kopf, und zu Hause komme ich durch den ganzen Umzugskram auch nicht zur Ruhe.«

»Glaubst du, mir geht es anders? Hast du vergessen, wie ausgelaugt ich nach dieser Talkshow war?« Annika verschränkte die Arme vor der Brust.

Plötzlich läutete es an der Tür. Annika zuckte bei dem Getöse jedes Mal zusammen. Sie konnte sich nicht erinnern, dass Apelgren schwerhörig gewesen wäre, aber vielleicht seine Frau? Warum hätten sie sonst eine derart durchdringende Klingel installieren sollen?

»Willst du nicht aufmachen?«, fragte sie und stemmte die Hände in die Hüften.

Martin ging in den Flur hinaus. Annika lehnte sich in den Rahmen der Küchentür, um zu sehen, wer sie besuchen kam. Draußen vor der Tür stand eine schlanke blonde Frau. Ihr Gesicht drückte Erstaunen, wenn nicht Verwirrung aus.

Annika erkannte die Frau wieder. Es war diese Kriminalkommissarin, die sie im Verlag befragt hatte. Was wollte *sie* hier?

»Martin?«, fragte sie in diesem Moment.

»Cecilia?«, antwortete Martin. »Das ist lange her. Was führt dich hierher?«

Cecilia lächelte. »Entschuldige, aber wohnst du hier?«

»Ja«, erwiderte Martin. »Wir sind eben erst eingezogen.« Er drehte sich um und winkte Annika zur Tür. Er wurde rot. Das gefiel ihr ganz und gar nicht. Sie musterte Cecilia mit gerunzelter Stirn.

»Das ist meine Frau, Annika«, stellte Martin sie vor.

»Ja«, sagte Cecilia. »Wir sind uns schon begegnet. Das ist mein Kollege Jonas Andrén.« Sie trat einen Schritt zur Seite, damit Jonas Martin die Hand geben konnte.

»Nett, Sie kennenzulernen«, sagte Jonas und warf Cecilia einen flüchtigen Seitenblick zu. »Ihr kennt euch?«

Martin räusperte sich. »So kann man es nennen. Das ist lange her. Wir waren zusammen auf dem Gymnasium. Aber was führt dich zu uns?«

Cecilia und Annika sahen sich an. Das Blut pochte in Annikas Ohren. Cecilia errötete, und Annika spürte, dass ihre eigenen Wangen wie rote Ampeln leuchteten. Als wäre es nicht schon schlimm genug, dass die Polizei bei ihnen *zu Hause* auftauchte, beschlich sie obendrein das Gefühl, dass Martin und diese Cecilia mehr als nur Schulfreunde gewesen waren. Bei dem Gedanken verfinsterte sich ihr Blick.

»Tut mir leid, Martin«, sagte Cecilia. »Aber das ist kein Freundschaftsbesuch. Wir sind von der Polizei und müssen deine Frau zu einer Vernehmung mitnehmen.«

»Ich verstehe nicht«, stotterte Martin. »Sie hat doch nichts verbrochen?«

»Das wollen wir herausfinden«, schaltete Jonas sich ein. Er wandte sich an Annika. »Wir müssen Sie bitten, uns aufs Präsidium zu begleiten.«

»Aber das muss ein Missverständnis sein«, stammelte Martin. Sein Blick war flehend. »Es muss doch einen Weg geben, das zu klären. Liebling, du hast doch nichts verbrochen?«

Cecilia schüttelte den Kopf. »Es tut mir leid, Martin. Ich bedaure, dass wir uns nach all den Jahren unter diesen Umständen wiedersehen. Aber wir müssen deine Frau jetzt mitnehmen.«

Während Martin Cecilia und Jonas zu überreden versuchte, ihn mit ins Präsidium kommen zu lassen, ging Annika wie in Trance zur Garderobe und zog ihre Schuhe und ihren roten Mantel an, den sie eigentlich schon ausgemustert hatte. Inzwischen war er viel zu warm, aber sie konnte keinen klaren Gedanken fassen. Sie hörte, wie Martin und die zwei Kommissare an der Tür miteinander diskutierten, aber die Stimmen drangen nur als gedämpftes Gemurmel zu ihr, und sie verstand nicht, was sie sagten, als wäre sie durch eine Wand von ihnen getrennt, bis Cecilias auffordernde Stimme den Nebel durchschnitt.

»Sind Sie fertig?«

Annika nickte und folgte Cecilia Wreede und ihrem Kollegen wortlos nach draußen.

Zum Glück parkte vor dem Haus kein Streifenwagen, sondern ein normaler Volvo. Die Nachbarn mussten nicht erfahren, dass sie von der Polizei abgeholt wurde. Es genügte schon, dass Martin wie ein Fragezeichen in der Haustür stand und ihr nachsah. Annika drehte sich um und suchte hilfesuchend seinen Blick. Aber er erwiderte ihn nicht, sondern sah an ihr vorbei.

Blickte er Cecilia Wreede nach?

44

Ich warte geduldig, bis ich mir sicher bin,
beobachte meine Beute
und suche nach Zeichen von Verrat.

Dienstag, 7. Juni

NACHDEM ANNIKA MIT Cecilia und ihrem Kollegen davongefahren war, blieb Martin noch lange in der Haustür stehen. Die Zeit schien stillzustehen. Dieser Sommer nach dem Abitur, in dem er und Cecilia ein Paar gewesen waren, lag so viele Jahre zurück. Trotzdem hatte er ihn nicht vergessen. Vor allem nicht, nachdem er geendet hatte, wie er geendet hatte. Jetzt stand er hier, in der Tür seines Hauses, und versuchte zu verstehen, was passiert war.

Es hatte nicht viele Liebesbeziehungen in seinem Leben gegeben, die Zahl seiner Freundinnen konnte er an den Fingern einer Hand abzählen. Aber zwei Lieben hatten sich auf ewig in seiner Seele eingebrannt. Die eine und mit Abstand größte war Annika. Obwohl sie vielleicht nicht die harmonischste Beziehung auf der Welt führten, war sie die Frau seines Lebens. Ein Leben ohne sie war undenkbar.

Die zweite war Cecilia Wreede.

Cecilia war seine Jugendliebe gewesen, die Leidenschaft, die alles andere in den Schatten stellte. Sie hatten gemeinsam gebrannt, heiß wie Magnesium. Aber die Flamme war zu stark gewesen, und ihm hätte klar sein müssen, dass sie eines Tages erlöschen würde. So plötzlich, wie Cecilia in sein Leben geplatzt war, so plötzlich war sie auch wieder daraus verschwunden. Die Erinnerung schmerzte noch immer. Manchmal verlor er sich in Tagträumereien über Dinge, die sie zusammen erlebt hatten. Er schämte sich dafür, konnte aber nichts dagegen tun. Stattdessen hatte er sich eingeredet, dass es keine Rolle spielte, dass sie sich nie wieder begegnen würden, doch jetzt war seine Jugendliebe aus heiterem Himmel bei ihm zu Hause aufgetaucht und hatte seine Frau mitgenommen.

Martins Hand zitterte, als er die Haustür schloss. Er wusste, dass er allen Grund zur Sorge hatte. Annika war von der Polizei abgeholt worden. Aber das war nicht der Grund, warum sein Herz so heftig schlug. Der Grund war Cecilia. Sie war *hier*, in Göteborg. In Reichweite.

Er schluckte hart, um sein schlechtes Gewissen zum Schweigen zu bringen. Er wusste, dass er irrational dachte. Das, was zwischen Cecilia und ihm passiert war, war geschehen, bevor er Annika kennengelernt hatte. Sie konnte nichts davon wissen und hatte nichts damit zu tun. Trotzdem hatte er das Gefühl, sie zu betrügen. Er hatte Cecilia nur die Hand gegeben, aber er roch ihren Duft noch immer. Unwillig schüttelte er den Kopf, doch die Gedanken saugten sich wie Blutegel an ihm fest. Martin sank aufs Sofa.

Sein Blick fiel auf ihr Hochzeitsfoto, das an einem Umzugskarton lehnte. Annika und er standen vor einem blühenden Fliederstrauch und sahen sich tief in die Augen. Annikas weißes Kleid leuchtete mit den weißen Blüten um die Wette. Ihre dunkelroten Haare fielen in Wellen auf ihre nackten Schultern, und ihr strahlendes Lachen hätte jedes verhärtete Herz zum Schmelzen gebracht.

Martin lächelte. Annika war wunderschön. Er konnte von Glück sagen, dass er sie hatte. Trotzdem war er der Flutwelle von Gefühlen, die das unerwartete Wiedersehen mit Cecilia in ihm auslöste, gegenüber machtlos. Er betrachtete den Fernseher, der neben ihm auf dem Sofa lag. Wenn er je einen Grund gehabt hatte, seine Gedanken mit passiver Unterhaltung zu zerstreuen, dann jetzt. In irgendeiner Umzugskiste musste die Wandhalterung liegen, die sie beim Kauf dazubekommen hatten.

Stöhnend stand er auf und begann in den Kartons zu kramen.

45

Wenn ich mein Opfer gewählt habe,
bereiten die Wesen den Zugang vor.
Dann warten wir gemeinsam
auf den richtigen Zeitpunkt, um die Tat auszuführen.

Dienstag, 7. Juni

»HABE ICH NICHT das Recht auf einen Anwalt?«, fragte Annika. Cecilia Wreede versuchte, ihren harten Blick zu deuten. In ihren Augen lag eine Mischung aus Besorgnis und Verachtung. Für sie? Vermutlich. Immerhin war Annika Granlund jetzt eine Verdächtige.

»Das ist nicht nötig«, antwortete sie. »Gegen Sie liegt kein Tatverdacht vor.«

»Warum bin ich dann hier?« Annika machte eine ausholende Geste und sah sich im Vernehmungsraum um. Cecilia folgte ihrem Blick. Sie hatte öfter hier gesessen, als sie zählen konnte. Sie war an den kalten, nüchternen Raum, die blassgelbe Glasfasertapete gewöhnt, spürte die Angst, die wie ein klebriger Film auf allen Flächen haftete. Sie ließ sich nicht wegschrubben und setzte sich in der Kleidung fest wie Zigarettenrauch.

Cecilia beugte sich vor, stützte die Ellenbogen auf den Tisch und verschränkte die Hände. »Wir möchten mit Ihnen reden, in aller Ruhe. Deshalb sind Sie hier. Wie Sie wissen, haben wir Grund zu der Annahme, dass Sie mehr über den sogenannten Gräber wissen.«

»Ich habe Ihnen bereits gesagt, dass ich nichts über ihn weiß.« Annika warf den Kopf in den Nacken. Sie weigerte sich, Cecilia Wreedes forschendem Blick zu begegnen.

»Ich glaube Ihnen nicht.« Cecilia sah Jonas an, dann legte sie das Buch auf den Tisch. Die Farben des Covers hoben sich von der hellen Holzplatte ab. Blutrot, Schwarz und Grau. Harte Kontraste und tiefe Schatten.

»Ich denke, Sie sollten lieber den wahren Mörder suchen«, sagte Annika.

Cecilia schlug das Buch auf einer Seite auf, die sie mit einem gelben Post-it markiert hatte. »Hören Sie zu«, erwiderte sie und las vor. »›Du kannst dich nicht schützen. Ich grabe mich in dein Haus. Das Kratzen, das du hörst, sind meine Klauen, mit denen ich die Erde unter dem Fundament aushöhle, bis ich den Fußboden aufbrechen kann.‹«

Aus dem Augenwinkel registrierte Cecilia, dass Annika Granlund bei dem Wort *Kratzen* unbehaglich das Gesicht verzog. Warum? dachte sie und schlug das Buch zu.

»Gefällt es Ihnen nicht?«, fragte sie laut.

»Nein«, antwortete Annika. »Tut es nicht.«

»Trotzdem haben Sie dieses Buch herausgegeben?«

»Natürlich. Es soll gruselig sein.« Annika zuckte die Achseln. »Viele Leute mögen das, so etwas verkauft sich. Es ist allgemein bekannt, dass der reale Gräber durch den Kellerfußboden in die Häuser seiner Opfer gelangt.«

»Ja«, stimmte Cecilia zu. »Da haben Sie recht. Viele Dinge, die in diesem Buch stehen, könnte jeder Möchtegernautor aus

Zeitungsmeldungen zusammengeschrieben haben.« Sie beugte sich wieder über den Tisch. »Das Problem ist nur, dass in dem Buch auch *andere Dinge* stehen. Dinge, die wir nicht an die Presse weitergegeben haben.«

»Zum Beispiel?«

»Zum Beispiel, was der Täter mit seinen Opfern macht. Diese Informationen unterliegen der Geheimhaltungspflicht, aber …« Cecilia warf Jonas einen Blick zu, der nickte, und Cecilia fuhr fort. »Dass er seine Opfer in die Tunnel verschleppt. Wir haben nicht einmal veröffentlicht, dass es Tunnel gibt.«

Cecilia beobachtete Annika, suchte nach einer Reaktion. Annika wurde blass und schluckte nervös. »Aber das ist doch alles Fiktion. Pure Fantasie. Oder etwa nicht?«

Cecilia schüttelte den Kopf. »Leider nein.«

Annikas Wangen wurden noch eine Spur blasser. »Könnte ich ein Glas Wasser haben?«, fragte sie.

»Natürlich.« Jonas verließ den Vernehmungsraum. Cecilia wartete schweigend, bis er mit einem Pappbecher zurückkam, den er Annika reichte. Sie trank einen Schluck, bekam das Wasser in die Luftröhre und hustete.

»Sie müssen wissen«, fuhr Cecilia fort, »wir haben nie eine Leiche gefunden. Keine einzige. Nur Spuren von Körpern, die in die Tunnel geschleift wurden. Wäre an den Tatorten nicht so eine große Menge Blut vorhanden gewesen, würden wir von Menschenraub ausgehen, nicht von Mord.«

Annikas Augen weiteten sich. Cecilia fuhr fort. »Das weiß die Presse nicht. Also, wie kann Apelgren es wissen, vorausgesetzt, er hat das Buch geschrieben? Wer hat es ihm erzählt? Wenn Sie etwas wissen, können Sie uns damit helfen. Verstehen Sie?«

»Ich …« Annika trank noch einen Schluck Wasser. »Ich weiß nicht, was ich sagen soll.«

»Fangen Sie am Anfang an«, erwiderte Jonas. Er schlug sein Notizbuch auf und machte sich Notizen.

Annika schüttelte den Kopf. »Ich weiß nichts, ehrlich. Das Manuskript lag eines Tages einfach da.«

»Was meinen Sie mit: *Es lag einfach da*? Irgendwer muss es doch an Ihren Verlag geschickt haben?«

»Nein, in diesem Fall nicht.« Annika wand sich auf ihrem Stuhl. »Jemand hat es vor unsere Eingangstür gelegt. Nachts, als niemand im Haus war.«

»Wer hat es dorthin gelegt?«

»Apelgren natürlich. Wer sollte es sonst gewesen sein?«

»Wie können Sie das wissen?«

»Ich habe viele Jahre mit ihm zusammengearbeitet. Ich kenne seinen Stil. Niemand außer ihm hätte das Buch schreiben können.«

Jonas sah von seinen Notizen auf. »Jetzt verstehe ich nicht. Apelgren ist doch tot?«

»Wir haben ihn für tot erklären lassen. Um das Buch herausgeben zu können.« Annika senkte kopfschüttelnd den Blick. »*Ich* habe es getan. Ich habe den Antrag auf Todeserklärung ausgefüllt und eingereicht.« Sie schüttelte abermals den Kopf und schlug sich mit der Hand gegen die Stirn. »Gott, was habe ich bloß getan?«

Cecilia lehnte sich zurück. »Sie wollen uns also sagen, dass Sie von einem verschwundenen Autor ein Manuskript erhalten haben? Dann kann er ja nicht tot sein.«

»Ich weiß es nicht.« Annika schniefte.

»Hören Sie nicht, wie das klingt, was Sie uns da erzählen?«

»Mir ist klar, wie das klingt. Aber es ist die Wahrheit. Ich weiß, dass ich einen Fehler gemacht habe, aber es ist kein Verbrechen. Niemand weiß, wie wir das Manuskript bekommen haben. Niemand weiß, wo Apelgren ist. Er kann genauso gut tot sein.«

»Ich glaube, dass Sie lügen«, sagte Cecilia. »Sie wissen, wo Apelgren ist.«

»Nein«, beharrte Annika. »Das weiß ich nicht. Glauben Sie, was Sie wollen. Ich wollte einzig und allein den Verlag retten.«

»Hören Sie zu«, fuhr Cecilia fort. »Wenn Apelgren wirklich tot ist, dann muss jemand anderes das Buch geschrieben haben, oder etwa nicht?«

Annika nickte. Schniefend wischte sie sich mit dem Handrücken eine Träne von der Wange. »Ja, aber ich habe keine Ahnung, wer.«

»Sie wissen, wer das Buch geschrieben hat. Warum wollen Sie es nicht sagen?«

Annika ruderte mit den Armen. »Glauben Sie mir doch, ich weiß es wirklich nicht. Es gibt viele Leute, die Apelgrens Stil nachahmen, um einen Autorenvertrag zu ergattern. Sogar einige meiner Kollegen haben es versucht.«

Cecilia hob eine Augenbraue. »Wer?«

»Jesper Olsson zum Beispiel«, sagte Annika. »Aber nur weil jemand ein Buch schreibt, muss er nicht gleich ein *Mörder* sein.«

Cecilia warf Jonas einen Blick zu. Der schüttelte den Kopf.

»Bitte, darf ich jetzt gehen?« Annika sackte auf ihrem Stuhl zusammen. Sie sah aus, als ob jemand ein Ventil an ihr aufgedreht und sämtliche Luft aus ihr herausgelassen hätte.

»Ja, aber hören Sie genau zu. Ich glaube noch immer, dass Sie uns etwas verschweigen. Ich rate Ihnen, die Stadt nicht zu verlassen. Denn wenn ich Grund zu der Annahme habe, dass Sie sich aus dem Staub machen wollen, werde ich Sie wegen Fluchtgefahr, Mordverdacht oder Beihilfe zum Mord in Gewahrsam nehmen. Haben wir uns verstanden?«

46

Ich wähle immer die gleiche Nacht,
die Nacht, die für den endgültigen Verrat steht.
Die Nacht, in der alle Versprechen gegeben wurden.

Dienstag, 7. Juni

MARTIN HOLTE ANNIKA vor dem Polizeipräsidium ab. Er schloss sie lange in die Arme, ehe er ihr ins Auto half. Der Motor brummte, aber Annika hörte es kaum.

»Sie halten mich für eine Mörderin«, sagte sie, als sie wieder in der Lage war zu sprechen. »Sie haben es nicht offen gesagt, aber das ist es, was sie glauben.«

»Aber das bist du nicht.«

»Doch.« Annika spürte, wie Martin sich auf dem Fahrersitz neben ihr anspannte. »Ich habe Apelgren getötet«, stieß sie hervor, dann brach sie in Tränen aus. Den Rest der Fahrt sagten sie beide kein Wort.

Als Annika schließlich ins Bett ging, schlief sie von Stress und Gewissensbissen erschöpft augenblicklich ein. Trotzdem schreckte sie in der Nacht immer wieder hoch, mit keuchendem Atem und noch halb in einem Traum gefangen, in dem sie mit den Fingern in lehmiger Erde scharrte, bis aus dem Boden eine Fontäne aus Blut in die Höhe schoss.

»Liebling?« Martins Stimme drang zu ihr durch.

Annika schlug die Augen auf und blinzelte. Ihre Lider fühlten sich an wie Schmirgelpapier. Morgensonne fiel ins Schlafzimmer. Martin saß neben ihr auf der Bettkante und strich ihr übers Haar.

»Wie geht es dir?«, fragte er.

»Ich bin müde.« Annika machte die Augen wieder zu, wohl wissend, dass sie nicht zur Ruhe kommen würde. Ihr Körper schrie nach Schlaf, aber ihr Kopf brauchte etwas anderes. Sie hatte keine Ahnung, was. Und das machte sie rasend. Trotzdem blieb sie im Bett liegen, erschöpft und ausgelaugt.

»Bleibst du heute zu Hause?«

Sie nickte. »Ich fühle mich nicht gut.«

»Soll ich dich zum Arzt fahren?«

»Nein.« Annika schlug die Augen auf. Sie schaffte es nicht, den Kopf zu heben, schon beim Versuch wurde ihr schwindelig. »Ich will nicht.«

Martin stand auf und sah sie ernst an. »Wenn du es nicht tust, rufe ich in der Praxis an. Du bist schwanger, wir sollten kein Risiko eingehen.«

Annika schloss nickend die Augen.

Ein paar Stunden später saß sie im Sprechzimmer auf der Untersuchungsliege. Sie fühlte sich nicht mehr ganz so ausgelaugt, aber nach wie vor müde. Die Ärztin horchte ihre Brust mit einem Stethoskop ab und pumpte eine Blutdruckmanschette auf, die sich schmerzhaft um ihren Oberarm spannte. Annika starrte an die Akustikplatten der Decke und versuchte, sich zu entspannen.

»Mmm«, murmelte die Ärztin und löste die Manschette. »Ich werde Sie krankschreiben.«

»Verzeihung?«

»Ihr Blutdruck macht mir Sorgen. 155 zu 100. Und die Schwindelanfälle und Ihre chronische Müdigkeit sind ebenfalls bedenklich, selbst wenn Sie *nicht* schwanger wären.«

»Aber ich fühle mich schon viel besser.«

Die Ärztin lächelte. »Das ist positiv. Aber ich werde Sie trotzdem krankschreiben. Andernfalls könnten ernsthafte Komplikationen auftreten.«

Annika schluckte und las das Namensschild am Kittel der Ärztin. Lena Amarant. Es klang wie ein Pseudonym. Wie Apelgren. Annika seufzte. An jedem anderen Tag hätte sie protestiert, darauf beharrt, dass es ihr gut ging. Aber nicht heute.

»Wie lange?«

»Bis auf Weiteres. Ich möchte, dass Sie sich ausruhen und jeden Stress vermeiden. Sollten die Symptome erneut auftreten, kommen Sie bitte sofort her oder fahren in die Notaufnahme, falls unsere Praxis geschlossen ist. Bis sich Ihre Werte normalisiert haben, gebe ich Ihnen einen wöchentlichen Kontrolltermin.«

Annika nickte, während ihr tausend Dinge durch den Kopf gingen, die sie erledigen musste: ungelesene Manuskriptstapel, die immer höher wurden, E-Mails, die sich in ihrem Posteingang stauten. »Ist es in Ordnung, wenn ich von zu Hause arbeite?«

»Was machen Sie beruflich?«

»Ich bin Lektorin.«

»Spannend«, sagte Lena Amarant. »Ich habe immer davon geträumt zu schreiben, aber das wird wohl ein Wunschtraum bleiben. Mir wäre es lieber, wenn Sie sich nicht mit beruflichen Dingen beschäftigen, sondern etwas völlig anderes machen.

Gartenarbeit zum Beispiel, sofern Sie einen Garten haben. Studien haben gezeigt, dass Gärtnern sich positiv auf Körper und Seele auswirkt.«

Annika dachte an den Dornenbuschdschungel und die mit Unkraut überwucherten Beete vor ihrem Haus. Sie hatte sich immer einen Garten gewünscht, und jetzt hatte sie einen, der nur darauf wartete, von ihr gehegt und gepflegt zu werden, samt triftigem Grund, ihren Vorsatz endlich in die Tat umzusetzen, statt ihre Gedanken um die Arbeit kreisen zu lassen. Eine Krankschreibung war vielleicht gar nicht verkehrt.

»Natürlich sollten Sie keine schwere Arbeit verrichten, bis Ihre Blutdruckwerte wieder gesunken sind.« Lena Amarant stand auf und hielt Annika die Hand hin. »Ich werde meine Sprechstundenhilfe bitten, Ihnen einen Termin für die nächste Kontrolle zuzuschicken. Bis dahin wünsche ich Ihnen alles Gute.« Die Ärztin lächelte professionell und drückte Annika fest die Hand.

Der Wartebereich vor dem Behandlungsraum badete in Licht. Die Sonne flutete durch die Fenster und spiegelte sich im gebohnerten Linoleumboden. Martin war mit dem Auto zur Arbeit gefahren, aber Annika war froh, den Bus zu nehmen. Sie brauchte Zeit zum Nachdenken. Oder warum ging sie nicht zu Fuß? Ein Spaziergang würde ihr guttun. Bewegung. Sie atmete tief durch und spürte, wie die Anspannung ein wenig von ihr abfiel.

Hinter dem Empfangstresen riss die Sprechstundenhilfe ein Blatt von einem Block. Das ratschende Geräusch jagte Annika einen Schauer über den Rücken. Sie hielt mitten in der Bewegung inne, aber es wiederholte sich nicht. Nur das kleine Glöckchen über der Tür bimmelte, als ein Patient die Praxis betrat. Aus einem der Sprechzimmer drang gemütliches Small-Talk-Gemurmel. Annika atmete langsam, um ihren Puls zu beruhigen, der unwillkürlich in die Höhe geschnellt war. Sie hatte es nicht eilig.

Sie war krankgeschrieben. Und würde die Gelegenheit nutzen, mit dem Leben wieder in Einklang zu kommen.

Martin und sie hatten ihr Haus. Und bald würden sie ihr erstes Kind bekommen. Sie musste nur warten und sich ausruhen, dann würde alles gut.

47

In deinen Augen bin ich ein Monster, oder etwa nicht?
Ein Mörder. Ein Psychopath.
Du hast recht. All das bin ich.

Donnerstag, 9. Juni

ANNIKA KAUTE LUSTLOS auf ihrem Müsli herum. Der Joghurt schmeckte sauer, und die gerösteten Haferflocken waren mehlig. Martin aß ein Brot und trank seinen Kaffee. Draußen vor dem Küchenfenster funkelte die Morgensonne, und die Vögel zwitscherten in den Bäumen.

»Du weißt, dass du mir zuliebe nicht aufzustehen brauchst.« Martin lächelte.

»Ich muss aufstehen«, erwiderte Annika. »Sonst bleibe ich den ganzen Tag im Bett.« Sie sagte die Wahrheit. Es lag nicht nur an ihrem Blutdruck. Es lag an der Angst, ihr Kind zu verlieren, an der Angst, abermals zum Verhör aufs Polizeipräsidium geholt zu werden, an der Angst, ihre Arbeit nicht machen zu können. Sie drohte in einem Strudel aus negativen Gedanken zu ertrinken. Äußerlich sah man es ihr nicht an, aber innerlich kämpfte sie darum, den Kopf über Wasser zu halten.

»Du weißt, dass du heute Nacht aufgestanden bist, oder?«

»Wovon redest du?« Annika ließ ihren Löffel im Müslibrei stecken. Sie sah Martin an.

»Du hast geschlafwandelt. Erinnerst du dich nicht?«

Annika schüttelte den Kopf. Ihr Magen verkrampfte sich. Sie hat seit ihrer Kindheit nicht mehr geschlafwandelt. »Nein. Was habe ich gemacht?«

Martin lächelte. »Nichts Gefährliches. Ich bin davon aufgewacht, dass du mit einem Haufen Kleider im Arm im Schlafzimmer standest und meintest, du müsstest *die Wäsche falten.*«

»Aha. Und dann?«

»Du bist kurz ins Wohnzimmer gegangen, dann kamst du zurück und hast dich wieder ins Bett gelegt. Ich habe nachgesehen. Du hast die Wäsche gefaltet und sie auf dem Sofa zu einem ordentlichen Stapel zusammengelegt. Ich habe sie heute Morgen wieder in den Schrank geräumt.«

»Warum hast du mich nicht geweckt? Was, wenn ich nach draußen gegangen wäre?«

»Schlafwandler soll man nicht wecken. Es war ja auch nichts Gefährliches, also …« Martin sah auf die Uhr. »Ich muss los. Heute stehen einige Systemintegrationen an. Die kann ich nicht von zu Hause aus machen. Geht es dir gut?«

»Ja.« Annika nickte. Doch zu all den anderen Ängsten, die ihr zu schaffen machten, stieg eine neue Sorge in ihr auf. Sie hatte als Kind eine Zeit lang geschlafwandelt, nachdem sie umgezogen waren und sie die Grundschule hatte wechseln müssen. Sie hatte Probleme gehabt, sich in dem neuen Umfeld einzugewöhnen. Aber als sie neue Freunde gefunden hatte, war das Problem von selbst verschwunden. Hatte der Stress das alte Symptom wieder ausgelöst oder lag die Ursache woanders?

»Dein Mittagessen steht im Kühlschrank«, sagte Martin. Er

ging seine Tasche holen, dann kam er noch einmal in die Küche zurück und küsste sie auf die Wange. »Ruh dich aus. Setz dich doch in den Garten. Heute soll es sonnig und warm werden.«

»Viel Spaß bei der Arbeit«, sagte Annika. Es klang ironischer, als sie beabsichtigt hatte. Sie hatte Martin nicht verletzen wollen, er kümmerte sich rührend um sie. Aber sie war so müde. Und als ob das alles nicht schon schlimm genug wäre, hatte sie obendrein wieder begonnen zu schlafwandeln. Sie ließ den Kopf in die Hände sinken und schloss die Augen.

Plötzlich kratzte draußen vor dem Fenster irgendetwas zornig über die Fensterbank. Annika fuhr auf und verscheuchte eine Elster, die dort gelandet war. Kopfschüttelnd nahm sie ihre Müslischale vom Tisch und stellte sie in die Spüle. Der Küchenfußboden war kühl, die Morgensonne hatte die Fliesen noch nicht aufgewärmt. Sie wusch die Schale mit heißem Wasser aus und sah dabei zu, wie weiße Joghurtschlieren im Abfluss verschwanden. Als sie den Wasserhahn zudrehte, fiel ihr Blick auf Martins geliebte Kaffeemaschine. In der Kanne war noch ein kleiner Rest. Martin hielt es keine zwei Stunden ohne Kaffee aus. Sie hatte nie verstanden, wie er einen Becher nach dem anderen trinken konnte, sogar abends, und danach wie ein Stein ins Bett fiel und sofort einschlief. Wenn sie nach halb vier Uhr nachmittags auch nur eine halbe Tasse trank, wälzte sie sich die ganze Nacht unruhig hin und her. Nicht dass sie von Natur aus einen ruhigen Schlaf hätte, aber Kaffee machte die Sache definitiv nicht besser.

Und jetzt stand ihr der Sinn erst recht nicht danach. Allein vom Geruch wurde ihr übel. Sie kippte den Kaffee in die Spüle, dann blickte sie aus dem Fenster in den Garten. Martin hatte recht. Das Wetter versprach schön zu werden. Die Sonne schimmerte durch das hellgrüne Laub der Büsche und Bäume. Etwas später würde es auf ihrer holzgetäfelten Terrasse angenehm warm sein. Sie hatten noch keine Gartenmöbel, sie musste sich mit einem Küchenstuhl begnügen, aber es wäre schön, draußen zu sitzen und sich die Sonne ins Gesicht scheinen zu lassen.

Trotzdem verwarf sie den Gedanken, setzte sich mit angewinkelten Beinen im Wohnzimmer aufs Sofa und schaltete den Fernseher ein. Von Zeit zu Zeit schielte sie auf die Umzugskartons neben der leeren Bücherwand. Sie waren noch nicht dazu gekommen, die Bücher auszupacken, was gegen ihre Prinzipien verstieß. Ein Haus ohne Bücher war kein Zuhause. In ihren Fingern juckte es. Sie musste etwas tun und nicht untätig herumsitzen.

Annika öffnete den ersten Karton und stapelte die Bücher auf dem Esszimmertisch, während sie überlegte, wie sie die Bände einsortieren sollte. In der Wohnung waren sie alphabetisch nach Autor geordnet gewesen. Sie betrachtete die leeren Regalfächer und beschloss, ein neues System auszuprobieren. Viele Leute sortierten ihre Bücher nach Farben, aber das gefiel ihr nicht. Andere stellten sie mit den Seiten nach vorne – undenkbar. Der Mensch, der diesen Trend in die Welt gesetzt hatte, machte sich offenbar nichts aus Büchern. Annika liebte ihre Bücher.

Sie beschloss, die Bücher zuerst nach Genre, dann nach Autor zu sortieren, und machte sich ans Werk. Als es dunkel zu werden begann, war sie immer noch nicht fertig. Erst als sie Martins Schlüssel im Schloss hörte, stellte sie fest, dass sie den ganzen Tag mit Bücherräumen verbracht hatte.

Martin kam spät. Es war nach acht. »Hallo«, rief sie und ging zu ihm in den Flur hinaus, nach wie vor im Bademantel.

»Tut mir leid, dass es so spät geworden ist«, sagte Martin und nahm sie in den Arm. Seine Wange war kühl von der frischen Luft, aber seine Umarmung warm wie immer. »Ich hätte anrufen sollen, aber die Skype-Konferenz mit unserem Londoner Team hat sich in die Länge gezogen.«

»Ist alles in Ordnung?«

Martin schüttelte den Kopf und hängte seine Jacke an die Garderobe. »Mir geht's gut, ich bin nur müde. Aber dieses Projekt ist das reinste Chaos. Ich habe keine Kraft, darüber zu reden.«

»Ich verstehe sowieso nichts von deinem IT-Kram«, sagte Annika. »Ich bin froh, wenn mein Computer ohne Probleme hochfährt.«

»Ich wünschte, ich könnte das genauso sehen. Manchmal frage ich mich, warum ich mir das alles überhaupt antue. Serverapplikationen. Klingt unheimlich spannend, oder?«

Naserümpfend schüttelte Annika den Kopf. »Guck dir an, was ich heute gemacht habe«, sagte sie und zog Martin an einem ansehnlichen Stapel zusammengefalteter Umzugskartons vorbei ins Wohnzimmer. Sie deutete auf die Bücherwand.

»Gefällt es dir?«

Martin betrachtete die Regale mit schräg gelegtem Kopf. »Auf jeden Fall. Aber ist es nicht genauso wie zu Hause? Ich meine, wie in unserer alten Wohnung?«

»Nein, Dummerchen. Ich habe die Bücher neu sortiert.«

»Also werde ich kein einziges Buch finden.« Martin sah sie lachend an. Seine Augen funkelten vergnügt.

Annika lächelte und dachte, dass sie ein Glückspilz war, einen so wunderbaren Mann bekommen zu haben. Einen Mann, der bald der Vater ihres Kindes sein würde.

48

Ich tue, was die Wesen von mir verlangen,
was ich tun muss, um mich am Leben zu halten.
Zugleich beklage ich mein Schicksal, tief und bitter.

Montag, 13. Juni

»KOMMEN SIE REIN«, sagte Knut Lerjedal.

Cecilia betrat den kleinen Konferenzraum, den man Lerjedal für die Dauer seiner Untersuchung als Büro überlassen hatte. Er blieb demonstrativ hinter seinem Schreibtisch sitzen und musterte sie, während sie sich verblüfft umsah. Es war ihr unbegreiflich, wie Lerjedal den Raum so schnell in ein Chaos aus Papierstapeln und halb leeren Kaffeebechern hatte verwandeln können. Es roch nach im Büro verbrachten Nächten, Schweiß und eingetrocknetem Kaffee.

»Ja, nicht gerade ein Luxusappartement, aber es erfüllt den Zweck«, bemerkte Lerjedal. »Schließlich habe ich nicht vor, mich hier häuslich einzurichten.«

»Das hoffe ich«, erwiderte Cecilia mit unverhohlenem Sarkasmus in der Stimme.

Lerjedal schüttelte den Kopf. »Ich weiß nicht, was Sie von mir denken«, sagte er. »Aber glauben Sie mir, ich bin nicht Ihr Feind.

Ganz im Gegenteil. Ich könnte Ihre letzte freundschaftliche Seele im Präsidium sein.«

»Wie darf ich das verstehen?« Cecilia nahm einen Notizblock von einem Stuhl und setzte sich.

»Ich denke, das wissen Sie genau. Sie sind eine intelligente Frau, die eine ergebnislose Ermittlung leitet. In dem Punkt sind wir uns doch einig?«

Cecilia antwortete nicht. Lerjedal sah ihr einen Moment fest in die Augen, dann setzte er seine Lesebrille auf, befeuchtete seine Zeigefingerspitze mit der Zunge und blätterte in einem Block.

»Dauert unser Gespräch lange?«, fragte Cecilia.

»Das hoffe ich nicht«, erwiderte Lerjedal. »Also, wenn ich fragen darf … Seit wann leiten Sie die Ermittlung?«

»Seit dem zweiten Opfer, beziehungsweise kurz davor. Vorher war ich in der Pressestelle, aber ich wollte zurück zur richtigen Polizeiarbeit. Als die Medien anfingen, über den Gräber zu berichten, war man der Meinung, dass ich beide Aufgaben übernehmen sollte. Innerhalb ein und derselben Ermittlung.« Cecilia zuckte die Schultern. »Ich habe zugestimmt, der Rest ist Geschichte.«

»Ich verstehe«, sagte Lerjedal. »In dieser Hinsicht haben Sie gute Arbeit geleistet, keine Frage. Ich habe die Pressemitteilungen gelesen. Der Wortlaut ist sehr professionell, nicht so dröge wie viele andere. Dafür haben Sie Talent.«

»Wofür?«

»Fürs Schreiben.« Lerjedal blätterte in seinen Notizen.

Cecilia spürte, wie der Sitz gegen ihre Gesäßknochen drückte. Wie konnte der Stuhl so schnell derart unbequem werden? Vermutlich aus demselben Grund, der ihr die Röte ins Gesicht und den Schweiß in die Achselhöhlen trieb. Sie hasste jede Sekunde in Knut Lerjedals Gegenwart.

»Sie leben allein, oder?«, fragte der jetzt.

»Was hat das mit der Ermittlung zu tun?« Cecilias Antwort kam wie ein Peitschenhieb.

Lerjedal musterte sie über den Rand seiner Brille hinweg. »Es kann also niemand bezeugen, wie Sie Ihre Feierabende verbringen?«

»Nein.«

»Was tun Sie?«

»Ich mache Sport. Ich jogge – überwiegend. Gucke fern. Koche. Lese. Was tun Sie?«

»Nett, dass Sie fragen.« Lerjedal lächelte. »Ich schreibe. Kriminalromane. Wissen Sie, ich bin ein großer Fan von Kommissar Turwall. Kennen Sie die Bücher?«

»Ich habe von ihnen gehört, sie aber nicht gelesen.«

»Das sollten Sie. Sie sind vom selben Autor wie *Ich bin der Gräber*. Jan Apelgren.«

»Aha.«

»Das ist doch eine faszinierende Geschichte.« Lerjedal lächelte leutselig. »Der Mann schreibt zwei Bestseller. Dann ist es jahrelang still um ihn, bis er und seine Frau spurlos verschwinden. Und dann erscheint urplötzlich dieses Buch hier.« Wie um seine Ausführung zu untermalen, hielt Lerjedal seine Ausgabe von *Ich bin der Gräber* hoch. »Allerdings erst, nachdem der Verlag Apelgren für tot hat erklären lassen, um sich die Rechte an seinen Werken zu ergaunern. Welcher Autor überträgt seine Urheberrechte an seinen Verlag?«

»Jan Apelgren?« Cecilia gab sich Mühe, nicht zu grinsen.

»In der Tat. Aber Sie und ich wissen, dass dieses Buch nicht aus Apelgrens Feder stammt.«

»Tun wir das?« Cecilia beugte sich vor, um ihr Gewicht auf die Oberschenkelmuskulatur zu verlagern. »Wer hat es dann geschrieben?«

»Was glauben Sie?«

»Ich glaube, dass der Verlag dahintersteckt«, sagte Cecilia. »Ich glaube, dass Annika Granlund das Buch geschrieben hat. Sie streitet es ab, aber entweder hat sie es geschrieben oder jemand, den sie kennt.«

»Haben Sie die Frau befragt?«

Cecilia deutete mit dem Kopf auf die Aktenstapel. »Sie haben die Ermittlungsprotokolle gelesen. Sie wissen, dass ich sie vernommen habe. Es ist nichts dabei herausgekommen, aber ich glaube, dass sie etwas verschweigt.« Für einen Moment spielte Cecilia mit dem Gedanken, den Namen Jesper Olsson zu nennen, entschied sich dann aber dagegen. Sie wollte zuerst selbst mit Olsson sprechen. Dann würde sich herausstellen, ob er Annika Granlunds Aussage bestätigte oder widerlegte.

»Ganz bestimmt. Aber in welcher Beziehung stehen *Sie* eigentlich zu Martin Granlund? Dem Mann dieser Lektorin?«

Cecilia zuckte zusammen. Ein paar Sekunden saß sie mit offenem Mund da. Dann sagte sie: »In gar keiner.«

»Soweit mir bekannt ist, waren Sie beide zusammen auf dem Gymnasium«, erwiderte Lerjedal.

»Wie viele andere auch.«

»Wohl wahr, aber niemand aus diesem Personenkreis bildet einen roten Faden zwischen Ihnen, dem Eklund-Verlag und unserem Täter.«

Cecilias Augen verengten sich zu schmalen Schlitzen. »Was wollen Sie damit sagen?«

»Wie gesagt, Sie sind eine intelligente Frau. Ich könnte einen Durchsuchungsbeschluss für Ihre Wohnung beantragen. Aber mir ist klar, dass ich dort nichts finden würde. Sie wissen, wie man Spuren beseitigt.«

Cecilia fiel auf dem Stuhl zurück und stieß mit dem Rücken so heftig gegen die Lehne, dass der Stuhl schaukelte und sie unfreiwillig auf und ab federte. »Glauben Sie etwa, dass *ich* das Buch geschrieben habe? Das ist doch lächerlich. Warum sollte ich das tun?«

»Ich glaube gar nichts, Fräulein Wreede.« Lerjedal legte seine Lesebrille auf seinem Notizblock ab und lächelte sie an. »Sie haben diese Theorie selbst aufgestellt. Aber ich stimme Ihnen zu. Dieses Szenario ist völlig absurd. Eine Polizeikommissarin mit einem Faible für das schöpferische Wort, die eine nicht voranschreitende Ermittlung leitet, dafür aber großes schriftstellerisches Potenzial bietet. Dann erscheint wie aus heiterem Himmel auch noch ein alter Schulfreund auf der Bildfläche, der rein zufällig mit einer Lektorin verheiratet ist. Wer würde sich da nicht in der Rolle des Schriftstellers gefallen?«

Cecilia presste die Kiefer aufeinander. Sie atmete durch die Nase ein und beugte sich vor. »So könnte es sein. Aber Ihre Theorie hat einen kapitalen Fehler.«

»Und welchen?«

»Sie ist falsch.« Cecilia stand auf. »Wenn Sie mich entschuldigen, für Gespräche dieser Art fehlt mir die Zeit. Ich muss einen Serienmörder fassen.«

49

Ich betrauere jedes meiner Opfer.
Ich halte ihr Andenken in Ehren,
indem ich eine ihrer Habseligkeiten aufbewahre.
Einen kleinen, aber lieb gewonnenen Gegenstand,
der mich an sie erinnert.

Donnerstag, 22. Oktober,
sechs Jahre zuvor

JAN BEUGTE SICH über die Kaffeemaschine und atmete den Duft von frisch gebrühtem Kaffee ein, in der Hoffnung, dadurch seine Lebensgeister zu wecken. Draußen vor dem Küchenfenster klaffte der Schacht wie eine offene Wunde in der schwarzen Gartenerde.

»Dachse, die sich überall durchgraben«, murmelte er, während die Kaffeemaschine gurgelnd heißes Wasser in den Filter pumpte. Als der Kaffee durchgelaufen war, goss er sich einen großen Becher ein und nahm ihn mit hinunter ins Arbeitszimmer.

Am Schreibtisch verharrten seine Finger eine Weile auf der Computertastatur, dann zwang er sich, ein paar Zeilen zu schreiben. Eine neue Einleitung einer neuen Version seines abgelehnten dritten *Turwall*-Krimis.

Schon nach einer halben Seite sah er, wie schlecht der Text war. Untauglich. Ohne Inspiration. Mindestens genauso leblos wie das Manuskript, das Annika abgelehnt hatte. Die Worte verteilten sich auf der Seite wie eine dünne Farbschicht auf einem gesplitterten Holzbrett. Aus der Ferne mochte es gut aussehen, aber aus der Nähe entpuppte es sich als miserabler Pfusch.

Er löschte das Dokument und ging nach nebenan ins Souterrainzimmer. Die frühe Nachmittagssonne schien auf die gemauerten Innenwände und ließ die Fugen tiefer wirken, als sie waren. Jan blieb einen Augenblick stehen und betrachtete das kleine Stück Rasen auf der Rückseite des Hauses, das weder ausgehoben noch mit ausgeschachteter Erde überhäuft war. Das Gras wucherte in die Höhe. Er hätte den Rasen vor dem Herbst noch einmal mähen sollen. Kopfschüttelnd nahm er die Blu-Ray von *The Shining* aus dem Regal, legte sie in den DVD-Player und setzte sich aufs Sofa. Kurz darauf war er eingeschlafen.

Als im Obergeschoss die Haustür zufiel, wachte er auf.

»Hallo?«, rief Therese. Jan hörte ihre Absätze über das Parkett im Flur klappern. Er blickte sich um und bemühte sich, die Benommenheit aus seinem Kopf zu vertreiben. Im Zimmer war es dunkel. Der Film war zu Ende, und der Fernseher hatte sich von selbst ausgeschaltet. Er hatte keine Ahnung, wie lange schon. Der Raum schwankte unbehaglich, als er zu rasch aufstand und die Treppe hinaufging.

»Ich bin hier!«, rief er zurück und spürte, wie seine Stimme im Hals stockte.

»Was machst du da unten?« Therese sah ihn irritiert an, als er im Flur erschien.

»Ich habe gearbeitet«, log er.

»Dann hoffe ich, dass du ein gutes Stück vorangekommen bist«, erwiderte Therese und stemmte die Hände in die Hüften. »Du wolltest Abendessen kochen.«

»Entschuldige.«

Therese hatte recht. Er hatte versprochen, das Essen fertig zu haben, wenn sie nach Hause kam. »Ich kann uns schnell was machen.«

»Nicht nötig. Ich bin mit Tina auf ein Glas Wein verabredet. Ich esse im Restaurant. Ich ziehe mich nur schnell um.«

Tina? dachte Jan. Er spürte, wie sich etwas Dunkles um seine Seele legte. War Therese wirklich mit dieser Tina verabredet? Ehe er etwas erwidern konnte, verschwand Therese im Schlafzimmer. Er blieb im Flur stehen, allein mit seinem Misstrauen und einem knurrenden Magen. Er hatte seit dem Frühstück nichts mehr gegessen. Seine Hände zitterten vor Anspannung und Unterzuckerung.

»Ich mache Omelett. Bist du sicher, dass du nichts möchtest?«, rief er.

Therese antwortete nicht. Jan hörte, dass sie im Schlafzimmerschrank Kleiderbügel hin und her schob. Auf dem Weg in die Küche ballte er abwechselnd die Fäuste und löste sie wieder. Er schlug die Eier so heftig in die Schüssel, dass die Schalen hineinfielen. Fluchend fischte er sie heraus und ließ das Eiweiß in die Spüle tropfen. Das letzte Ei landete auf der Anrichte. Er wischte es notdürftig auf, dann nahm er ein Weinglas aus dem Hängeschrank. In dem Moment kam Therese in die Küche. Sie trug eine elegante Seidenbluse und hatte Rouge und Lippenstift aufgelegt.

Ihr Blick wanderte zwischen ihm und der verschmierten Küchenzeile hin und her. »Alles in Ordnung?«, fragte sie.

»Was soll sein?« Jan trank einen Schluck Wein. »Mir ist aus Versehen ein Ei kaputtgegangen.«

»Das sehe ich.«

»Wer ist diese Tina?« Eigentlich wollte er fragen, warum sie sich so auftakelte, wenn sie sich nur mit einer Freundin traf, aber wie immer kamen ihm die Worte nicht über die Lippen. Die Eimasse zischte, als er sie in die heiße Pfanne goss. Der Duft von gebratenem Ei breitete sich in der Küche aus.

»Eine Arbeitskollegin«, erwiderte Therese. »Du hast sie mal getroffen, aber sie hat wohl keinen Eindruck auf dich gemacht.«

»Nein, offensichtlich nicht.«

Plötzlich vernahm er ein wütendes Kratzen. Es kam von der Kellerwand. Jan erstarrte. Seine Nackenhaare sträubten sich.

»Was ist?«, fragte Therese.

»Sei leise!« Er hielt einen Zeigefinger in die Höhe und horchte. »Hast du das gehört?«

»Nein, was soll …«

Das Geräusch erklang wieder. »Das!«, sagte er.

Therese sah ihn fragend an und schüttelte den Kopf.

Jan hätte schwören können, ein Flüstern zu hören, gefolgt von neuerlichem Scharren. Er beugte sich über die Anrichte und versuchte, durch das Küchenfenster in den Schacht zu spähen. Da drin bewegte sich etwas. Ein unförmiger Schatten, tief unten im Graben vor der Fassade. Zwei große Augen leuchteten auf, wichen in den Schatten zurück und verschwanden in der Dunkelheit. »Hast du das gesehen?«

Therese schüttelte den Kopf. »Du siehst Gespenster.«

Jan hastete an ihr vorbei zur Haustür. Er knipste die Außenbeleuchtung an und spähte in den Schacht hinab. Sein Herz hämmerte laut, als er die Stelle überprüfte, wo die Augen geleuchtet hatten. Er hatte keine Ahnung, was das gewesen war. Aber ein Dachs ganz sicher nicht. So viel stand fest.

»Ich gehe jetzt.« Therese warf sich ihren Mantel über die Schultern und eilte an ihm vorbei.

»Bist du sicher, dass du nichts gehört hast?«, rief er ihr nach. Sie gab keine Antwort. Jan spähte weiter in den Schacht hinab, bis Therese außer Sichtweite war, dann schloss er die Haustür.

In der Küche war das Omelett in der Pfanne angebrannt. Er kippte es in den Mülleimer und spülte die verkohlte Pfanne unter laufendem Wasser aus. Zischend traf der Strahl auf die heiße Beschichtung, und eine weiße Dampfwolke stieg auf. Jedes Mal, wenn er mit der Spülbürste über die angebrannte Eiermasse schabte, glaubte er, ein synchrones Schaben an der Außenwand zu hören. Aber wenn er lauschend innehielt, war alles still.

Er war ein Idiot. Es spielte keine Rolle, ob er den Mut aufbrachte, Therese geradeheraus zu fragen, ob sie ihn betrog. Sie würde es nie zugeben.

Die leuchtenden Augen, die er im Schacht gesehen hatte, brannten auf seiner Netzhaut wie eine Botschaft. Die flüsternden Stimmen wurden mit jedem Schluck Wein deutlicher. Sie ermunterten ihn, die Wahrheit zu sehen. Zu handeln.

Jan trank den Wein aus und nickte vor sich hin. Das nächste Mal würde er Therese beschatten. Sich mit eigenen Augen überzeugen, mit wem sie sich traf, wenn er nicht dabei war.

Dann hätte er Gewissheit. Und sie könnte nicht länger lügen.

Er öffnete den Hängeschrank über dem Kühlschrank, in dem er seine Whisky-Sammlung aufbewahrte, schenkte sich ein Glas ein und prostete seinem Spiegelbild im Küchenfenster zufrieden zu.

50

Von ihnen bleibt nichts übrig.
Aber eine ihrer Habseligkeiten im Leben
bewahre ich auf, als Souvenir.
Jedes einzelne im gleichen liebevollen Angedenken.

Dienstag, 14. Juni

CECILIA LEHNTE AN der rotbraunen Klinkerfassade gegenüber von Jesper Olssons Haus und behielt die Eingangstür im Auge. Sie stand seit über einer Stunde hier, ohne dass sich etwas tat. Anwohner gingen mit Kinderwagen oder Hunden an ihr vorbei. Einige machten kurz an dem kleinen Spielplatz halt, dann setzten sie ihren Weg fort. Busse fuhren vorbei, und eine ältere Dame mit Rollator wurde von einem Taxi abgeholt. Allmählich war sie mit ihrer Geduld am Ende, ihr Körper kribbelte vor Rastlosigkeit.

Außerdem bezweifelte sie, ob es überhaupt der Mühe wert war. Jesper Olsson bildete das Schlusslicht ihrer Liste möglicher Verdächtiger. Hätte Annika Granlund nicht erwähnt, dass er versuchte, schriftstellerisch in Jan Apelgrens Fußstapfen zu treten, hätte sie ihn nie in Betracht gezogen.

Zuerst hatte sie im Verlag angerufen. Als man ihr dort sagte, dass Olsson krankgeschrieben war, hatte sie beschlossen, sein Haus zu observieren. Ihre Kollegen wussten nichts davon, nicht einmal Jonas.

Während sie wartete, checkte sie neue Tinder-Profile und verschickte einige halbherzige Nachrichten. Gerade als sie beschloss, aufzugeben und mit dem Bus nach Hause zu fahren, ging die Haustür auf und ein Mann mit wirrem Haarschopf kam heraus. Er trug ein graues T-Shirt, hatte einen Rucksack über der Schulter und schlenderte zum Fähranleger. Es war Jesper Olsson.

Cecilia wartete, bis er sich ein Stück entfernt hatte, dann ging sie ihm rasch nach und folgte ihm auf die Fähre Richtung Zentrum. Olsson ging aufs Oberdeck hinauf. Cecilia blieb auf dem Vorderdeck, um keine Aufmerksamkeit auf sich zu ziehen. Der Wind zerrte an ihren Haaren, hin und wieder sprühte ihr kalte Gischt ins Gesicht. Auf dem Wasser war nicht viel los. Vereinzelte Jollen segelten vorbei, ein Stück entfernt steuerte ein mit Touristen bevölkertes Paddan-Boot auf seiner Sightseeing-Tour den Frihamnen an. Als die Fähre am Stenpiren anlegte, ging Olsson an ihr vorbei an Land.

Zielstrebig lief er in Richtung Innenstadt und Järntorget. Cecilia folgte ihm in einigem Abstand über den Esperantoplatz und bog hinter ihm an der Ecke des Pustervik-Theaters links ab. Als Olsson im Eingang der Volkshochschule verschwand, blieb sie vor einem Straßencafé stehen und gab vor, die Karte zu studieren.

Als sie ihm einen Augenblick später folgte, stand die Tür offen. Jemand hatte die Klinke mit einer blauen Schnur hochgebunden. Sie hatte hier mal einen Französischkurs begonnen, ihn aber nicht bis zum Ende durchgezogen. Sie hatte keine Zeit für die Aufgaben gehabt, und die Männer im Kurs hatten sie auch nicht interessiert. Der Empfang war unbesetzt. Auf dem Tresen lagen Broschüren aus. Weiteres Informationsmaterial steckte in Prospekthaltern an der Wand. Am Fuß der Treppe stand ein Whiteboard, an dem ein Plan der heutigen Kurse hing.

Ein Kurs hieß: *Sommermord – Schreib im Urlaub einen Krimi!* Cecilia merkte sich die Zimmernummer und ging die Treppe hoch. Ihre Schritte hallten durch die leeren Flure. Irgendwo gurgelte ein Wasserspender. Ein untersetzter Mann mit Pferdeschwanz wandte ihr den Rücken zu und befüllte einen Plastikbecher. Cecilia lief an ihm vorbei und entdeckte den Raum, in dem der Schreibkurs stattfand. Die Tür war geschlossen. Sie wollte gerade einen Blick durch das kleine Rundglasfenster werfen, als ihr jemand eine Hand auf die Schulter legte. Sie schnellte herum und blickte in Bengt Johanssons finsteres Gesicht.

»Verfolgen Sie mich?«, fragte er. Seine Wangen waren hochrot, und seine Augen funkelten zornig.

Was macht er hier? dachte Cecilia verblüfft.

»Raus mit der Sprache, verdammt«, blaffte Johansson, bevor sie etwas entgegnen konnte.

Die Wahrheit – dass sie Jesper Olsson gefolgt war – konnte sie ihm schlecht sagen. Cecilia straffte den Rücken.

»Ich suche meinen Raum«, log sie. Johansson würde ihr ohnehin nicht glauben, egal was sie ihm erzählte. »Nicht dass es Sie etwas angeht, aber ich mache hier einen Französischkurs.«

Johansson schnaubte und trank einen Schluck Wasser. »Ach ja? Sie wollen also keinen Krimi schreiben?«

»Nein, wieso?«

»Weil ich das will. Das hätten Sie nicht gedacht, hab ich recht? So was machen einfache Handwerker wie ich nicht.« Er drehte sich um und warf den Becher in einen Mülleimer auf der anderen Flurseite.

Cecilia trat einen Schritt zur Seite, um Johansson vorbeizulassen. Er murmelte irgendwas von Bullen und verschwand im Kursraum. Rasch sah Cecilia hinein und entdeckte Jesper Olsson, der mit der Nase in einem Collegeblock an einem Tisch saß und eifrig schrieb.

Vielleicht sollte sie ihn tatsächlich zu einer Befragung ins Präsidium bestellen. Cecilia wandte sich zum Gehen. Nach ein paar Schritten blieb sie stehen und betrachtete den Mülleimer. Zuoberst lag ein durchsichtiger Plastikbecher. Mit zitternder Hand griff sie danach und musterte ihn. Am Boden schimmerten Wassertropfen. An der Stelle, an der Johansson getrunken hatte, war der Rand mit Tabak verschmiert. Doch selbst wenn eine Speichelanalyse ergab, dass Johansson der unbekannte Mann war, dessen DNA sie in Linda Sandströms Haus gefunden hatten, wäre es kein gerichtsverwertbarer Beweis, weil sie den Becher inoffiziell sichergestellt hatte. Man würde sie wegen Dienstvergehens belangen. Lerjedals interne Ermittlung würde den Verdacht wie einen Scheinwerfer auf sie richten.

Gerade wollte sie den Becher zurück in den Mülleimer werfen, als sie sich anders besann. Falls sie tatsächlich den Schlüssel zum Rätsel um den Gräber in den Händen hielt, war er es vielleicht wert, dafür ein Dienstverfahren zu riskieren, solange sie verhinderte, dass der Gräber weitere Opfer forderte.

Cecilias Gefühle fuhren Achterbahn, und sie kniff die Augen zu, um alle anderen Eindrücke auszublenden. Als sie die Augen wieder öffnete, steckte sie den Becher so vorsichtig, wie es ihre zitternden Hände zuließen, in ihre Gürteltasche. Der Kunststoff knackte, als sie den Reißverschluss zuzog.

Dann sprintete sie wie ein Taschendieb eilig davon.

51

Was würde ich aus deinem Haus mitnehmen?

Donnerstag, 16. Juni

ES DAUERTE NICHT lange, bis Annikas Tage verschwammen wie eine zähflüssige Masse aus Zeit. Martin fuhr zur Arbeit, bevor sie wach wurde. Sie hatte den Versuch aufgegeben, gemeinsam mit ihm zu frühstücken. Wenn ihre Kraft es zuließ, verbrachte sie die meiste Zeit des Tages damit, das Haus einzurichten. Sie hatte zwei volle Tage vor dem Computer gesessen und Lampen fürs Schlafzimmer gegoogelt und einen weiteren, um im Netz nach Accessoires für Regale und Fensterbänke zu stöbern. In einem deutschen Onlineshop war sie auf ein gusseisernes Kaminholzregal gestoßen, das perfekt zu ihrem Ofen passte, und hatte es bestellt.

Die meisten Tage verbrachte sie jedoch an die Decke starrend im Bett oder auf dem Sofa vor dem Fernseher. Nachts konnte sie nicht schlafen. Quälende Gedanken hielten sie wach. Sie hatte keine Ahnung, wie sie das Gedankenkarussell stoppen sollte, und war dabei, die Nacht zum Tag zu machen.

Einmal in der Woche ging sie voller Hoffnung zur Blutdruckkontrolle in Lena Amarants Praxis und kam jedes Mal mit einer verlängerten Krankschreibung zurück. Ihre Werte sanken nicht, waren aber auch nicht hoch genug, um sie ins Krankenhaus einzuweisen. Jedes Mal brannten ihr Tränen in der Kehle, und der bange Kloß in ihrem Inneren wuchs im Takt mit dem Kind. Ihr Bauch begann sich zu wölben. Hosen, die gestern noch perfekt gesessen hatten, spannten plötzlich. Und sie schlief immer öfter auf der Seite.

Ab und zu versuchte sie, doch noch ein paar berufliche Dinge zu erledigen. Katrin schickte ihr Manuskripte, die Annika auf dem Tablet las. Die Texte waren nicht gut, was ihren Frust nur noch mehr verstärkte. Trotzdem wagte sie nicht, die Manuskripte abzulehnen, aus Angst, den nächsten Apelgren zu verpassen.

Martin kam Abend für Abend später aus dem Büro. Sie hatte aufgehört, ihn mit einer Umarmung im Flur zu begrüßen, sondern wartete, am Küchentisch sitzend, darauf, seinen Schlüssel im Schloss zu hören. Und mit jedem weiteren Tag nahm ihr Frust zu, bis er in Verbitterung umschlug und das Maß endgültig voll war. Ihr Lichtblick des Tages, endlich Zeit mit ihrem Ehemann zu verbringen, hatte sich in Wut darüber verwandelt, dass er nie da war.

»Du kommst spät«, sagte sie tonlos, als Martin seine Jacke an die Garderobe gehängt hatte und zu ihr in die Küche kam.

Martin kniff sich in die Nasenwurzel. »Ich weiß«, seufzte er.

»Ich war heute beim Arzt. Diesmal haben sie mich gleich bis zum Monatsende krankgeschrieben.«

»Aha.« Martin trat noch einmal in den Flur und zog seine Schuhe aus. »Es ist warm. Warst du heute draußen?«

»Ich war beim Arzt. Hörst du mir nicht zu?«

»Entschuldige. Ich bin müde. Das ganze Projekt läuft aus dem Ruder. Und ich habe das Gefühl, der Einzige zu sein, der nach einer Lösung sucht.«

»Das tut mir leid. Aber ich brauche dich hier. Verstehst du?«

Martin trat wieder ein, zog einen Stuhl unter dem Küchentisch hervor und setzte sich zu ihr. »Ich weiß. Aber das ist nicht so einfach. Zuerst müssen Leute von anderen Projekten abgezogen werden. Das dauert. Und bis es so weit ist, muss ich alles zusammenhalten.«

»Und was ist mit mir? Ich sitze den ganzen Tag allein hier und versuche nicht daran zu denken, dass wir unser Kind verlieren könnten.«

»Ich weiß.«

Annika schüttelte den Kopf. »Die Hebamme hat uns empfohlen, an Mittsommer zu Hause zu bleiben und nicht wegzufahren. Verstehst du? Ich schwöre, die Ärzte *wollen* mich in den Wahnsinn treiben. Weißt du, dass der Wasserhahn in der Küche tropft?«

»Nein, ist mir nicht aufgefallen. Bist du sicher?«

»Ja. Man hört es im ganzen Haus. Und der Abfluss in der Dusche ist auch wieder verstopft. Ich habe ihn schon dreimal gereinigt.«

»Tut mir leid. Wir bestellen einen Handwerker. Aber unsere Mittsommerpläne haben sich sowieso erledigt. Ich muss arbeiten.«

»An Mittsommer?« Annika funkelte ihn an. »Aber dann fängt dein Urlaub an.«

»Ich weiß.« Martin seufzte. »Ich muss ihn verschieben. Mein Chef hat mir als Wiedergutmachung ein paar Tage Extraurlaub versprochen, aber eben erst später.«

»Das ist mir scheißegal! Ich brauche dich *jetzt!* Ich bin schwanger, verdammt, und krankgeschrieben. Findest du etwa, ich soll an Mittsommer allein zu Hause sitzen und im Abfluss herumstochern?«

»Nein, natürlich nicht. Aber ich kann es nicht ändern.« Martin schüttelte den Kopf. »Es war ja auch eine geniale Idee von dieser

Notarin, das Untergeschoss zu renovieren, wenn Küche und Bad viel eher eine Generalüberholung nötig gehabt hätten.« Er hob die Arme.

Untergeschoss. Keller. Bei dem Gedanken an das kratzende Geräusch, das sie bei ihrem Einzug an der Außenmauer des Vorratskellers gehört hatte, überkam Annika eine Gänsehaut.

»Es tut mir leid, dass ich so spät komme und wir uns streiten«, fuhr Martin fort. »Ich möchte das nicht. Sollen wir noch mal von vorn anfangen?«

Annika schossen die Tränen in die Augen, und sie begann hemmungslos zu weinen. Schluchzend brachte sie ein »Ja« heraus. Martin stand auf und nahm sie in die Arme. Sie lehnte sich an seinen warmen Bauch und weinte, bis ihre Tränen versiegten. Martin sagte kein Wort, hielt sie einfach nur fest und strich ihr übers Haar.

»Ich möchte schlafen«, murmelte Annika. »Ich bin müde.«

Sie gingen ins Schlafzimmer. Sobald Martin sie nicht mehr umarmte, begann sie zu frieren. Als er sie liebevoll zudeckte und noch eine zusätzliche Decke über sie breitete, wurde es ein wenig besser. Während Martin neben ihr saß und beruhigend über ihre Decke strich, schlief sie ein.

52

Die Wesen brauchen mich nicht.
Sie behandeln mich wie eine Art Haustier,
wie ihren wütenden Dachshund.
Wenn ich nicht meine Opfer belauere
oder nach Nahrung jage,
verberge ich mich in meiner Erdhöhle und schreibe.
So habe ich das Buch geschrieben, das du gerade liest.

Freitag, 17. Juni

ANNIKA WACHTE ZITTERND vor Schüttelfrost auf. Die Laken waren durchgeschwitzt, und die Decke schnürte sich um sie wie die Tentakel eines Tintenfischs. Sie ruderte mit Armen und Beinen, bis die Decke zu Boden rutschte und sie abermals in einen unruhigen Dämmerschlaf fiel, aber ein Geräusch ließ sie sich zusammenkrümmen. Verzweifelt presste sie die Hände auf die Ohren. Scharfe Klauen, Messer vielleicht, die an rauen Mauern wetzten. Annika legte eine Hand an die Wand und spürte die Erschütterungen im Beton. Es konnte von außen kommen oder von unterhalb des Fundaments, obwohl sich dort nichts anderes befand als Erdreich und Gestein.

Bei dem Versuch, das Geräusch auszusperren, hielt Annika sich abermals die Ohren zu, aber es fuhr ihr durch Mark und Bein wie ein Zahnarztbohrer. Sie kniff die Augen so fest zu, dass es wehtat.

Irgendwann wurde es still. Annika tastete auf dem Fußboden nach der Decke, aber sie war zu matt, ihre Muskeln gehorchten ihr nicht. Sie zitterte vor Fieber. Eine Zeit lang versuchte sie, die Krämpfe zu unterdrücken, aber sie zitterte immer heftiger. Sie drehte sich um und rüttelte Martin an der Schulter.

»Liebling«, flüsterte sie.

Martin grunzte unwillig. Es dauerte einen Moment, bis sich sein Blick fokussierte, dann schreckte er hoch und stützte sich auf die Ellenbogen.

»Was ist?«, fragte er und blinzelte sich den Schlaf aus den Augen. »Geht es dir nicht gut?«

»Nein.« Annikas Augen füllten sich mit Tränen, und sie verbarg das Gesicht in den Händen.

Martin legte einen Arm um sie und fühlte mit der anderen Hand ihre Stirn. »Du glühst. Du musst sofort ins Krankenhaus.«

»Ich will nicht«, schniefte Annika unter Tränen. Sie wollte nicht, dass irgendein übermüdeter Arzt im Nachtdienst an ihr herumdokterte, nur um festzustellen, dass kein Grund zur Sorge bestand. Zugleich hatte sie panische Angst, mal war ihr eiskalt, dann wieder siedend heiß, und ihr Kopf drehte sich vor Schwindel.

»Du musst«, sagte Martin. »Keine Diskussion.«

Annika hörte, wie er aufstand und in seine Sachen schlüpfte.

Dann half er ihr aus dem Bett und wickelte sie in ihren dicken Morgenmantel. »Wir fahren jetzt ins Krankenhaus. Bald wird es dir besser gehen«, sagte er.

Annika nickte schniefend. Ihre Nase lief, und ihre Augen waren verquollen. Sie spürte ein warmes Rinnsal zwischen den Beinen.

Aber aus Angst, es könnte Blut sein, wagte sie nicht nachzusehen. Vor Angst spannte sie jeden Muskel in ihrem Körper an. Sie wollte nicht daran denken, was passiert sein könnte, spürte, wie ihre Angst in der Erde draußen vor dem Haus Gestalt annahm. Ein Ungeheuer mit rasiermesserscharfen Klauen, das unter dem Rasen wütete. Apelgrens Gräber, ihr eigenes Monster. Vor dem sie all die Jahre zu flüchten versucht hatte. Es hatte sie aufgespürt. Vielleicht war das die Strafe für das, was sie getan hatte.

Sie hätten dieses Haus niemals kaufen dürfen.

Martin führte sie zum Auto, das in der Einfahrt stand. Er fuhr schnell und ließ sämtliche Verkehrsregeln außer Acht. Die Türen der Notaufnahme glitten wie in Zeitlupe auf. Das grelle Licht des Empfangsbereichs merzte alle Schatten aus. Die Pfleger, die sie auf der Krankenhausliege in den Behandlungsraum schoben, hatten keine Gesichter. Annika empfand nichts als bodenlose Angst. Aber sie kümmerten sich um sie. Sie bekam die Hilfe, die sie benötigte.

Zwei Tage später saß Annika in Lena Amarants Praxis. Sie hatte sich geschminkt und eine elegante Bluse mit zartem Rosenmuster angezogen. Ihr Lippenstift duftete leicht nach Kakao. Die Haare hatte sie im Nacken zu einem festen Knoten geschlungen, der ihre Kopfhaut straffte. Sie fühlte sich gut. Das Fieber war weg, und ihre körperliche Anspannung hatte nachgelassen. Nur die Hand auf ihrem Oberschenkel war so fest zur Faust geballt, dass ihre Fingernägel in die Handfläche schnitten. Alles war, wie es sein sollte. Alles war dahin.

Sie sollte irgendwas fühlen, aber das tat sie nicht. Sie fühlte nichts. Als hätte die Fehlgeburt sie innerlich getötet. Sie war eine leere Hülle, die äußerlich betrachtet aussah wie ein Mensch. Aber in ihrem Inneren existierte kein Leben mehr, weder ihr eigenes noch das, was sie sich sehnlichst gewünscht hatte, zur Welt zu bringen.

Lena Amarant sah sie mitfühlend an. »Es tut mir so leid«, sagte sie und neigte den Kopf zur Seite.

Annika nickte. Sie konnte nicht antworten, versuchte nur den Gedanken zu verscheuchen, dass die Ärztin Floskeln abspulte, die sie in Kursen zu Trauerbewältigung und Umgang mit Verlusten gelernt hatte. »Ja«, brachte sie hervor. »Mir auch.« Ihre Stimme war schwach, aber sie trug. In ihren Ohren klang sie tonlos.

»Wie geht es Ihnen?«

»Gut.«

Lena Amarant nickte. »Ich verstehe. Ihre Werte sind stabil, das ist nicht der Punkt. Aber Sie sollten sich Zeit für sich nehmen. Um das Geschehene zu verarbeiten.« Die Ärztin sprach langsam und deutlich, damit Annika sie verstand und Gelegenheit hatte, ihre Worte zu verinnerlichen.

»Ja.«

»Ich schreibe Sie fürs Erste zwei weitere Wochen krank. Dann sehen wir uns wieder, aber ich denke, dass Sie dann wieder auf dem Damm sein werden.«

»Das hoffe ich.«

»Ich weiß, dass es furchtbar ist. Aber ich weiß auch, dass Sie einen Weg finden werden, damit umzugehen. Sie sind stark, Annika. Aber für den Fall, dass Sie professionelle Hilfe in Anspruch nehmen möchten, gebe ich Ihnen die Nummer einer Psychologin.«

»Danke.«

»Konzentrieren Sie sich in der nächsten Zeit auf sich. Ruhen Sie sich aus, gehen Sie nach draußen an die Sonne. Das hilft. Machen Sie Spaziergänge.«

Annika nickte.

»Und vergessen Sie Ihren Mann nicht«, sagte Lena Amarant ernst. »Für Sie ist es am schlimmsten, aber ihn trifft es fast genauso hart wie Sie. Er hat auch ein Kind verloren. Geben Sie ihm Zeit zu trauern.«

Annika starrte auf den grauen Linoleumboden. Scham übermannte sie. Daran hatte sie nicht gedacht. Martin war nicht der Typ, der seine Gefühle offen zeigte, aber sie wusste, dass er genauso verzweifelt war wie sie. Sie nahm sich vor, ihn zu unterstützen. Sie würden das gemeinsam durchstehen. Sie hatten immer noch einander und ihr Haus. Ihr Traum war noch nicht verloren, auch wenn er gerade in weite Ferne gerückt war.

Annika verließ die Praxis und fuhr nach Hause. Alle Menschen um sie herum – Freunde wie Fremde – taten, was sie jeden Tag taten. Lebten ihre Leben, starrten auf ihre Handys und redeten mit Freunden. Das Auto vor ihr überfuhr eine rote Ampel. Niemand reagierte, nichts passierte. Nichts spielte eine Rolle. Für die anderen war alles wie immer. Nur sie, Annika, war für immer verändert.

Zu Hause parkte sie den Wagen schief in der Einfahrt. Sie schloss die Eingangstür auf und betrat ihr stilles Haus. Sie bildete sich ein, im Wohnzimmer ein glucksendes Babylachen zu hören. Eine Woge der Trauer überflutete sie. Ihr Schlüsselbund klirrte zu Boden. Sie ließ ihn liegen und lehnte sich nach Luft ringend an die Wand, während ihr die Tränen übers Gesicht strömten. Ihre Beine gaben unter ihr nach, und sie sank zu Boden.

Draußen wärmte die Sonne die Welt mit ihren Strahlen. Dort gab es Glück, Nähe und Liebe. Aber nicht für sie. Für sie gab es nichts als ein klaffendes schwarzes Loch im Herzen.

53

Während du liest, fragst du dich,
was an meiner Geschichte wahr ist
und was ich erfunden habe, um dich zu unterhalten.

Mittwoch, 22. Juni

»HALLO, HERR OLSSON.« Cecilia gab Jesper Olsson die Hand. »Mein Name ist Cecilia Wreede. Ich bin von der Göteborger Polizei. Das ist mein Kollege Jonas Andrén.«

»Hallo«, erwiderte Olsson.

»Setzen Sie sich«, sagte Jonas. Sie saßen im gleichen Vernehmungsraum wie bei der letzten Befragung. Cecilia erkannte den eingetrockneten Kaffeefleck auf dem Tisch.

Olsson bewegte sich steif. »Was kann ich für Sie tun?«

»Das hatten wir gehofft, mit Ihrer Hilfe herauszufinden«, erwiderte Cecilia. »Stimmt es, dass Sie als Lektor im Eklund-Verlag arbeiten?«

»Ja, aber momentan bin ich krankgeschrieben.«

Cecilia lächelte. »Das ist uns bekannt. Es tut mir leid, dass wir Sie belästigen müssen. Es wird nicht lange dauern.«

»In Ordnung.«

Cecilia faltete die Hände auf dem Tisch. »Wir würden gerne wissen, was Sie uns über das Buch *Ich bin der Gräber* erzählen können.«

Olsson holte tief Luft. »Nicht viel, fürchte ich. Ich habe den Titel nicht betreut.«

»Wissen Sie, wer das Buch geschrieben hat?«, fragte Cecilia.

»Nein. Alle glauben, dass es von Jan Apelgren ist. Aber ich habe meine Zweifel. Schließlich soll er tot sein.«

»Sie glauben also nicht, dass Apelgren das Buch geschrieben hat?«

»Ich weiß nicht. Er *könnte* es geschrieben haben, aber ich bin nicht sicher.«

»Und Sie wissen auch nicht, wer das Manuskript im Verlag eingereicht hat?« Jonas blickte von seinem Notizblock auf.

Olsson schüttelte den Kopf. Er schien sich ein wenig zu entspannen. »Annika Granlund, die für den Titel zuständige Lektorin, behauptet, dass es eines Morgens vor der Tür lag.«

Cecilia nickte. »Das haben wir gehört«, sagte sie. »Aber ich würde gerne wissen, was Sie glauben.«

»Ich nehme an, dass es stimmt«, erwiderte Olsson. »Es klingt seltsam, aber Annika ist niemand, der sich Geschichten aus den Fingern saugt. Das ist nicht ihre Art.«

»Ich verstehe«, sagte Cecilia. »Ich möchte nicht, dass Sie sich in Spekulationen ergehen, aber wenn wir davon ausgehen, dass das Buch nicht von Apelgren stammt, wer könnte es Ihrer Meinung nach geschrieben haben?«

Olsson zuckte die Schultern. »Ich habe nicht die geringste Ahnung. Es könnte jeder gewesen sein. Apelgrens Stil ist nicht unbedingt schwierig zu imitieren.«

»Wieso sind Sie da so sicher?«, hakte Jonas nach.

»Ich bin schon lange in der Branche«, erwiderte Olsson. »Ich habe Tausende Manuskripte gelesen. Ein guter Schriftsteller kann den Stil eines anderen Schriftstellers nachahmen, wenn er möchte.«

»Haben *Sie* es versucht?« Cecilia sah Olsson herausfordernd an.

Der zuckte zusammen. »Verzeihung?«

»Haben Sie versucht, Jan Apelgrens Stil zu imitieren?«

»Ja. Aber das war nur eine Schreibübung, nichts, was ich an einen Verlag schicken würde. Ich besuche Schreibkurse …« Olsson wiegte sich auf dem Stuhl vor und zurück, als überlegte er, ob er noch mehr sagen sollte. »Was spielt das für eine Rolle?«

Cecilia beugte sich vor. »Haben Sie das Buch geschrieben?«

Olsson lachte auf, verstummte aber abrupt. »Nein. Warum glauben Sie das?«

»Wir glauben gar nichts«, sagte Cecilia. »Wir stellen Ihnen nur eine Frage.«

Olsson schüttelte den Kopf.

Cecilia lehnte sich wieder zurück. »Okay«, sagte sie. »Dann habe ich keine weiteren Fragen. Aber wenn Sie nichts dagegen haben, würden wir gerne eine DNA-Probe von Ihnen nehmen.«

»Warum?« Olsson runzelte die Stirn.

»Die Probe ist freiwillig«, verdeutlichte Jonas. »Sie stehen nicht unter Tatverdacht, aber wir möchten gerne DNA-Proben von allen Personen, mit denen wir ihm Rahmen der Ermittlung gesprochen haben. Den genauen Grund können wir Ihnen zum derzeitigen Ermittlungsstand leider nicht nennen.«

»Tut das weh?«

Cecilia lächelte. »Nein. Wir nehmen nur einen Abstrich von der Innenseite Ihrer Wange.«

Olsson nickte. »Tun Sie das. Ich habe nichts zu verbergen.«

54

Der Gräber existiert wirklich.
Ich fordere ein Opfer pro Jahr.
Du weißt, dass es stimmt.

Mittwoch, 4. November,
sechs Jahre zuvor

JAN APELGREN ZAPFTE aus einem Weinschlauch Rotwein in sein Plastikglas. Unter dem Zapfhahn war die weiße Papiertischdecke mit dunklen lilafarbenen Flecken gesprenkelt. Er trank einen Schluck und ließ seinen Blick über die Gäste schweifen, die der Eklund-Verlag zum Herbstfest geladen hatte.

Der Wein schmeckte fruchtig. Süffig. Er hatte schon mehrere Gläser intus. Natürlich war das nichts im Vergleich zu dem Whisky, den er in den letzten Tagen getrunken hatte, jeden Abend ein Glas mehr, bis er ins Bett getorkelt war. Trotzdem hatte er kaum ein Auge zugetan. Zu viele Gedanken gingen ihm durch den Kopf, und in den seltenen Augenblicken, in denen sie verstummten, setzte das Kratzen ein. Und mit ihm die flüsternden Stimmen. Er versuchte sich einzureden, dass diese Geräusche nur in seinem Kopf existierten, ein Produkt seiner nie stillstehenden

Fantasie. Oder dass es doch Dachse waren, wie dieser Johnny von der Baufirma gemeint hatte.

Aber Dachse flüsterten nicht.

»Willst du nicht langsam mal kürzertreten?«, zischte Therese zwischen zusammengepressten Zähnen und mit einem vorgetäuschten Lächeln auf den Lippen, das die Kälte in ihren Augen kaschieren sollte.

»Hör auf.« Jan trank noch einen Schluck. »Was den Alkoholpegel angeht, stehe ich diesem Haufen Amateure in nichts nach.«

Es stimmte. Auf den ersten Blick war es ein gesittetes Fest. Die Bücherregale waren mit bunten Wimpelgirlanden geschmückt, aus einem Lautsprecher dröhnte Popmusik. Aber bei Weitem nicht so laut, um das Stimmengewirr zu übertönen, das im Laufe des Abends immer weiter angeschwollen war, je mehr Wein die Kehlen hinuntergeflossen war. Unter der Oberfläche wurden kleinliche Intrigen gesponnen. Wessen Titel verkauften sich am besten? Wer schwamm auf der Erfolgswelle, und wer war auf dem Weg aufs Abstellgleis? Die Leute betäubten das Gefühl ihrer eigenen Unzulänglichkeit mit Wein. Und Jan war nicht der Einzige, der dem Alkohol über Gebühr zusprach.

»Willst du nicht lieber meine Kollegen begrüßen?« Jan deutete mit seinem Plastikglas auf die Gästeschar. Der Wein schwappte bedrohlich, blieb aber im Glas.

Alle waren da, fast alle. Sie saßen an Schreibtischen, auf denen die gleichen Papiertischdecken lagen wie auf dem Tisch mit den Weinboxen, oder lehnten an Büroregalen, in denen die Bücher des Verlags ausgestellt waren. Sie unterhielten sich lachend, einige flüsterten miteinander, andere flanierten in der Hoffnung, mit Leuten ins Gespräch zu kommen, durch den Raum. Ein Stück abseits führten Stina von Gryning und Rebecka Collin eine angeregte Diskussion, jedenfalls Stinas vorgebeugtem Nacken und konzentriertem Blick nach zu urteilen. Wie um eine starke Emotion zu untermalen, griff sie mit einer Hand in die Luft.

»Ist das nicht dein Job?«, erwiderte Therese. Ihr Blick schweifte über die versammelten Autoren und Verlagsleute. »Seit wir hier sind, hast du nur mit deinem Weinglas geredet.«

»Ich habe keine Lust«, sagte Jan ehrlich. »Alle würden mich bloß nach dem nächsten *Turwall* fragen.«

Thereses stahlblauer Blick fixierte ihn. Sie verzog den Mund, als ob sie Essig getrunken hätte. »Dann solltest du vielleicht endlich anfangen, den Quatsch zu schreiben, statt den ganzen Tag Whisky in dich reinzuschütten.«

Jan prostete ihr trotzig zu, dann lächelte er Annika Granlund, die auf sie zusteuerte, strahlend an.

»Hallo«, sagte er und umarmte sie. Wie durch ein Wunder gelang es ihm, dabei keinen Wein zu verschütten.

»Willkommen. Entschuldige, dass ich erst jetzt zu dir komme«, erwiderte Annika.

»Kein Problem«, sagte er, während Annika und Therese sich ebenfalls umarmten, allerdings flüchtig und ohne jede Herzlichkeit.

»Lange her«, bemerkte Therese.

»Ja, die Zeit vergeht so schnell.« Annika wandte sich wieder Jan zu und trat einen Schritt näher, um eine vertrauliche Atmosphäre zu schaffen. »Ich hoffe, dass dir das Fest nach unserem Gespräch neulich nicht unangenehm ist«, sagte sie.

Jan schüttelte den Kopf. »Nein, überhaupt nicht. Es ist nett. Nur wenn die Leute nach dem nächsten *Turwall* fragen, wird es ein bisschen prekär.«

»Ich wollte heute Abend eigentlich nicht über die Arbeit reden«, fuhr Annika fort. »Aber hast du über meinen Vorschlag nachgedacht, das Manuskript neu zu schreiben?«

»Ja.« Jan trank einen großen Schluck Wein. »Habe ich. Ich habe auch schon angefangen. Aber ehrlich gesagt würde ich lieber ein anderes Genre in Angriff nehmen. Das habe ich dir ja schon erzählt.«

»Du sollst natürlich Texte schreiben, für die du brennst, Jan. Aber denk an deine Fans. Sie warten auf einen neuen *Turwall.* Willst du sie wirklich enttäuschen?«

»Natürlich nicht.« Jan schenkte sich noch ein Glas Wein ein. »Aber es ist vielleicht nicht verkehrt, Kommissar Turwall eine Weile ruhen zu lassen. Eine Kreativpause, damit ich den alten Funken für die Reihe spüre. Gib meinem Horrorroman eine Chance. Ich verspreche, er wird dir gefallen.«

Annika schüttelte den Kopf. »Um den *Turwall* ruhen zu lassen, ist es noch zu früh. Die Leute vergessen so schnell. Wenn wir den dritten Band nicht spätestens im nächsten Herbst rausbringen, werden die Fans abspringen, fürchte ich.«

Therese warf Jan einen finsteren Blick zu. »Hör auf sie. Reiß dich am Riemen, Jan.« Abrupt drehte sie sich um und ließ Jan mit Annika alleine.

Eine drückende Stille entstand. Annika blickte Therese nach, dann sah sie Jan mit einer Sorgenfalte zwischen den Augen an. »Ist deine Frau immer so?«

Jan wollte eigentlich nicht antworten, aber seine Körpersprache verriet ihn. Er nickte steif.

»Tut mir leid«, erwiderte Annika. »Aber geht es dir gut? Du scheinst nicht ganz du selbst zu sein.«

»Ich …« Jan blickte sich im Raum um und schluckte. »Ich habe in der letzten Zeit nur schlecht geschlafen. Diese verfluchten Kratzgeräusche, sie hören einfach nicht auf.«

Annika hob die Brauen. Einen überraschten Ausdruck in den Augen, als wüsste sie, wovon er sprach. »Kratzgeräusche?«

»Ach, nichts weiter«, wiegelte Jan ab. Annika würde es ohnehin nicht verstehen. Er trank sein Weinglas aus. »Irgendein Tier kratzt nachts draußen im Garten an der Hauswand. Vielleicht lasse ich es in meinen Horrorroman einfließen.« Er lachte gekünstelt.

Annika schüttelte lächelnd den Kopf. Sie wirkte besorgt. »Ich bewundere deine Fantasie, aber versuch, ein bisschen Schlaf zu bekommen.«

»Wenn ich *Der Ostermann* bis zum kommenden Herbst komplett neu schreiben soll, bleibt für Schlaf nicht viel Zeit«, erwiderte er.

Annika legte ihm eine Hand auf den Oberarm. »Du weißt, dass ich dich zu nichts zwingen will, Jan. Aber ich glaube wirklich, dass du einen guten dritten *Turwall* schreiben wirst. Danach können wir über ein neues Projekt reden. Wenn du dann noch immer einen Horrorroman schreiben willst, werde ich meine Kollegen überzeugen, den Titel in unser Programm aufzunehmen, versprochen.« Annika lächelte. Aber die steile Sorgenfalte saß nach wie vor wie ein schwarzer Strich zwischen ihren Augenbrauen.

Jan nickte. »Vielleicht hast du recht. Ich bin die Krimischiene einfach gerade nur ein bisschen leid.«

»Gib dem *Turwall* ein wenig Zeit. Und ruh dich aus.«

Annika nickte ihm ernst zu, dann verschwand sie im Gästegetümmel. Mit einem Seufzer füllte Jan sein Weinglas auf, dann bahnte er sich einen Weg zu Stina von Gryning. Sie hatte ihre Unterhaltung mit Rebecka Collin beendet und bediente sich gerade aus einer Schale mit Chips.

»Hallo, schön dich zu sehen.« Sie lächelte ihn strahlend an und strich sich eine schwarze Locke aus der Stirn. »Ich habe vor ein paar Tagen *Die Mittsommerfrau* ausgelesen. Ich weiß, ich hätte es längst lesen sollen. Aber du weißt ja, wie das ist. Megaspannend, ein absoluter Pageturner. Erzähl, wie kommst du mit dem dritten Band voran? Der müsste doch bald erscheinen, oder nicht?«

Jan lächelte schief und zuckte die Schultern. Er war das Urgestein hier im Raum. Er hätte antworten müssen, dass der dritte Band wie geplant zu Ostern herauskam. Das erwarteten alle. Er fühlte sich, als ob er nackt zwischen all diesen Autoren und Verlagsleuten stünde und so täte, als könne es niemand sehen. Stinas neues Buch würde in Kürze erscheinen. Jeder hier im Raum hatte einen aktuellen Titel vorzuweisen, der entweder gerade erschienen war oder in den kommenden Wochen veröffentlicht werden würde. Nur er, Jan Apelgren, der Krimikönig des Eklund-Verlags, hatte ein untaugliches Manuskript eingereicht, das abgelehnt worden war. Er war eine Witzfigur.

»Ich arbeite daran. Es dauert diesmal ein bisschen länger. Und parallel skizziere ich ein anderes Projekt. Eine Art Thriller könnte man sagen.«

»Goooottt, wie spannend!« Stina riss ihre Augen auf, dass sie noch größer wirkten. »Ich liebe Thriller. Die meisten sind so spannend, dass die Seiten nur so dahinfliegen.« Wie immer redete Stina wie ein Wasserfall. Jan tat sein Bestes zu nicken und zu lächeln, aber er war mit den Gedanken nicht bei der Sache. Suchend blickte er sich nach Therese um.

Eigentlich wollte er sie zur Rede stellen, weil sie sich Annika gegenüber so herablassend verhalten hatte. Aber das musste warten. Früher oder später würde sie für ihren Verrat bezahlen. Da entdeckte er sie. Sie stand ein wenig zu dicht neben Tobias Rönn und hatte eine Hand auf seine Brust gelegt. Mit funkelnden Augen flüsterte sie ihm etwas ins Ohr.

Instinktiv ballte er die Hände und hörte, wie das Plastikglas zerbrach. Wein rann über seinen Handrücken.

»Ups, wie konnte das passieren?« Stina lachte laut. »Hast du Wein auf deine Kleidung bekommen? Soll ich dir eine Serviette holen?«

Jan blickte auf seine Hand. Der Rotwein lief zwischen seinen Fingern hindurch wie blutige Rinnsale.

55

Bist du dir sicher, dass ich mich wirklich
durch den Kellerfußboden grabe?
Wie sollte ich das anstellen?

Freitag, 8. Juli

CECILIA SASS AN einem der Tische auf der Dachterrasse des Scandic Opalen und blickte auf die Kungsportsallee hinab. Von oben wirkte die Göteborger Prachtstraße verfremdet. Die Baumkronen sahen aus wie runde grüne Kugeln, die Dächer der Straßenbahnen waren schmutzig grau und von Wind und Wetter ausgebleicht und die Passanten nicht größer als Puppen. Ringsum erstreckte sich eine rote-grüne Dachlandschaft aus Stahlblech und Beton, so weit das Auge reichte.

Cecilia strich mit der Hand über das kühle Bierglas, das vor ihr stand, und betrachtete die übrigen Gäste, die sich ein Feierabendbier gönnten. Bislang hatten sich erst wenige Leute eingefunden, es war noch früh am Abend. Sie war selbst eben erst gekommen. Früher oder später würde sie sicher mit jemandem ins Gespräch kommen.

Sie trank einen Schluck Bier. Bitter, aber erfrischend. Cecilia lächelte vor sich hin. Sie war hier, um zu feiern. Der erste Urlaubstag war mit Abstand der beste. Mit einem Meer aus freier Zeit vor sich fühlte sie sich unsterblich. Ihr Handy vibrierte in der Handtasche. Sie zog es heraus und sah auf das Display. Jonas. Im ersten Moment war sie versucht, es klingeln zu lassen, immerhin hatte sie Urlaub. Doch dann nahm sie das Gespräch an. Als leitende Ermittlerin musste sie erreichbar sein, sollten sich neue Hinweise ergeben.

»Ja?«, meldete sie sich in offiziellem Tonfall.

»Hallo, Urlauberin«, erwiderte Jonas. »Genießt du deine ersten Stunden in Freiheit?«

Cecilia blickte wieder auf die Allee hinunter. Die Abendsonne brach sich so stark in den Dachfenstern, dass sie blinzeln musste. Sie beschloss, sich morgen als Erstes eine neue Sonnenbrille zu kaufen. Das würde sie sich gönnen.

»Absolut. Du solltest herkommen. Es ist ein schöner Abend.«

»Danke, aber ich glaube, Jessica möchte, dass ich nach Hause komme. Ich wollte dir vorher nur noch das Ergebnis von Jesper Olssons DNA-Probe mitteilen.«

Cecilia setzte sich aufrecht hin. Ihr Puls schnellte in die Höhe. »Erzähl.«

»Wie erwartet. Olsson ist nicht unser unbekannter Mann. Wir können ihn von der Liste streichen.«

Cecilia fühlte sich, als ob jemand die Luft aus ihr herausgelassen hätte. Jonas hatte recht. Das war keine Überraschung. Trotzdem hatte sie auf einen Fortschritt gehofft. Den hätte sie weiß Gott verdient.

»Verdammt« war alles, was ihr einfiel.

»Ja, aber er war auch nicht gerade unser Hauptverdächtiger.«

Cecilia schüttelte den Kopf. »Nein, du hast recht.«

Nervös trommelte sie mit den Fingern auf dem Tisch. Sie zögerte. Sollte sie Jonas von dem Plastikbecher erzählen, aus dem

Bengt Johansson getrunken hatte und der in einer Beweismitteltüte in ihrer Schreibtischschublade im Büro lag?

»Jonas«, begann sie, damit er nicht auflegte.

»Ja?«, erwiderte er.

Cecilia schwieg und presste die Lippen aufeinander. Lerjedals interne Ermittlung war noch immer nicht abgeschlossen. Sie wollte Jonas bitten, den Becher zur Analyse ins Labor zu schicken. Zugleich wollte sie ihm aber nicht sagen, wie sie ihn sichergestellt hatte. Das würde nur Probleme geben.

Sie seufzte. »Ach nichts. Ich hatte gerade einen Gedanken im Kopf, aber er ist schon wieder weg.«

»Okay«, sagte Jonas. »Dann machen wir jetzt Urlaub, oder was meinst du?«

56

Fühlst du dich auserwählt oder bedroht,
wenn ich durch meinen Text zu dir spreche?

Dienstag, 13. September

LENA AMARANT IRRTE sich. Annika ging es nicht besser. Im Gegenteil, der Abgrund in ihrem Inneren wuchs, und mit jedem Tag, der verging, wurde sie passiver und deprimierter. Ihre Krankschreibung wurde verlängert und der Befund im Laufe des Sommers in Erschöpfungsdepression geändert.

Annika hatte jedes Zeitgefühl verloren. Draußen vor dem Fenster ging das Leben mit all seinen Geräuschen weiter, aber sie war kein Teil davon. Die Geräusche drängten sich auf, forderten Aufmerksamkeit, ohne Rücksicht darauf, dass sie sie quälten. Zwitschernde Vögel, krächzende Dohlen, tief fliegende Flugzeuge. Ein Hund, der bellte. Autos, die vorbeifuhren. Der Nachbar, der hinter seinem lärmenden Rasenmäher hermarschierte.

»Das alte Ding funktioniert ausgezeichnet«, hatte er Martin über die Hecke zugebrüllt. »Diese neumodischen Roboter werden doch nur geklaut.«

Im Haus war es stickig. Auf der Fensterbank stand eine Vase mit modrigem Wasser und einem verwelkten Blumenstrauß vom Eklund-Verlag. Das ganze Team hatte eine Gute-Besserung-Karte unterschrieben, auf der ein Teddybär mit Kopfverband abgebildet war. Annika lag auf dem Sofa im Wohnzimmer. Trotz der Wärme hatte sie eine Decke über die Beine gebreitet. Im Fernsehen lief eine dieser US-Talkshows, in denen das Studiopublikum durch Überraschungen unter den Sitzen in die Show eingebunden wurde und prominente Talkgäste in die Kamera lächelten. Das Leben war ein Kinderspiel, wenn man an den amerikanischen Traum glaubte. Doch das tat sie nicht. Gerade glaubte sie an gar nichts.

In einem Versuch, das Leben auszusperren, hatte sie die Lamellenjalousien heruntergelassen. Sie weinte viel und schlief noch schlechter als vor der Fehlgeburt. Sie wachte bloß auf, um vom Bett aufs Sofa umzusiedeln, wo sie den Rest des Tages verbrachte. Martin blieb bis spätabends im Büro, hielt auf dem Heimweg an irgendeinem Imbiss und brachte etwas zu essen mit. Das Wenige, was sie aß, schmeckte salzig. Sie hatte dramatisch abgenommen.

Die Talkshow ging in die Werbepause. Ohne zu wissen, warum, setzte Annika sich auf und blickte auf die herabgelassenen Jalousien. Sie spürte den zwanghaften Impuls, *irgendwas* zu tun. Sie wusste nicht, was, und auch nicht, warum. Das Einzige, was sie wusste, war, dass sie einen Panikanfall bekommen würde, wenn sie weiter untätig auf dem Sofa lag. Schwankend stand sie auf und wartete darauf, dass der Schwindel nachließ. Dann ging sie zum Fenster und winkelte die Lamellen an. Als ihre Augen sich an das ungewohnte Licht gewöhnt hatten, sah sie, dass das erste Herbstlaub auf dem Rasen lag. Die gelben Blätter leuchteten wie kleine Sonnen im grünen Gras, das hoch und wild wucherte. Sie hatten den Garten sträflich vernachlässigt. Die paar

Handgriffe, die Martin geschafft hatte, um die Natur in Schach zu halten, hatten nicht viel bewirkt.

Der Terrassentürhebel quietschte nervenzerreißend, als sie ihn herunterdrückte. Die Sonne wärmte ihr Gesicht, und ein angenehmer Wind fuhr in die Hosenbeine ihres Baumwollpyjamas. Barfuß trat Annika einen Schritt auf den Rasen hinaus. Die Grashalme kitzelten zwischen ihren Zehen, und die feuchte Erde kühlte ihre Fußballen. Im nächsten Moment schoss die Feuchtigkeit von ihren Fußsohlen ihren Körper empor. Wie eine berauschende Woge flutete sie ihre Wirbelsäule hinauf, strömte durch ihren Kopf und entwich durch die Nackenhaare. Annika konnte es nicht erklären, aber sie wollte mehr. Es war wie ein körperlicher Hunger, der gestillt werden musste. Sie ging weiter auf den Rasen hinaus. Es kribbelte, aber das Gefühl der Erde unter ihren Füßen löste keine Euphorie mehr aus. Annika schaute sich um, ob jemand sie beobachtete. Aber es war niemand zu sehen. Sie war allein.

Ihr Blick fiel auf ein Beet vor der Hauswand. An der Fassade rankten sich blühende Stauden empor, die seit Jahren nicht gestutzt worden zu sein schienen. Nicht seit Jan Apelgrens Verschwinden, dachte Annika. Sie kniete sich ins Beet und legte die Hände auf den Boden. Die obere Erdschicht war trocken und grau, aber warm von der Sonne. Sie spürte die Wärme unter den Handflächen. Kurzentschlossen stand sie auf und holte den Schlüssel für den Geräteschuppen aus dem Haus.

Im Schuppen schweifte ihr Blick über Harken und Laubrechen, bis sie einen Blumenspaten entdeckte. Eine spitze Metallschaufel mit schmutzigem Kunststoffgriff. Annika griff danach und kehrte zum Beet vor der Hauswand zurück.

»Was tue ich hier eigentlich«, sagte sie laut, dann stach sie den Blumenspaten in die Erde. Das schabende Geräusch, mit dem die

Metallschaufel auf einen Stein stieß, ließ sie zusammenfahren. Der kleine Spaten fiel ihr aus der Hand, als hätte sie sich daran verbrannt. Rasch blickte sie sich um, ob sie nicht doch jemand beobachtete. Nachdem sie sich vergewissert hatte, dass kein Nachbar in der Nähe war, griff sie wieder nach dem Blumenspaten. Sie hackte und grub, bis sie zwischen Wurzelwerk und vermoderten Blumenzwiebeln ein zehn Zentimeter tiefes Loch ausgehoben hatte.

Dann konnte sie sich nicht mehr beherrschen. Sie schob ihre Hände in die kühle Erde. Abermals flutete die euphorische Woge durch ihren Körper. Schwindel erfasste sie, und sie musste die Augen zusammenkneifen, um nicht das Gleichgewicht zu verlieren. Langsam bohrte sie ihre Finger tiefer in das kühle Erdreich, ballte die Hände zu Fäusten und zog sie wieder hervor.

Lächelnd betrachtete Annika das Muster, das die Erde in ihre Handflächen gezeichnet hatte. Es war schön, wie ein natürliches Bild. Tränen schossen ihr in die Augen, und sie machte gar nicht erst den Versuch, sie zurückzuhalten, sondern ließ ihnen freien Lauf, während sie weitergrub. Sie hackte, riss die Blumenzwiebeln aus der Erde, warf sie über die Schulter auf den Rasen und grub weiter, bis sie sich an einem kantigen Stein einen Fingernagel aufriss. Automatisch zog sie die Hand aus dem Loch. Der Schock kam vor dem Schmerz, im selben Moment verebbte der Rausch, und die Wirklichkeit kehrte zurück. Ihre Knie und Finger schmerzten. Die frische Erde roch würzig und metallisch. Sie hatte ein Stück schmutzige Hauswand freigelegt.

Ihr Zeigefingernagel war bis aufs Nagelbett eingerissen, und der Finger pochte schmerzhaft. Ein heller Blutstropfen schimmerte wie eine rote Perle in ihrer erdverschmierten Hand. Ich muss mir die Hände waschen, damit sich der Nagel nicht entzündet, dachte sie, während sie ihren Zeigefinger mit der anderen Hand umklammerte. *Wann habe ich die letzte Tetanusspritze bekommen?*

In dem Moment sah sie etwas, das sie den Schmerz vergessen ließ. Eine helle längliche Kerbe in der Fassade, die in der Erde verschwand. Annika griff abermals nach dem Blumenspaten und begann an der Stelle zu graben. Ein Stück tiefer kamen weitere Kerben hinzu. Annika hielt inne und ließ den Spaten ins Blumenbeet fallen. Sahen diese Spuren nicht aus, als ob etwas an der Hauswand gekratzt hätte?

Sie schnellte in die Höhe. Ihr Herz hämmerte. Diese Kerben konnten nur von dem Wesen stammen, das ihr im Keller ihrer Großtante zugeflüstert hatte. Das Wesen, das nachts seine Klauen an der Kellerwand wetzte.

Sie hatte es sich nicht eingebildet. Sie hatte es gehört, in der Nacht, als sie ihr Kind verloren hatte. Was hätte es sonst gewesen sein sollen? Das Wesen war hier.

Annika spürte ein brennendes Gefühl im Nacken, als ob sie hinter den schwarzen Fenstern der Nachbarhäuser zwei bösartige Augen beobachteten.

Sie keuchte. »Wo bist du?«, flüsterte sie. Ihr Blick flackerte durch den Garten. Sie stellte sich vor, wie ein unförmiges Ungeheuer aus der Erde kroch und sie verschleppte. Ein Geräusch von der Straße ließ sie zusammenschrecken. Ihr Puls dröhnte in den Ohren.

Aber es war nur ein vorbeifahrendes Auto. Annika presste ihre Hände gegen die Stirn und bemühte sich, ruhig zu atmen.

»Es war nur ein Auto«, murmelte sie beschwichtigend. »Es ist alles in Ordnung. Du bist nicht drauf und dran, den Verstand zu verlieren.« Sie lachte. »Abgesehen davon, dass du laute

Selbstgespräche führst. Aber das ist normal. Kein Grund, in Panik zu geraten.«

Resolut wischte sie sich die Tränen aus dem Gesicht. Dabei bekam sie Erde unter die Augenlider, aber es störte sie nicht. Sie atmete aus. Die Terrassentür stand unverändert offen, so wie sie sie zurückgelassen hatte. Ohne den Rahmen zu berühren, schlüpfte sie ins Haus und wusch sich in der Küche die Hände. Frischer Seifengeruch stieg ihr in die Nase, und sie sah dabei zu, wie sandiges Wasser in den Abfluss rann.

Annika schrubbte ihre Hände, bis sie brannten. Als die Haut am Knöchel ihres linken Zeigefingers aufplatzte und das warme Wasser sich mit blutigen Schlieren vermischte, hörte sie auf und drehte den Wasserhahn zu. Sie steckte den Finger in den Mund. Das Blut schmeckte süß und metallisch.

Es ist alles in Ordnung, dachte sie. Deine Fantasie spielt dir einen Streich. Die Erde, die sie sich an die Stirn geschmiert hatte, begann zu jucken. Aus ihren Achselhöhlen stiegen säuerliche Ausdünstungen auf. Die Uhr am Herd zeigte kurz nach fünf.

Sie wollte nicht so aussehen, wenn Martin nach Hause kam. Sie musste duschen und sich umziehen. Aber sie kam nur bis in den Flur. Dort blieb sie jäh stehen, als wäre sie gegen eine unsichtbare Wand geprallt. Schlaf- und Badezimmer lagen vor ihr. Aber rechts, zwischen ihr und dem Badezimmer, klaffte die Treppe ins Untergeschoss wie ein Abgrund. Schwindel erfasste sie. Annika musste sich an der Wand abstützen, um nicht zu fallen. Die Treppe führte in ihr gemütliches Souterrainzimmer, aber auch in den *Keller*.

Ihre Angst war irrational. Sie wusste, dass dies nicht der Keller war, in dem sie als Kind eingesperrt gewesen war. Das Souterrainzimmer badete durch die Panoramafensterfront in Licht, aber in den hinteren Räumen, im Wirtschaftsraum und im Vorratskeller, lauerte die verhasste Finsternis. Unwillig schüttelte Annika den Kopf, um den Gedanken zu verscheuchen. Mit zitternden Beinen ging sie an der Treppe vorbei ins Badezimmer.

Wo sie auf den Boden sank und in Tränen ausbrach.

57

Weil ich weiß, dass du sie ebenfalls hörst,
auch wenn du es dir nicht eingestehst.
Hast du nicht gerade eben ein Kratzen
an der Kellerwand gehört?

Dienstag, 13. September

EINE KNAPPE STUNDE später hatte sich Annika den Vorfall als Hirngespinst aus dem Kopf geschlagen. Ihre Vernunft hatte wieder einmal gesiegt. Sie fühlte sich seltsam aufgedreht, als hätte sie im Vergnügungspark eine besonders gefährliche Achterbahnfahrt überlebt.

In der Küche war es warm, und es duftete nach dem indischen Curry, das mit Kokosnussmilch und Gemüse auf dem Herd köchelte. Aus dem Lautsprecher auf der Fensterbank erklang Popmusik, und der Deckenventilator surrte leise. Alles war, wie es sein sollte. Annika briet gewürfeltes Hühnerfleisch an und sang bei einem Song mit. Sie nippte an einem Glas Rotwein und probierte mit einem Holzlöffel etwas von der Soße, dann gab sie das Fleisch dazu.

Sie nahm den Topf vom Herd und deckte den Tisch. Sie wollte Martin mit dem Essen überraschen, wenn er nach Hause kam. Das

Curry war ihr perfekt gelungen, und den *Vorfall* verscheuchte sie einfach aus ihrem Kopf. Annika setzte sich mit ihrem Wein im Wohnzimmer aufs Sofa und schickte Martin eine SMS, dass das Essen fertig war, und beendete die Nachricht mit einem Kuss-Smiley.

Der Wein schmeckte vollmundig und fruchtig. Er wärmte ihren leeren Magen. Annika zappte durch die Fernsehkanäle, ohne an einer Sendung hängen zu bleiben. Martin antwortete nicht. Als sie es leid war, auf ihn zu warten, war das Curry nicht einmal mehr lauwarm. Annika wärmte sich eine Portion in der Mikrowelle auf und aß in der Küche, während das Gemurmel des Fernsehers wie eine Reihe sinnloser Phrasen aus dem Wohnzimmer zu ihr herüberdrang und ihr Gesellschaft leistete. Gerade als sie aufgegessen hatte und aufstehen wollte, klappte die Haustür. Sie hörte, wie Martin seine Jacke an die Garderobe hängte.

»Du kommst spät«, begrüßte sie ihn. Ihre Stimme verriet ihre Enttäuschung.

»Tut mir leid.« Martin ging zum Herd und füllte sich Curry auf einen Teller. »Das sieht toll aus. Haben wir Wein?«

»Auf der Anrichte.«

Martin setzte sich ihr gegenüber an den Tisch und begann zu essen. Annika presste die Zähne aufeinander, bis ihre Kiefergelenke knackten. Sie versuchte, Martins Blick aufzufangen, doch der war mit seinen Gedanken woanders, als sei sie gar nicht da.

»Eine Systemintegration hat nicht funktioniert«, erzählte er, während er das Curry in sich hineinschaufelte. »Die anderen sind noch im Büro und versuchen zu retten, was zu retten ist.«

»Aber du bist nach Hause gefahren.«

»Ja. Ich konnte nicht mehr bleiben. Eine Weile kommen sie ohne mich klar, aber nach dem Essen muss ich von hier aus weiterarbeiten. Entschuldige, dass ich nicht auf deine SMS geantwortet habe. Aber sie kam gerade, als alle kurz vorm Durchdrehen waren.«

»Du hättest später antworten können.«

»Ja, ich hab's vergessen.«

Annika holte tief Luft. Sie rief sich in Erinnerung, was Lena Amarant über Martins Trauerbewältigung gesagt hatte, und beschloss, nicht weiter darauf herumzureiten. Die Probleme bei der Arbeit machten ihm schon genug zu schaffen. Er sollte sich zu Hause nicht noch mit weiteren herumschlagen müssen. Annika lächelte und trank einen Schluck Wein. Trotzdem wurde sie das Gefühl nicht los, dass Martin ihr etwas verschwieg. Sie nahm noch einen Schluck und entschied, dass der Wein ihre Fantasie ausufern ließ. Wie heute Nachmittag.

Obwohl sie da natürlich keinen Alkohol getrunken hatte.

Den Rest des Abends verbrachten sie getrennt. Martin verschwand an seinen Schreibtisch im Souterrain. Das Klappern seiner Computertastatur drang zu ihr hoch und begleitete sie in den Schlaf.

58

An meinen Handschuhen sind Klingen befestigt.
Ich schleife sie an der Fassade deines Hauses.
Ist es das, was du hörst?

Montag, 10. Oktober

DER FERNSEHER VERBREITETE einen bläulichen Schein im dunklen Wohnzimmer. Das Display ihres Handys leuchtete auf und wetteiferte mit dem Fernseher um Cecilias Aufmerksamkeit, die auf dem Sofa lag und sich Mühe gab, nicht einzuschlafen. Eine Messenger-Nachricht von Martin Granlund. Verblüfft zog sie die Augenbrauen hoch. Sie hatte ganz vergessen, dass sie auf Facebook mit ihm befreundet war.

Hey. Lange nicht gesehen. Bitte versteh meine Nachricht nicht falsch, aber ich habe seit unserem Wiedersehen im Sommer viel an dich gedacht. Ich würde gern mit dir reden – natürlich nur, wenn du möchtest.

Cecilia setzte sich auf. Martins Nachricht blieb auf dem Homescreen. Sie wandte den Blick zum Fernseher. Er lief ohne Ton, und über den Bildschirm flackerte Werbung. Ein Auto fuhr durch eine sonnendurchflutete Landschaft und verschwand auf einer Brücke in der Ferne.

Die Begegnung mit Martin hatte alte Erinnerungen geweckt. Erinnerungen, die seitdem immer wieder hartnäckig aufblitzten, auch wenn es ihr gelungen war, sie durch Joggen und zahllose Tinder-Dates auf Abstand zu halten. Jetzt brachen sie wie eine Woge über sie herein.

Martin und sie waren fast achtzehn Jahre in unmittelbarer Nähe voneinander aufgewachsen, hatten dieselben Schulen besucht und gemeinsame Freunde gehabt, ohne dass sich ihre Wege gekreuzt hatten. Als sie sich am Ende schließlich begegnet waren, hatten sie schnell erkannt, dass sie die Sehnsucht nach etwas anderem als den Vorstadtbezirken von Östersund verband.

Sie waren zufällig auf derselben Party gewesen und hatten sich im Garten eine Zigarette geteilt. Sie hatten hinter dem Haus gestanden und auf eine schneebedeckte Rasenfläche geblickt, während die Party ohne sie weitergegangen war. Sie hatten geredet, bis sie vor Kälte gezittert hatten. Aber statt ins Haus zurückzugehen, hatten sie sich auf ihren Vorschlag hin gegenseitig gewärmt. Sie war mit unter Martins viel zu dünne Jacke geschlüpft und hatte perfekt in seine Arme gepasst. An dem Abend hatten sie beschlossen, nach dem Abitur zusammen aus Östersund wegzugehen.

Cecilia lächelte, als sie daran dachte. Diese halbe Stunde draußen in der klirrenden Kälte würde sie mit ins Grab nehmen. Die konnte ihr niemand nehmen, so erfüllt von Düften und Gefühlen, wie sie gewesen war. Martins ein wenig zu stark aufgetragenes Aftershave, Zigarettenrauch und nach Kreuzkümmel riechender Teenagerschweiß unter der Jacke. Klopfende Herzen und die Übermacht der ersten Liebe, die die Brust zu sprengen drohte.

Damals hatte sie nichts ausgelassen. Manchmal erstaunte es sie selbst, dass sie allen schlechten Angewohnheiten zum Trotz so fit geblieben war. Aber inzwischen trank sie höchstens ein Bier in der Woche, und seit sie sechsundzwanzig war, hatte sie keine Zigarette mehr angerührt. Ebenso wenig wie Drogen. Diese Art Zauber mit den Sinnen gehörte seit ihren Monaten in Thailand und Australien der Vergangenheit an. Dieser Kick gab ihr nichts mehr. All das hatte sie durch Sport und Arbeit ersetzt.

Und die Intimität, die sie mit Martin verband, mit Integrität. Sie hatte mehr flüchtige Beziehungen geführt, als sie zählen konnte. Keiner der Männer war ihr so nahegekommen wie Martin, und wahrscheinlich gab es auch niemanden, der das konnte. Sie ließ niemanden in ihr Leben, nachdem sie Martin so mies behandelt hatte. Noch heute schämte sie sich, wenn sie daran dachte, bis es ihr gelang, die Erinnerung wieder abzuschütteln.

Aus dem Winter war Sommer geworden. Sie hatten ihr Abitur gemacht und waren mit ihrem Jahrgang jubelnd aus der Schule gestürmt. Der Sommer verging in einem Rausch von Freiheit. Die warme Sonne brachte sie einander näher, aber sobald der Herbst in der Luft lag, kühlte sich alles ab. Sie gestanden es sich nicht ein, aber sie glitten auseinander. Martin hatte seine Computer. Er wusste mehr über Computer als die meisten, trotzdem wollte er noch mehr lernen. Er bewarb sich an Universitäten und Technischen Hochschulen und wurde an der Chalmers in Göteborg angenommen. Sie hatte nicht vorgehabt zu studieren. Sie hatte nach der Schule ihre Freiheit genießen wollen. Statt langweilige Bücher zu lesen und vor Computerbildschirmen zu hocken, hatte sie die Welt entdecken wollen. Sie wollte leben, Düfte und Farben erleben, die es in Schweden nicht gab. Als Martin seine Koffer packte, um nach Göteborg zu ziehen, packte sie ebenfalls.

Alles, was sie brauchte, passte in ihren Trekkingrucksack, der auf dem Fußboden in ihrem Zimmer stand, als sie ein letztes Mal miteinander schliefen. Martin hatte geglaubt, dass sie mit ihm nach Göteborg kommen würde. Aber im Deckelfach ihres

Rucksacks steckte ein Flugticket nach Bangkok, wo ihre eigene Reise beginnen würde. Sie hatte keine Ahnung, wohin ihr Weg sie führte, aber Göteborg lag nicht auf ihrer Route. Sie konnte es ihm nicht sagen, doch als Martin am nächsten Tag in den Zug stieg, tat er es ohne sie.

Cecilia kniff die Augen zu, um bei der Erinnerung nicht in Tränen auszubrechen. Sie konnte nicht glauben, dass sie so schwach gewesen war. Sie hatte ihm keinen Ton gesagt, nicht einmal auf seine fragenden SMS hatte sie geantwortet. Sie war einfach in die Welt hinaus verschwunden, weg von ihm.

Die Scham über den Menschen, der sie damals gewesen war, stellte sich erst später ein. Aber sie war nicht mehr das Mädchen, das Östersund hinter sich gelassen hatte. Sie war auch nicht mehr die Frau, die die Polizeihochschule absolviert und sich die Dienstgrade hochgekämpft hatte. Heute war sie Kriminalkommissarin Cecilia Wreede und leitende Ermittlerin der Sonderkommission »Gräber«.

Kompetent, aber zynischer und desillusionierter, als ihr lieb war.

Cecilia wischte sich die Tränen von der Wange und griff nach ihrem Handy. Ihre Finger tippten eine Antwort.

Ja, wirklich lange her. Ich bin gerade ziemlich im Stress. Aber klar, lass uns reden.

Das war die einzige mögliche Antwort. Alles andere wäre ein weiterer Verrat an ihm. Damit könnte sie nicht leben.

Cecilia schloss den Messenger. Ihre Finger schwebten über der Tinder-App, doch diesmal widerstrebte es ihr. Nach einem letzten Zögern legte sie das Handy aus der Hand.

59

Krieche ich allein durch das Erdreich unter deinem Haus,
oder begleiten mich die Wesen,
die du durch die Bagger, die du beauftragt hast,
aus dem Schlaf geweckt hast?

Dienstag, 11. Oktober

ANNIKA WURDE DURCH Poltern und lautes Scharren an der Wand geweckt. Fröstelnd zog sie die Bettdecke fester um sich und versuchte sich einzureden, dass es nur ein Traum war. Doch die Geräusche hörten nicht auf, sondern wurden immer deutlicher, als kämen sie *aus* dem Haus. Sie presste sich die Hände auf die Ohren. Aber es half nichts. Das Scharren kam näher, wie langsame Schritte, um im nächsten Augenblick jäh zu verstummen. Annikas Nackenhaare sträubten sich. Jemand starrte sie an. Sie spürte es. Ruckartig setzte sie sich auf und blickte sich im dunklen Schlafzimmer um. Es war niemand da. Alles war still. Martin lag neben ihr, dicht am Bettrand, und wandte ihr den Rücken zu. Er drehte sich um und sah sie mit halb geöffneten Augen an.

»Was ist los?«, murmelte er schlaftrunken. »Hast du wieder geschlafwandelt?«

Annika legte ihm eine Hand auf den Arm. »Ich habe nur geträumt. Schlaf weiter.«

»Okay.« Martin wälzte sich auf die andere Seite.

Annika blieb in der Dunkelheit aufrecht im Bett sitzen und versuchte, ruhig zu atmen. Jetzt, wo sie nicht mehr unter der Decke lag, war der Schweißfilm auf ihren Armen eiskalt. Auch ihre Nasenspitze war kalt, obwohl das Fenster geschlossen war. Annika rieb mit den Fingern darüber. Irgendetwas juckte zwischen ihren Zehen. Als sie ihre Füße bewegte, rieselte etwas über ihre Ballen. Annika schlug die Bettdecke zur Seite, um nachzusehen, was es war.

Trockene, schwarze Erdklümpchen.

Stirnrunzelnd schwang sie ihre Beine über die Bettkante und rieb die Füße in der Luft aneinander. Ihre Fußsohlen waren klamm. Irgendetwas stimmte nicht. Sie konnte sich das nicht erklären. Hatte sie geschlafwandelt, ohne es zu merken? Ihre Mundhöhle war ausgedörrt, und sie beschloss, etwas zu trinken. Sie stand auf. Der Fußboden fühlte sich uneben an, wie von kleinen Sandkörnern bedeckt. Annika knipste ihre Handytaschenlampe an und leuchtete über das Parkett, ohne zu wissen, was sie zu finden erwartete.

Über den Boden verliefen Fußspuren, Abdrücke von feuchten, dreckigen Füßen, die aus dem Flur zum Bett führten. Dazwischen lagen verstreute kleine Erdklumpen, die außerhalb des Schlafzimmers zahlreicher zu werden schienen. Auf ihrer Bettseite entdeckte sie zwei parallele Fußabdrücke. Als ob dort jemand gestanden und sie im Schlaf betrachtet hätte.

Unwillkürlich presste sie sich die Hand auf den Mund, um nicht zu schreien. Sie wollte Martin nicht wecken, er würde nur glauben, dass sie wieder geschlafwandelt hatte. Oder dass sie langsam, aber sicher den Verstand verlor. Aber sie wusste, was sie sah. Jemand war ins Schlafzimmer gekommen und hatte sich an ihr Bett gestellt. Aber wohin war derjenige verschwunden?

Übelkeit schoss in ihr auf. Es führten keine Fußspuren aus dem Schlafzimmer hinaus, nur hinein. Wer immer hier gewesen war, er musste noch im Zimmer sein. Annika schloss die Augen und bemühte sich, ruhig zu atmen. Dann leuchtete sie unter das Bett. Ihre Hand, in der sie das Handy hielt, zitterte. Aber unter dem Bett war niemand. Nur Staub und einer von Martins Socken. Der blau-rot gestreifte, den er seit Tagen suchte. Erleichtert atmete sie aus. Jedenfalls lag kein irrer Mörder unter ihrem Bett.

Sie fuhr sich mit den Fingern durch die Haare, fasste sie zusammen und legte sie über die Schulter, während sie versuchte, logisch zu denken. Auch wenn kein Fremder im Schlafzimmer war, musste sie herausfinden, von wem die Fußspuren stammten. Sie folgte den Abdrücken in den Flur hinaus. Mit jedem Schritt, den sie sich vom Bett entfernte, nahm die Erde zwischen den Abdrücken zu. Sie konnte deutliche Zehenabdrücke in den feuchten Brocken ausmachen. Ihr Kopf war zugleich schwer vom Schlaf und leicht vor Angst. Die Räume wirkten im grellen LED-Licht des Handys fremd. Das Treppengeländer warf lange Schatten auf die Wand zum Wohnzimmer, als die goldenen Lettern auf den Schutzumschlägen der Bücher im Regal den Schein reflektierten.

Die Fußspuren führten die Kellertreppe hinauf.

Annikas Puls schnellte in die Höhe. Ihr Kopf hämmerte in dumpfen Schlägen. *Wer auch immer die Fußspuren verursacht hat, ist aus dem Souterrain gekommen.* Aus dem Souterrain, schlimmer noch: aus dem *Keller.*

Das Echo der Kratzgeräusche, die sie geweckt hatten, ließ ihre Knie weich werden, und sie sank zu Boden, starr vor Angst.

Das war unmöglich. Martin und sie waren allein im Haus.

Oder etwa nicht?

60

Du entscheidest selbst, was du glaubst.
Existieren die Erdwesen wirklich,
oder will ich dir nur Angst einjagen?
Aber eins ist sicher:
Die Morde sind Wirklichkeit – du hast mein Wort.

Mittwoch, 11. November,
sechs Jahre zuvor

DER STRÖMENDE REGEN kitzelte auf seiner Kopfhaut. Jan lehnte am Ufer des Säveån an einer Bank und blickte über Büsche hinweg auf die Lampen am Haupteingang des Firmengebäudes der Svenska Kullagerfabriken. Das feuchte Holz unter seinen Händen war glitschig, und er fühlte sich innerlich hohl, wie ein dreckiger Lump.

Er sollte nicht hier stehen, als bedrohlicher Schatten im Herbstregen, eingehüllt in Ölzeug, das er in einem Secondhandladen gekauft hatte. Er sollte zu Hause sein und schreiben. Er sollte darauf vertrauen, dass seine Frau ihn nicht betrog. Aber er tat es nicht, und dafür verachtete er sich. Stattdessen stand er hier und wartete darauf, dass Therese Feierabend machte. Sie hatte gesagt, dass sie nach der Arbeit mit ein paar Freundinnen essen ging. Er würde ihr folgen und sich mit eigenen Augen überzeugen, wohin sie *wirklich* ging.

Die letzten Wochen verschwammen in einer Illusion von Routine. Die Tage verstrichen mit quälender Langsamkeit. Die meiste Zeit saß er an seinem Laptop und starrte auf den Bildschirm, ohne eine einzige Zeile zu schreiben. Manchmal scrollte er stundenlang durch das Autorenforum auf Facebook, ohne einen Post zu veröffentlichen. Die Beiträge drehten sich immer um die ewig gleichen Fragen, mehr oder weniger von denselben Personen gestellt, die alles taten, um sich zu profilieren. »Was haltet ihr von diesem Rückseitentext?«, »Wie soll ich mein Buch herausgeben?«, »Das ist die Einleitung meines ersten Romans, wollt ihr mehr lesen?«

Autoren, die sich schon ansatzweise in der Branche etabliert hatten, veröffentlichten ihre Posts sogar gleich in mehreren Foren. »Ist das Cover meines neuen Buchs nicht toll geworden?«

Jan verachtete ihren Optimismus. Stattdessen saß er da, mit dem Traum einer Schriftstellerkarriere, die sich in einen finsteren Albtraum verwandelt hatte, und wartete auf die Gelegenheit, seiner Frau ins Gesicht zu sagen, dass sie ihn betrog. So tief war er gesunken.

Irgendwann war die Baufirma gekommen und hatte den Schacht zu Ende ausgehoben. Der röhrende Dieselmotor des Baggers hatte ihn an das wütende Gebrüll eines mechanischen Dinosauriers erinnert. Jedes Mal, wenn die Baggerschaufel an die Hauswand gestoßen war, hatte er sich vor Unbehagen gewunden, bis der Motorenlärm schließlich verstummte und es wieder still geworden war. Doch seitdem war niemand aufgetaucht, der die Arbeiten abschloss. Ihr Garten sah schlimmer aus denn je.

Abends trank er zu viel. Meistens fing er schon mittags damit an. Inzwischen hörte er das Kratzen jede Nacht, aber sobald er die

Hand auf die Wand legte, ließ es nach. Als würden er und das Unbekannte auf der anderen Seite stumm miteinander kommunizieren. Bis die flüsternden Stimmen einsetzten. Sie waren nicht so rau wie die scharrenden Geräusche. Er empfand sie als angenehm und beängstigend zugleich. Subtil und aufdringlich nah. Lockend und auffordernd. Wenn er Therese ansah, wurde das Flüstern lauter. Ihr schlafender Körper neben ihm erschien ihm zunehmend wie ein Klumpen Fleisch. Die flüsternden Stimmen ermunterten ihn, sie so zu sehen, sie nicht als Menschen zu betrachten.

Trotzdem wollte er ihr eine letzte Chance geben. Wenn sie die Wahrheit sagte, wenn sie ihm nach wie vor treu war, dann würde er den Stimmen vielleicht widerstehen können. Oder zumindest nicht länger auf sie hören.

Die ersten Mitarbeiter kamen aus dem Gebäude. Einige allein, andere in Grüppchen. Alle strebten sie mit entschlossenen Schritten dem Feierabend entgegen, weg von der Arbeit. Auf Jan wirkten sie wie außerirdische Wesen. Dann kam Therese. Ihr Anblick versetzte ihm einen Stich ins Herz. Sie trug dieselben Sachen, in denen sie heute Morgen aus dem Haus gegangen war. Einen strengen grauen Rock und eine himmelblaue Bluse. Sie lief zur Straßenbahnhaltestelle und knöpfte im Gehen ihren Mantel zu. Ihre Absätze klapperten über den Asphalt.

Jan zog das Ölzeug fester um sich. Es roch muffig, nach Feuchtigkeit und Körperwärme. Er bezweifelte, dass Therese ihn erkannte, nicht in der Dunkelheit und dem dunkelgrünen Cape. Trotzdem zögerte er einen Moment, bevor er ihr folgte. Im Abteil suchte er sich einen Platz, so weit entfernt von ihr wie möglich, ohne sie aus den Augen zu verlieren. Die Luft war stickig, die Leute standen dicht gedrängt, und es roch nach nassem Hund. Quietschend schwankte die Straßenbahn auf der Schnellspur neben den Eisenbahnschienen zur Haltestelle Drottningtorget. Therese stieg aus und hastete über den Platz zum Hotel Post, wo sie die breite Treppe zur Bar des Hotelrestaurants hocheilte.

Jans Herz sank wie ein Stein, als sie drei Frauen, die an einem Tisch saßen, lachend und mit überschwänglichen Umarmungen begrüßte. Er wich zurück, damit sie ihn nicht entdeckte. Seine Beine trugen ihn kaum, er stolperte an den Tresen und bestellte ein Bier.

Er *war* ein dreckiger Lump. Während er an seinem Bier nippte, kämpfte er gegen die Tränen an, die in ihm aufstiegen. Er hatte sich geirrt, Therese hatte ihn nicht angelogen. Doch allen Gewissensbissen zum Trotz fühlte er sich befreit. Der Argwohn, mit dem er so lange gelebt hatte, fiel von ihm ab. Angst vermischte sich mit Erleichterung, während er Therese und ihre Freundinnen verstohlen beobachtete, die sich am anderen Ende des Restaurants lachend unterhielten. Ihm fiel auf, dass er zwei der Frauen kannte, auch wenn er sich nicht an ihre Namen erinnerte. Sie waren einige Male bei ihnen zu Hause gewesen.

Lächelnd spürte er, wie seine Brust anschwoll. Im ersten Moment wusste er nicht, was es war, dann erkannte er das Gefühl der Liebe wieder, das Gefühl, das ihn einst zu Therese hingezogen hatte. Er schob sein Bier zur Seite und wollte gerade aufstehen, um zu gehen, als eine vierte Person an den Tisch der Frauen trat. Ein Mann in einem dunklen Anzug. Jans Herz begann zu pochen, er sank auf den Barhocker zurück. Therese stand auf und umarmte den Mann, dann stellte sie ihn ihren Freundinnen vor. Was passiert hier gerade? dachte Jan. Ohne es zu merken, trank er sein Bierglas mit einem Schluck zur Hälfte aus. Der Alkohol schürte die Wut, die in seinem Inneren brodelte, wie Benzin einen Brand.

Der Mann stand breitbeinig neben Therese und wandte Jan den Rücken zu, während Therese nach ihrem Mantel und ihrer

Handtasche griff. Sie verabschiedete sich von ihren Freundinnen und folgte dem Mann die Treppe hinunter in die Rezeption des Hotels. Jan blieb an der Bar sitzen, bis die beiden außer Sichtweite waren. Thereses Freundinnen hatten am Tisch tuschelnd die Köpfe zusammengesteckt. Ihre Mienen wirkten abwechselnd besorgt und aufgekratzt, als ob die Geheimnisse, die sie austauschten, ihre Fantasie kitzelten.

In sicherem Abstand folgte er Therese und dem unbekannten Mann die Treppe hinunter. Sie gingen so dicht nebeneinander, dass ihre Schultern sich berührten. Ihre Hände waren auf Höhe der Hüften ineinander verschlungen. Sie machten keinen Hehl daraus, dass sie sich zueinander hingezogen fühlten. Jan hatte vielmehr den Eindruck, dass sie es aller Welt zeigen wollten. Sie benahmen sich wie verliebte Teenager, die die Finger nicht voneinander lassen konnten.

Sein Blut brodelte vor Hass. Grelle Blitze flackerten vor seinen Augen. Er wollte die beiden einholen und dem Typen die Fresse polieren. Vor seinem geistigen Auge sah er, wie ein blutiger Zahn auf dem Marmorfußboden landete und der Typ die Hand vor den Mund hob, um das Blut zu stoppen. Aber er hielt sich zurück. Dachte an die flüsternden Stimmen und bewahrte einen kühlen Kopf. Jetzt war nicht der richtige Zeitpunkt.

Therese und der Mann verschwanden in einem Fahrstuhl. Noch bevor sich die Türen geschlossen hatten, küssten sie sich.

Jans Kinn zitterte. Krampfhaft ballte er die Hände zu Fäusten, seine Fingernägel schnitten schmerzhaft in seine Handflächen. Als er aus dem Hotel ins Freie trat, rang er keuchend nach Luft. Sein Kopf drehte sich, und sein Magen rebellierte. Er hasste sich selbst dafür, dass er recht gehabt hatte. Therese betrog ihn, wie er vermutet hatte, betrog ihn mit anderen Männern, ohne vor ihren Freundinnen daraus ein Geheimnis zu machen. Wie konnte sie?

Und wie konnten diese dummen Gänse einfach dasitzen und lächeln, wenn Therese ihnen ihren Liebhaber präsentierte? Warum hatte ihm niemand etwas gesagt? Niemand war auf seiner Seite.

Alle verrieten ihn.

Und früher oder später würden sie dafür bezahlen.

61

Bist du ein Lügner und Verräter,
oder bist du dir absolut sicher,
dass du nicht meine nächste Beute sein wirst?

Dienstag, 11. Oktober

»LIEBLING, WAS IST los?«

Annika hockte mit angezogenen Beinen und eng um die Knie geschlungenen Armen im Flur auf dem Fußboden. Sie hatte keine Ahnung, wie lange sie schon so dasaß. Ihr Blick glitt von der Kellertreppe zu Martin. Seine Haare waren vom Schlaf zerwühlt. Annika presste ihr Handy an die Brust und antwortete nicht.

Stirnrunzelnd betrachtete Martin die Fußspuren und ging neben ihr in die Hocke. »Was ist passiert? Warum schläfst du nicht?«

Annikas Herz hämmerte gegen ihre Rippen wie ein Vogel im Käfig. »Von wem sind diese Fußspuren?«, flüsterte sie heiser. »Ist jemand im Haus?«

Martin schüttelte den Kopf. »Nein.«

»Woher weißt du das? Was ist, wenn jemand ins Souterrain eingebrochen ist?«

»Wie hätte jemand ins Haus einbrechen sollen, ohne die

Alarmanlage auszulösen?« Martin seufzte. »Es ist mitten in der Nacht. Können wir morgen weiterreden?«

»Sind die Spuren von dir?«, fragte Annika. »Von mir sind sie nicht, und wenn sie nicht von jemand anderem stammen, müssen sie von dir sein.«

»Liebling …«

»Ich bin vor dir eingeschlafen. Was hast du gemacht, als ich geschlafen habe?«

»Ich habe gearbeitet«, sagte Martin. »Viel zu lange, ich weiß. Aber ich habe die ganze Zeit im Souterrain am Schreibtisch gesessen, bis ich ins Bett gegangen bin.« Er deutete mit dem Kopf zur Treppe. »Da unten ist niemand. Das hätte ich gemerkt.«

Annika schüttelte den Kopf. »Irgendjemand hat mich im Schlaf *angestarrt*.«

»Liebling. Annika. Bist du sicher, dass du nicht geträumt hast?«

Wild mit den Armen fuchtelnd zeigte sie auf die Fußspuren. »Willst du mir weismachen, dass du die Spuren nicht siehst?«

»Nein, natürlich sehe ich sie. Aber du hast in letzter Zeit unter extremer Anspannung gestanden. Vielleicht hast du wieder geschlafwandelt.«

Annika stiegen die Tränen in die Augen. »Ich habe keine Kraft mehr«, schluchzte sie und verbarg die Stirn in der Hand.

Martin setzte sich neben sie. Sein Körper war noch warm von der Bettdecke. Seine Wärme hätte ihr Geborgenheit geben müssen, doch stattdessen lagen ihre Nerven endgültig blank. Sie begann hemmungslos zu weinen. Martin legte ihr einen Arm um die Schultern und versuchte, sie zu beruhigen. Aber sie stieß seinen Arm unwillig weg. Sie wollte nicht getröstet werden. Das Einzige, was sie wollte, war, das letzte Jahr ungeschehen zu machen oder das jetzige ohne ihre Beteiligung verstreichen zu lassen. Irgendetwas, um *nicht* in der Gegenwart leben zu müssen.

Die Gegenwart war unerträglich. Die konnte sich getrost aus dem Staub machen, denn in der Gegenwart saß sie nur einen halben Meter von der Treppe in den Abgrund entfernt. Sie wusste, was sie dort unten erwartete. Sie wusste, dass die Dunkelheit sie verschlingen würde, wenn sie nachgab und in den Keller hinunterging. Das, was ihr an dem Gedanken jedoch am meisten Angst einjagte, war, dass sie sich tief im Inneren danach sehnte. Es konnte nicht schlimmer sein, als mit der Trauer um ihr ungeborenes Kind leben zu müssen und mit der quälenden Gewissheit, was sie Jan Apelgren angetan hatte.

Sie hatte ein Monster in die Welt gesetzt. Sie hatte ihre Seele verkauft. Und als Preis dafür hatte das Böse ihr Kind gefordert. Jetzt forderte es sie. Und warum auch nicht?

»Annika, so kann es nicht weitergehen«, sagte Martin und riss sie aus ihren Gedanken.

»Was sollen wir machen?«, flüsterte sie, ohne ihn anzusehen.

»Ich weiß es nicht«, seufzte er. »Ich bin nur so verdammt müde. Müde und traurig, genau wie du. Mir fehlt die Kraft für noch ein Problem.«

Jetzt blickte Annika ihm ins Gesicht. »Willst du damit sagen, dass ich ein Problem bin?«

»Nein, natürlich nicht. Aber wir sitzen hier, mitten in der Nacht, weil du glaubst, dass irgendjemand durch den Keller ins Haus eingebrochen ist und dich im Schlaf angestarrt hat.«

»Du siehst die Fußspuren doch selbst!«, schrie Annika.

»Das sind *deine* Fußspuren, Liebling.« Martin sah sie an. Sie kannte diesen Blick. Er neigte den Kopf leicht vor, und zwischen seinen Augenbrauen saß eine steile Falte. »Sei mir nicht böse, aber es gibt keine andere Erklärung. Du hast geschlafwandelt. Das ist alles.«

»Und woher kommt die ganze Erde?«

»Ich habe keine Ahnung, wo du gewesen bist. Ich bin nur froh, dass du dich nicht verletzt oder dich verlaufen hast.«

Annika schüttelte den Kopf. Sie wusste, dass sie nicht geschlafwandelt hat, diesmal nicht. Martin irrte sich.

»Was ist, wenn *du* es warst?«, sagte sie und blickte starr geradeaus, um nicht in Martins besorgtes Gesicht sehen zu müssen. Dadurch fühlte sie sich schwächer, als sie war. »Du stehst unter genauso großer Anspannung wie ich, du trauerst genauso sehr wie ich. Du könntest genauso gut geschlafwandelt haben.«

Martin schüttelte den Kopf. »Ich habe noch nie geschlafwandelt. Von Stress bekomme ich Kopfschmerzen, mehr nicht.«

»Bist du sicher, dass da unten niemand ist?« Annika gab sich Mühe, nicht die Kellertreppe hinunterzusehen, aber die Dunkelheit schien ihren Blick magnetisch anzuziehen.

»Annika, ich bitte dich!« Martin seufzte. Doch dann stand er auf und ging ins Souterrain hinunter.

Annika wollte ihn gerade bitten, oben zu bleiben, als im Souterrainzimmer das Licht anging. Sobald die Dunkelheit verschwand, verlor die Treppe ihren Schrecken. Annika rappelte sich auf, lehnte sich an das Treppengeländer und suchte nach Martin.

Was, wenn das scharrende Monster da unten lauerte? Was, wenn Martin nicht zurückkam?

»Martin?«, rief sie, so laut sie wagte.

Einen Moment später kam er die Treppe hoch, blieb auf halber Höhe stehen und sah sie an.

»Ich habe überall nachgesehen«, sagte er. »Hier unten ist niemand. Aber wir müssen morgen gründlich putzen.«

»Warum?«

»Die Kaminofenluke steht offen. Der Fußboden ist mit Ruß und Asche übersät. Guck mal unter deine Füße, dann siehst du, dass du da durchgelaufen sein musst.«

Annika drehte ihre Fußsohlen zu sich. Die Ballen waren schwarz, aber nicht von Erde. Sondern von Asche. Was sie für Sand gehalten hatte, waren verkohlte Holzstückchen, die unter ihren Füßen zerbröselt waren. Vielleicht hat sie doch geschlafwandelt.

Annika begann, an sich selbst zu zweifeln. Aber in einem Punkt war sie vollkommen sicher. Die kratzenden Geräusche hatte sie nicht verursacht.

62

Bist du meine nächste Beute?

Mittwoch, 12. Oktober

DIE HAUSTÜR KLAPPTE zu, und der Schlüssel rasselte im Schloss, als Martin zur Arbeit fuhr. Annika war wieder allein im Haus. Nachdem sie sich die halbe Nacht um die Ohren geschlagen hatte, wollte sie nichts anderes als schlafen, aber sie konnte nicht. In der Dunkelheit hinter ihren Lidern lauerte das scharrende Monster. Sobald ihr die Augen zufielen, vernahm sie das kratzende Geräusch von Metall auf Stein, Klauen, die sie packen und in die Erde hinabziehen wollten. Sie kämpfte dagegen an, bis das unheimliche Geräusch verstummte und von lockenden Flüsterstimmen abgelöst wurde. Das Monster war nicht weg. Es lauerte geduldig in der Dunkelheit, bis sie sich nicht mehr wehren konnte. Es hielt sie nachts wach, genau wie Apelgren, der ihr davon auf dem Herbstfest des Verlags erzählt hatte – kurz vor seinem Verschwinden.

Annika setzte sich auf. Die Sonne stand hoch am Himmel, und das grelle Licht stach wie Nadeln in ihren Augen. Das Laken war dunkel vor Feuchtigkeit, die Bettdecke lag verdreht auf dem Fußboden. Seufzend stand sie auf und begann, die Unordnung zu beseitigen. Mit einem Ruck riss sie die Druckknöpfe der Bettwäsche auf und zog das Inlay heraus. Das Laken war am Fußende mit schwarzen Aschеflecken verschmiert. Sie öffnete die Terrassentür des Schlafzimmers und schüttelte das Laken aus. Die Wurzeln und Blumenzwiebeln, die sie gestern aus dem Beet vor der Hauswand gerissen hatte, lagen in wüsten Haufen auf dem Rasen.

Sie schloss die Terrassentür und raffte die Bettwäsche zusammen. Eine unbehagliche Duftmischung aus Weichspüler und metallischem Schweiß stieg ihr in die Nase. Es wäre eine Wohltat, das Bett mit duftender, frisch gewaschener Wäsche zu beziehen. Annika ging in den Flur hinaus, blieb aber stehen, als ihr Blick auf die Treppe fiel.

Ihr Herz setzte einen Schlag aus. Der Anblick der schwarzen Spuren auf den Stufen brachte die gestrige Nacht zurück. Ihre Füße verwandelten sich in Bleiklötze. Der Wirtschaftsraum lag im dunklen Teil des Souterrains. Im Keller. Sie war so oft da unten gewesen, ohne einen Gedanken daran zu verschwenden. Und seit ihrem Einzug hatte sie dort auch kein Kratzen mehr vernommen. Im Keller gab es nichts, wovor sie sich fürchten musste. Es war nichts als Einbildung. Eine Ausgeburt ihrer Fantasie. Bloße Hirngespinste, von denen sie sich nicht besiegen lassen würde. Das Monster durfte nicht gewinnen.

Langsam löste sie einen Fuß vom Boden. Ihr Körper folgte, Annika verlagerte ihr Gewicht auf die erste Treppenstufe, die leise knarrte. Das Holz unter ihren Füßen war kühl, aber nicht kalt. Der nächste Schritt war leichter. Nervös lachend setzte Annika ihren Fuß auf die nächste Stufe. Sie würde es schaffen. Solange sie einen Schritt nach dem anderen machte.

Ehe sie sich's versah, stand sie unten im Souterrainzimmer. Annika erkannte den Raum kaum wieder. Gestern war er ein unheilvolles schwarzes Loch gewesen. Jetzt schien gleißendes

Sonnenlicht durch die bodentiefen Panoramafenster. An einer Stirnseite stand Martins mit unzähligem Computerequipment ausgestatteter Schreibtisch, vor dem Kaminofen hatten sie ihre hellgraue Schlafcouch aufgestellt. Weiter waren sie mit der Einrichtung noch nicht gekommen. Das Zimmer hätte friedlich gewirkt, wären nicht die Spuren der vergangenen Nacht. Die Klappe des Kaminofens stand sperrangelweit offen. Die Fliesen waren mit Asche übersät. Die Fußspuren begannen dort, in der Asche. Sie führten durch den Raum und weiter die Treppe hinauf.

Martin hatte recht. Sie mussten hier gründlich putzen.

Annika ging in den Wirtschaftsraum und stopfte die Bettwäsche in die Waschmaschine. Sie wählte das Programm und sah dabei zu, wie der Wäscheberg in der Trommel schrumpfte, je mehr Wasser er in sich aufsaugte. Das Surren der Waschmaschine und die sich um das Bullauge windende Wäsche hatten etwas Beruhigendes an sich.

Annikas Blick fiel auf einen dünnen Riss in der Wand des nachträglich zum Haus hinzugefügten Anbaus, in dem ihr Schlafzimmer lag. *Ist er schon immer dagewesen?* Sie konnte sich nicht daran erinnern, den Riss schon einmal gesehen zu haben. Annika fuhr mit den Fingerspitzen daran entlang. Der Putz war glatt, nur die Kerbe schabte rau an ihrer Haut. Die Wand schien unter ihrer Berührung zu erzittern. Ihr Puls begann zu rasen, und sie zog die Hand ruckartig weg, als hätte die Mauer ihr einen elektrischen Schlag versetzt.

Annika rieb ihre Fingerspitzen aneinander. Sie fühlten sich ganz normal an. Alles war wie immer. Im nächsten Augenblick vernahm sie ein scharrendes Geräusch. Mit klopfendem Herzen wich sie an die gegenüberliegende Wand zurück. Doch dann begriff sie, dass das Geräusch von der Plastikkugel kam, die in der Waschmaschinentrommel rotierte und gegen das Glas stieß.

Sie atmete aus. Misstrauisch musterte sie den Riss ein letztes Mal, dann verließ sie den Wirtschaftsraum, um Kehrblech und Wischmopp zu holen und die Asche im Souterrainzimmer zu beseitigen. Danach würde sie einkaufen und etwas Gutes zum Abendessen besorgen, damit Martin sah, dass es ihr wieder besser ging. Denn das tat es. Definitiv.

Das Monster existierte nicht. Ihre Fantasie ging mit ihr durch. Bald war sie wieder völlig gesund und würde wieder zur Arbeit gehen. Dann würden Martin und sie einen neuen Versuch unternehmen, schwanger zu werden. Und alles wäre gut.

63

Wagst du weiterzulesen? Ab jetzt wird es finsterer.

Donnerstag, 13. Oktober

»HAST DU WAS davon läuten hören, dass wir anderen Ermittlungen zugeteilt werden sollen?«, fragte Jonas.

Er stand in Jacke und mit geschultertem Rucksack in der Tür ihres Büros und hatte die Augenbrauen hochgezogen.

»Nein«, antwortete Cecilia. »Wo hast du das gehört?«

»Ich habe eben mit Pontus geredet. Er hat auf dem Schreibtisch des Bezirkspolizeichefs eine Liste mit Versetzungsvorschlägen liegen sehen. Mein Name stand mit drauf.«

»Wie bitte?«, entfuhr es Cecilia. »Ich brauche dich, wenn wir den Gräber fassen sollen, bevor er wieder zuschlägt.«

»Ja, aber wenn sie mich tatsächlich versetzen, kann ich nicht viel dagegen tun. Ob das mit Lerjedals interner Untersuchung zusammenhängt?«

Cecilia stand auf. »Ich kläre das – sofort.«

Sie stürmte an Jonas vorbei aus dem Büro. Niemand nahm ihr einen Mitarbeiter weg, nur über ihre Leiche. Vor allem kein dröger interner Ermittler aus Stockholm. Außer Atem nach dem raschen Marsch durch die Gänge des Präsidiums betrat sie Knut Lerjedals provisorisches Büro. Der blickte von einem Notizblock auf.

»Was zum Teufel haben Sie vor?«, keuchte Cecilia.

»Immer langsam mit den jungen Pferden«, erwiderte Lerjedal und gab sich Mühe, ein amüsiertes Lächeln zu unterdrücken.

Es gelang ihm nicht sonderlich gut, stattdessen wirkte er noch selbstgefälliger als üblich. »Nehmen Sie Platz, und kommen Sie erst einmal zu Atem, damit wir uns wie zivilisierte Menschen unterhalten können.«

Cecilia deutete mit dem Zeigefinger auf ihn. »Im Präsidium kursiert das Gerücht, dass mein Kollege Andrén einer anderen Ermittlung zugeteilt werden soll. Kommt Ihnen das bekannt vor?«

»Sie sind zu klug, um etwas auf Gerüchte zu geben«, erwiderte Lerjedal. Sein Blick wanderte zu dem Buch, das der Grund für seine Anwesenheit war. »Oder vielleicht auch nicht.«

»Was wollen Sie damit sagen?«

»Setzen Sie sich.«

Cecilia nahm widerwillig Platz. Sie hasste es, Lerjedals Aufforderung Folge zu leisten, aber wenn sie stehen blieb, würde sie wie ein trotziges Kind wirken. Sie hätte nur noch mit den Füßen auf den Boden stampfen müssen.

»Sie haben recht«, fuhr Lerjedal fort und schob seinen Notizblock beiseite. »Ich habe der obersten Polizeiführung meine Empfehlung letzte Woche mitgeteilt. Allerdings habe ich keine Ahnung, wann die endgültige Entscheidung fällt.«

»Darf ich fragen, warum Sie diese Empfehlung ausgesprochen haben?«

»Ist das nicht offensichtlich? Die Ermittlung tritt auf der Stelle. Der Gräber befindet sich nach wie vor auf freiem Fuß. Zugleich erscheint ein Buch, das augenscheinlich auf internen Polizeiinformationen basiert, die aus *Ihrer* Ermittlung stammen. Diese Faktenlage lässt mir keine andere Wahl.«

Cecilia spürte, dass sie vor Wut errötete. »Und was genau gedenken Sie zu tun?«

»Wir können die Sonderkommission ›Gräber‹ nicht ergebnislos auflösen. Und nach meinem Dafürhalten ist die gegenwärtige Besetzung nicht geeignet, um Fortschritte zu erzielen. Aus diesem Grund habe ich empfohlen, Sie *beide* abzuziehen.«

Die Worte prasselten wie Fausthiebe auf sie ein. Man entzog ihr die Ermittlung. Sprachlos saß sie da.

»Ich bin erstaunt, dass noch niemand mit Ihnen gesprochen hat«, sagte Lerjedal. Er griff wieder nach seinem Notizblock. »Es ist nicht schön, der Überbringer schlechter Neuigkeiten zu sein.«

»Ich verstehe das nicht«, stieß Cecilia hervor. »Niemand kennt den Fall so gut wie mein Kollege Andrén und ich.«

Lerjedal hob die Schultern und begann zu schreiben. »Es gibt bestimmt einige geeignete Beamte, die die Ermittlung weiterführen können.« Er warf ihr einen flüchtigen Blick zu. »Das ist nicht das Ende der Welt. Sie werden nicht vom Dienst suspendiert, es gibt andere Fälle, bei denen Sie nützlicher sein können.«

»Aber es sind nicht *meine*.«

»Nein, aber was tut das zur Sache? Wenn Sie mich jetzt bitte entschuldigen. Ich bin dabei, meinen Schlussbericht zu schreiben.« Lerjedal funkelte sie über die Ränder seiner Brille hinweg an, damit sie sein Büro verließ.

Herausfordernd erwiderte sie seinen Blick. »Ich habe nur noch eine Frage.«

Lerjedal seufzte. »Und welche?«

»Wer war die undichte Stelle?«

»Ach so, *das* beschäftigt Sie.« Er lächelte, diesmal aufrichtig. »Aber natürlich, ich nehme an, dass Sie verdienen, es zu erfahren.

Es gab keine undichte Stelle. Das heißt, es gibt sie ganz bestimmt. Aber ohne Beweise bin ich zu der Einschätzung gelangt, dass es keine gibt.«

Der Druck auf Cecilias Brust ließ nach. Sie war sich gar nicht bewusst gewesen, dass er auf ihr gelastet hatte, aber als er verschwand, stellte sie fest, wie viel leichter ihr das Atmen fiel. »Und trotzdem empfehlen Sie, die Ermittlung jemand anderem zu übertragen?«

»Ja, ich glaube, dass frische Impulse nötig sind, um den Fall zu lösen. Meine Beurteilung richtet sich nicht gegen Sie persönlich, ich hoffe, das verstehen Sie.«

Cecilia ging langsam in ihr Büro zurück. Die Kollegen, die ihr begegneten, schienen sie mitfühlend anzusehen, als wüssten sie alle Bescheid. Sie wich ihren Blicken aus, nickte ihnen lediglich grüßend zu. Ihre Gedanken überschlugen sich. Wie viel Zeit blieb ihr noch bis zur endgültigen Entscheidung? Wie lange, bis sie in einer unwichtigen Ermittlung und damit in der Versenkung verschwand? Was schrieb Knut Lerjedal in seinem Schlussbericht über sie? Niemand schien noch Vertrauen in ihre Fähigkeiten zu haben.

War es an der Zeit, den Polizeiberuf an den Nagel zu hängen?

Cecilia ballte die Fäuste. Nein, niemand würde ihr *ihre Ermittlung* entziehen. Sie würde ihnen zeigen, dass sie sich irrten. Die Wut verlieh ihr neue Energie, pumpte ihre Muskeln auf und trug sie die letzte Treppe in ihren Stock hinauf. Sie betrat Jonas' und ihr gemeinsames Büro und schloss die Tür hinter sich.

Jonas sah sie an. »Wie ist es gelaufen?«

»Wir müssen den Fall lösen. Jetzt.«

Jonas hob die Arme. »Aber wie? Wir sind heute kein bisschen schlauer als vor sechs Monaten.«

Cecilia schloss die Augen und atmete tief durch. Sie wusste, dass sie ihre Entscheidung später bereuen würde, aber in diesem Moment hatte sie keine andere Wahl. Sie riss ihre Schreibtischschublade auf und nahm die Beweismitteltüte mit dem Plastikbecher heraus. Der Kautabakfleck am Rand war deutlich zu erkennen, als sie Jonas die Tüte zeigte.

»Was zum Teufel ist das?«, fragte er.

»Frag mich nicht, wie ich den Becher bekommen habe«, sagte sie und fixierte Jonas mit dem Blick. »So bleibt es allein meine Verantwortung, wenn es hart auf hart kommt.«

Jonas sah sie fragend an. »Wenn du meinst.«

»Bengt Johansson hat aus diesem Becher getrunken. Ich schicke ihn ins Labor. Wenn wir Glück haben, stimmt seine DNA mit der DNA unseres unbekannten Mannes überein.«

Jonas nickte langsam. »Okay, das ist immerhin etwas. Aber du erinnerst dich, dass Johansson eine plausible Erklärung für seine Anwesenheit in Linda Sandströms Haus hat. Selbst wenn die DNA von ihm stammt, reicht das nicht für eine Festnahme.«

»Ich weiß, aber wir müssen *irgendwas* tun. Das Labor braucht zwei Wochen für die Analyse. Das verschafft uns Zeit, mehr Beweise zu finden, bevor es zu spät ist.«

64

Weißt du, wie es ist, allein zu sein,
gefangen in einer erdrückenden schwarzen Finsternis?
Jahraus, jahrein, ohne Hoffnung,
dass es irgendwann ein Ende hat?
Ich verabscheue das Leben, das ich führe,
das Leben eines kriechenden Insekts, das unter
die Erde flieht, sobald das Sonnenlicht zu stark wird.

Montag, 17. Oktober

NERVÖS TIPPTE MARTIN auf das Display seines Handys. Er hatte dreiundzwanzig ungelesene E-Mails. Und sobald das Display erlosch, kamen dreiundzwanzig neue hinzu. Jedes Mal. Er wog das Telefon in der Hand und blickte die Straße hinunter. Hinter der nächsten Straßenbahnhaltestelle ragte der angestrahlte Kirchturm der Domkyrkan empor. Eine Straßenbahn hielt gerade an. Leute stiegen aus und ein. Erleuchtete Fenster und Straßenlaternen erhellten den Abend, schickten flackerndes Licht durch den strömenden Regen, das sich in den Straßen verlor.

In Momenten wie diesen bereute er, mit dem Rauchen aufgehört zu haben. So hätte er seine Finger mit etwas beschäftigen können, das ihn nicht an Arbeit erinnerte. Aber er wollte nicht wieder anfangen. Rauchen war eine lästige Angewohnheit. Annika hatte es nie leiden können.

Annika.

Martin seufzte.

Die letzten Wochen waren unheimlich belastend gewesen. Annika ging es nicht gut. Das war offensichtlich. Und er war beruflich so sehr eingespannt, dass er es nicht schaffte, ihr zu helfen. Sie hatten beide viel zu verarbeiten, nicht zuletzt die Fehlgeburt … Gegen die Tränen ankämpfend, kniff er die Augen zu und versuchte mit aller Macht, an etwas anderes zu denken.

Als er die Augen wieder öffnete, sah er Cecilia die Straße entlangkommen, pünktlich auf die Minute. Martin holte tief Luft und lächelte. Sie erwiderte sein Lächeln, kurz und zaghaft. Er verstand sie. Es hatte ihn ohnehin überrascht, dass sie dem Treffen zugestimmt hatte.

»Hallo«, begrüßte sie ihn und umarmte ihn flüchtig.

»Hallo«, erwiderte er. »Danke, dass du gekommen bist.«

»Klar«, sagte sie. Aber sie klang zurückhaltend. »Ich bin aus allen Wolken gefallen, als du nach all den Jahren plötzlich vor mir standest.«

Martin nickte. »Mir ging es genauso. Sollen wir reingehen?«

Cecilia zog die Tür des Cafés Kopps auf und ging hinein. Sie gaben ihre Bestellung am Tresen auf, dann setzten sie sich an einen der Tische, die am weitesten von den Fenstern entfernt standen. Es war eine stillschweigende Übereinkunft. Obwohl sie nichts zu verbergen hatten, wollte keiner von ihnen in der Gesellschaft des anderen gesehen werden.

Martin stellte seinen Cappuccino auf den Tisch und blickte sich nervös um. Dann räusperte er sich, aber Cecilia kam ihm zuvor.

»Worüber willst du reden?«

»Ich …« Martin wich ihrem Blick aus. »Ich hatte einfach das Gefühl, dich sehen zu müssen, nachdem du wie aus dem Nichts plötzlich vor mir standest.«

Cecilia nickte. »Ja, für mich war es auch ein Schock.«

»Wir haben uns seit über achtzehn Jahren nicht gesehen«, fuhr Martin fort. »Erinnerst du dich noch an den Sommer nach unserem Abi?«

Cecilia nickte. »Wie könnte ich den vergessen?« Sie errötete.

Martin schüttelte den Kopf. »Was ist damals eigentlich passiert? Warum bist du ohne ein Wort verschwunden?«

Cecilia trank einen Schluck Kaffee. »Ich weiß nicht, ob ich darüber reden möchte«, erwiderte sie. »Wir haben unterschiedliche Wege im Leben eingeschlagen.«

»Bis heute.« Martin pochte mit seinem Ehering leicht gegen den Henkel seiner Cappuccinotasse.

Annika glaubte, dass er noch im Büro war. Sie musste nicht über jeden seiner Schritte informiert sein. Es war nicht so, dass er etwas Verbotenes tat. Er redete nur mit einer alten Freundin. Und Fakt war, dass er es Annika zuliebe tat.

»Vielleicht.« Cecilia sah ihn an. Ihre Augen waren exakt, wie er sie in Erinnerung hatte, von einem so hellen Blau, dass sie fast farblos wirkten. Sie weckten Erinnerungen, die er wie alte Fotos auf dem Dachboden eingemottet hatte. »Ich weiß nicht, was du glaubst«, fuhr Cecilia fort. »Aber ich hoffe, du verstehst, dass ich nicht mit dir über die Ermittlung reden darf.«

»Welche Ermittlung?«

»Die deine Frau betrifft. Schon allein, dass wir uns hier gegenübersitzen, könnte falsch gedeutet werden.« Cecilia lehnte sich auf ihrem Stuhl zurück, verschränkte die Arme und sah ihn forschend an.

»Ja«, sagte Martin. »Ich weiß, wie das aussieht. Du und ich, nach hunderttausend Jahren zusammen in einem Café. Mehr muss ich nicht sagen, oder?«

»Nein«, erwiderte Cecilia. »Aber hier sind wir.«

»Ich habe dich geliebt, so richtig. Aber das war *damals.*« Martin kniff die Augen zusammen, während er überlegte, wie er es formulieren sollte. »Es hat wehgetan, als du ohne Erklärung verschwunden bist.«

»Wir waren jung, Martin. Unsere Beziehung war nicht für die Ewigkeit.«

»Ich weiß. Aber als du im Sommer plötzlich vor mir standest, hat es all das wieder wachgerufen. Es klingt verrückt, aber du bist vielleicht die Einzige, mit der ich darüber reden kann.«

Cecilia beugte sich vor. »Was meinst du?«

»Annika geht es nicht gut.« Seine Stimme schien von außerhalb seines Körpers zu kommen. Aber jetzt war es raus. Er hatte es gesagt. »Zwischen uns läuft es schon länger nicht mehr ganz rund. Ich habe versucht, mit ihr darüber zu reden, aber sie will nicht. Sie blockt einfach ab.«

»Das tut mir leid.« Cecilias Miene drückte Besorgnis aus. »Aber ich wüsste nicht, wie ich dir da helfen könnte.«

»Das weiß ich auch nicht. Aber mit unserer Vorgeschichte und dieser Polizeiermittlung dachte ich, dass du gewissermaßen schon involviert bist. Es würde schon reichen, wenn du nur zuhörst. Ich muss einfach mit jemandem reden.«

Cecilia legte ihm eine Hand auf den Arm. Ihre Haut war weich, aber kalt. »Ich verstehe, dass das alles nicht leicht für dich ist. Das tue ich wirklich.« Ihre Miene war ernst. »Aber ich glaube nicht, dass es gut ist, wenn wir uns weiterhin sehen, vor allem nicht, um über deine Frau zu sprechen.«

»Es ist nicht so, dass ich sie hintergehen will.«

»Nein.« Cecilia lächelte. »Mir ist klar, dass du ihr helfen möchtest. Aber ich bin nicht die Richtige dafür, okay? Ich versuche, ein Verbrechen aufzuklären, in das deine Frau verwickelt sein könnte.« Cecilia schüttelte den Kopf. »Das verstößt gegen meine Dienstvorschriften.«

»Schon klar.« Martin hatte gehofft, dass Cecilia ihn verstehen würde, wie früher. Aber so war es nicht. »Es tut mir leid, wenn ich einen Fehler gemacht habe. Das war nicht meine Absicht.«

Cecilia lächelte wieder. »Schwamm drüber.« Sie schüttelte den Kopf. »Aber vielleicht kannst du *mir* helfen?«

Martin fühlte sich unbehaglich. Stirnrunzelnd sah er Cecilia an, ohne etwas zu sagen.

»Deine Frau hat dieses Buch herausgegeben«, fuhr Cecilia fort. »Weißt du irgendwas darüber?«

Martins Unbehagen schlug in Irritation, vielleicht sogar Wut um. Wollte Cecilia ihn etwa verhören?

»Nein«, erwiderte er. »Ich weiß nur das, was in den Zeitungen gestanden hat. Annika erzählt nicht viel von ihrer Arbeit. Jedenfalls keine Einzelheiten, und ich frage auch nicht.«

»Hör zu«, sagte Cecilia. »Falls dir irgendwas einfällt, was sie gesagt hat, irgendwas über dieses Buch, wie unbedeutend es auch gewesen sein mag, dann melde dich bitte bei mir. Wenn ich mit deiner Hilfe herausfinde, wer das Buch geschrieben hat, kann ich dir vielleicht doch helfen.«

»Wie meinst du das?«

»Wenn wir deine Frau aus der Ermittlung ausschließen können, muss ich keine Rücksicht mehr darauf nehmen, dass sie womöglich darin verwickelt sein könnte. Dann können wir uns wieder treffen und offen miteinander reden. Okay?« Cecilia stand auf und zog ihre Jacke an.

Martin sah sie an. »Willst du gehen?«

»Es ist besser so.« Sie lächelte. »Ich muss zurück ins Präsidium. Aber es ist alles in Ordnung, du hast nichts falsch gemacht. Ich weiß, dass du dir ernsthaft Sorgen machst.«

Martin blickte Cecilia durch die verregneten Fenster nach. Sie überquerte die Straßenbahngleise und verschwand hinter der nächsten Ecke. Er trank seinen Cappuccino aus. Dann verließ er das Café und machte sich auf den Heimweg.

65

Angst kriecht mir unter die Haut.
Kribbelt unentwegt, wie die Käfer auf mir.

Montag, 17. Oktober

MARTIN PARKTE IN der Einfahrt, schaltete den Motor aus und blieb im Auto sitzen, bis die Lämpchen des Armaturenbretts erloschen und ihn im Dunkeln zurückließen. Schwere Regentropfen trommelten aufs Dach. Schuldgefühle nagten an ihm. Er hatte keinen Fehler machen wollen. Er hatte nur versucht, seiner Frau zu helfen, der Frau, ohne die er nicht leben konnte. Warum plagten ihn Gewissensbisse?

Es war schon fast neun. Er kam viel zu spät, vielleicht sogar so spät, dass er es nicht mehr auf die Arbeit schieben konnte. Annika hatte sich den ganzen Abend nicht gemeldet. Jedes Mal, wenn sein Handy gesummt hatte, waren es neue dienstliche Mails gewesen. Allmählich kroch die Herbstkälte ins Wageninnere. Die Windschutzscheibe begann von seinem Atem zu beschlagen. Er musste sich einen Ruck geben und ins Haus gehen.

Als er vor der Eingangstür nach seinem Schlüssel suchte, kehrte sein schlechtes Gewissen zurück. Unwillig schüttelte er den Kopf und schloss die Tür auf. Im Flur war es warm, und es roch nach Essen. Aber im Haus war es still. Und dunkel. Nur zwei Kerzen auf dem Küchentisch erhellten Annikas Gesicht. Sie sah ihn an, während er seine Jacke aufhängte. Ihr Weinglas war leer. Seins voll.

»Du kommst spät.« Sie klang gleichgültig. Er konnte nicht sagen, ob sie wütend, traurig oder enttäuscht war. Ihre Miene ließ sich nicht deuten. »Ich habe Abendessen gekocht. Du musst es dir aufwärmen.«

»Danke.« Martin füllte seinen Teller und stellte ihn in die Mikrowelle. Das Piepen ein paar Sekunden später schnitt ihm ins Trommelfell. Er setzte sich zu Annika an den Tisch. »Wir müssen reden«, sagte er.

»Worüber?« Annikas schleppende Stimme verriet, dass sie zu viel getrunken hatte. Abermals beschlich Martin das Gefühl, sie hintergangen zu haben. Er schwieg eine Weile und starrte auf seinen Teller, ohne einen Bissen zu essen.

»Über alles, was passiert ist. Ich mache mir Sorgen um dich.«

»Das musst du nicht.«

»Und ob ich das muss«, erwiderte er lauter, als er beabsichtigt hatte. »Ich weiß, dass es dir nicht gut geht. Mir geht es auch nicht gut. Und ganz ehrlich, *uns sollte es nicht gut gehen.* Du wirst verdächtigt, in einen Mordfall verwickelt zu sein. Heute Nacht hast du völlig neben dir gestanden, und trotzdem schleichen wir auf Zehenspitzen umeinander herum, als ob nichts gewesen wäre. Und die Fehlgeburt …« Seine Stimme versagte. Tränen brannten hinter seinen Augenlidern, und er verbarg das Gesicht in den Händen.

Annika schwieg und wartete, bis er aufhörte zu weinen. »Wo warst du heute Abend?«, fragte sie dann.

»Was spielt das für eine Rolle?«, schnappte er. »Ich versuche, über wichtige Dinge zu sprechen.«

»Für mich ist es wichtig«, erwiderte Annika.

»Ich musste länger arbeiten.« Die Lüge hinterließ einen bitteren Beigeschmack, aber ihm blieb keine andere Wahl. Wie sollte er Annika erklären, dass er ausgerechnet Cecilia um Hilfe gebeten hatte?

Annika nickte. »Okay«, sagte sie. »Aber wenn du reden willst, wäre es vielleicht gut, wenn du mehr zu Hause wärst. Ich glaube, das würde alles einfacher machen – für uns beide.«

Martin schluckte den bitteren Klumpen. Seine Schuldgefühle legten sich ein wenig, glühten aber wie ein Schwelbrand in seinem Magen weiter. »Ich werde tun, was ich kann.«

»Gut, denn ich mache mir auch Sorgen um dich. Du bist auch nicht du selbst. Du hast dir unten im Souterrain einen Hightech-Arbeitsplatz eingerichtet, trotzdem bleibst du länger im Büro als jemals zuvor.«

»Ich weiß«, sagte Martin. »Aber wir hatten in der letzten Zeit so viele Meetings. Die konnte ich schlecht von zu Hause aus erledigen.« Er zögerte. »Aber du hast recht, ich bin dir aus dem Weg gegangen. Seit dieses Buch erschienen ist, bist du das reinste Pulverfass.«

»Dieses Buch hat den Verlag gerettet«, entgegnete Annika. »Es hat dieses Haus bezahlt. Damit wir unser gemeinsames Leben aufbauen, eine Familie gründen und bis an unser Lebensende glücklich miteinander sein können. Was ist falsch daran?« Die Worte sprudelten aus ihr heraus, auf Autopilot.

»So habe ich das nicht gemeint. Alles, was du sagst, ist richtig. Aber seit dieses Buch erschienen ist, standest du unter enormem Stress, tust es noch immer, sonst wärst du seitdem nicht krankgeschrieben. Versteh mich bitte nicht falsch, aber vielleicht solltest du mit jemandem reden. Einem professionellen Therapeuten. Das ist nichts Verwerfliches.«

»Liebling.« Annika schüttelte lächelnd den Kopf, deutlich entspannter als noch vor ein paar Sekunden. »Jetzt verstehe ich, warum du dich so merkwürdig verhalten hast. Du hast recht, ich war nicht ich selbst, aber ich bin nicht dabei, den Verstand zu verlieren.«

»Das wollte ich damit nicht …« Martin brach ab.

»Mir geht es viel besser. Ich habe heute Morgen ausgeschlafen und fühle mich wie neugeboren. Ich war sogar unten im Souterrain und habe die Asche weggefegt, die ich heute Nacht da verteilt habe, während ich geschlafwandelt habe. Die Bettwäsche habe ich auch gewaschen. Da unten gibt es nichts, wovor ich Angst haben müsste. Du hast recht, ich habe mir das alles nur eingebildet. Wenn ich mir jetzt noch ein paar Tage Ruhe gönne, ist alles wieder gut, versprochen.«

Annika stand auf, ging zu Martin und umarmte ihn. Er lehnte sich an sie und spürte ihre warme Brust durch ihren Hausanzug. Annika küsste ihn zärtlich. Sein Körper reagierte auf ihre Nähe. Annikas Finger fuhren durch seine Haare, und sie blickte ihm tief in die Augen.

»Komm«, sagte sie. »Ich glaube, wir trauen uns, es wieder zu versuchen, oder was meinst du?«

66

Meine Höhle stinkt nach
verrottenden Leichen und Verwesung.
Unmenschliche Kreaturen flüstern mich in den Schlaf.

Mittwoch, 2. November

CECILIA HÖRTE, WIE die Bürotür krachend ins Schloss fiel. Sie kannte Jonas' polternde Art viel zu gut, um aufzublicken.

»Und schon sind wir wieder hier«, verkündete er. Seine Regenjacke raschelte geräuschvoll, als er sie auszog. »Hast du heute Nacht überhaupt geschlafen?«

»Kaum. Uns bleiben nur noch ein paar Tage, bis der Gräber wieder zuschlägt.« Cecilia streckte sich und blinzelte in das blasse Sonnenlicht draußen vor dem Fenster.

»Wir haben darüber geredet.« Jonas fuhr seinen Computer hoch. »Wir werden den Fall nicht lösen, indem wir uns die Nächte um die Ohren schlagen.«

Cecilia warf ihm einen kalten Blick zu. Jonas hatte recht, auch wenn sie es nicht zugab. Sie hatte früher schon unzählige Nachtschichten eingelegt, manchmal gemeinsam mit Jonas, ohne dass es sie ein Stück weitergebracht hatte. Aber mit Lerjedals Empfehlung im Nacken, sie von der Ermittlung abzuziehen, könnte es ihre letzte Chance sein.

In den vergangenen Wochen hatte sie mehr und mehr Zeit im Büro verbracht. Jonas und sie hatten sämtliche Hinweise auf Cecilias eigener Version der kriminalistischen Schautafeln zusammengetragen, die man in den Fernsehkrimis sah.

Ein Zeitstrahl aus schwarzem Klebeband an einem Whiteboard. Mit Magneten oder Knetmasse angeheftete Tatortfotos und verschiedenfarbige Klebezettel. Mit Stecknadeln an die Tapete gepinnte Notizen. Über dem 6. November prangte ein großes Fragezeichen. Bis dahin waren es nur noch vier Tage.

Wenn Jonas abends nach Hause gegangen war, hatte sie im Büro weitergearbeitet. In den letzten Tagen hatte sie sogar ihre Joggingrunde ausfallen lassen. Und gestern war sie überhaupt nicht nach Hause gegangen. Stattdessen hatte sie sich ein Fertiggericht in der Mikrowelle aufgewärmt und es gegessen, während sie auf ihre Ermittlungsergebnisse an der Wand gestarrt hatte.

Gestern war die Analyse von Bengt Johanssons Speichelprobe gekommen. Johansson *war* der unbekannte Mann, der in Linda Sandströms Haus gewesen war. Und trotzdem brachte sie das der Lösung des Falls keinen Schritt näher. Es bewies nur, dass Johansson in der Küche gewesen war, nicht im Keller. Sie hatten nach wie vor nichts in der Hand.

»Was lassen wir außer Acht?«, fragte sie in den Raum.

»Unseren Morgenkaffee?« Jonas lehnte sich an den Schreibtisch und grinste breit.

Cecilia verdrehte die Augen.

»Ich habe keine Ahnung«, fuhr Jonas fort. »Der Fall ist und bleibt eine Sackgasse. Mit dem einzigen Unterschied, dass es jetzt dieses Buch gibt.«

»Hör mit diesem verfluchten Buch auf«, fauchte Cecilia. »Wäre das nicht aufgetaucht, könnten wir wenigstens ungestört unseren Job machen.«

»Okay, okay«, beschwichtigte Jonas. »Ich sag kein Wort mehr, versprochen.«

Cecilia ließ ihren Nacken knacken. Es knirschte, als säße Sand zwischen ihren Wirbeln. Sie verzog das Gesicht und warf einen verächtlichen Blick auf das Buch, das auf einem Stapel alter Ausdrucke lag. Es schürte ihren Frust nur noch mehr. Darin steckten so viele Details, so viele kleine, dem Anschein nach unbedeutende Einzelheiten. Aber waren sie wirklich so unbedeutend?

»Weißt du was?«, sagte sie und setzte sich kerzengerade auf. »Eine Sache ist an diesem Buch doch bedeutsam.«

»Abgesehen davon, dass die Lektorin mit deinem Jugendschwarm verheiratet ist?«

»Das ist lange her. Können wir uns bitte konzentrieren?«

Jonas nickte. »Ja.«

»Alles, was wir über den Gräber wissen, stimmt mit der Schilderung im Buch überein. Aber wir haben keine Ahnung, was er *wirklich* mit seinen Opfern macht, nachdem er sie verschleppt hat.«

»Ich bete, dass dieser Teil Fiktion ist«, murmelte Jonas und schnitt vor Unbehagen eine Grimasse.

»Wollen wir's hoffen. Aber davon abgesehen. Ich habe alle Fakten doppelt und dreifach geprüft.« Cecilia trat an das Whiteboard und tippte auf das Foto eines gelben Schaufelbaggers. »Sogar die Modellbezeichnungen der Baumaschinen an den Tatorten stimmen mit den wahren Begebenheiten überein. Es ist krank. Alles im Buch stimmt. *Alles*. Das Einzige, was ich nicht bestätigen kann, sind die Souvenirs.«

»Wovon redest du?«

»Hast du das Buch wirklich gelesen?«, fauchte Cecilia. »Der fiktive Gräber nimmt aus den Häusern seiner Opfer jedes Mal ein Souvenir mit. Irgendeinen kleinen Gegenstand, den niemand vermisst, durch den er aber seiner Opfer gedenkt, wenn er …«

»Danke, daran musst du mich nicht erinnern«, fiel Jonas ihr ins Wort.

Cecilia lächelte. Das war die Heimzahlung dafür, dass Jonas ihre Vergangenheit durchschaut hatte. »Ich wollte es dir ja eigentlich nicht erzählen«, fuhr sie fort. »Aber weißt du, wie ich an den Becher mit Johanssons DNA gekommen bin?«

»Nein.«

»Erinnerst du dich an Jesper Olsson? Bevor wir ihn ins Präsidium bestellt haben, bin ich ihm heimlich zu seinem Krimischreibkurs gefolgt. Den auch Bengt Johansson besucht. Was, wenn Johansson das Buch geschrieben hat? Das würde die Souvenirs erklären.«

»Schade, dass wir ihn nicht in Gewahrsam nehmen können, weil er von einer Schriftstellerkarriere träumt.« Jonas schwieg einen Moment. »Aber an deiner Theorie ist was dran. Also, wie überprüfen wir das – ohne abzuwarten, ob im Haus des nächsten Opfers etwas fehlt?«

»Wir wissen, dass Johansson in einem der Häuser war. Und er ist mehrfach wegen Diebstahls verurteilt worden. Er macht also definitiv lange Finger.« Cecilia setzte sich an ihren Computer und klickte den Ordner mit den Informationen über die Baufirmen an.

»Aber woher wissen wir, ob er auch in den anderen Häusern war?«, fragte Jonas. »Er steht noch nicht mal in der Personalkartei der aktuellen Firma, und an den anderen Tatorten haben wir keine DNA von ihm gefunden.«

»Nein, aber jetzt wissen wir, wonach wir suchen müssen.« Cecilia wies mit dem Zeigefinger auf Jonas.

»Souvenirs?« Er sah sie skeptisch an.

»Ganz genau.« Cecilias Gehirn arbeitete auf Hochtouren. Sie wusste, dass sie ihre Ermittlung nicht auf Details aus dem Buch stützen konnten. Aber trotzdem. Was, wenn sie jemanden fanden, der in den Häusern der Opfer gewesen war? Jemanden, der die Tunnel vorbereitet hatte. Jemanden, der einen Grund hatte, kleine Gedenkstücke von den Tatorten zu entwenden. Jemanden wie Bengt Johansson. So viele Einzelheiten im Buch entsprachen den Tatsachen. Warum also nicht auch die Souvenirs?

Cecilia zuckte zusammen, als die Puzzleteile vor ihr auf dem Bildschirm an die richtige Stelle rückten.

Johansson war tatsächlich schon einmal an einem Tatort gewesen. Auf der Baustelle am Haus des ersten Opfers war er als Hilfsarbeiter engagiert gewesen. Bevor sie die Ermittlungen übernommen hatte. Cecilia beugte sich näher zum Bildschirm und las den Namen ein zweites Mal. Sie nickte. *Das kommt dabei raus, wenn man Ermittler von laufenden Fällen abzieht und ersetzt, Knut Lerjedal. Es führt dazu, dass Dinge übersehen werden.*

Cecilia lächelte. »Johansson muss unser Mann sein«, sagte sie.

»Bist du sicher?« Jonas beugte sich über den Schreibtisch, um auf ihren Bildschirm sehen zu können.

»Nein, aber es gibt zu viele Übereinstimmungen. Wir haben seine DNA, auch wenn sie in diesem speziellen Fall nichts beweist. Er war erwiesenermaßen an mindestens einem weiteren Tatort, und er will Krimis schreiben. Ruf die Staatsanwältin an. Lass einen Haftbefehl gegen ihn ausstellen. Besorg einen Durchsuchungsbeschluss für seine Wohnung. Wenn er da irgendwelche Souvenirs aufbewahrt, haben wir unseren Mann.«

»Cissi …« Jonas runzelte die Stirn.

Cecilia drehte sich um und begegnete seinem skeptischen Blick. »Ich weiß, wie das klingt. Überzeug die Staatsanwältin, dass es notwendig ist. Es ist mir völlig egal, wie du das anstellst. Das ist unsere letzte Chance.«

»Okay … Aber ich will der Staatsanwältin nicht erklären, dass wir uns auf Details aus diesem Buch stützen.«

»Das muss sie nicht erfahren. Ruf sie an. Und hör auf, mich Cissi zu nennen. Du weißt, dass ich das hasse.«

Jonas zuckte mit den Schultern, dann nahm er den Hörer ab und wählte die Nummer der Staatsanwaltschaft. »So nenne ich dich nur, wenn du es verdienst.«

»Haha. Versprichst du, es zu lassen, wenn diese Spur den Fall löst?«

»Wenn wir diesen Fall lösen, nenne ich dich bis an mein Lebensende Cissi«, erwiderte er grinsend. Als Cecilia zu einer Antwort ansetzte, deutete er auf den Hörer und begann zu reden. »Ja, hallo. Hier ist Jonas Andrén von der Mordkommission Göteborg. Ist Moa Lindgren zu sprechen?«

67

Ich schreie meinen Schmerz innerlich heraus.
Niemand hört mich.
Niemand kommt zu mir.
Nur sie – und sie geben mir keine Liebe.

Mittwoch, 11. November,
sechs Jahre zuvor

AUF DEM RÜCKWEG vom Hotel durchfluteten Jan die Emotionen. Enttäuschung. Trauer. Wut. Und andere, die er nicht benennen konnte. Als er nach Hause kam, hätte er am liebsten die Eingangstür hinter sich zugeknallt, doch er zügelte seine Wut und zog sie stattdessen übertrieben sanft ins Schloss. Dann ließ er sein Ölzeug auf den Boden fallen und starrte in das leere stockfinstere Haus.

Erst in der Küche machte er Licht. Als er die Whiskyflasche an die Lippen setzte, brach sich der Schein der Deckenlampe in der goldfarbenen Flüssigkeit. Der Alkohol vermengte sich mit seinem Blut und vermischte sich in seinen Adern zu einem giftigen Cocktail. Hier, im Herzen seines und Thereses gemeinsamen Heims, gelang es ihm, seine Gefühle zu analysieren. Die Erkenntnis schwärzte seine Sinne wie rußig brennender Diesel. Er fühlte Hass.

Er hasste Therese. Hasste sie, weil sie ihn verraten hatte, und wegen ihres totalen Mangels an Respekt ihm gegenüber. Das Gefühl schmeckte nach Blut, gewürzt mit Single-Malt-Whisky. Es brannte im Hals und ließ eine stechende Hitze in seiner Brust aufflammen. Jan fuhr sich mit der Zunge über seine spitzen Eckzähne und stellte sich vor, wie dickflüssiges warmes Blut seine Kehle hinunterrann. Dann schüttelte er unwillig den Kopf und beschloss, seine Fantasie in die richtigen Bahnen zu lenken.

Die Whiskyflasche stieß rhythmisch gegen seinen Oberschenkel, als er in sein Arbeitszimmer hinunterging und seinen Computer hochfuhr. Er rief das Manuskript auf. Seine Finger zuckten über der Tastatur. Sie wollten schreiben. Er *musste* schreiben. Aber nichts geschah. Wieder einmal leuchtete ihm erbarmungslos eine weiße Seite entgegen. Sein Kopf war genauso leer wie der Bildschirm vor ihm. Gleichzeitig entfaltete der Alkohol seine Wirkung. Jan hieb mit der Faust auf den Schreibtisch, griff nach der Whiskyflasche und trank in großen Schlucken. Ein kurzes, scharrendes Geräusch – wie Klauen, die an der Hauswand kratzten – durchfuhr ihn und ließ seine Nackenhaare zu Berge stehen. Jan wandte den Blick vom Monitor und betrachtete die Wand.

Das Kratzen erklang wieder, und diesmal hielt es an. Jan stand auf und legte eine Hand auf die Tapete, spürte schwache Vibrationen im Beton. Er antwortete, indem er seine Fingernägel wie Krallen über die Wand zog. Als sie in den Fasern der Tapete hängen blieben, zog er sie mit einem Ruck heraus. Das Kratzen verstummte, und die flüsternden Stimmen setzten ein. Deutlicher als je zuvor, wie eine Geliebte, die ihm Liebesschwüre ins Ohr raunte.

Sein Blick fiel auf die alte Schreibmaschine. Er klappte seinen Laptop zu und spannte ein Blatt Papier ein. Der schwergängige Walzendrehknopf und das ratschende Geräusch, mit dem der Bogen hochkam, sandten wohlige Schauer durch sein Nervensystem. Die Tasten sanken unter dem Druck seiner Finger nach unten. Lange schmale Hämmerchen schlugen gegen Walze und Farbband und pressten Wörter auf das Papier. Je fester er die Tasten nach unten drückte, umso schwärzer wurden die Wörter. Das stakkatoartige Geklapper vibrierte zwischen den Wänden, während Wort für Wort auf dem Bogen Gestalt annahm. Es ging langsam, doch Jan verspürte eine Befriedigung wie seit Jahren nicht mehr.

Der Text war kurz, aber kraftvoll, wie es sein jüngstes *Turwall*-Manuskript hätte sein müssen. Aber dies war kein neuer *Turwall*. Dies war etwas völlig anderes. Etwas Dunkles und Gefährliches. Es war seine Rache, die durch seine Finger floss.

Jan schrieb, begleitet vom Geräusch scharrender Klauen an der Hauswand, von flüsternden Stimmen, die ihn antrieben. Während die Tastaturhämmerchen immer schneller gegen die Walze schlugen, ging das Scharren in ein lautes Dröhnen über. Putz fiel von den Wänden. Das unermüdliche Gehämmer der Schreibmaschine vermischte sich mit Erschütterungen unter dem Fundament zu einem anschwellenden Crescendo. Das Ping am Zeilenende erklang im selben Moment wie das Knirschen von berstendem Stein. Etwas oder jemand brach durch den Kellerfußboden.

Sie waren hier. Die Kreaturen, die er auf dem Papier zum Leben erweckt hatte, waren in seinem Haus. Vom Vorratskeller näherten sich schwere Schritte. Trotzdem schrieb er unbeirrt weiter, sogar dann noch, als er einen feuchten Atem im Nacken spürte und ihm ein erdiger Geruch in die Nase stieg. Der Text verlieh ihm Kraft. Niemand konnte ihm etwas zuleide tun, nicht einmal die Kreaturen, die ihre scharfen Klauen an den Mauern seines Hauses wetzten. Nicht so lange er schrieb. So lange er schrieb, war er unverwundbar.

68

Hätte ich die Stärke, mir das Leben zu nehmen,
ich würde es tun.
Doch sie lassen mich nicht sterben.

Donnerstag, 3. November

ZWEI STREIFENWAGEN UND Cecilias ziviler Dienstwagen rollten langsam durch einen Waldgürtel einen schmalen Schotterweg entlang. Der Schotter knirschte unter den Reifen. Kurz darauf lichtete sich der Wald, und sie fuhren auf einen Acker zu. Ihre Scheinwerfer erleuchteten leichte Nebelschwaden, die zwischen drei Häusern, die in einer Reihe am Waldrand standen, dahintrieben.

Cecilia betrachtete das letzte Haus. Ihr Körper kribbelte vor Erwartung. Es war so weit. Hier wohnte er.

Auf einem verblichenen Briefkasten klebte ein säuberliches, mit einem Etikettendrucker gedrucktes Namensschild. *Johansson.* Das Schild war einmal weiß gewesen, doch inzwischen hatte es die Sonne bräunlich vergilbt. Das Gartentor, hinter dem ein Kopfsteinpflasterweg zum Haus hinaufführte, hing schräg in den Angeln. Die Holzfassade besaß einen dunkelgrünen Anstrich, als sollte sie mit dem Wald verschmelzen. Durch die Fenster flackerte das bläuliche Licht eines Fernsehers auf einen ungepflegten Rasen, der seine Farbe im Takt der Fernsehbilder wechselte.

Cecilia und Jonas tauschten einen Blick, während ihre Kollegen schon aus den Wagen stiegen.

»Bist du bereit?«, fragte Jonas.

Cecilia ließ vor ihrem geistigen Auge die Ermittlungen der vergangenen Jahre Revue passieren. Für den Bruchteil einer Sekunde blitzte Nostalgie in ihr auf. Der Mann, der in dem grünen Haus gerade vor dem Fernseher saß, könnte der Mann sein, der sie seit Jahren zum Narren hielt.

»Absolut«, sagte sie. »Jetzt holen wir ihn uns.«

Sie stiegen aus. Cecilias Hand glitt zu ihrer Dienstwaffe. Es war ein ungewohntes Gefühl, sie im Hüftholster und nicht in der Gürteltasche zu tragen. Sie hoffte inständig, dass niemand von ihnen von der Waffe Gebrauch machen musste. Die Streifenpolizisten positionierten sich unauffällig an der Rückseite des Hauses, um Johansson abzufangen, sollte er durch eine Hintertür fliehen. An den Spitzen der Grashalme glitzerte Tau, und ihre Stiefel hinterließen dunkle Spuren im hohen Gras. Wunderbar. Das würde die Verfolgung erleichtern, falls Johansson das Weite gesucht hatte und in den Wald geflüchtet war. Hundeführer standen mit ihren Vierbeinern an den Autos bereit.

Cecilia rekapitulierte, was sie über Bengt Johansson wusste. Er war dreiundvierzig Jahre alt, unverheiratet, und er wohnte allein. Von einer Handvoll Bagatelldiebstähle abgesehen wies sein Strafregister nur eine siebzehn Jahre alte Anzeige wegen Geschwindigkeitsübertretung auf. Er besaß einige ältere Autos und zwei Motorräder. Darunter eine Harley-Davidson. Äußerlich betrachtet führte er ein ruhiges Leben. Außer dass er sich mit diversen Gelegenheitsjobs und Projektanstellungen als Baggerfahrer über

Wasser hielt, schien er völlig normal zu sein.

Trotzdem wurde sie den Gedanken nicht los, dass der wahre Grund für sein unauffälliges Dasein die Dinge waren, die er Jahr für Jahr in der Nacht auf den 6. November tat. Und wenn Johansson zudem von einer Karriere als Krimiautor träumte, erklärte das auch, warum er Apelgrens Namen vorschützte – vorausgesetzt, er hatte *Ich bin der Gräber* geschrieben.

Cecilia ging vor Jonas die kleine Vordertreppe hinauf und klingelte. Nichts rührte sich. Sie warf Jonas einen Blick zu. Schulterzuckend hämmerte er mit der Faust laut gegen die Tür. Im nächsten Moment wurde die Tür geöffnet, und sie standen ihrem Verdächtigen von Angesicht zu Angesicht gegenüber. Hinter Johanssons Schulter flimmerte der grüne Schein des Fernsehers, und die Geräuschkulisse eines Fußballspiels drang zu ihnen hinaus. Johansson blickte sie fragend an. Sein Blick flackerte zwischen Cecilia und den uniformierten Polizeibeamten am Fuß der Verandatreppe hin und her, aber er zeigte keine Anzeichen von Flucht oder Gewaltbereitschaft.

»Was wollt ihr diesmal?«, fragte er seufzend. Sein Atem roch nach Bier und Zigarettenrauch.

»Bengt Johansson«, sagte Cecilia. »Sie sind verhaftet. Ich muss Sie bitten, mit aufs Präsidium zu kommen.«

Johanssons Gesicht wurde aschfahl. »Was? Warum? Ich habe nichts verbrochen.«

»Sie sind dringend tatverdächtig, mehrere Morde begangen zu haben. Wenn Sie möchten, können wir die Details hier und jetzt besprechen. Mir wäre es aber lieber, wenn wir das auf dem Präsidium erledigen könnten.« Cecilia deutete mit dem Kopf auf das Nachbarhaus. »Damit Ihre Nachbarn sich nicht wundern.«

Johansson blickte sich um, dann hob er abwehrend die Hände. »Okay.«

»Folgen Sie Polizeiassistent Shikhan bitte zum Auto?«, bat Jonas, worauf einer der uniformierten Beamten am Fuß der Treppe einen Schritt vortrat und Johansson ernst ansah.

Johansson nickte. Er bewegte sich ruckartig. »Kann ich nur noch eben meine Jacke holen?«, fragte er.

»Natürlich«, erwiderte Jonas.

»Wir werden Ihr Haus und Ihre Fahrzeuge durchsuchen«, sagte Cecilia. »Möchten Sie den Durchsuchungsbeschluss sehen?«

Johansson zog eine verwaschene Jeansjacke über. »Nein, ich habe nichts zu verbergen.« Er schlüpfte in ein Paar klobige Schnürstiefel, dann schlurfte er die Verandatreppe hinunter. Polizeiassistent Shikhan fasste ihn am Arm und führte ihn zu einem der Streifenwagen.

Die anderen Beamten verschwanden im Haus, um mit der Durchsuchung zu beginnen. Jonas blieb auf der Veranda zurück und hob die Augenbrauen. »Wer hätte das gedacht«, sagte er. »Das war die unspektakulärste Festnahme seit Langem.«

»Wohl wahr«, pflichtete Cecilia ihm bei. Sie streiften ein Paar Latex-Schuhüberzieher über und folgten ihren Kollegen ins Haus, das von innen genauso unansehnlich war wie von außen. Bis auf einen grau lackierten Eckschrank, in dem geblümtes Porzellangeschirr stand – vermutlich Erbstücke –, schienen sämtliche Möbel von IKEA zu stammen. Auf dem Wohnzimmertisch vor dem Fernseher standen drei Bierdosen, eine davon geöffnet. Zwischen den beiden anderen klemmte eine Chipstüte. Auf einer Zigarettenschachtel lag ein Feuerzeug, aber ein Aschenbecher war nicht zu sehen. Offenbar rauchte Johansson nicht im Haus.

Langsam ging Cecilia durch die Räume. Sie streifte Plastikhandschuhe über, schärfte ihre Sinne und versuchte, jedes Detail in sich aufzunehmen, während sie nach dem einen suchte, das fehl am Platz wirkte. Das Detail, das Bengt Johansson mit dem

Gräber in Verbindung brachte. Oder mit dessen Opfern. Doch nichts erschien unnormal, sondern im Gegenteil geradezu langweilig normal. Cecilia kamen Zweifel. Hatten sie doch den falschen Mann?

Im Schlafzimmer stand ein schmaler, mit Bücherstapeln und einem klobigen Laptop bestückter Schreibtisch. Cecilias Blick fiel auf eine zerlesene Ausgabe von *Der Pfingstmann*. Sie blätterte die Seiten durch. Sie waren genauso mit Notizen, Randbemerkungen und Post-its gespickt wie ihr Exemplar von *Ich bin der Gräber*. Offensichtlich hatte Johansson sich ausgiebig mit Apelgrens Schreibstil beschäftigt. Cecilia legte das Buch auf den Schreibtisch zurück und ging in den Flur hinaus. Dort öffnete sie eine Tür, hinter der eine schmale Treppe in einen muffigen Keller führte. Kalte, nach Sommerhaus riechende Luft schlug ihr entgegen. Cecilia knipste das Licht an und ging nach unten.

Es war ein alter Erdkeller. Ein einziger Raum mit grobem Mauerwerk. Der Boden bestand aus festgestampftem Lehm. In einer Ecke befand sich eine moderne Erdwärmeheizungsanlage, die leise brummte. An der gegenüberliegenden Wand stand eine riesige Kühltruhe, über der ein verschlossener Waffenschrank hing. Johansson hatte einen Jagdschein und besaß zwei registrierte Jagdgewehre und eine Schrotflinte, die Waffen waren also legal. Auf dem Waffenschrank stand eine geöffnete Packung Schrotkugeln. Nicht gerade die gesetzlich vorgeschriebene Aufbewahrung, aber nichts, was sie zum Handeln zwang.

Was hingegen ihr Interesse weckte, war ein offenes Regal an der hinteren Kellerwand, in dem ein Sammelsurium von Gegenständen lag. Eine goldfarbene Haarbürste. Ein abgewetzter Teddybär. Ein Spruch-Kaffeebecher. Diverse Puppen und andere Spielsachen, viele noch originalverpackt. Cecilia trat näher an das Regal und betrachtete die Gegenstände genauer. Keiner davon passte in Johanssons Profil. Keiner davon gehörte hierhin.

Cecilia nahm einen pinkfarbenen Pappkarton mit Klarsichtfenster in die Hand. Sie blickte in die aufgemalten Augen einer schlanken Plastikpuppe. Eine Barbie. Das Kunsthaar schimmerte golden. Cecilias Herz setzte einen Schlag aus. Sie dachte an die originalverpackte Barbiepuppe, die in Linda Sandströms Kellerregal gestanden hatte. Und es gab nur eine logische Erklärung, warum sie jetzt hier, in Johanssons Keller, eine ebensolche Barbiepuppe fand. Sie war ein Souvenir. Genau wie die Souvenirs im Buch. Die anderen Gegenstände mussten Souvenirs früherer Opfer sein. Aber es waren so viele. Cecilias Blick fiel auf ein weißes »Mein kleines Pony« mit regenbogenfarbener Mähne, neben dem ein rotes Matchboxauto lag. Sie fröstelte. In wie viele Häuser war der Gräber eingedrungen? Gab es weitere Opfer, von denen sie nichts wussten?

Obwohl sie Handschuhe trug, wich sie vom Regal zurück, um keine Spuren zu zerstören. Die Gegenstände waren jetzt Beweismaterial. Cecilia spürte, wie ihr Herz gegen die Rippen hämmerte.

»Jonas!«, rief sie die Treppe hinauf. »Wir haben unseren Mann.«

TEIL 3

Der Gräber

69

Das Schreiben ist meine einzige Linderung.
Die wenigen Stunden, in denen es mir gelingt,
im Text zu verschwinden, sind die einzigen,
die mit einer Form von Leben vergleichbar sind.

Freitag, 4. November

CECILIA WAR ÜBERZEUGT, dass der Mann, der ihr gegenübersaß, der Mann war, den sie seit fast fünf Jahren jagte. Wenn sie recht hatte, bedeutete das, dass sie das Rätsel gelöst und der Gräber sein letztes Opfer gefordert hatte. Irrte sie sich, würde man sie in naher Zukunft vom Fall abziehen, und jemand anderes musste sich des nächsten Opfers annehmen. Aber wie auch immer die Gleichung aufging, eins stand fest: Sie würde nie wieder dieses klaffende Loch im Kellerfußboden sehen müssen.

Mit einem Kopfnicken signalisierte sie Jonas, dass sie bereit war. Er antwortete mit einem stummen Blick. Cecilia schaute noch einen Moment unbeweglich auf den auf seinem Stuhl nervös hin und her rutschenden Johansson, dann ergriff sie das Wort.

»Herr Johansson, Ihnen werden fünf Morde zur Last gelegt. Was haben Sie dazu zu sagen?«

Johansson schüttelte den Kopf. »Ich habe nichts gemacht.«

»Nichts?«, wiederholte Cecilia. »Bekennen Sie sich schuldig, diese Verbrechen begangen zu haben?«

»Ich bin unschuldig«, stieß Johansson hervor und kaute an seinem Daumennagel.

»Hören Sie zu. Jedes Jahr, in der Nacht auf den 6. November, also morgen, dringt jemand durch den Kellerfußboden in ein Haus ein und ermordet dessen Besitzer. Und jedes Mal werden an dem betreffenden Haus zum Tatzeitpunkt Drainagearbeiten durchgeführt. Wissen Sie etwas darüber?«

Johansson errötete, schwieg aber.

»Es gibt sogar ein Buch, das diese Ereignisse aufgreift«, fügte Jonas hinzu.

»Denkt ihr etwa, dass ich der Gräber bin?«, stieß Johansson hervor. Er schüttelte den Kopf. »Das könnt ihr doch nicht ernsthaft glauben.« Johanssons Blick ging zwischen Cecilia und Jonas hin und her. Er wirkte aufrichtig erstaunt.

Cecilia hob die Augenbrauen und beugte sich über den Tisch. »Bengt«, sagte sie sanft und fixierte seinen Blick. »Wir wissen, dass Sie es sind. Wir haben fünf Mordopfer. Wir haben Ihre DNA am letzten Tatort gefunden. Wir wissen, dass Sie auch in den Häusern der anderen Opfer waren. Wir haben in Ihrem Keller Gegenstände gefunden, die den Opfern gehören.«

»Aber ich bin nicht der Gräber!«, schrie Johansson. Seine Stimme hallte durch den Vernehmungsraum.

»Beruhigen Sie sich«, sagte Jonas.

»Wenn Sie es nicht sind, möchten Sie uns dann erklären, woher die Gegenstände in Ihrem Keller stammen?«, fragte Cecilia.

»Ich weiß nicht, von welchen Gegenständen ihr redet.«

»Von den Gegenständen, die Sie aus den Häusern Ihrer Opfer entwendet haben.«

Johansson sah Cecilia einen Sekundenbruchteil an, dann wich er ihrem Blick aus. Er wurde blass.

Cecilia lehnte sich auf ihrem Stuhl zurück. »Ich glaube, dass diese Gegenstände Souvenirs sind«, fuhr sie fort. »Als Andenken an Ihre Opfer, nachdem Sie sie ermordet haben.«

»Was zum Teufel faseln Sie da?«, schnaubte Johansson. »Ich habe niemanden ermordet.«

»Wenn Sie es nicht waren, wer war es dann?«, fragte Jonas.

»Der Gräber vielleicht?«, erwiderte Johansson. Sein Körper zuckte. Ein Bein wippte auf und ab, und sein Blick flackerte umher, als suche er nach einem Fluchtweg.

Cecilia überkam der Impuls, Johansson zu provozieren, ihn noch mehr zu verunsichern. »Haben Sie Angst vor ihm?«, fragte sie.

Ein Funkeln trat in Johanssons Augen. »Nein, ich habe keine Angst vor dem Gräber. Genauso wenig wie vor den anderen, das ist nur ein alter Aberglaube.«

Cecilia neigte den Kopf zur Seite. »Den anderen?«, wiederholte sie stirnrunzelnd. Sie nagelte Johanssons Blick fest. »Was meinen Sie damit?«

Johansson schüttelte den Kopf. »Vergessen Sie das. Das sind nur dumme Ammenmärchen.«

»Ich möchte es wissen«, beharrte Cecilia.

»Eine alte Legende, an die einige Baggerführer glauben. Nichts als Fantasie und Hirngespinste, aber es gibt ja Leute, die an so was glauben. Ich gehöre nicht dazu.«

»An was?«, hakte Jonas nach.

Johansson seufzte. »Die Leute glauben …« Er verstummte und blickte sich im Raum um, als hätte er Angst, jemand würde sie belauschen. »Sie glauben, dass in der Erde Wesen hausen, die den Menschen Böses wollen.«

»Wesen?«, wiederholte Jonas. »Was für Wesen?«

Cecilia musste wieder an das Buch denken. An die Kreaturen, die an den Hauswänden kratzten und unter denen der Gräber im Buch lebte. Für die er tötete.

»Was weiß ich«, schnaubte Johansson. »Aber die Kollegen, die an diesen Quatsch glauben, weigern sich, die Ausschachtungen fortzusetzen, wenn sie die Zeichen sehen.«

Cecilia traute ihren Ohren nicht. Wollte Johansson seine Haut mithilfe von Apelgrens fiktiven Monstergestalten retten? Das ist doch völliger Irrsinn, dachte sie, während Johansson weiterredete.

»Beim Ausschachten stößt die Baggerschaufel schon mal gegen die Hauswände. Dabei können an der Fassade Schäden entstehen. Längliche Kerben, Risse oder Putz, der aus dem Mauerwerk bricht. Das kommt vor. Aber manchmal stoßen wir auf Spuren, die nicht wir verursacht haben. Sie sehen aus wie Kratzspuren, als hätte etwas seine Krallen an der Hauswand gewetzt. Dann machen sich einige Kollegen ins Hemd, weil sie es für eine Warnung halten. Eine Warnung der Erdwesen, nicht weiterzugraben. Also weigern sie sich. Aber das können wir den Kunden natürlich nicht sagen, sondern reden von Problemfassaden.«

Jonas schüttelte den Kopf. »Ich kann Ihnen nicht folgen. Was hat das alles mit Ihnen zu tun?«

Johansson zuckte die Schultern. »Alle wissen, dass ich keine Angst vor diesem Zeug habe. Die Firmen heuern mich an, um die Aushubarbeiten zu beenden. Verstehen Sie?«

Cecilia schlug die Handflächen auf den Tisch. »Was zum Teufel erzählen Sie uns hier?« Sie atmete heftig und kochte innerlich vor Wut. »Wollen Sie uns etwa weismachen, dass irgendein *Fabelmonster* umgeht und Leute umbringt?«

»Nein, ich glaube nicht an diesen Quatsch. Ich habe jedenfalls noch nie irgendwelche Monster gesehen, die in der Erde hausen. Aber *ich* habe niemanden umgebracht, so viel steht fest.«

Cecilias Kiefermuskeln mahlten. Sie zeigte mit dem Finger auf Johansson. »Wir wissen, dass Sie lügen. Diese Wesen, von denen Sie faseln, von denen haben Sie in diesem verfluchten Buch gelesen. Aber damit Sie Bescheid wissen, früher oder später werden wir weitere Beweise gegen Sie finden. Mit einem Geständnis ersparen Sie sich selbst eine Menge Zeit.«

Johansson sah Cecilia an. Zum ersten Mal seit Beginn des Verhörs wirkte er gelassen. »Ich will einen Anwalt«, sagte er. Sein Stuhl knarrte, als er die Arme vor der Brust verschränkte und sich zurücklehnte.

Jonas legte Cecilia eine Hand auf die Schulter. »Ich glaube, wir sind für heute fertig«, sagte er. »Wir setzen die Vernehmung morgen fort.«

Sie sammelten ihre Sachen ein, während Johansson vor dem Transport in die Untersuchungshaft in eine Arrestzelle des Präsidiums gebracht wurde.

Jonas lächelte Cecilia aufmunternd zu. »Mach dir keine Sorgen«, sagte er. »Wir haben ihn. Alles stimmt. Wir müssen ihn nur zum Reden bringen, dann können wir den Sack zumachen.«

Cecilia bebte noch immer vor Wut. Der unverschämte Kerl hat mir dreist ins Gesicht gelogen, dachte sie. Trotzdem nickte sie.

Johansson musste der Gräber sein. Und der endgültige Beweis war nur noch eine Frage der Zeit.

70

Zugleich spüre ich, wie meine Menschlichkeit
aus mir herausrinnt wie Sand aus einer kaputten Sanduhr.
Es wird immer schwieriger, sie zu bewahren.

Freitag, 4. November

CECILIA SASS IN ihrem Büro und las das Vernehmungsprotokoll von Bengt Johanssons Verhör. Jonas schrieb die Protokolle immer unglaublich schnell ins Reine, mit mehr Gespür für die Details als sie. Denn im Gegensatz zur vorherrschenden Meinung besaß sie keinerlei Talent fürs Schreiben. Ihre Stärke war Kommunizieren. Sie wusste, was sie sagen, wie sie auf Fragen antworten musste, damit ihre Worte die Öffentlichkeit erreichten. Jonas hingegen konnte schreiben. Seine Texte waren effektive Hilfen für die Kollegen im Präsidium und die Staatsanwaltschaft. Aber hin und wieder ließ er sich von seinen Emotionen hinreißen, wie an der Stelle, an der er Johanssons Abschweifung über Fabelwesen und Monster als Konstruktion und Behinderung der Ermittlung abfertigte. Cecilia konnte sich ein Lächeln nicht verkneifen.

Ein Klopfen an der Tür ließ sie zusammenzucken. Knut Lerjedal steckte den Kopf in ihr Büro.

»Darf ich kurz stören?«, fragte er.

Cecilia musterte ihn. »Tun Sie das nicht schon?«

Lerjedal lachte genauso breit wie immer. »Hat Ihnen mal jemand gesagt, dass Ihnen eine entgegenkommendere Art vieles erleichtern würde?«

»Nein, Ihnen?« Cecilia schlug die Mappe mit dem Vernehmungsprotokoll zu und lehnte sich auf ihrem Schreibtischstuhl zurück. »Was wollen Sie? Ich meine, der Fall ist abgeschlossen. Der Gräber sitzt in Untersuchungshaft.«

Lerjedal stellte die Reisetasche, die er in der Hand hielt, mit einem Knall auf dem Boden ab. »Ich bin gekommen, um mich zu verabschieden. Ich dachte, es würde Sie freuen zu hören, dass ich nach Hause fahre.«

»Auf Wiedersehen.«

»Genau die Reaktion, die ich erwartet habe«, erwiderte Lerjedal. »Aber ich würde Ihnen gern noch etwas sagen, wenn Sie erlauben?«

»Sicher. Ich habe den ganzen Abend Zeit.«

»Ich möchte Ihnen gratulieren, persönlich.«

Cecilia hob die Brauen und sah Lerjedal an. Der harte, skeptische Ausdruck war aus seinen Augen verschwunden. Wüsste sie es nicht besser, würde sie denken, er schaue freundlich. »Danke«, sagte sie.

»Das ist mein Ernst, auch wenn Sie es mir vielleicht nicht glauben. Sie haben sehr gute Arbeit geleistet. Allein die Geduld, mit der Sie diese – offen gestanden – hoffnungslose Ermittlung geleitet haben, ist beeindruckend. Das hätten nicht viele geschafft.«

Cecilia saß mit offenem Mund da wie ein Fisch auf dem Trockenen. »Ich weiß nicht …«, murmelte sie. Lerjedal hob eine Hand.

»Wenn ich ausreden darf? In meinen Augen haben Sie eine festgefahrene Ermittlung bestmöglich geleitet. Trotz gegenteiliger

Behauptungen haben Sie nichts nach draußen dringen lassen, und Sie haben den Fall gelöst. Wenn ich jemals gute Polizeiarbeit gesehen habe, dann hier.«

»Ich verstehe nicht ganz«, sagte Cecilia. »Sie haben empfohlen, mir die Leitung zu entziehen. Wie können Sie jetzt hier stehen und mich loben?«

Lerjedal blickte aus dem Fenster. »Das stimmt. Ich habe empfohlen, Ihnen die Leitung zu entziehen. Aber nicht, weil ich Sie für inkompetent halte, sondern weil die Ermittlung einen neuen Blickwinkel benötigte, der zur Lösung des Falls führte. Und diesen Blickwinkel haben Sie gefunden.«

Lerjedal machte eine Pause, grinste leicht, dann sah er sie wieder an. »Hätten Sie ihn gefunden, wenn ich Sie *nicht* unter Druck gesetzt hätte?«

»Ich weiß es nicht«, erwiderte Cecilia. »Vielleicht. Hoffentlich.«

Lerjedal schüttelte den Kopf. »Nein, hätten Sie nicht. Aber Sie werden Ihren Weg trotzdem machen.« Er warf einen Blick auf seine Armbanduhr. »Mein Zug fährt bald.«

»Soll ich einen Kollegen bitten, Sie zum Bahnhof zu bringen?«

»Nein, ich gehe gern zu Fuß. Ich brauche ein bisschen frische Luft. Vielen Dank, Fräulein Wreede. Ich glaube, dass Sie mit mir übereinstimmen, wenn ich sage, dass ich hoffe, dass sich unsere Wege nicht noch einmal kreuzen.«

Cecilia lächelte. »Gute Reise.«

Knut Lerjedal nickte, griff nach seiner Tasche und verließ das Büro. Cecilia sah den Schatten seiner hoch aufgeschossenen Gestalt den Flur hinunter verschwinden, fort aus ihrem Leben. Sie atmete auf. Lerjedal hatte recht. Sie hoffte inständig, ihm oder sonst jemandem aus seiner Abteilung zum letzten Mal in ihrer Karriere begegnet zu sein.

Diese Erlösung hatte sie verdient. Cecilia blickte aus dem Fenster in den dunklen Abendhimmel, an dem die Lichter eines Flugzeugs blinkten, bis es hinter einer Wolke verschwand. Da fiel es ihr ein. Es gab noch jemanden, der eine Erlösung verdiente.

Sie griff nach ihrem Handy und suchte Martin Granlunds Nummer.

71

Die Veränderung vollzieht sich Tag für Tag rascher.
Ich weiß nicht, wie lange noch etwas von mir übrig ist.

Freitag, 4. November

CECILIA WÄHLTE MARTINS Nummer. Zwischen den Klingelzeichen kamen ihr Bedenken. Sie hatten den Gräber gefasst, da war sie sich völlig sicher. Mit einem winzigen Regelverstoß konnte sie Martin ein wenig von seinen Sorgen nehmen. Das war es wert. Dieses Mal würde sie ihm die Antwort nicht schuldig bleiben.

Aber was, wenn sie sich irrte? Was, wenn ihr Vorgehen doch nicht im Rahmen des Tolerierbaren war?

»Hallo?«, meldete sich Martin. Er klang müde.

Zu spät, einen Rückzieher zu machen. »Ich bin es«, sagte Cecilia. »Kannst du reden?«

»Hallo, äh … ich bin im Büro. Ich gehe kurz nach nebenan. Geht es um etwas Bestimmtes?«

»Ja«, erwiderte Cecilia und blickte aus dem Fenster auf das Ullevi-Stadion auf der gegenüberliegenden Straßenseite. Es war erleuchtet, aber die Ränge waren leer. Die Kulisse strahlte etwas

Gespenstisches aus, als fände dort eine Veranstaltung für die unsichtbaren Bewohner Göteborgs statt. »Wir haben ihn«, fuhr sie fort und konnte ein Lächeln nicht unterdrücken.

»Warte, ich verstehe nicht. Was meinst du?«

»Den Gräber, wir haben ihn. Mehr darf ich dir nicht sagen. Aber ich dachte, du würdest gerne wissen, dass deine Frau nicht mehr verdächtigt wird. Der Gräber hat keine Verbindung zu ihr.«

Martin stieß einen langen Seufzer aus. Es klang nach Luft, die sich seit über einem halben Jahr in seinen Lungen angestaut hatte. »Gott sei Dank«, seufzte er.

»Das bedeutet … Wir können reden. Wenn du willst.« Cecilia biss sich auf die Lippe. Sie hörte selbst, dass ihre Worte missverständlich waren. »Über deine Frau. Du hast dir Sorgen um sie gemacht.«

»Ja«, erwiderte Martin. »Aber ich nehme an, dass ich ihr noch nichts sagen darf?«

»Nein. Schon allein, dass ich es dir sage, ist ein Dienstverstoß. Es tut mir leid, aber deine Frau muss weiter im Ungewissen schweben, bis wir mit einer offiziellen Pressemitteilung an die Öffentlichkeit gehen. Aber ich wollte dir ein kleines bisschen von deinen Sorgen nehmen.«

»Danke, das tust du. Annika wird immer labiler. Ich wünschte, wir hätten dieses Haus nie gekauft.«

»Was hat euer Haus damit zu tun?«

Martin seufzte wieder. »Nachdem wir es gekauft hatten, wurde alles schlimmer.«

Cecilia hörte, wie Martin am anderen Ende der Leitung auf ein knarrendes Sofa sank. »Das ist eine lange Geschichte. Zuerst hat sie sich mit Händen und Füßen dagegen gewehrt, ein Haus mit Keller zu kaufen. Aber als sie dann schwanger wurde, war das plötzlich kein Hinderungsgrund mehr.«

Cecilia schloss die Augen. Sie schämte sich für das, was sie getan hatte, obwohl sie es gut gemeint hatte. »Ich wusste nicht, dass deine Frau schwanger ist. Herzlichen Glückwunsch.«

Martin blieb stumm. Cecilia spürte, dass ihre Worte einen Nerv getroffen hatten.

»Sie …« Martin räusperte sich. Seine Stimme klang mit einem Mal dünn. »Wir haben das Kind verloren.« Er begann zu weinen. »Entschuldige.«

»Gott, nein. Es tut mir so leid.« Cecilias Herz schnürte sich vor Mitgefühl zusammen.

»Danke«, sagte Martin. »Aber danach wurde alles schlimmer. Annika ist seitdem krankgeschrieben und zu Hause. An manchen Tagen ist alles in Ordnung, dann liegen von heute auf morgen ihre Nerven wieder völlig blank, und sie hat panische Angst, auch nur einen Fuß auf die Treppe ins Souterrain zu setzen.«

»Warum?«

»Der Keller jagt ihr Angst ein. Sie glaubt, dass irgendwelche Wesen in der Erde hausen, die ihr etwas antun wollen.«

Cecilia runzelte die Stirn. Wie kam es, dass Annika Granlund und Bengt Johansson beide von unterirdischen Erdwesen sprachen?

»Hat sie irgendetwas über diese Wesen gesagt?«, fragte sie.

»Wieso? Das ist alles nur Einbildung«, antwortete Martin. »Aber ja, in ihrer Kindheit hat sie diese Wesen an der Hauswand kratzen hören, als sie in einem Keller war.«

Ein Kratzen an der Hauswand? Cecilia durchfuhr ein Kribbeln. Davon hatte auch Bengt Johansson gesprochen. Hatten sich Johansson und Annika beide derart von *Ich bin der Gräber* beeinflussen lassen? Das konnte doch nicht sein.

»Sie war damals erst sechs«, fuhr Martin fort. »Die Kellertür war zugefallen und klemmte. Da ist es doch kein Wunder, dass eine Sechsjährige glaubt, Monster in der Dunkelheit zu sehen. Das Schlimme ist, dass sie es noch immer glaubt.«

»Und sie ist nicht die Einzige«, platzte Cecilia unbedacht heraus. »Das klingt ganz nach der Story in diesem Buch.«

»Ich habe es nicht gelesen«, sagte Martin.

»Es ist auch nicht besonders gut. Aber in dem Buch ist der Mörder eine Art Monsterwesen, das unter der Erde haust. Es ähnelt dem, was deine Frau beschreibt.«

»Glaubst du, dass Annika das Buch geschrieben hat?«, fragte Martin.

»Ich weiß es nicht«, antwortete Cecilia. »Aber es spielt auch keine Rolle. Es ist nur ein Buch.«

Sie schwiegen eine Weile. Das Handy wärmte Cecilias Ohr.

»Danke, dass du angerufen hast«, sagte Martin schließlich. »Du ahnst nicht, wie schön es ist zu wissen, dass Annika nicht mehr verdächtigt wird.«

Cecilia lächelte. »Das war das Mindeste, was ich tun konnte. Versteh mich nicht falsch, aber ich habe dich vermisst.«

»Ich dich auch. Weißt du, ich hatte immer das Gefühl, dass wir uns noch einmal begegnen würden, und dann standest du plötzlich vor meiner Tür.«

»Und habe deine Frau festgenommen, ich erinnere mich.« Cecilia lachte.

»Ja, das war nicht unbedingt das Szenario, das ich mir vorgestellt hatte«, erwiderte Martin.

»Ich habe nur meine Arbeit gemacht«, sagte Cecilia. »Das verstehst du doch, oder?«

»Natürlich. Es ist okay, schätze ich. Aber wir müssen doch keine Fremden mehr füreinander sein? Ich meine, wir können doch Freunde sein?«

»Der Gräber wird mich vorerst noch ziemlich auf Trab halten.

Anklageerhebung, Gerichtsverfahren etc. Ich melde mich, wenn das alles vorbei ist.«

»In Ordnung.«

Sie legten auf. Das Display erlosch vor Cecilias Gesicht. Sie blickte abermals auf die Geisterränge des Ullevi-Stadions. Atmete durch. Es war schön gewesen, mit Martin zu reden. Bis sie öffentlich bekannt gaben, dass der Gräber gefasst war, würde er noch eine schwierige Zeit durchmachen, aber jetzt konnte er sich wenigstens ein bisschen entspannen.

Sie schickte ihm eine SMS. Dann packte sie ihre Sachen zusammen und fuhr mit dem Fahrrad nach Hause.

72

Ob die Wesen etwas gemerkt haben?
Ob sie schon Ersatz für mich suchen?

Freitag, 4. November

ANNIKA SASS AUFRECHT auf dem Sofa. Nach wochenlangem Liegen kam es ihr wie ein Sieg vor. Sie legte das Tablet aus der Hand, auf dem sie ein Manuskript gelesen hatte, das Katrin ihr geschickt hatte. Sie hatte tatsächlich mehrere Seiten am Stück geschafft, ohne die Konzentration zu verlieren. Ihr Kopf fühlte sich nicht mehr ganz so schwer an. Ihre Ängste traten seltener auf und legten sich rascher. Bald würde sie vielleicht sogar wieder in den Verlag fahren, und sei es nur für einen Tag.

Sie hörte den Eingangston einer Textnachricht. Ihr Handy hing in der Küche am Ladekabel, abwesend griff sie nach dem Tablet, um nachzusehen. Doch das Display zeigte keine neue Nachricht an. Verwundert hob Annika die Augenbrauen und schloss den Homescreen. Am besten, sie sah doch auf ihrem Handy nach. Vielleicht war die Synchronisation zwischen Smartphone und Tablet verzögert. Aber auch ihr Handy zeigte keine neue Nachricht an. Sie starrte auf das Display und kam sich dumm vor. Hatte sie sich das Signal nur eingebildet? Nein. Sie hatte es gehört. Klar und deutlich.

Plötzlich fiel ihr ein, dass der Signalton von Martins Tablet von unten im Souterrain gekommen sein könnte. Von dort drangen die Geräusche fast zu deutlich nach oben. Sie sollte nicht Martins Nachrichten kontrollieren, aber sie benötigte Gewissheit. Zweifel nagten an ihr. In der letzten Zeit hatte sie sich viel zu viele Dinge eingebildet. Sie brauchte die Bestätigung, dass sie das Signal wirklich gehört hatte. Entweder zeigte Martins Tablet keine neue Nachricht an – dann hatte sie sich das Signal nur eingebildet, genau wie das Kratzen an der Kellerwand –, oder er hatte eine neue Nachricht erhalten, und alles hatte eine logische Erklärung.

Sie verscheuchte ihr schlechtes Gewissen, Martin hinterherzuspionieren, mit der Ausrede, dass sie die Nachricht ja nicht lesen, sondern nur nachsehen würde, ob sie tatsächlich gekommen war.

Unten im Souterrain knipste sie alle Lampen an, damit das Souterrainzimmer so hell erleuchtet war wie irgend möglich. Um diese Jahreszeit halfen auch die bodentiefen Panoramafenster nichts. Ab dem Nachmittag war der Raum stockfinster. Am Waldrand ragten die Umrisse der Bäume wie dunkle Gestalten empor.

Martins Tablet lag in einem Lederfutteral zwischen der Funktastatur und den beiden großen Bildschirmen auf dem Schreibtisch. Der Laptopständer war leer, wie immer, wenn er nicht zu Hause war. Kabel ringelten sich wie elektronische Schlangen über die Platte. Annikas Hände zitterten, als sie nach dem Tablet griff. Es war größer und schwerer als ihr Modell. Als sie das Futteral öffnete, leuchtete das Display auf und zeigte den Eingang einer neuen Nachricht an. Erleichtert atmete sie auf und klappte die Hülle zu. Die klebrige Nervosität fiel von ihr ab.

»Danke«, flüsterte sie leise. Sie hatte sich das Signal nicht eingebildet. Sie wollte Martins Tablet gerade auf den Schreibtisch zurücklegen, als sie sich anders besann. Ihr Blut kribbelte mit jedem Herzschlag heftiger, als sie die Hülle erneut aufschlug. Sie würde die Nachricht *nicht* lesen. Das war falsch. Der Gedanke trieb ihr die Schamesröte ins Gesicht. Sie wollte nur nachsehen, von wem sie war, lesen würde sie sie nicht.

Sie war von Cecilia Wreede. Annika las.

Halte durch. Wir sehen uns bald wieder.

Ihr Kopf begann sich zu drehen. *Halte durch?* Was zum Teufel meinte die Frau damit?

Annikas Herz hämmerte in der Brust. Ihr Blick schrumpfte zum Tunnelblick, als die Wut wie zähflüssige Lava durch ihre Adern floss. Wie konnte er? Mit *ihr?* Nach allem, was geschehen war?

Sie ließ das Tablet fallen, als ob sie sich daran verbrannt hätte. Die metallene Rückseite schepperte auf die Fliesen, und das Gerät rutschte aus der Hülle. Auch nachdem das Display längst erloschen war, konnte Annika ihren Blick nicht davon lösen, während sie darauf wartete, dass sie aufhörte zu zittern.

73

Ich weiß nicht, was ich tun würde,
wenn sie mich hier unten verlassen würden.

Freitag, 4. November

MARTIN STIEG LEICHTEN Schrittes aus dem Auto. Zum ersten Mal seit Wochen freute er sich, nach Hause zu kommen. Er kam nicht ganz so spät wie sonst, und es war endlich Freitag.

Das Gespräch mit Cecilia hatte ihm Mut gemacht. Er sah das Licht am Ende des Tunnels. Dass Annika nicht mehr verdächtigt wurde, etwas mit dem Gräber zu tun zu haben, war eine riesengroße Erleichterung, auch wenn er es ihr noch nicht erzählen durfte. Beim Gedanken an sie wurde ihm warm ums Herz. Sie hatten eine schwierige Zeit durchgemacht, aber Annika hatte recht. Er musste jetzt für sie da sein, er durfte ihr nicht mehr aus dem Weg gehen. Er hatte sich hinter der Arbeit verschanzt, und dafür schämte er sich, aber es war nicht zu spät. Ab jetzt würde alles anders werden. Vielleicht konnte er sich doch eine Woche freischaufeln, damit Annika und er ein bisschen verlorene Zeit gutmachen konnten, gemeinsam. Vielleicht könnten sie ein paar Tage wegfahren.

Er blieb stehen und dachte, dass er Annika einen Blumenstrauß hätte mitbringen sollen, irgendeine kleine Aufmerksamkeit. Das würde er morgen nachholen.

Er schloss die Haustür auf und betrat den Flur. Annika saß wie immer bei Kerzenschein und mit einem Glas Wein vor sich am Küchentisch.

»Hallo, Liebling!«, rief er und lächelte sie an. Während er seine Jacke an die Garderobe hängte, verarbeitete er das Bild, das er gerade gesehen hatte.

Ein Glas Wein. Nicht zwei.

Kein Essen.

»Wie geht es dir?«, fragte er und ging zu ihr an den Tisch.

Annika sah ihn an. Sie war gefasst, aber sie lächelte nicht. Ihre Augen waren kalt, wie zwei Porzellankugeln. Er beugte sich zu ihr, um sie zu küssen.

Annika wandte das Gesicht ab.

»Wie geht es dir?«, wiederholte er. »Ist alles in Ordnung?«

»Nein.« Sie deutete mit dem Kopf auf seinen Platz. Wo sonst sein Teller stand, lag sein Tablet. Martin warf Annika einen fragenden Blick zu, dann blickte er wieder auf das Tablet.

»Sieh es dir an«, sagte Annika. Sie presste die Zähne aufeinander, ihre Kiefermuskulatur trat deutlich hervor.

Martin nahm das Tablet in die Hand. Über das Display verlief ein Riss. »Ist es runtergefallen? Das macht nichts. Es war alt.« Er lächelte Annika an und wollte das Tablet auf den Tisch zurücklegen.

»Lies die Nachricht«, presste Annika hervor. Sie atmete durch die Nase, als würde sie sich alle Mühe geben, ruhig zu bleiben.

Martin scrollte einige Nachrichten von Facebook, Twitter und anderen Apps durch. Dann sah er die SMS von Cecilia. Er spürte einen Stich in der Brust. Er hatte die Nachricht auf dem Handy gelesen und wusste, worauf sie sich bezog. Erst jetzt wurde ihm klar, wie sie aufgefasst werden konnte. Wie Annika sie aufgefasst hatte.

Er versuchte zu lächeln, aber seine Unbeschwertheit war in einem Loch in seiner Brust verschwunden. »Du verstehst das falsch …«, begann er. Weiter kam er nicht.

»Glaubst du, ich bin dumm?«, sagte Annika jedes Wort betonend. Sie war nach wie vor gefasst. Viel zu gefasst. Die Sehnen in ihrem Hals spannten sich wie Geigensaiten. »Jetzt verstehe ich, warum du jeden verdammten Abend länger im Büro geblieben bist.«

»Annika, nein«, sagte Martin. Er fiel mehr auf seinen Stuhl, als dass er sich setzte. Er zitterte. *Nicht jetzt, nicht so*. Er musste es ihr erklären. Aber er wusste nicht, wie. Die einzigen Worte, die aus seinem Mund kamen, waren die Wahrheit. »Es ist nicht, wie du denkst.«

»Ist das alles, was du zu sagen hast? Dann erzähl es mir, wie ist es? Was denke ich?«

Martin schwieg. Er hatte versprochen, Annika nichts von der Festnahme zu sagen. Aber wenn er es nicht tat, würde sie ihm nicht glauben. Er schüttelte den Kopf und sah sie an.

»Du musst mir vertrauen«, sagte er. Seine Stimme trug kaum. »Du musst dir keine Sorgen machen. Alles wird wieder gut. Mehr kann ich dir nicht sagen, jetzt noch nicht, aber bald.«

»Ihr habt euch getroffen, stimmt's?«

Martin nickte. »Ja, aber nicht so, wie du glaubst.«

»Du widerst mich an«, sagte Annika. »Hörst du, was ich sage? Diese Frau hält mich für eine Mörderin, und du hintergehst mich, mit *ihr*.«

»Nein, Liebling, hör zu.«

»Nenn mich nicht so. Ich ertrage das nicht, hörst du?« Annika brach in Tränen aus.

Auch Martin war den Tränen nahe. Flehend hob er die Hände. »Ich habe mich mit Cecilia getroffen, weil es dir so schlecht ging. Ich wollte nur mit jemandem reden. Das war dumm von mir, aber ich habe dich nicht betrogen.«

»Ach ja? Du musst mir nichts erklären. Sie ist attraktiv. Und sie ist nicht verrückt. Nutz die Chance, solange sie sich bietet. Ich wünsche dir viel Glück.«

Die Worte schnitten ihm ins Herz. Tränen brannten in seinen Augen, und seine Stimme versagte. »Ich lüge nicht«, presste er mühsam hervor. Dann verbarg er das Gesicht in den Händen und begann zu weinen. Er hörte Annikas schluchzende Atemzüge, als sie das Gleiche tat. »Ich habe versprochen, es dir noch nicht zu sagen. Aber jetzt tue ich es. Die Polizei verdächtigt dich nicht mehr. Sie haben den Gräber gefasst. Verstehst du? Es ist vorbei, wir können unser Leben wieder aufbauen.«

Annika hörte auf zu weinen. Sie lehnte sich auf ihrem Stuhl zurück und verschränkte die Arme vor der Brust. »Nein«, sagte sie.

»Es ist die Wahrheit, Liebling. Wir müssen nur noch ein paar Tage warten.«

»Es ist zu spät.« Annika wandte den Blick ab. »Aber in einem Punkt hast du recht. Es *ist* vorbei. Wir können unser Leben wieder aufbauen. Getrennt voneinander.«

Martin liefen die Tränen über die Wangen. »Was meinst du damit?«

Annika deutete mit dem Kopf in Richtung Schlafzimmer. »Ich habe deine Tasche gepackt. Nimm sie und geh.«

»Bitte, Annika, tu das nicht. Ich liebe dich.«

»Ich liebe dich auch. Aber ich möchte, dass du jetzt gehst.«

74

Das darf nicht geschehen.
Kannst du mir helfen?
Wenn ich meine Hand ausstrecke, nimmst du sie?

Freitag, 4. November

ANNIKA BLIEB AM Küchentisch sitzen, während Martin seine Sachen holte. Sie trank ihr Weinglas in großen Zügen aus, um dem Drang zu widerstehen, ins Schlafzimmer zu stürzen und ihn aufzuhalten. Der Wein schmeckte nach nichts, rann nur bitter ihre Kehle hinunter.

Als Martin ihr aus dem Flur einen flehenden Blick zuwarf, schwieg sie. Blieb reglos wie eine Statue sitzen, bis er schließlich ging. Als die Haustür hinter ihm zufiel, brach sie über dem Tisch zusammen und weinte hemmungslos. Sie fühlte sich, als ob ihr jemand die Wirklichkeit unter den Füßen weggezogen hätte.

Annika griff nach der Weinflasche, um sich nachzuschenken. Sie war leer. Schwankend stand sie auf und öffnete eine zweite. Der Schraubverschluss schepperte, als sie ihn ins Spülbecken warf. Sie setzte die Flasche an den Mund und trank, bis keine Luft mehr in ihrer Lunge war. Keuchend lehnte sie sich an die

Anrichte, die Flasche in der einen Hand, die andere vors Gesicht geschlagen, als sie erneut in Tränen ausbrach. Sie trank und weinte abwechselnd, bis die Flasche leer war. Bei dem Versuch, sie auf die Anrichte zu stellen, stieß sie sie um. Annika taumelte aus der Küche, um sich ins Bett zu legen. Sie wollte die Ereignisse des Abends wegschlafen. Sie hatte nichts gegessen, und ihr Kopf drehte sich vom Alkohol. Vielleicht wäre sie morgen stärker, doch jetzt wollte sie nichts als den leeren Trost der Bewusstlosigkeit.

Als sie sich der Kellertreppe näherte, drang aus dem dunklen Souterrainzimmer ein Flüstern herauf. Annika blieb stehen und lauschte. Ihre Hände ballten sich zu Fäusten und öffneten sich, als wollten sie sich irgendwo festhalten. Das Flüstern verstummte in dem Moment, als sie sich darauf konzentrierte. Im Keller war es still. Annikas Augen verengten sich zu Schlitzen. Zornig ging sie eine Stufe hinunter. »Wenn du was von mir willst, rede so, dass man dich versteht!«, rief sie.

Dann taumelte sie die Treppe hinunter, stellte sich schwankend in die Mitte des Souterrainzimmers und blickte sich in der Dunkelheit um. Die Bäume schienen sich wie bösartige Schattenwesen über das Haus zu neigen.

»Ich bin hier!«, schrie sie. Ihre Stimme prallte gegen die gemauerten Innenwände. »Was willst du von mir?«

Die schwarze Kunststoffumrandung von Martins Monitoren schimmerte im Licht, das aus dem Obergeschoss ins Souterrain fiel. Annika stolperte zum Schreibtisch, zerrte an einem Kabel und zog einen der beiden Monitore zu sich heran. Sie hob ihn über den Kopf, verharrte einen Moment, dann ließ sie ihn zu Boden fallen. Das Geräusch von zersplitterndem Glas und Plastik hallte durch den Raum, als der Bildschirm auf die Fliesen knallte.

»Hörst du nicht? Ich bin hier, komm und hol mich doch!«

Annika fegte den zweiten Monitor mitsamt Tastatur, Maus und dem leeren Laptophalter vom Schreibtisch. Als Martins Computerausrüstung mit krachendem Getöse auf dem Fußboden gelandet war, trat Annika auf die Rückseite des Bildschirms ein. Voller Genugtuung vernahm sie das laute *Knack*, mit dem der Kunststoff unter ihren Füßen zerbrach. Plastiksplitter flogen durch die Luft. Ein jäher Schmerz schoss durch ihre Fußsohle. Sie verlor das Gleichgewicht. In dem Versuch, ihren Sturz abzufangen, griff sie nach Martins Schreibtischstuhl. Aber der Stuhl rollte weg, und sie landete auf den Fliesen.

Ihr Strumpf färbte sich rot. Sie war in eine Plastikscherbe getreten. Annika blieb auf dem Boden sitzen und starrte auf die Verwüstung, bis ein neuer Weinkrampf eine Explosion der Gefühle in ihr auslöste.

Wut. Trauer. Enttäuschung. Hass.

Sie schlug die Hände vors Gesicht und weinte so sehr, dass sie am ganzen Körper zitterte. Ihr Kopf dröhnte und drehte sich von viel zu viel Wein. Annika sackte zusammen, blieb mit den Händen vor dem Gesicht auf der Seite liegen und versuchte, die Welt auszusperren. Da hörte sie es wieder. Das Flüstern. Und ein langes anhaltendes Kratzen. Als ob ein Gartenrechen an der Hauswand entlangstreifte. Mal auf der einen, mal auf der anderen Seite des Raums. Und von unten. Sie spürte die Vibrationen im Boden. Irgendetwas hämmerte dröhnend gegen die Wand neben ihr. Auf Höhe der Treppe riss die Tapete, Putz fiel von der Wand und rieselte geräuschvoll die Stufen hinunter.

Annika schrie auf und krümmte sich auf den kalten Fliesen zusammen.

75

Bevor ich der Gräber wurde,
gab es Menschen in meinem Umfeld.
Einige nannte ich Freunde.

Mittwoch, 11. November,
sechs Jahre zuvor

JAN WACHTE MITTEN in der Nacht auf. Er zitterte krampfhaft am ganzen Körper. Seine Mundhöhle fühlte sich pelzig an, und er hatte einen metallischen Geschmack auf der Zunge. Sein Atem stank nach rohem Fleisch. Mit aller Macht versuchte er, eine Erinnerung abzuschütteln, die ein Albtraum gewesen sein musste. Die nicht wahr sein konnte, nicht wahr sein *durfte*.

An seinen Fingern klebte feuchte Erde, die dreckige Abdrücke auf dem Lichtschalter hinterließ. Als das Licht auf seinen Arm fiel, schrak er zusammen. Sein Arm war über und über mit Lehm bedeckt. Wenn er sich bewegte, rieselte Sand ins Bett.

Seine Unterlippe bebte. Was habe ich getan? dachte er. Als er die Decke zur Seite schlug, entdeckte er noch mehr Sand. Sein ganzer Körper war schwarz vor Lehm. Würmer und Insekten wimmelten auf dem Laken. Mit einem entsetzten Schrei sprang

Jan aus dem Bett. Er musste sich an der Wand abstützen, um nicht zu fallen.

Therese lag auf ihrer Bettseite auf der Decke. Sie schien tief zu schlafen. Aber sie lag viel zu still da, ihr Brustkorb hob und senkte sich nicht. Sie gab nicht das geringste Lebenszeichen von sich. Ihr halb nackter Körper war mit schwarzem Lehm und braunrotem geronnenem Blut bedeckt. Ihre Augen starrten blicklos an die Decke, ihr Gesicht war in einer schreckverzerrten Grimasse erstarrt. In ihrer linken Wange klaffte ein großes Loch bis auf den Kieferknochen, die Zähne schimmerten wie weiße Perlen durch die blutige Masse.

Jan kauerte sich an der Wand zusammen. Er verbarg das Gesicht in den Händen und versuchte, seine aufsteigende Panik mit Tränen zu dämpfen, doch die Tränen blieben aus. Er fühlte nichts. Die Abwesenheit von Emotionen kam ihm vor wie eine Leere an einer Stelle in seinem Inneren, an der etwas anderes hätte sein sollen. Ein Gewissen. Angst.

Eine Seele?

Aber dort gab es nichts als gähnende leere Finsternis. Jans Herz hämmerte, er atmete keuchend. Bis er sie hörte. Die flüsternden Stimmen. Sie trösteten ihn, versicherten, dass alles war, wie es sein sollte. Sein Puls beruhigte sich. Die scharrenden Klauen an der Hauswand gaben ihm die Kraft aufzustehen. Sie waren hier. Er war nicht mehr allein.

Schwarze Fußspuren führten zum Bett. Mit zitternden Beinen umrundete Jan den Bettpfosten und folgte den Abdrücken mit dem Blick. Sie kamen von außerhalb des Schlafzimmers, führten aus dem Souterrain die Treppe hinauf. Mit schweren Schritten folgte er der Spur. Währenddessen kitzelten die flüsternden Stimmen seine Gehörgänge und ermunterten ihn weiterzugehen. Mit jedem Schritt wurde das Kratzen an der Hauswand lauter und schneller, als würden die, die ihre Klauen wetzten, zunehmend gieriger werden.

Die Stufen der Kellertreppe waren mit großen Erdbrocken übersät. Umherkrabbelnde Käfer jagten ihm einen Schauer über den Rücken, trotzdem folgte er den Abdrücken unbeirrt weiter bis zur geöffneten Tür des Vorratskellers, in dem das Deckenlicht brannte und ein Rechteck aus Licht in den Flur warf. Jan schluckte den Speichelklumpen hinunter, der sich in seiner Kehle gebildet hatte, und blickte hinein.

In der Mitte des Raums, zwischen Umzugskartons und Kleiderstangen, an denen Thereses geblümte Sommerkleider hingen, klaffte ein von zerbrochenen Fliesen, Erdhaufen und schwarzen Insekten umgebenes Loch im Boden. Regenwürmer wanden sich auf den Fliesen und suchten vergeblich einen Weg zurück ins Erdreich. Auf einem Erdhaufen lag das Ölzeug, in dem er Therese beschattet hatte. Es war völlig verdreckt, über und über mit feuchtem Humus und toten Insekten bedeckt. Jans Blick flackerte zwischen dem Loch und seinen zitternden Händen hin und her. Seine Fingernägel waren abgebrochen und schwarz, die Haut mit Lehm und Blut verschmiert. Das Loch klaffte im Boden wie ein schwarzer Schlund in die Unterwelt. Ein durchdringender Gestank nach Fäule stieg aus ihm herauf.

Jan lehnte sich mit der Schulter an den Türrahmen und sank auf die Knie. Er konnte den Blick nicht von dem Loch lösen. Es zog ihn an, zwang ihn, näher zu kommen.

»Nein«, presste er zwischen aufeinandergepressten Lippen hervor. »Nein, nein, nein.«

Aber obwohl er den Kopf wie ein trotziger Dreijähriger schüttelte, kroch er Stück für Stück näher heran, bis er auf allen vieren am Rand des Lochs kauerte und hinabstarrte. Seine Augen brannten, als die Tränen den Sand aus ihnen herausspülten. Er zitterte wie von Fieber geschüttelt, und seine Muskeln schmerzten vor Anstrengung, während er gegen seinen eigenen Willen kämpfte. Aber er begriff, dass er längst verloren hatte.

Tief im Inneren wusste er, dass er seinen eigenen Fußspuren gefolgt war. Dass er seine Frau umgebracht hatte, dass er ein Stück Fleisch aus ihrer Wange herausgerissen und es verzehrt hatte. *Er*, niemand anderes. Jan ließ die flüsternden Stimmen gewinnen, griff nach dem Ölzeug und hüllte sich darin ein. Es gab nur noch eins, was er tun konnte. Die, die draußen an den Wänden seines Hauses kratzten, willkommen zu heißen. Sie waren jetzt seine Familie.

Ruhig kroch er in den schmalen Tunnel und verschwand unter der Erde.

76

Während ich dies schreibe,
denke ich an die Menschen,
die einmal an meiner Seite gestanden haben.

Samstag, 5. November

BENGT JOHANSSON MUSTERTE Cecilia über den Rand eines Pappbechers hinweg. Eine Mischung aus Kaffeeduft und säuerlichem Angstschweiß stieg ihr in die Nase.

Cecilia konzentrierte sich auf den Kaffeeduft. Sie wusste, dass der Kaffee verbrannt und nach nasser Pappe schmeckte, dass er zu heiß war, wenn er aus dem Automaten kam, und in den dünnen Bechern viel zu schnell abkühlte. Aber er roch gut.

Die frühe Morgensonne sickerte durch tief hängende Wolken und tauchte den Vernehmungsraum in graues Licht wie in einem alten Noir-Film. Regen lag in der Luft.

Sie waren zu viert. Jonas und sie saßen auf einer Seite des Tisches. Jonas hatte wie üblich seinen Notizblock vor sich liegen. Ihnen gegenüber saßen Bengt Johansson und sein Anwalt Leif Cerwan. Cecilia war während ihrer Zeit bei der Göteborger Mordkommission fast allen Verteidigern der Stadt begegnet, bevor die Sonderkommission »Gräber« ihre ganze Aufmerksamkeit beansprucht hatte. Ihrer Meinung nach waren sie allesamt Winkeladvokaten. Leif Cerwan war im Grunde ein fähiger Vertreter seines Berufszweigs, aber sterbenslangweilig. Genauso grau wie der Himmel vor dem Fenster.

»Wie Sie wissen, habe ich mich gestern Abend mit meinem Mandanten besprochen«, begann Cerwan jetzt. »Wir sind die Anklagepunkte durchgegangen.«

»Dann ist Ihrem Mandanten der Ernst der Situation bewusst?«

»Ja.« Cerwan schob eine halbe Lesebrille auf seine Nasenspitze und blätterte in einem Ordner.

»Und er weiß, was ihm vorgeworfen wird?« Cecilia erwiderte Johanssons Blick. »Fünf Morde?«

»Ich bin unschuldig«, sagte Johansson.

Cecilia schüttelte den Kopf. »Wir haben Beweise, die belegen, dass Sie in den Häusern aller Opfer waren, im Haus des letzten Opfers haben wir sogar Ihre DNA sichergestellt.«

Johansson nickte. »Natürlich habt ihr das. Weil ich in den Häusern *war*. Das gestehe ich.«

Cecilia hob die Augenbrauen.

»Wie gesagt, ich habe mit meinem Mandanten gesprochen«, schaltete sich Leif Cerwan ein und wandte sich an Johansson. »Möchten Sie erzählen, was Sie mir gestern erzählt haben?«

Johansson starrte in seinen Kaffeebecher. »Ich habe neulich nicht die Wahrheit gesagt.«

»Aber jetzt tun Sie es?«, fragte Jonas.

»Ja. Ich habe niemanden ermordet. Aber ich habe andere Sachen gemacht.«

Cecilias Kopf fühlte sich an wie ein Heliumballon, der sich von ihren Schultern lösen wollte. Sie blinzelte, um das Schwindelgefühl zu vertreiben. »Was haben Sie gemacht?«, fragte sie.

»Die Gegenstände in meinem Kellerregal, die habe ich während der Bauarbeiten aus den Häusern gestohlen.«

»Würden Sie das bitte genauer erklären«, bat Cecilia.

Johansson schniefte, schloss die Augen und drängte die Tränen zurück. »Es tut mir leid«, murmelte er. »Aber ich kann es einfach nicht lassen. Ich weiß, dass ich es nicht darf, aber ich gehe in die Häuser der Kunden. Ich sehe mich dort um. Und ich nehme jedes Mal etwas mit, irgendeinen kleinen Gegenstand.« Johansson drehte sich zu seinem Anwalt.

»Was Herr Johansson zu sagen versucht, ist, dass er an Kleptomanie leidet«, verdeutlichte Cerwan. »Er geht in die Häuser der Kunden, wenn es niemand mitbekommt, sieht sich dort um und entwendet einen Gegenstand. Für seine Sammlung.«

Cecilia starrte Johansson mit offenem Mund an. Sie hatte das Gefühl, als ob der Boden sich unter ihr auftäte und sie verschluckte.

»Ich nehme nur kleine Dinge, nichts Wertvolles«, sagte Johansson. »Aber ich kann es einfach nicht lassen.«

»Das ist nichts, worauf mein Mandant stolz ist, aber mir liegt ein ärztliches Gutachten vor, das ich Ihnen gerne zur Verfügung stelle. Aufgrund seiner Krankheit ist es für Herrn Johansson schwierig, eine Festanstellung zu behalten. Diebstahl ist ein fristloser Kündigungsgrund.«

Cecilia merkte, dass sie sich unfreiwillig am Tisch festklammerte. Der Vernehmungsraum schien zu kentern.

»Ganz recht«, sagte Jonas. »Aber damit ich es verstehe: Sie gestehen also, Einbrüche zu begehen?«

Johansson nickte. »Ja, ich bin ein Dieb. Ich sammele die Dinge, die ich stehle. Aber ich habe niemanden ermordet.«

Cecilia ließ die Tischkante los. Ihr war speiübel, und sie fiel Johansson ins Wort. »Fünf Minuten Pause«, presste sie hervor und stolperte in den Flur hinaus, ohne auf Jonas zu warten.

Draußen vor der Tür lehnte sie sich an die Wand, legte den Kopf in den Nacken und atmete tief durch.

»Wie geht es dir?«, fragte Jonas.

»Das kann nicht wahr sein«, stöhnte sie. »Wir haben ihn. Johansson ist der Gräber. Ich bin hundertprozentig sicher. Sag, dass ich recht habe.«

»Ich bin nicht mehr überzeugt«, erwiderte Jonas. »Wir haben nichts als diese Souvenirs. Keinen anderen technischen Beweis. Seine Story klingt leider plausibel.«

»Dann widerleg sie«, fauchte Cecilia. »Er *muss* es sein.«

Jonas legte ihr eine Hand auf die Schulter. »Ich möchte genauso sehr wie du, dass Johansson unser Mann ist. Aber ich glaube es nicht. Niemand von uns möchte den falschen Täter einsperren, oder?«

»Natürlich nicht«, sagte Cecilia, doch sie wich Jonas' Blick aus. »Sag wenigstens, dass wir ihn über Nacht in Gewahrsam behalten können. Wenn er in U-Haft sitzt, haben wir ihn im Auge. Du weißt, welcher Tag heute ist, oder? Wenn Johansson unschuldig ist, wird der Gräber heute Nacht wieder zuschlagen und ihm das beste Alibi geben, das es gibt. Aber wenn nichts passiert, muss Johansson unser Mann sein.«

»Es gefällt mir nicht, aber du hast recht«, stimmte Jonas zu. »Der Haftprüfungstermin ist für morgen angesetzt, bis dahin können wir ihn festhalten.«

Sie gingen in den Vernehmungsraum zurück. Jonas blieb an der Tür stehen, Cecilia setzte sich wieder an den Tisch.

»Sie verstehen, dass diese Information neu für uns ist«, begann sie.

»Natürlich«, erwiderte Leif Cerwan.

»Der Mordverdacht besteht weiter«, fuhr Cecilia fort. »Herrn Johanssons Geständnis ändert nichts daran.«

»Der einzige Anklagepunkt, der mir aufgrund der Faktenlage begründet erscheint, ist der des Einbruchdiebstahls«, sagte Cerwan. »Der Mordvorwurf wird sich kaum aufrechterhalten lassen.«

Cecilia bedachte ihn mit einem kalten Blick. »Das wird der Richter beim morgigen Haftprüfungstermin entscheiden.«

»Darf ich daraus schließen, dass Sie *nicht* vorhaben, Herrn Johansson gehen zu lassen?«

»Ganz genau. Herr Johansson bleibt hier.«

Johansson lehnte sich müde auf seinem Stuhl zurück. »Sie haben gesagt, dass die Bullen mich laufen lassen, wenn ich ein Geständnis ablege«, sagte er an Cerwan gewandt.

»Moment.« Cerwan sah Cecilia an. »Ist das Ihr Ernst? Wollen Sie meinen Mandanten weiter in Gewahrsam behalten?«

»Ja. Wenn Sie Einspruch dagegen erheben möchten, müssen Sie sich an die zuständige Staatsanwältin wenden. Herr Johansson bleibt bis zum Haftprüfungstermin in Gewahrsam, danach sehen wir weiter.«

Cerwan schlug seinen Ordner zu. »Dann sind wir hier fertig. Ich sehe keinen Grund, die Vernehmung fortzusetzen.«

»Wie Sie meinen«, erwiderte Cecilia. Sie sah Johansson an. »Aber eins würde mich noch interessieren, Herr Johansson.«

»Was?« Johansson seufzte.

»Diese Wesen, von denen Sie uns gestern erzählt haben. Die in der Erde leben, war das auch die Unwahrheit?«

Johansson rutschte auf seinem Stuhl hin und her.

Leif Cerwan lachte. »Solche Wesen gibt es doch wohl nicht? Wo haben Sie denn solche Ammenmärchen gehört?«

Johansson sah Cecilia herausfordernd in die Augen, aber er schwieg.

77

Sie sind sich dessen nicht bewusst,
aber ich weiß, dass sie mich verraten werden,
jeder Einzelne auf seine Weise.
Sie müssen sterben,
bevor sie ihre verräterischen Taten begehen.

Samstag, 5. November

ANNIKA WACHTE AUF, weil ihr Körper wie eine Bogensehne gespannt war. Sie tastete nach Martin, um ihn zu wecken, aber ihre Hand griff ins Leere. Sie war allein. Blinzelnd versuchte sie sich zu erinnern, wie sie ins Bett gekommen war. Schlaf und Alkohol hatten den gestrigen Abend ausgelöscht. Doch im nächsten Moment brach die Erinnerung wie ein kalter Platzregen über sie herein. Sie hatte Martin gebeten zu gehen. Er hatte sie unter Tränen angefleht, bleiben zu dürfen. Sie hatte geschwiegen. Sie war seinem Blick ausgewichen und hatte gewartet, bis auch er verstummt war.

Bis er getan hatte, was sie verlangte, und gegangen war.

Nachdem die Haustür hinter ihm zugefallen war, wurde ihre Erinnerung schwammig und unscharf. Sie erinnerte sich, dass sie mehr Wein getrunken hatte, als sie sich eingestehen wollte. Ihr Kopf hämmerte, und der Alkohol rief sich als stechender Kopfschmerz in Erinnerung. Mühsam wand sie sich aus den klammen Laken und setzte sich auf die Bettkante. Im Garten hüpften zwei Elstern über den Rasen. Annikas Mundhöhle war ausgedörrt und schmeckte, als ob sie rohe Zwiebeln gegessen hätte. Ihre Wahrnehmung hinkte ihren Bewegungen hinterher, wie die zeitverzögerte Aufnahme einer alten Digitalkamera. Sie hatte nicht das Gefühl, sich übergeben zu müssen, aber ihr war schwindelig.

Unsicher erhob sie sich und wankte mit taumelnden Schritten ins Bad. Ihre Muskeln protestierten und schmerzten, als hätte sie es im Fitnessstudio reichlich übertrieben. Ihre Finger waren zerkratzt und die Nägel abgebrochen. Minutenlang starrte sie auf ihre Hände, ohne sich zu erinnern, wie das passiert sein könnte, dann stellte sie sich unter die Dusche und ließ heißes Wasser über ihre Schultern laufen, bis ihre Haut feuerrot war.

Anschließend ging sie in Richtung Küche, um sich zu zwingen, etwas zu essen. Im Flur fiel ihr Blick auf die Treppe ins Souterrain. Als sie über dem Geländer einen länglichen Riss entdeckte, der sich ein Stück weiter unten verästelte wie ein in Beton erstarrter Blitz, schoss ihr Puls in die Höhe. Ringsum war die Tapete gerissen und wellte sich wie die Haut an den Rändern einer offenen Wunde. Auf den Stufen lagen Putz und Betonstücke, die aus der Wand gebrochen waren.

Annika ging ein paar Stufen hinunter. Nach der Dusche wärmten ihre nackten Fußsohlen das Holz und hinterließen feuchte Abdrücke, die in Sekundenschnelle verschwanden. Der feine Putz scheuerte wie Sandkörner unter ihren Füßen.

Im Hinabgehen fuhr sie mit den Fingerspitzen am Riss entlang. Die raue Oberfläche schien nach ihnen zu greifen, als wollte sie sie festhalten. Mit jeder Stufe schlug ihr Puls schneller. Am

Fuß der Treppe blieb sie stehen. Der Anblick, der sich ihr bot, ließ sie nach Luft schnappen. Martins Schreibtisch war umgestoßen und seine Computermonitore lagen zertrümmert auf den Fliesen. Das Schlafsofa stand schief, die Polster waren auf den Boden geworfen, der Stoff war grau vor Staub. Die Tapeten schälten sich in Bahnen von den Wänden, als hätte jemand mit aller Kraft versucht, sie abzureißen. Überall im Raum waren Papierfetzen verstreut. Nackter, von Rissen, Löchern und Abplatzungen durchzogener Beton starrte ihr entgegen. Durch eines der Panoramafenster verlief ein Sprung, die Scheibe des Kaminofens war komplett zu Bruch gegangen, und inmitten eines Meers aus Scherben lag ein Brecheisen auf dem Boden.

Annika starrte auf ihre Hände. Sie zitterten. Hatte sie diese Verwüstung angerichtet? Sie schloss die Augen und versuchte sich zu erinnern, aber der Wein hatte die vergangene Nacht ausgelöscht. Verschwommen glaubte sie sich an unheimliche Kratzgeräusche zu erinnern, die sie nicht hatten schlafen lassen. Gänsehaut überkam sie. Panisch stolperte sie die Treppe hinauf und ging ins Schlafzimmer. Obwohl die Sonne fast ihren höchsten Punkt erreicht hatte, kroch sie kaum über die Dachfirste. Die Elstern hüpften noch immer über den Rasen und warfen lange Schatten im feuchten Gras.

»Ich werde dich schon finden, du Monster«, murmelte Annika vor sich hin. Ihr Blut kochte vor Zorn. Sie würde es diesem Wesen schon zeigen und mit ihm tagsüber das machen, was es nachts mit ihr machte.

Nachdem sie in eine Jeans und einen warmen Pullover geschlüpft war, ging sie in den Geräteschuppen, holte jede Schaufel, Harke und Spitzhacke, die sie finden konnte, und begann, rings um das Haus die Erde aufzureißen. Der Boden war schwer, lehmig und von den Wurzeln der Sträucher durchsetzt, die Apelgren vor die Fassade gepflanzt hatte. Ihre Muskeln schmerzten vor Anstrengung, von den hölzernen Stielen bekam sie Blasen an den Händen. Trotzdem genoss sie es, mit kraftvollen Spatenstichen Erde aus dem Boden zu heben. Je tiefer sie grub, desto besser fühlte sie sich.

Jeder Spatenstich war pure Euphorie. Und mit jedem Spatenstich wurde die Erde schwärzer. Wurde der Boden so fest, dass sie nicht mehr tiefer kam, begann sie an einer anderen Stelle, wieder und wieder. Annika schleuderte die Erde um sich. Lehmbrocken landeten auf ihrer Kleidung, ihren Armen und ihrem Gesicht, verfingen sich in ihren Haaren. Die Erdhügel um sie herum wuchsen wie riesige Wühlmausbauten. Als sie keine Kraft mehr hatte, setzte sie sich vor eines der Löcher und starrte auf die Hauswand, während das letzte Sonnenlicht hinter den Nachbarhäusern verschwand. Ihr keuchender Atem bildete Dampfwolken vor ihrem Gesicht. Sie saß vor der Giebelseite, vor dem Schlafzimmer. Die Kellerwand war gut einen halben Meter tief freigelegt. Ein Ohrenkneifer kroch an der Mauer entlang.

Da wurde es ihr schlagartig bewusst. *An dieser Stelle dürfte es gar keine Kellerwand geben.* Das Schlafzimmer war nachträglich angebaut worden. Jedenfalls Emma Sieverts zufolge. Hier sollte sie nichts als Erde unter dem Fundament sehen. Trotzdem starrte sie auf eine erdverschmierte Außenmauer. Warum? Wie war das möglich?

Annikas Herz hämmerte. Sie griff nach einer Schaufel. Vor Anstrengung keuchend und mit schmerzenden Muskeln kämpfte sie sich an der Hauswand immer tiefer durch den schweren Boden. Sie hörte erst auf, als sie Blut im Mund schmeckte, aber da war sie bereits so tief ins Erdreich vorgestoßen, dass die Drainagerohre freilagen. Sie ließ die Schaufel fallen und fuhr mit den Händen über die feuchte Fassade.

Die Außenwand, die es nicht geben dürfte, verbarg etwas vor ihr. Sie musste herausfinden, was. Und sie wusste, wen sie fragen würde.

78

Heute Nacht haben mich die Wesen
zu einem dieser Menschen geführt.
Ich habe sie durch das Fenster beobachtet,
während sie im Wohnzimmer vor dem Fernseher saß.

Samstag, 5. November

»ICH WEISS NICHT, ob das eine gute Idee ist«, sagte Cecilia.

Martin schüttelte den Kopf. »Nein«, sagte er. »Ist es nicht. Aber mit wem soll ich sonst reden?«

Nachdem Annika ihn rausgeworfen hatte, war er stundenlang ziellos durch die Gegend gefahren, erst in Alingsås war er umgedreht. Dann hatte er sich in Partille in eine 24-Stunden-Filiale von McDonald's gesetzt. Das Menü hatte nach nichts geschmeckt, nur salzig, wie seine Tränen. Aber es hatte seinen Heißhunger gestillt. Irgendwann war er ins Büro gefahren und hatte, so gut es ging, im Ruheraum geschlafen. Einen Augenblick hatte er mit dem Gedanken gespielt, zu seinen Eltern zu fahren, aber er hatte es nicht fertiggebracht, sie anzurufen. Sie waren sowieso zu weit weg, wohnten nach wie vor in Östersund. Er brauchte jemanden, der hier und jetzt für ihn da war.

Wie Cecilia. Jetzt saß er mit einem Becher Tee an ihrem Küchentisch und fragte sich, ob er nicht besser wieder ging.

»Ich weiß, dass es schwer ist.« Cecilia sah ihn an, die Falte zwischen ihren Augenbrauen vertiefte sich. »Aber du musst mit deiner Frau reden.«

»Ich wollte heute Nachmittag mit ihr sprechen«, sagte Martin. Er schüttelte den Kopf und kniff die Augen zusammen, um nicht in Tränen auszubrechen. »Aber seit ich am Haus vorbeigefahren bin, mache ich mir noch mehr Sorgen. Der Rasen war über und über mit aufgeworfener Erde bedeckt.«

»Aufgeworfene Erde?«

»Ja. Ich habe keine Ahnung, was in sie gefahren ist. Aber sie hat rings um das Haus tiefe Löcher gegraben. Auf dem Rasen lagen Spaten, Schaufeln und Hacken.«

»Deine Frau braucht Hilfe.«

Martin konnte die Tränen nicht mehr zurückhalten. Er schlug die Hände vors Gesicht und ließ ihnen freien Lauf. »Ja«, stieß er hervor. »Ich weiß nicht, was ich tun soll. Sie weigert sich, mit mir zu reden.«

Cecilia beugte sich über den Tisch. »Du kannst ihr nicht helfen«, sagte sie und fing Martins Blick auf. »Sie braucht *professionelle* Hilfe. Verstehst du?«

Martin schüttelte den Kopf. »Ich habe ja gesagt, dass wir dieses Haus nie hätten kaufen dürfen.«

»Was hat das Haus damit zu tun? Es ist doch nur ein Haus.«

Martin erwiderte Cecilias fragenden Blick. »Weißt du, wem es vor uns gehört hat?«

»Nein. Wieso?«

»Diesem Autor, dessen Buch Annika im Frühjahr herausgegeben hat. Jan Apelgren.«

»Du machst Witze«, erwiderte Cecilia und verzog ihren Mund ungläubig. »Dann verstehe ich, was du meinst.«

Martin trank einen Schluck Tee. Er war kalt geworden und schmeckte bitter. »Ich weiß nicht, was ich tun soll. Ich bin einfach nur erschöpft.«

Cecilia nickte. »Ich möchte dir helfen, aber du verstehst doch, dass du nicht hierbleiben kannst?«

Martin hätte sich selbst etwas vorgemacht, wenn er versucht hätte sich einzureden, dass er nicht auf einen Schlafplatz gehofft hatte, wenigstens für eine Nacht. Er wollte nicht allein sein. Aber er wusste, dass das eine schlechte Idee war. Für Annika stand ohnehin fest, dass Cecilia und er mehr als nur Freunde waren. Wenn er hier schlief, wäre das nur Wasser auf ihrer Mühle.

»Der Ruheraum im Büro ist nicht gerade verlockend«, seufzte er.

»Kannst du nicht in ein Hotel gehen? Oder bei einem Freund unterkommen?« Cecilia legte ihre Hand auf seine und sah ihn mitfühlend an. »Irgendeinen Freund muss es doch geben.«

Martins Gehirn funktionierte nicht. Er hatte keine Ahnung, bei welchem seiner Freunde er übernachten könnte. Zu Hause in Östersund gab es mehrere, die ihm helfen würden. Aber in Göteborg war die Auswahl nicht gerade groß.

»Ein Hotel wird auf die Dauer ziemlich teuer«, sagte er.

»Vielleicht bleibt es ja bei einer Nacht. Vielleicht ist Annika morgen bereit, dir zuzuhören.«

Martin nickte. »Sie fehlt mir«, flüsterte er leise. »Ich weiß, es klingt verrückt – nach einem Tag, aber so ist es.«

»Ich verstehe das.« Cecilia zog ihre Hand zurück und sah auf die Uhr. »Es wird spät«, sagte sie. »Ich denke, du solltest jetzt besser gehen.«

79

Sie hatte eine karierte Decke über den Knien und nippte an einem Tee.

Samstag, 5. November

DIE REGENTROPFEN, DIE außen an der Scheibe hinunterliefen, verwandelten die Rücklichter von Martins Wagen in zwei verschwommene rote Punkte. Cecilia sah ihnen nach, bis das Auto hinter dem Nachbarhaus verschwand. Auf dem Küchentisch standen noch ihre Teebecher. Sie kippte den letzten kalten Rest aus und räumte die Becher in die Spülmaschine. Dann setzte sie sich im Wohnzimmer aufs Sofa und horchte auf die Stille. Ihre Finger wollten die Tinder-App öffnen, aber sie brachte es nicht fertig, nach ihrem Handy zu greifen.

Heute Nacht würde sie erfahren, ob der Gräber noch auf freiem Fuß war oder ob sie ihn gefasst hatten. Cecilia fühlte sich wie ein kleines Kind an Heiligabend, kaum fähig still zu sitzen. Es freute sie, nach all den Jahren wieder Kontakt zu Martin zu haben, aber zugleich nagte das schlechte Gewissen an ihr, weil sie unabsichtlich eine Rolle bei seinen Eheproblemen spielte.

Weder sie noch Martin hatten einen Fehler gemacht, trotzdem

hatten sie großen Schaden angerichtet. Es fühlte sich unfair an. Mit einem Stöhnen stand sie auf und machte sich bettfertig. Im Bett zog sie sich die Decke über den Kopf und versuchte, sich zu entspannen. Sich von einer Seite auf die andere wälzend wartete sie darauf, dass ihr die Augen zufielen. Vergeblich. Trotzdem musste sie irgendwann weggedämmert sein, denn sie wurde von einem Summen geweckt, das in ihr Unterbewusstsein drang und sie zwang, die Augen zu öffnen. Ihr Handy leuchtete und rutschte vibrierend über den Nachttisch, der als Resonanzboden wirkte und das Summen verstärkte.

»Cecilia?«, sagte eine Stimme am anderen Ende, als sie sich meldete. »Du musst kommen.«

»Wer ist da?«

»Jonas. Ich bin schon auf dem Weg zu dir. In fünf Minuten stehe ich vor deiner Tür. Der Gräber hat wieder zugeschlagen.«

Cecilia sprang aus dem Bett, urplötzlich hellwach. »Das ist unmöglich. Er sitzt in Untersuchungshaft.«

»Wir haben den Falschen, Cissi. Ich erzähle dir gleich mehr.«

Cecilia öffnete die Beifahrertür von Jonas' grauem Škoda und stieg ein. Sie hatte keine Zeit gehabt, sich zu schminken, und ihre Haare schnell zum Pferdeschwanz zusammengebunden. Sie wusste, dass sich keiner darum scherte, aber nach der kurzen Nacht fühlte sie sich alles andere als frisch.

Jonas fuhr in Richtung Stadtautobahn. Die Scheibenwischer quietschten rhythmisch hin und her, während der Regen auf die Windschutzscheibe prasselte und das Motorengeräusch ertränkte.

»Der Alarm kam vor zwei Stunden«, sagte er. »Feueralarm, genauer gesagt. Aber die Notrufzentrale hat über die Kameraüberwachung gesehen, dass irgendwas nicht stimmte. Also haben sie zur Sicherheit einen Security-Mitarbeiter hingeschickt, und der Mann hat uns gerufen.«

Cecilia blickte starr geradeaus in die Scheinwerfer eines entgegenkommenden Autos. Nur mit großer Willensanstrengung gelang es ihr, nicht vor Wut aufzuschreien. *Scheiße!* Sie hatten den Gräber doch überführt. Sie weigerte sich, das Gegenteil zu glauben. Ihr Atem ging von Sekunde zu Sekunde schneller.

»Scheiße!«, fluchte sie laut und schlug mit der Hand auf das Armaturenbrett.

»Beruhige dich«, sagte Jonas. »Mir ist klar, dass wir wieder ganz am Anfang stehen. Aber das ist kein Grund, mein Auto zu demolieren.«

»Entschuldige.« Den Rest der Fahrt sah Cecilia aus dem Fenster und kaute auf ihrem Zeigefingernagel.

Das Haus war ein Bungalow aus den frühen Siebzigern, wie die meisten Häuser, in die der Gräber eingedrungen war. Das Blaulicht der vor dem Haus geparkten Streifenwagen reflektierte in den Scheiben von Jonas' Škoda. Jonas stieg aus und sprach mit den anwesenden Beamten, während Cecilia sich innerlich auf den Anblick vorbereitete, der ihr bevorstand.

»Man gewöhnt sich nie daran«, hatte ihre Mentorin während der Ausbildung zu ihr gesagt. »Vergiss das nicht, so wird es ein wenig leichter.« Damals hatte sie diese Worte nicht verstanden. Natürlich gewöhnte man sich daran. Und genau das hatte sie getan. Eine Zeit lang hatte sie beim Anblick aller grausigen Funde nichts als Gleichgültigkeit empfunden. Aber heute verstand sie ihre Mentorin. Ihre Worte hatten nie schwerer gewogen.

An den Anblick, der sie da drin erwartete, würde sie sich nie gewöhnen. Cecilia starrte auf die flackernden Blaulichter, die den Bagger, der im Vorgarten des Hauses stand, in zuckendes blaues Licht tauchten. Das Baufahrzeug warf flimmernde Schatten auf ein paar Bäume, deren Äste im Wind schwankten und leise knarrten. Die ganze Szene hatte etwas Gespenstisches.

Jonas kam zum Wagen zurück und gab ihr eine Taschenlampe. »Im Haus funktioniert das Licht nicht«, erklärte er. »Die Baufirma hat heute Nachmittag beim Ausschachten die Hauptstromleitung abgerissen.«

Cecilia nickte. Als sie ausstieg, fiel ihr Blick auf die komplette Baustelle. Auf dem Rasen vor dem Haus türmte sich ausgeschachtete Erde. Rings um das Haus verlief ein tiefer Graben. Vor der Eingangstür führte ein grober Brettersteg über den Schacht. Cecilia blieb in der Mitte stehen und leuchtete an der freigelegten Kellerwand entlang. Über die Fassade zogen sich längliche, bogenförmige Kerben. Cecilia betrachtete sie genauer. Diese Spuren konnten nicht vom Schaufelbagger stammen. Dafür waren die Bögen zu schmal und verliefen in die falsche Richtung. Vier parallele Kerben, als ob jemand mit den Fingernägeln an der Außenmauer entlanggefahren wäre. Oder mit scharfen Krallen. Schaudernd fielen Cecilia die Wesen in Apelgrens Buch ein. Die Wesen, die in der Erde ruhten und nicht aus dem Schlaf geweckt werden durften. War dies das Zeichen, von dem Bengt Johansson gesprochen hatte? Die Problemfassade?

Unwillig schüttelte sie den Kopf und folgte Jonas ins Haus.

Der Flur war eng, und neben der Tür stand eine graue Katzentransportbox. Es roch nach Rauch, als ob jemand ein Feuer angezündet hätte, ohne die Ofen- oder Kaminklappe zu öffnen. Vielleicht war so der Feueralarm ausgelöst worden. Cecilia hustete und unterdrückte den Impuls, ihren Pullover vor den Mund zu pressen. Das Obergeschoss ließen sie links liegen. Darum würde sich später die Spurensicherung kümmern. Jonas deutete mit dem Kopf auf die Treppe ins Untergeschoss. Sie wussten, wo sie ihren Fund machen würden.

Die Stufen knarrten unter ihren Füßen. Cecilia hörte ihren eigenen Herzschlag, als sie hinter Jonas die Treppe hinunterging.

»Scheiße«, fluchte der unten angekommen.

»Was ist?«, fragte sie.

»Eigentlich nichts. Es sieht aus wie immer«, erwiderte er trocken. »Aber der verfluchte Brandgestank ist hier noch schlimmer.«

»Reiß dich zusammen«, sagte Cecilia. Aber sie musste Jonas recht geben. Der Rauch brannte ihr in der Nase und erinnerte sie an den Geschmack der finnischen Teerpastillen ihres Großvaters.

Cecilia stellte sich neben Jonas und sah sich im Raum um. An einer Wand befand sich ein offener Kamin. Das Feuer war erloschen, aber verkohlte Holzscheite auf dem Fußboden erklärten den Feueralarm. Die Zimmerdecke war rußgeschwärzt. Die Möbel waren zertrümmert und im Raum verstreut. Die Kellerwände waren von Rissen durchzogen, und an zahlreichen Stellen war Putz herausgebrochen. Man hätte meinen können, die Baufirma hätte ihr Bestes getan, das Haus abzureißen. Es sah aus wie immer, konstatierte sie.

Die große Blutlache auf der verwüsteten Couch verriet, wo die Tat stattgefunden hatte. Der ursprünglich hellgraue Stoff und die Polsterfüllung waren jetzt rötlich braun.

»Die Spur führt in diese Richtung«, sagte Jonas und leuchtete mit seiner Taschenlampe über eine blutige, mit frischer Erde verschmierte Schleifspur.

»Das sehe ich.« Cecilia ließ den Schein ihrer Taschenlampe über die Wände gleiten, bis sie fand, wonach sie suchte. Eine Vitrine, die weder zertrümmert noch umgestoßen war. Lediglich eine der beiden Glastüren war aus den Scharnieren gerissen, der Rest war unversehrt. Auf mehreren Regalen standen glitzernde pastellfarbene Spielzeugpferde. Eine beeindruckende Sammlung »Mein kleines Pony«-Figuren.

Cecilia trat näher heran. Glasscherben knirschten unter ihren Füßen. Die aufgemalten Augen der Pferde schienen sie anzusehen, als ihre Taschenlampe sie anstrahlte. Die regenbogenfarbenen Nylonmähnen schimmerten im Licht. Ihr Besitzer hatte sie sorgfältig nach Farben sortiert. Wenn man wusste, wonach man suchte, war leicht zu erkennen, dass eine Figur fehlte. Und Cecilia wusste es.

»Er war hier«, sagte sie.

»Wer?«, fragte Jonas, der in der Tür des Wirtschaftsraums stand und sich zu ihr umdrehte.

»Johansson«, sagte Cecilia. »Eines dieser Pferde steht in seinem Keller.« Sie deutete auf die bunte Sammlung.

»Schade, dass er ein wasserdichtes Alibi hat«, erwiderte Jonas. »Er sitzt in Untersuchungshaft.«

Cecilia nickte. Sie blickte zum Vorratskeller, in dem die Blutspur verschwand. »Und da drin?«

»Das übliche verfluchte Loch. Der Gräber war hier, kein Zweifel.«

80

Auf dem Grundstück türmte sich ausgeschachtete Erde,
dazwischen standen Baufahrzeuge.
Der rings um das Haus verlaufende Schacht
markiert die Grenze zwischen deiner Welt
und der Finsternis, durch die ich krieche.

Sonntag, 6. November

DER BUS SENKTE sich an den Haltestellen schwankend ab, um Fahrgäste ein- und aussteigen zu lassen. Annika wich den Blicken der Leute aus. Sie wusste genau, wie sie aussah, verstand, warum die Leute sie misstrauisch musterten und es vermieden, sich neben sie zu setzen. An ihrer Stelle hätte sie dasselbe getan.

Ihre Kleidung war mit Erd- und Grasflecken verdreckt. Wenn sie sich bewegte, rieselte Sand aus Falten und Taschen. Sie roch nach Humus und der Sorte Schweiß, die sich in der Haut festbeißt. Ihre Hände waren schmutzig, ihr Gesicht war lehmverschmiert. Beim Blinzeln scheuerte Sand unter ihren Lidern, und ihre Augen brannten vor Erschöpfung.

Nachdem sie gestern die Erde aufgewühlt hatte, war sie so kaputt gewesen, dass sie wie ein Stein ins Bett gefallen war und in ihren Sachen geschlafen hatte. Heute Morgen hatte sie weder geduscht noch gefrühstückt, sondern nur ihren roten Mantel über die schmutzige Kleidung gezogen. Aber der Mantel verbarg ihren Aufzug nicht, im Gegenteil, er lenkte die Blicke erst recht auf sie. Sie war auf dem Weg in die Stadt, um Antworten von der einzigen Person zu bekommen, die sie ihr möglicherweise geben konnte.

Emma Sieverts hatte die Renovierung des Souterrains veranlasst. Wenn jemand wusste, was es mit dem Keller auf sich hatte, dann sie. Annika klammerte sich an die Frage nach der tatsächlichen Größe des Untergeschosses, als wäre sie der Rettungsanker, der sie davor bewahrte, in den Wahnsinn abzudriften. Und auf eine Art war es so. Die Annika Granlund, die vor einem knappen halben Jahr den Eklund-Verlag vor dem Konkurs gerettet hatte, indem sie *Ich bin der Gräber* herausgegeben hatte, existierte nicht mehr. Geblieben war eine Frau mit vor Dreck starrer Kleidung und erdverschmierten Haaren, neben der im Bus niemand sitzen wollte.

Wenn sie aufstünde und anfinge zu schreien, würden die Leute so tun, als sei sie nicht vorhanden. Sie würden nur weiter auf ihre Handys starren. Genau wie sie es vor wenigen Wochen getan hätte.

Sie war *die* Frau geworden.

Am Vasaplatz stieg sie aus und orientierte sich. Geradeaus lagen die Klinkerhäuser der Aschebergsgatan. Zu ihrer Linken rankten sich die Büsche und Sträucher des Vasaparks wie schwarze Korallen um den Springbrunnen. Das pompöse Universitätsgebäude schimmerte durch die kahlen Äste. Emma Sieverts' Büro lag auf der anderen Seite, in Richtung Parkgatan.

Die Bürgersteige waren fast menschenleer. An einem Sonntagnachmittag im November waren nicht viele Leute unterwegs.

Zielstrebig ging Annika zu Emma Sieverts' Kanzlei und klingelte an der Gegensprechanlage. Niemand antwortete. Sie läutete ein zweites Mal und wartete, aber der Lautsprecher blieb stumm. Natürlich konnte sie nicht erwarten, Emma Sieverts am Sonntag im Büro anzutreffen, aber die Notarin hatte gesagt, dass sie zurzeit praktisch in ihrer Kanzlei wohnte. Annika beschlich das ungute Gefühl, dass etwas nicht stimmte. Sie prüfte, ob sie die richtige Klingel gedrückt hatte. Ja, neben dem blanken Klingelknopf aus Metall saß ein Schild mit der Aufschrift »Notarkanzlei Sieverts.«

Sie war an der richtigen Adresse. Annika läutete erneut und hielt den Knopf diesmal lange gedrückt. Dann rüttelte sie an der Klinke. Die Tür war verschlossen. Sie trat einige Schritte zurück, fast bis auf die Straße, und blickte an der Fassade hinauf. Die Fenster klafften leer. Hinter einigen erahnte sie Gardinen, in anderen spiegelte sich nur der dunkelgraue Himmel.

Auf einmal ging die Eingangstür auf. Ein Rauhaardackel strebte an einer straff gespannten Leine aus dem Haus. Ihm folgte ein älterer grauhaariger Herr mit Baskenmütze.

Der Hund bellte sie an.

»Ruhig«, befahl sein Herrchen und ruckte an der Leine. Der Hund hörte auf zu bellen, knurrte Annika aber mit hochgezogenen Lefzen an. »Verzeihen Sie, normalerweise macht er das ...« Der Mann brach mitten im Satz ab und musterte Annika abschätzig von Kopf bis Fuß. Abscheu und Misstrauen spiegelten sich in seinen grauen Augen.

Doch Annika ließ sich nicht beirren. »Ich möchte zu Notarin Sieverts. Ist sie im Haus?«

Der Dackel begann wieder zu bellen.

»Das kann ich Ihnen leider nicht sagen. Ich habe sie seit einigen Tagen nicht gesehen.«

Annika machte auf dem Absatz kehrt und ging zur Bushaltestelle zurück. Hier gab es keine Antworten. Der einzige Ort, an dem sie Antworten auf ihre Fragen erhalten konnte, war zu Hause.

Im Keller.

81

Zu meiner Enttäuschung sah ich alle Zeichen,
die ich benötigte.
Die Frau würde mein nächstes Opfer sein.

Donnerstag, 19. November,
sechs Jahre zuvor

DIE BAUMKRONEN HINTER dem Haus rauschten, ein heftiger Wind fegte über den Rasen und drang durch die geöffnete Terrassentür. Jan wischte sich den Schweiß von der Stirn und blinzelte ins Nachmittagslicht.

In diesem Moment vibrierte sein Handy in der Beintasche seines Arbeitsoveralls.

»Apelgren«, meldete er sich.

»Hallo, Jan«, sagte eine Frauenstimme. »Hier ist Emma Sieverts. Sie hatten versucht, mich zu erreichen?«

»Danke, dass Sie so schnell zurückrufen.«

»Kein Problem. Ist alles in Ordnung?«

Jan blickte sich im Souterrainzimmer um. Fußboden und Möbel waren mit einer dicken Staub- und Putzschicht bedeckt. Seit er den vorgemauerten Klinker weggerissen hatte, starrte ihm von den Wänden nackter rissiger Beton entgegen. Die Ziegel lagen ordentlich aufgestapelt am Anfang des Kellerflurs.

»Ich habe in der letzten Zeit viel nachgedacht. Ich möchte die Rechte an meinen Werken regeln, an meinem Gesamtwerk, für den Fall, dass mir etwas zustoßen sollte.«

Während er redete, fuhr er mit den Fingerspitzen langsam über den Beton. Als die raue Oberfläche unter seinen Nägeln schabte, überlief ihn ein wohliger Schauer.

»Haben Sie und Ihre Frau über einen Ehevertrag gesprochen?«, fragte Emma Sieverts.

»Nein, so etwas würde Therese niemals unterschreiben. Ich dachte eher an ein Testament.«

»Ich verstehe. Ein Testament ist immer sinnvoll. Welche Verfügungen schweben Ihnen konkret vor?«

Jan erklärte es ihr lächelnd. Als sie ihr Gespräch beendeten, hatten sie einen Termin vereinbart, an dem er sein Testament in Emma Sieverts' Kanzlei in Gegenwart zweier Zeugen unterzeichnen würde. Nachdem er aufgelegt hatte, ging Jan in den Vorratskeller. Thereses Leiche lag auf der Seite, am Rand des Lochs, das ins Erdreich hinabführte. Er verspürte einen Anflug von Trauer, der jedoch genauso schnell wieder verschwand, wie er aufgetaucht war. Die flüsternden Stimmen hatten recht. Therese hatte ihn verraten. Sie hatte ihr Schicksal verdient.

Er hatte sie mit der unversehrten Wange nach oben gelegt, damit er nicht daran erinnert wurde, was er getan hatte. Aber der Anblick der anderen Wange war kaum erträglicher. Thereses leblose Haut war zwischen den Kiefern eingesunken, wie eine Aushöhlung. Jan dachte daran, wie er sie das erste Mal gesehen hatte, braun gebrannt und mit Lachgrübchen in den Wangen. Er ging neben ihr in die Hocke und schob eine blonde Haarsträhne hinter ihr Ohr. Thereses Haut fühlte sich kalt und ledrig an. Diese Frau war einmal das Wichtigste in seinem Leben gewesen. Jetzt war sie nur noch ein schmutziger Kadaver in seinem Keller. Seufzend ließ er seinen Blick über Thereses Leichnam schweifen, vom Kopf bis zu den Zehen über die Arme bis zu den eingerissenen künstlichen Fingernägeln, die auf dem dreckigen Kellerfußboden lagen.

Der Ehering schimmerte an ihrem Ringfinger. Am Stein ihres Verlobungsrings klebte geronnenes Blut, trotzdem ging in Jans Augen ein hypnotischer Glanz von ihm aus. Bei dem Gedanken an den geringen Widerstand ihrer Haut, als er ihr den Verlobungsring vorsichtig an den Finger gesteckt hatte, regte sich etwas in seiner Brust. Die Erinnerung daran, wie glücklich er einst gewesen war, trieb ihm die Tränen in die Augen. Den Kreaturen würde es vielleicht nicht gefallen, aber er wollte etwas von dem Menschen bewahren, der er einmal gewesen war. Er griff nach Thereses steifen Fingern und streifte die Ringe ab. Sie klirrten in seiner Hand, als er die Finger darum schloss und sich die Tränen von den Wangen wischte. Die Ringe würde er behalten. Alles andere, was Therese gewesen war, würde er für immer aus seinem Leben tilgen, wie die flüsternden Wesen es von ihm verlangten.

Mit zitternden Beinen ging er aus dem Vorratskeller. Die Baufirma hatte gesagt, dass sie in zwei Wochen wiederkommen würden, um die Arbeiten zu beenden. Bis dahin musste er fertig sein. Im Wirtschaftsraum standen ein Sack Zement, ein Eimer und eine alte Schubkarre, in der die Ziegeln lagen. Jan kippte Mörtel in den Eimer, fügte Wasser hinzu und rührte um, bis eine dunkelgraue zähflüssige Masse entstand. Das knirschende Geräusch beim Umrühren jagte ihm einen wohligen Schauer über den Rücken.

Zum ersten Mal seit seiner Arbeit an *Der Ostermann*, dem Manuskript, das Annika Granlund abgelehnt hatte, verspürte er eine unbändige Lust, sich an die Schreibmaschine zu setzen. Bald würde er das tun, was er liebte. Er würde das Manuskript fortsetzen, das er vor einigen Tagen begonnen hatte. Aber zuerst musste er erledigen, was die flüsternden Stimmen von ihm verlangten.

82

Während ich sie beobachtete, krochen die Wesen
wie Schatten in den Schacht rings um das Fundament.
Ich spürte die unterirdischen Erschütterungen,
als sie den Tunnel gruben, meinen Zugang.

Sonntag, 6. November

ALS ANNIKA NACH Hause kam, war die Dunkelheit hereingebrochen. Die Erde in ihren Haaren hatte sich mit Regen vermischt und rann wie flüssige Wimperntusche in lehmigen Schlieren über ihr Gesicht. Annika schloss die Haustür auf und warf ihren Mantel im Flur achtlos auf den Boden.

Sie ließ die Tür hinter sich zufallen und machte sich nicht die Mühe abzuschließen. Stattdessen knipste sie jede Lampe im Haus an, dann näherte sie sich zielstrebig der Kellertreppe. Im Hinuntergehen schlug ihr Puls heftig, aber regelmäßig. Nicht vor Angst, sondern vor Entschlossenheit. Sie wusste, was sie tun musste.

Das Licht der Deckenspots fiel auf die Verwüstung, die sie im Souterrainzimmer angerichtet hatte. Glasscherben knirschten unter ihren Füßen, als sie zum Kaminofen ging und das Brecheisen aufhob, das zwischen verkohlten Holzresten und Asche auf dem Boden lag. Es war schwer und kalt, aber in ihren klammen Fingern strahlte das Eisen dennoch Wärme aus. Annika umklammerte den Griff, ging in den Wirtschaftsraum und schaltete das Licht an.

Sie betrachtete den Riss in der Wand wie einen Gegner, den es zu besiegen galt. Sie hatte den Riss schon früher gesehen, sich jedoch nicht weiter den Kopf darüber zerbrochen. Alle Kellerwände hatten Risse. An diesem war nichts Außergewöhnliches. Außer dass er in der Wand zu einem Teil des Kellers verlief, den es gar nicht geben dürfte. Alle Mauern des Souterrainzimmers waren von netzartigen Rissen durchzogen, wie Spinnweben hinter der Tapete. Hier gab es nur diesen einen Riss. Den ersten.

Soweit sie wusste, hatte sie das Souterrainzimmer verwüstet. Entweder sie oder das Monster, das ihr unter der Erde auflauerte. Inzwischen war sie bereit, an beide Möglichkeiten zu glauben. Aber wenn es das Monster gewesen war, warum hatte es ausgerechnet diese Wand verschont?

Doch Annika kannte die Antwort. *Weil es keine Außenmauer war.* Hinter dieser Wand lag etwas anderes als Erde, Lehm und Gestein. Sie wog das Brecheisen in der Hand. An den Stellen, an denen die blaue Farbe abgeplatzt war, schimmerte dunkles Metall. Das Werkzeug war zerkratzt und zerbeult. Sie würde einige neue Dellen hinzufügen. Aber sie würde ihre Antworten bekommen. Was auch immer sich hinter dieser Wand befand, sie würde es herausfinden.

Annika stieß einen Schrei aus und schlug das abgewinkelte Ende des Brecheisens in den Riss. Putz und Betonbrocken flogen aus der Wand und rieselten zu Boden, während sie das Mauerwerk freilegte.

83

Die Wesen haben mich so weit gebracht,
an den Punkt, an dem ich auch mein letztes bisschen
Menschlichkeit verliere.

Sonntag, 6. November

CECILIA WACHTE AUF, weil ihre Schulter schmerzte. Ihre Muskeln waren verspannt und widersetzten sich jeder Bewegung. Ihr Kopf drehte sich vor Schlafmangel. Mit enormer Willensanstrengung gelang es ihr, sich auf den Rücken zu wälzen, allerdings um den Preis, dass die Decke, in die sie sich eingewickelt hatte, zu Boden rutschte. Seufzend setzte sie sich auf dem Sofa auf. Draußen vor dem Fenster verschwand die Sonne gerade hinter dem Dachfirst des gegenüberliegenden Hauses. Obwohl sie den Tag verschlafen hatte, war ihr Kopf vor Übermüdung schwer wie Blei.

Sie war erst im Morgengrauen vom jüngsten Tatort des Gräbers nach Hause gekommen. Die Abstimmung mit der Spurensicherung hatte sie mehr oder weniger auf Autopilot koordiniert, danach war sie ins Präsidium gefahren, um den wichtigsten Papierkram zu erledigen. Sie hatte einen Bericht für die Staatsanwaltschaft und einen ersten Entwurf für die Pressemitteilung verfasst. Sie hatte empfohlen, keine Pressekonferenz abzuhalten, solange es nicht absolut notwendig war. Als sie schließlich nach Hause gekommen war, hatte sie es nicht einmal geschafft, sich auszuziehen und ins Bett zu gehen. Stattdessen hatte sie sich auf dem Sofa in eine Decke gewickelt und war in ihren Sachen eingeschlafen.

Bengt Johansson war mittlerweile aus der U-Haft entlassen worden und wieder ein freier Mann. Wahrscheinlich würde sein Anwalt für die Nächte in U-Haft Schadensersatzansprüche geltend machen. Ihr war das egal. Viel schlimmer war, dass man sie in wenigen Tagen versetzen würde. Da machte sie sich nichts vor. Aber vielleicht war das auch gut so. Sie war noch nie so kurz davor gewesen das Handtuch zu werfen wie jetzt. Das Gefühl, versagt zu haben, würde sie jahrelang verfolgen.

Cecilias Blick fiel auf das Buch auf ihrem Couchtisch. *Ich bin der Gräber*. Sie stützte das Kinn in die Hände und betrachtete die unzähligen Post-its und Notizzettel, die zwischen den Seiten hervorlugten. Wie hatte sie auch nur in Erwägung ziehen können, dass dieser Schund ihr bei der Aufklärung des Falls helfen könnte? Wie sollte ein fiktiver Horrorroman einen wahren Mordfall lösen? Cecilia wusste nicht, ob sie über diese absurde Idee lachen oder weinen sollte.

Trotzdem. Es konnte kein Zufall sein, dass so viele Details aus dem Buch mit der Realität übereinstimmten. Das stand fest, auch wenn diese Spur sie nicht ans Ziel geführt hatte. Was, wenn auch die Horrorelemente den Tatsachen entsprachen?

Apelgrens fiktiver Serienmörder war eine Art Halbmensch, ein Monster mit messerscharfen Klauen, das unter der Erde lebte. Bengt Johansson war kein Mörder, nur ein Kleptomane. Auch wenn er sie als Aberglauben abgetan hatte, hatte er von Wesen gesprochen, die im Erdreich schlummerten und so gefährlich waren, dass Baggerführer sich weigerten, ihre Arbeit fortzusetzen, wenn sie glaubten, an Hausfassaden Kratzspuren dieser Wesen zu entdecken. Kratzspuren wie die, die sie am Haus des jüngsten Opfers des Gräbers gesehen hatte. Davor konnte sie nicht die Augen verschließen, wie unwahrscheinlich es auch erscheinen mochte. Und dann war da noch Annika Granlund, die unter einer panischen Phobie vor Kellern litt, weil sie Wesen gehört zu haben glaubte, die mehr oder weniger den Fabelwesen entsprachen, die Jan Apelgren sich zusammenfantasiert hatte.

Cecilia lachte über ihre eigene Fantasie. Ihr Serienmörder war kein Fabelwesen. Er war ein Mensch. Ein *Mann*. Sie hatten sein Profil erstellen lassen. Nur ein Mann konnte diese Taten ausführen. Nur ein Mann besaß genügend Kraft und krankhafte Entschlossenheit, um sich durch die Erde und durch den Kellerfußboden zu graben. Aber er war ein Mensch. Es konnte nicht anders sein.

Trotzdem hatten sie ihn nicht gefunden. Nicht die kleinste Spur von ihm.

Doch je länger sie darüber nachdachte, umso mehr zweifelte sie das vorhandene Täterprofil an. Warum sollte sich jemand die Mühe machen, durch die Erde zu kriechen und von unten durch das Kellerfundament einzubrechen? Es gab so viele einfachere Wege, sich Zugang in ein Haus zu verschaffen, als ausgerechnet durch den Kellerfußboden. Sie hatte die Tunnel gesehen. Sie waren kaum breit genug, um hindurchzukriechen. Und von dort unten das Fundament aufzubrechen, musste einen unmenschlichen Kraftakt erfordern. Es sei denn, der Gräber hatte Hilfe, wie es im Buch geschildert wurde, und war nicht allein da unten im Erdreich. Aber das war unmöglich.

Cecilia ging in die Küche, um sich etwas zu essen zu machen. Aus dem Lautsprecher erklangen leichtgängige Chart-Hits, während sie die Zutaten aus den Schränken nahm. Dosentomaten, getrockneten Oregano, Olivenöl und Balsamicoessig. Sie hackte Zwiebeln und sang zur Musik mit. Aber das Buch ging ihr nicht aus dem Kopf. Was, wenn es stimmte? Was, wenn ihr Täter kein Mensch war?

Cecilia setzte Wasser auf und ließ die Tomatensoße aufköcheln. Unterdessen nahm in ihrem Kopf eine neue Theorie Gestalt an.

Je länger sie darüber nachdachte, umso kälter lief es ihr den Rücken hinunter. Alles stimmte – vorausgesetzt, sie ließ die aberwitzige Prämisse zu, dass eine Art Monsterwesen in der Erde hauste.

Die Häuser der Opfer waren ausnahmslos älteren Datums, an jedem waren zum Tatzeitpunkt Drainagearbeiten durchgeführt worden. Schaufelbagger hatten ringsum das Erdreich aufgerissen, ohne Rücksicht darauf zu nehmen, was sich dort unten verbarg. Wurzelwerk war zerstört worden, Tiere hatten fliehen oder sich tiefer in die Erde graben müssen, um zu überleben. Warum sollten dabei nicht auch andere Wesen aufgeschreckt worden sein? Dunkle Kreaturen, die die Wissenschaft zum Narren hielten. Kreaturen, die mit ihren Klauen an Hauswänden kratzten, damit die Menschen ihr ewiges Bauen und Graben einstellten. Kreaturen, die Rache übten, weil ihre Warnungen missachtet wurden.

Cecilia goss das Pastawasser ab und vermengte die Nudeln mit der Tomatensoße. Sie griff nach der geöffneten Flasche Rotwein, die auf der Anrichte stand, doch dann entschied sie sich dagegen. Wenn sie noch Auto fahren wollte, durfte sie keinen Wein trinken. Sie würde mit Annika Granlund sprechen, sie nach diesen Wesen fragen, vor denen sie sich so fürchtete. Aber sie konnte sie nicht zu einer Befragung ins Präsidium bestellen. Jonas und die anderen würden glauben, sie hätte den Verstand verloren.

Außerdem musste sie auch aus persönlichen Gründen mit Annika reden. Sie wollte alles tun, was in ihrer Macht stand, um Martins und Annikas Ehe zu kitten.

Cecilia kratzte den letzten Soßenklecks vom Teller und leckte gedankenverloren ihre Gabel ab. Die Süße der Tomaten verband sich mit der Säure des Essigs und der Zwiebeln. Sie hatte keine Ahnung, ob es etwas nützte, aber sie musste es wenigstens versuchen.

Cecilia ging in den Flur hinaus, schlüpfte in ihre regendichte Kapuzenjacke und ein Paar Laufschuhe, steckte ihre Dienstwaffe in die Gürteltasche, die sie immer zum Joggen mitnahm, dann verließ sie die Wohnung und ging zu ihrem Auto.

84

Ich schreibe dies in der Hoffnung,
dass das, was geschieht, ein Ende hat,
bevor es zu spät ist.

Sonntag, 6. November

DAS BRECHEISEN VIBRIERTE in Annikas Händen. Sie war schweißgebadet und ihr Mund staubtrocken, obwohl sie zwischendurch Wasser aus dem Hahn des Handwaschbeckens trank. Putz und Beton spritzten nach allen Seiten weg, während sie immer wieder auf die Wand einschlug und Stück für Stück das Mauerwerk freilegte. Mit jedem Schlag wuchs ihre Gewissheit, dass diese Wand nicht von Anfang an dagewesen war. Annika hatte keine Ahnung vom Maurerhandwerk, aber die Substanz erinnerte sie eher an Gipskarton als an den Beton einer Außenmauer. Die Ziegel waren nicht gleichmäßig vermauert, die Fugen waren entweder zu breit oder zu schmal. Wäre die Wand nicht so dick verputzt, wäre sie uneben gewesen wie einer dieser alten skandinavischen Zäune, ein Skigard.

Annika packte das Brecheisen und schlug mit aller Kraft zu. Einer der freigelegten Ziegel verrutschte. Als er sich bewegte, packte sie ein euphorischer Rausch. Mit voller Wucht hieb sie ein zweites Mal auf den Ziegel ein. Er sank tiefer in die Wand. Annika ließ das Brecheisen fallen. Das scheppernde Geräusch, mit dem es auf den Boden schlug, hallte durch den Wirtschaftsraum. Der Ziegel hätte zerbrechen müssen, nicht tiefer in die Wand rutschen dürfen. Nicht, wenn die Wand eine Außenmauer wäre. Damit verflog auch ihr letzter Zweifel. Hinter der Wand musste etwas sein.

Annika streckte die Hand aus und fuhr über den rauen Ziegelstein. Er rutschte locker über den Steinstaub, den sie mit dem Brecheisen produziert hatte. Obwohl ihr Kopf vor Erschöpfung hämmerte, war ihr Gehirn vor Neugier elektrisiert. Jetzt konnte sie nichts mehr aufhalten. Annika drückte den Ziegel tiefer in die Mauer, bis er auf der anderen Seite polternd zu Boden fiel. Sie zog die Hand zurück. Die Leere hinter dem Loch war ebenso beängstigend wie anziehend.

Annika durchquerte das verwüstete Souterrainzimmer, rannte die Treppe hinauf und holte eine Taschenlampe aus dem Putzschrank in der Küche. Sie knipste sie probehalber an, dann rannte sie die Treppe wieder hinunter und leuchtete in das Loch in der Wand. Aber sie konnte nur erkennen, dass dahinter eine Art Raum zu liegen schien. Muffige Luft und der Gestank von verwestem Fleisch schlugen ihr aus der Dunkelheit entgegen. Annika hob das Brecheisen auf und zertrümmerte die umliegenden Ziegelsteine. Mit jedem Schlag wurde das Loch größer. Der durchdringende Mief vermengte sich mit dem sauberen Waschmittelgeruch des Wirtschaftsraums zu einem makabren Potpourri.

Als das Loch in der Wand groß genug war, um gebückt hindurchzugehen, hielt Annika inne, steckte den Kopf hinein und leuchtete mit der Taschenlampe abermals in die Dunkelheit. Der

Anblick, der sich ihr bot, ließ jedes Haar an ihrem Körper zu Berge stehen. Auf der anderen Seite *war* ein Raum. Nicht groß, aber nichtsdestoweniger ein Raum. Auf dem Fußboden lag eine verdreckte Matratze. Es gab einen Tisch und einen schlichten Holzstuhl. Auf dem Tisch stand eine alte, von Papierstapeln umgebene Schreibmaschine. In der Schreibmaschine steckte ein Bogen. Schwarze Buchstaben zogen sich wie eine Käferkolonne über das Blatt.

Mit zitternden Beinen trat Annika durch die Öffnung, vorsichtig, um nicht auf den aus der Wand gebrochenen Ziegeln auszurutschen. In dem Raum waren die gleichen Fliesen verlegt wie im Wirtschaftsraum. Aber Fußboden, Wände und Decke waren mit einer ungleichmäßigen Erdschicht überzogen, als hätte jemand statt Malerfarbe eine dicke Lehmschicht aufgetragen. Davon abgesehen hätte es eine Fortsetzung ihres Kellers sein können. Nur sehr viel schmutziger und dunkler. Von der Decke baumelte eine nackte Glühbirne. Annika entdeckte einen Lichtschalter und knipste sie an. Im ersten Moment schloss sie geblendet die Augen. Als sie sich an den gelblichen Schein gewöhnt hatte, sah sie, dass über Boden und Wände unzählige Insekten krabbelten. Annika erschauerte, aber es war zu spät, sich von so etwas abschrecken zu lassen.

An der Wand, durch die sie in den Raum gelangt war, stand ein Bücherregal, in dem sich wohlbekannte Einbände aneinanderreihten. Annika brauchte die Titel nicht zu lesen. Es waren verschiedene Ausgaben der *Turwall*-Krimis. Sie trat an den Tisch und überflog den in der Schreibmaschine eingespannten Bogen. Der Stil war unverkennbar. Ihr Kopf drehte sich. Die neben der Schreibmaschine aufgestapelten dicht beschriebenen Seiten waren mit Erde und rostbraunen Flecken gesprenkelt, die Blut sein konnten. Die Stapel sahen genauso aus wie das Manuskript von

Ich bin der Gräber, als sie es im Treppenhaus gefunden hatte. Stand sie etwa in Apelgrens Versteck?

Während sie las, zitterten ihre Hände vor Aufregung. Dies war Apelgrens Werk, zweifellos. Aber sie hatte den Text noch nie gesehen. Es musste ein vollkommen neues Projekt sein. Mit jeder Zeile weiteten sich ihre Augen. Der Text saugte sie regelrecht in sich auf.

Ein Geräusch ließ sie zusammenfahren. Sie leuchtete mit der Taschenlampe in die Richtung und entdeckte eine geöffnete Tür. Ihr Puls dröhnte in den Ohren, als sie in einen Flur hinaustrat, der die Fortsetzung des kurzen Flurs ihres Souterrains sein musste. Die Wand zu ihrem Vorratskeller war zugemauert, aber die Bodenfliesen waren die gleichen wie auf ihrer Seite. Mit jedem Schritt wurde der Verwesungsgeruch stärker, erstickender, wie alter Müll, der seit Langem verrottete.

Der Schein ihrer Taschenlampe fiel auf eine Tür am hinteren Ende des Flurs. Ab da zogen sich weiße Kerben und Risse über die Wände. Gegenüber des Raums mit der Schreibmaschine lag noch ein Raum. Als Annika hineinleuchtete, fiel der Strahl ihrer Taschenlampe auf nackte Haut. An einem Haken an der Decke hing eine weibliche Leiche. Der Leichnam war bläulich weiß verfärbt und über und über mit Stichwunden und geronnenem Blut bedeckt, als hätte jemand mit einem Messer auf die Frau eingestochen. Es war Notarin Emma Sieverts.

Panik stieg in Annika auf, Galle schoss ihre Kehle hinauf. Der Verwesungsgestank raubte ihr den Atem. Es war ein Wunder, dass er sich nicht im Rest des Hauses ausgebreitet hatte. Wer auch immer diesen Teil des Kellers gebaut hatte, er musste ihn sorgfältig isoliert haben. Würgend wandte sie den Blick ab, nur mit Mühe gelang es ihr, sich nicht zu übergeben. Sie ging weiter den Flur entlang. Der Lichtkegel ihrer Taschenlampe zitterte bei jedem Schritt. Ihre Knie drohten nachzugeben, sie atmete laut und keuchend. Aber sie war so weit gekommen. Es gab kein Zurück mehr, sie musste herausfinden, was sich noch im Boden unter ihren Füßen verbarg.

Innerlich wappnete sie sich vor dem Anblick, der sie im nächsten Raum erwartete, dann leuchtete sie hinein. Es war ein Abstellkeller. In Regalen stapelten sich Kartons, eine Wand war mit Werkzeugen bestückt, und an Kleiderstangen hingen Bügel mit alten Frauenkleidern. Der Raum sah aus wie ein gewöhnlicher Abstellkeller – abgesehen von einem großen, von Erdbrocken und wimmelnden Insekten umringten Loch, das wie ein riesiger Schlund ins Erdreich im Boden klaffte. Ein Regenwurm kroch über den Zement, als ob er vor einem Angelhaken floh. Aus dem Loch drangen schlurfende, scharrende Laute empor.

Annika presste sich die Hand auf den Mund. Assoziationen, die sie während der Arbeit mit Apelgrens Buch gehabt hatte, blitzten an ihr vorbei. Dies war der Bau des Gräbers, seine Höhle. Die Erkenntnis stieg in ihr auf wie das Licht einer Leuchtrakete am dunklen Nachthimmel. Der Gräber war keine Ausgeburt von Jan Apelgrens Fantasie. Er existierte wirklich. Apelgren war das Monster seines eigenen Buchs. Und er hatte sich einen Weg in ihr Haus gegraben.

In *sein Zuhause*.

Das Schlurfen kam näher, um plötzlich abrupt zu verstummen. Rasselnde Atemzüge erklangen. Einen Moment später schob sich ein Handschuh aus dem Loch. Ein Handschuh mit metallenen Klauen. Panisch knipste Annika ihre Taschenlampe aus und stolperte in den Flur hinaus, tastete sich an der Wand entlang, um in der Dunkelheit nicht zu fallen. In ihrem Rücken rieselten Erdbrocken zu Boden, gefolgt von schlurfenden Schritten, als das, was auch immer aus dem Loch gestiegen war, ihr folgte. In dem Augenblick ertastete sie den Türrahmen des Raums, in dem Emma

Sieverts' Leiche hing, und stolperte hinein, am Leichnam vorbei.

Annika verlor das Gleichgewicht und landete mit den Händen auf etwas, das sich wie ein Berg Stöcke anfühlte. Sie waren rau und kalt. Vorsichtig fuhr sie mit der Hand darüber, bis sie die runden Wölbungen an den Enden spürte.

Es waren Knochen.

Ihre Hand stieß gegen etwas, das sich wie Kieselsteine anfühlte. Es waren Zähne. Sie war über die Überreste der Opfer des Gräbers gestolpert. Annika würgte. Verzweifelt presste sie die Hand auf den Mund und kniff die Augen so fest zusammen, wie sie konnte, um sich nicht zu übergeben.

Die schlurfenden Schritte im Flur kamen näher. Sie hörte, wie die Kreatur im Gehen ihre metallenen Klauen über die Wände zog, das schleifende Geräusch hallte durch den Keller, durchdringend und anhaltend. Annika hielt den Atem an, rappelte sich auf und packte ihre Taschenlampe mit beiden Händen wie eine Waffe. Um nicht zu schreien, biss sie sich so fest auf die Lippe, dass sie aufplatzte und zu bluten begann. In dem schwachen Licht, das aus dem gegenüberliegenden Raum fiel, erahnte sie die Umrisse von Emma Sieverts' Leiche. Sie hätte nur die Hand ausstrecken müssen, um sie zu berühren.

Da bemerkte sie die Gegenstände, die an einer Wand festgenagelt waren. Es waren Spielsachen. Ein kleiner dreckiger Teddybär, eine Spieldose mit einer Ballerina, die schon lange nicht mehr tanzte, ein Matchboxauto und der Kopf einer rumpflosen Porzellanpuppe. Darunter hingen eine nackte Barbie und eine »Mein kleines Pony«-Figur. Erdklumpen klebten in der regenbogenfarbenen Mähne.

Ihr Blick fiel auf zwei Ringe, die ganz oben auf einem Nagel steckten. Der eine musste ein Verlobungsring sein. Der große Stein hing durch sein Eigengewicht nach unten. Das Gold schimmerte im Dunkeln, als der Schatten des Gräbers an der Türöffnung vorbeiglitt.

Das schleifende Geräusch erstarb. Die schlurfenden Schritte verstummten. Das Blut pochte in Annikas Ohren. Ihr Körper zitterte wie im Fieber. Sie kniff die Augen so fest zu, dass rote Punkte auf ihrer Netzhaut flirrten, während sie sich wappnete. Dann sah sie zur Tür.

Der Gräber war ein Mann. Er trug lehmverschmiertes Ölzeug und grobe Arbeitshandschuhe mit langen Klingen. Die Handschuhe waren mit silberfarbenem Klebeband an den Manschetten des Ölzeugs befestigt, sodass sie eine Verlängerung der Ärmel bildeten. Die rasselnden Atemzüge des Mannes drangen zischend durch den Filter einer schwarzen Gasmaske, hinter der er sein Gesicht verbarg. Der Rest seines Kopfes wurde durch die Kapuze eines verdreckten Neoprenanzugs verdeckt, die im Kragen des Ölzeugs verschwand. Seine Arme hingen schlaff an den Seiten herab, während er auf die durchbrochene Wand im Nebenraum starrte.

Dann drehte er den Kopf und sah Annika an. Ihr Herzschlag setzte aus. Sie saß in der Falle. Es gab kein Entkommen. Aber der Gräber stand reglos da und musterte sie mit zur Seite geneigtem Kopf. Dann hob er eine Hand, als bäte er sie zu warten. Die schmutzigen Klingen an seinen Handschuhen schimmerten im fahlen Licht der Glühbirne, als er sich in Bewegung setzte. Aber nicht nach vorn auf Annika zu, sondern zur Seite. Zum Tisch mit der Schreibmaschine. Er klaubte einige beschriebene Seiten zusammen und hielt sie Annika hin. Mit der anderen Hand winkte er sie zu sich.

Annika stützte sich am Türrahmen ab, stand auf und machte einige zitternde Schritte in den Nebenraum hinein. Sie wusste, dass sie fliehen sollte, aber ihr Körper schien seinem eigenen

Willen zu folgen. Ich muss verrückt sein, dachte sie und sah auf die Seiten, die der Gräber in der Hand hielt. Die Augen hinter dem Sichtfenster der Gasmaske baten sie, näher zu kommen. Die Seiten zu nehmen.

Plötzlich schallte das durchdringende Läuten der Türklingel durchs Haus. Jemand stand vor der Haustür. Der Gräber fuhr zusammen und spähte durch das Loch in der Wand zum Wirtschaftsraum. Annika wich wieder ein Stück in den Flur zurück.

Oben im Flur erklang eine Stimme. »Hallo? Ist jemand zu Hause?«

Annikas Herz hämmerte wild. Hilfe war in Reichweite. In dem Moment hielt der Gräber ihr abermals die Seiten hin und deutete mit der freien Hand auf den Tisch, auf die Papierstapel.

Im anderen Teil des Kellers knarrten Treppenstufen. Jemand kam ins Souterrain hinunter. Annikas Blick ging von den dicht beschriebenen Seiten zum Gräber.

»Was soll ich tun?«, hörte sie sich fragen.

85

Ich kann nicht mehr allein aus dem Grund leben,
um die Wünsche der Wesen zu erfüllen.
Aber es gibt kein Zurück.

Sonntag, 6. November

CECILIA PARKTE IN der Auffahrt von Annikas Haus. Es stürmte so stark, dass der Wind ihr beim Aussteigen die Tür aus der Hand riss. Sie musste ihre ganze Kraft aufwenden, um sie zu schließen. Eisige Regentropfen prasselten auf sie herab, als sie den Kiesweg zum Haus hinaufging. In den Fenstern brannte Licht. Annika musste zu Hause sein.

Cecilia schob die Hände in die Jackentasche und blickte in die dunkelgraue Wolkendecke. Irgendwo da oben war das entfernte Dröhnen eines Flugzeugs im Landeanflug auf Landvetter zu hören. Ihr Magen krampfte sich zusammen. Das Gespräch mit Annika machte sie nervöser, als es sollte. War es vielleicht doch klüger, es einfach dabei bewenden zu lassen?

»Komm schon, Cissi«, murmelte sie und stellte sich vor, Jonas stünde neben ihr. Wäre er dabei, hätte sie ohne Umschweife geklingelt. Aber jetzt zögerte sie. Sie blieb sogar einen langen

Moment mit geballter Faust vor der Tür stehen, bis sie sich einen Ruck gab. Ein lautes schepperndes Läuten hallte durch das Haus. Doch davon abgesehen herrschte Grabesstille. Cecilia schnitt eine Grimasse und wartete. Niemand kam. War Annika doch nicht zu Hause? Dieses Getöse hätte sie kaum überhören können.

Cecilia drückte die Klinke nach unten. Die Tür war unverschlossen. Sie schob sie auf und blickte in den Flur.

»Hallo?«, rief sie. »Ist jemand zu Hause?«

Während sie auf eine Antwort wartete, sah sie sich um. Auf den ersten Blick wirkte alles normal, so wie damals, als sie Annika zur Befragung ins Präsidium mitgenommen hatte. Doch auf den zweiten wurde sie misstrauisch. Annikas roter Mantel lag erdverschmiert im Flur auf dem Fußboden. Weiter hinten lagen noch mehr Erde, Putz und Steinstaub.

Aus purem Polizeireflex nahm sie ihre Dienstwaffe aus der Gürteltasche.

Cecilia ging ins Wohnzimmer. Es war leer. Genau wie die Küche. Sie folgte der Spur aus Putz und Beton die Kellertreppe hinunter. Mit wachsender Beunruhigung musterte sie den großen Riss in der Wand. Der Anblick des verwüsteten Souterrainzimmers versetzte sie endgültig in Alarmbereitschaft. Der Raum sah aus wie die Tatorte des Gräbers. Die Möbel waren zertrümmert, die nackten Wände von Rissen durchzogen. Der einzige Unterschied war, dass Licht brannte. Ihr Spiegelbild reflektierte in dem großen Panoramafenster, das auf die Rückseite des Hauses hinausging.

Hatte der Gräber dieses Jahr zweimal zugeschlagen? Und Annika Granlund zum Opfer gewählt?

Alles deutete darauf hin. Das Einzige, was sie nicht entdeckte, war die Blutspur, die unweigerlich zu einem Loch im Kellerfußboden führte. Cecilia fokussierte sich darauf, den Raum abzusuchen. Sie entsicherte ihre Waffe und legte den Zeigefinger an den Abzug. Ihr Blick und die Pistolenmündung schweiften über zertrümmerte Computermonitore und glitzernde Glasscherben. Mit gezückter Waffe ging sie in den Wirtschaftsraum. Dort war eine Wand durchbrochen. Eine klaffende, unregelmäßige Öffnung gab den Blick auf einen schwach erleuchteten dahinterliegenden Raum frei. Ein blaues Brecheisen lag zwischen Beton und Putz auf dem Fußboden. Was zum Teufel ist hier passiert? dachte sie. Im nächsten Moment erklangen im Nebenraum zischende Atemzüge. Adrenalin rauschte durch ihren Körper und schärfte ihre Sinne. Cecilia holte tief Luft und sah durch die Öffnung in der Wand.

Auf den Anblick, der sich ihr bot, hätte sie sich in ihren kühnsten Träumen nicht vorbereiten können.

Ein Mann in vor Dreck starrem Ölzeug und einem Neoprenanzug wandte ihr den Rücken zu, in einem Raum, der eher einer Erdhöhle glich. Der Mann, der zweifellos der Gräber sein musste, bedrohte Annika Granlund und hinderte sie daran, durch die Öffnung in der Wand in den anderen Teil des Kellers zu fliehen. Über der Schulter des Mannes begegnete sie Annikas schreckgeweiteten Augen.

Jahrelanges Polizeitraining half ihr, einen kühlen Kopf zu bewahren. Sie durfte nicht im Wirtschaftsraum bleiben, sie musste alle Winkel abdecken. Wenn der Gräber aus ihrem Blickfeld verschwand, würde die Situation eskalieren. Mit einem raschen Schritt trat sie durch das Loch in der Wand und richtete ihre Waffe auf den Mann, bereit zu schießen, sollte sie dazu gezwungen sein.

»Aus dem Weg!«, rief sie, damit Annika Granlund nicht aus Versehen in die Schusslinie geriet. Der Gräber warf irgendetwas von sich und schnellte herum. Da, wo Cecilia ein Gesicht erwartet hatte, saß eine erdverschmierte Gasmaske. Die Augen hinter dem Sichtfenster leuchteten wie zwei große Münzen. Annika blieb starr vor Schreck hinter dem Mann stehen, der sich jetzt duckte wie ein in die Enge getriebenes Tier.

Cecilia hatte keine Ahnung, was sie tun sollte. Sie konnte nicht schießen, ohne Gefahr zu laufen, Annika zu treffen. Der Gräber zögerte ebenfalls. Sein Kopf ging zwischen Cecilia und Annika hin und her, als versuchte er zu entscheiden, wen er angreifen sollte.

»Polizei! Ich schieße!«, rief Cecilia.

Annika erwachte aus ihrer Erstarrung und wich in einen stockfinsteren Flur zurück, aus der Schusslinie. Der Gräber schnellte zu Cecilia herum, duckte sich noch ein wenig tiefer und setzte zum Sprung an.

Na los, komm schon, dachte Cecilia.

Sie jagte den Gräber seit fünf Jahren. Sie war bereit für ihn.

86

Vielleicht wird mein Text niemals veröffentlicht, wie so viele Texte, die von hoffnungsvollen Autoren geschrieben werden.

Sonntag, 6. November

PLÖTZLICH STAND CECILIA Wreede in der Öffnung zum Wirtschaftsraum. Ihr Blick glitt vom Gräber zu Annika. Im nächsten Moment trat sie einen Schritt vor und hob ihre Waffe.

»Aus dem Weg!«, rief sie.

Der Gräber ließ die Manuskriptseiten fallen und schnellte herum. Die Blätter segelten wie Laub zu Boden, als er die Klingen an seinen Handschuhen wie lange Klauen spannte und sich duckte, zum Angriff bereit. Sein Kopf ging zwischen Cecilia und ihr hin und her.

»Polizei! Ich schieße!«

Zum letzten Mal, für den Bruchteil einer Sekunde, erwiderte Annika den Blick des Gräbers. In seinen Augen lag keine Menschlichkeit mehr, nur noch pure Mordlust. Trotzdem stellte er sich zwischen sie und Cecilia, als wollte er ihr Zeit geben zu fliehen. Sie zögerte einen Moment, dann stürzte sie in den Flur hinaus. Sie hatte keine Ahnung, ob sie vor dem Gräber floh oder aus Cecilia Wreedes Schusslinie. Sie rannte, ohne nachzudenken. In ihrem Rücken erklangen schwere Stiefelschritte. Das Geräusch von Klingen auf Stein. Das konnte nur eins bedeuten. Die Kreatur verfolgte sie. Ihr Monster. Apelgren. Der Gräber. Was es auch war, fest stand, dass das Wesen ihr etwas antun wollte, wie damals in ihrer Kindheit.

Annika wagte nicht, sich umzusehen, aber das Wesen würde sie nicht erwischen. Sie wusste, was sie tun musste, um zu überleben, und hechtete mit dem Kopf voran in das schwarze Loch im Fußboden des Abstellraums.

Erdbrocken rieselten auf ihre Schultern. Wurzeln und Steine scheuerten ihre Haut auf, während sie tiefer und tiefer in den Tunnel kroch. Es stank nach Humus und Verwesung. Erde, Würmer und Insekten juckten in ihrem Nacken. Überall krabbelte es. Der Tunnel war ein Horrorlabyrinth, das von allen Seiten auf sie eindrang, während sie mühsam vorwärtsrobbte. Die Erde war überall. In ihrem Haar, ihrem Mund und zwischen ihren Brüsten. Sie zwängte sich unter ihre Fingernägel, knirschte zwischen ihren Zähnen und brannte in zahllosen frischen Schürfwunden und Kratzern.

Trotzdem kroch sie weiter. Sie hatte das Gefühl, als ob ihre Brust vor Anstrengung explodierte. Ihr Blut kochte vor Adrenalin. Jeder Atemzug erinnerte sie daran, dass es ihr letzter sein könnte. Die Luft hier unten war mit Kohlendioxid gesättigt, enthielt so gut wie keinen Sauerstoff. Aber sie hatte keine Wahl. Sie konnte nicht umkehren. Selbst wenn es ihr gelänge umzudrehen, hätte sie keine Garantie, wieder aus dem Loch herauszukommen. Außerdem konnte *er* hinter ihr im Tunnel sein. Der Gräber. Das Überbleibsel des Menschen, der einmal Jan Apelgren geheißen hatte und dessen kurze Schriftstellerkarriere der wahnsinnigen

Kreatur den Weg bereitet hatte, zu der er geworden war und die er erschaffen hatte. Annika stiegen die Tränen in die Augen. Nur ihr eiserner Überlebenswille bewahrte sie davor, in Panik auszubrechen. Ihre Muskeln schrien vor Schmerzen, aber sie kroch weiter, mit zusammengekniffenen Augen und aufeinandergepressten Zähnen. Vorwärts in die Dunkelheit. Weiter, Meter für Meter.

Sie war allein mit ihrer Angst, aber nicht allein unter der Erde. Sie spürte Bewegungen. Erschütterungen, Vibrationen, die die Erde lockerten, wo sie es nicht tat. Sie stellte sich kräftige Arme vor, Hände wie Schaufeln mit scharfen Klauen, die sich parallel mit ihr durch das Erdreich gruben. Sie spürte Schwingungen wie von einer unsichtbaren Gegenwart. Die Wände des Tunnels schlossen sich enger um sie, während ihre Begleiter sich auf sie zubewegten.

Flüsternde Stimmen erklangen. Annika erkannte sie wieder, es waren dieselben Stimmen, die sie als Kind gehört hatte, im Keller ihrer Großtante. Sie lockten und machten ihr zugleich Angst. Aber der Mann, der sie vielleicht jagte, der jeden Augenblick ihr Fußgelenk umklammern könnte, war schlimmer als die Wesen, die in der Erde hausten. Er war nur eine blasse Kopie. Seine Klauen waren nicht einmal echt, trotzdem ängstigte er sie mehr als die flüsternden Stimmen. Die Wesen, die ihr aus dem Erdreich zuraunten, hatten hier ihr ganzes Leben lang auf sie gewartet. Jetzt begriff sie, dass sie nicht an der Hauswand gekratzt hatten, um ihr Angst zu machen, sondern um sie zu rufen. Es waren nicht die Wesen, vor denen sie sich fürchtete, nein, sie fürchtete sich vor ihrer eigenen Sehnsucht, den Lockrufen Folge zu leisten, tief hinab ins Erdreich.

Während Annikas Kräfte schwanden, wurden die Lockrufe immer deutlicher. Klauen brachen durch die Tunnelwände und trieben sie vorwärts. Sie spürte das Gewicht der Erde auf ihrem

Körper, als Teile des Tunnels einstürzten. Mit einem letzten Anstrengungsschrei kroch sie weiter.

Als ihr Kopf schließlich aus der Erde zum Vorschein kam, fühlte sie sich, als tauche sie nach einer viel zu langen Zeit unter Wasser wieder an die Oberfläche. Nach Luft ringend ruderte sie mit den Armen, bis sie festen Untergrund zu fassen bekam und sich aus dem Tunnel hievte, hinaus in die eiskalte Nachtluft.

Sie befand sich auf einem Hügel in einem kleinen Wäldchen. Das fahle Licht des Vollmonds sickerte durch Tannen und Baumkronen. Ihr Körper bebte und krümmte sich im Krampf, sie keuchte vor Anstrengung. Aber sie war nicht tot. Sie lebte. Sie war so lebendig, wie man nur sein konnte. Neugeboren wie ein Baby aus der Erde.

87

Wer diese Zeilen liest, kann meine Geschichte vielleicht dazu verwenden, dem Albtraum ein Ende zu setzen – auch wenn ich tief in meinem Inneren weiß, dass es sinnlos ist.

Donnerstag, 24. November

IN DER MITTE von Cecilias und Jonas' Büro stand ein grüner Aktenvernichter. Auf ihrem Doppelschreibtisch türmten sich Asservatenkartons. Das Whiteboard war ausgewischt, und das Klebeband, das den Zeitstrahl gebildet hatte, lag zusammengeknüllt zuoberst in einem randvollen Papierkorb neben dem Aktenvernichter.

Vor dem Fenster schien die Sonne. Die Luft war klirrend kalt. Laut Wettervorhersage sollte im Lauf des Nachmittags eine Kaltfront aufziehen und Göteborg möglicherweise den ersten Schneefall des Jahres bescheren, doch bisher war der Himmel noch strahlend blau.

Cecilia blätterte einige handschriftliche Notizen durch. Niemand würde noch Nutzen davon haben, ein Blatt nach dem anderen wanderte in den Schlitz des Aktenvernichters.

»Wie fühlt es sich an?«, fragte Jonas, der Tatortfotos sortierte.

Wie fühlt es sich an, jemanden zu erschießen? Cecilia kannte die Antwort inzwischen. Sobald sie die Augen schloss, sah sie Apelgren vor sich. Den Gräber. Spürte den Rückstoß ihrer Waffe in der Hand, nachdem sie geschossen hatte. Als hätte sich der Schuss eben erst gelöst. Ein leichtes Vibrieren in der Daumenwurzel.

»Kann ich nicht so recht sagen«, antwortete sie und unterbrach ihre monotone Tätigkeit. »Es ist seltsam. Jahrelang habe ich mich mit nichts anderem als dieser Ermittlung befasst, trotzdem ist es schön, dass sie endlich vorbei ist.«

»Mir geht es genauso.«

Cecilia schob weiter Seite um Seite in den Aktenvernichter. *Wie hatte Apelgren so leben können, allein unter der Erde wie ein menschlicher Dachs?*

Als Annika Granlund in den Flur hinausgestürzt war, hatte der Gräber seine Wut gegen sie, Cecilia, gerichtet. Seine Augen hinter der Gasmaske hatten hasserfüllt geglüht. Er hatte wie ein Tier geknurrt, mit den Füßen gescharrt und die langen Messerklingen an seinen Handschuhen wie Klauen auf dem Boden gewetzt, bis Annika außer Sichtweite gewesen war. Als hätte er ihre Flucht geschützt. Dann hatte er angegriffen. Sie hatte geschossen. Immer wieder, bis der Gräber zu Boden gesackt war.

»Also … Was hast du jetzt vor?«, fragte Jonas.

Cecilia seufzte und zwang sich in die Gegenwart zurück. »Ich weiß noch nicht genau. Wenn wir hier klar Schiff gemacht haben, besuche ich meine Eltern in Östersund. Vielleicht fahre ich von da noch weiter nach Norden. Wandere den Kungsleden oder so.«

»Brrr. Klingt ganz schön kalt.« Jonas schüttelte sich. »Was willst du da oben auf diesem Wanderweg in der Einöde Lapplands?«

»Ich wollte schon immer die Nordlichter sehen. Allein in der Wildnis, ohne zig Straßenlaternen und Lichter, die den Nachthimmel zerstören.«

In Wahrheit hatte sie diesen Wunsch nie zuvor gehegt, aber nach dem Rettungsschuss brauchte sie den weiten Himmel und die Einsamkeit der Wildnis, um ihr inneres Gleichgewicht wiederzufinden. In der Stadt fehlte ihr die Luft zum Atmen.

»Ich wusste gar nicht, dass du so eine Naturfanatikerin bist«, sagte Jonas. »Ich habe keine Lust mehr, mir in einem Busch den Allerwertesten abzufrieren. Das Vergnügen hatte ich beim Wehrdienst mehr als genug.«

»Du hast gefragt.« Cecilia zuckte die Achseln. »Und was hast du vor?«

»Ich habe gekündigt.«

Cecilia zuckte zusammen. »Was? Davon hast du gar nichts gesagt.«

»Ich habe ein Jobangebot bekommen, das ich nicht ablehnen konnte. Die perfekte Gelegenheit für einen Neuanfang. Ob du's glaubst oder nicht, ich werde als Berater arbeiten.«

»Wirklich? Darauf wäre ich nie gekommen. Für eine Versicherung?«

»Nein. Für eine Firma, die mit IT-Forensik zu tun hat. Du weißt schon, die Leute, die verbrannte Festplatten wiederherstellen und ähnlichen Kram. Gut möglich also, dass wir auch in Zukunft zusammenarbeiten. Meinem neuen Chef zufolge ist es nicht ungewöhnlich, dass die Kriminallabore unsere Hilfe anfordern.«

»Ja, vielleicht.« Cecilias Blick fiel auf einen Stapel ausgedruckter Ermittlungsprotokolle. Sie war unsicher, ob die Protokolle auch vernichtet werden sollten, und verstaute sie in einem Asservatenkarton. Ein paar Seiten mehr oder weniger, wer sollte ihr schon einen Strick daraus drehen, dass sie zu viel Material aufbewahrte?

Eine Weile arbeiteten sie schweigend weiter. Vor dem Fenster verschwand die Sonne hinter den Wolken der aufziehenden Tieffront. Die Straßenlaternen sprangen an. Im Ullevi-Stadion fand irgendein Event statt. Menschen aus Fleisch und Blut bevölkerten die Ränge. Es war jedenfalls keine der üblichen Geisterveranstaltungen.

»Glaubst du eigentlich, dass an seiner Geschichte was dran ist?«, sagte Cecilia, halb zu sich selbst.

»An wessen Geschichte?«, fragte Jonas. Er war mit der Durchsicht der Tatortfotos fertig und blickte von seinem Computerbildschirm auf. Wie üblich spiegelte sich der Monitor als weißes Rechteck in seinen Brillengläsern.

»An der unseres Kleptomanen, Bengt Johansson«, antwortete Cecilia. »Über die Wesen, die in der Erde leben.«

»Und an Hauswänden kratzen?« Jonas lachte. Er krümmte seine Hand zu einer Klaue und zog seine Fingernägel über die Schreibtischplatte.

Cecilia lächelte. »Ganz genau. Sie sind während der Ermittlung immer wieder aufgetaucht. Nicht zuletzt in Apelgrens Buch.«

Jan Apelgren war inzwischen zweifelsfrei als der Gräber identifiziert worden. Sie hatten seine DNA in den verborgenen Kellerräumen und in seiner Kleidung sichergestellt, wobei der Neoprenanzug unter seinem Ölzeug umgekehrt bewirkt hatte, dass er an den Tatorten keine Spuren hinterlassen hatte. Die Forensiker hatten aus den Knochenbergen im Keller von Apelgrens Haus DNA sämtlicher Opfer extrahiert. Auch die in den Häusern entwendeten Souvenirs hatten sie im Keller gefunden. Die ältesten stammten von Apelgrens Frau. Cecilia hatte die Gravur auf der Innenseite des Eherings gelesen.

Jan ♥ Therese. 5. November

Apelgren hatte seine Opfer in seiner Hochzeitsnacht ermordet. Die Obduktion seiner Leiche hatte ergeben, dass er sich von seinen Opfern ernährt hatte. Sie verzehrt hatte. Bei dem Gedanken drehte sich Cecilia jedes Mal der Magen um.

»Ich frage mich allerdings noch immer, warum Annika Granlund Apelgrens Buch überhaupt herausgegeben hat, wo sie doch selbst eine panische Angst vor diesen Monsterwesen hatte«, sagte Jonas.

In Jan Apelgrens letztem Werk, dem Buch, das Annika und der Eklund-Verlag zu einem Bestseller gemacht hatten, waren die Hinweise auf die Wahrheit mehr oder weniger offen nachzulesen. Das Buch war genauso sehr eine Autobiografie wie ein Hilferuf über und von einem Mann, der weit davon entfernt gewesen war, gerettet werden zu können.

»Ich weiß nicht«, erwiderte Cecilia. »Ich denke, der Verlag war verzweifelt. Annika weigert sich, darüber zu sprechen.«

Der Tunnel in Martins und Annikas Keller war zu schmal gewesen, um ohne Sauerstoffmaske hindurchzukriechen. Der Rettungsdienst hatte angenommen, dass Annika irgendwo in der Erde erstickt war. Sie hätten sie nie gefunden, wäre sie nicht plötzlich aus dem Wald getaumelt, ungefähr dreihundert Meter vom Haus entfernt, so schwer unter Schock stehend, dass sie sich nicht an ihren Namen erinnert hatte.

»Ich kann sie verstehen«, sagte Jonas. »Aber das Buch verkauft sich nicht schlechter, seit der Fall gelöst ist.«

Cecilia schüttelte den Kopf. Sie würde das Leseverhalten der breiten Masse nie verstehen. Nach *Ich bin der Gräber* rührte sie keine Krimis mehr an. Die Storys wurden einfach immer nur brutaler, als würde jeder Autor noch eins draufsetzen und die makaberste Art finden wollen, auf die man Menschen umbringen konnte. Sie hatte beschlossen, von jetzt an bei Feel-good-Romanen zu bleiben.

»Nein«, fuhr Jonas fort. Sein Bildschirm wurde schwarz, und die Lüftung des Computers verstummte. »Es gibt keine Monster unter der Erde. Die wahren Monster sind Menschen. Alles andere sind nur kranke Fantasien.«

Cecilia nickte. »Du hast recht«, sagte sie und spürte ein mulmiges Gefühl in der Magengegend. »Natürlich gibt es keine Monster unter der Erde.«

88

Das Einzige, was den Albtraum beendet, ist mein Tod. Aber auch wenn ich sterbe, existieren die Wesen weiter.

Freitag, 3. Februar

ANNIKA BETRAT DIE Wohnung und nahm ihre Mütze ab. Sie war feucht vom Schnee, der in dicken Flocken vom Himmel fiel und den Autos am Straßenrand weiße Hauben aufsetzte. Die Wärme im Flur färbte ihre Wangen rosig. »Ich bin zu Hause!«, rief sie und zog den Reißverschluss ihrer neuen Daunenjacke herunter. Den roten Mantel hatte sie entsorgt. Er erinnerte sie nur an ein früheres Leben.

»Ich komme!«, rief Martin aus der Küche.

Annika lächelte. Sie umarmten sich lange und beendeten die Umarmung mit einem Kuss. Annikas Bauch kribbelte, als wäre sie frisch verliebt. Es würde funktionieren, trotz allem, was sie durchgemacht hatte. Das wusste sie jetzt.

»Wie lief es heute bei Helena? Alles in Ordnung?«, fragte Martin und strich ihr sanft eine dunkelrote Locke hinters Ohr.

Annika nickte. Sie ging alle zwei Wochen zu einer Psychologin. In der ersten Zeit war sie wöchentlich gegangen, aber inzwischen fühlte sie sich viel besser. Sie hatte sogar mit dem Gedanken gespielt, die Medikamente abzusetzen, aber Helena hatte gemeint, dafür sei es noch zu früh. Mit ihren Erlebnissen war nicht zu spaßen. Sie brauchte jede Unterstützung, die sie kriegen konnte. Jede Unterstützung und die Liebe der Menschen, die ihr nahestanden. Aber vielleicht klappte es zum Sommer. Und bald würde sie auch wieder arbeiten, allerdings vorerst nur in Teilzeit.

Sie erinnerte sich nach wie vor nicht an alles, was passiert war. Sie schlief bei Licht und wachte jede Nacht schweißgebadet auf. In der Dunkelheit hatte sie das Gefühl, als ob die Wände sie einschlossen und gegen ihre Schultern drückten, wie im Tunnel. Der Druck der Tunnelwände auf ihren Schultern während ihrer panischen Flucht vor dem Gräber war ihre einzige deutliche Erinnerung. Den Rest hatten ihr andere erzählt, nachdem sie sich auf der Straße vor ihrem Haus um sie gekümmert hatten.

Sie hatte das Versteck des Gräbers entdeckt. In ihrem eigenen Keller, in einem Teil, den Jan Apelgren zugemauert hatte, nachdem er den Verstand verloren hatte. Dort hatte er das Buch über den Gräber geschrieben, eine verwickelte Autobiografie über blutige Opfer und Kreaturen, die in der Erde schlummerten, während er sich selbst in ein Monster verwandelt hatte.

Als Annika sich ein wenig erholt hatte, hatten Martin und sie wieder zueinandergefunden. Sie sah die Dinge jetzt in einem anderen Licht, als wäre alles klarer geworden, nachdem sie sich aus der Erde befreit hatte. Annika war bereit gewesen, Martin wieder in ihr Leben zu lassen. Martin hatte nichts lieber gewollt als das, und sie brauchte die Stabilität, die er ihr gab.

Jan Apelgrens Haus hingegen brauchten sie nicht und hatten es verkauft – mit großem Verlust. Aber der neue Eigentümer wollte nicht in dem Haus wohnen, sondern es abreißen und auf dem Grundstück neu bauen. Ihnen war es egal, sie hatten vor Kurzem diese Wohnung gekauft. Sie hatten noch nicht einmal die Umzugskisten ausgepackt, aber das hatte keine Eile.

Martin lächelte und sah ihr tief in die Augen. »Komm«, sagte er. »Ich habe gekocht. Wein ist auch da.«

»Willst du mich verführen?« Annika erwiderte sein Lächeln.

»Gut möglich. Aber zuerst essen wir.«

Annika schlüpfte aus ihren Stiefeln und bahnte sich zwischen Umzugskartons hindurch einen Weg in die Küche. Die Dunstabzugshaube surrte. Es war warm und duftete nach Gewürzen. Der Tisch war mit weißen Kerzen und zwei gefüllten Rotweingläsern gedeckt. Martin stellte einen Tontopf auf die Anrichte und hob den Deckel ab. Die aufsteigende Dampfwolke verströmte neue Düfte, bei denen Annika das Wasser im Mund zusammenlief. Sie schlang die Arme um Martin und schmiegte ihre Wange zwischen seine Schulterblätter, während er die Teller füllte.

»Ich liebe dich«, flüsterte sie so leise, dass sie nicht sicher war, ob er es hörte. Aber sie wagte noch nicht, es lauter zu sagen.

Martin hielt inne und legte seine Hände auf ihre. »Ich hoffe, es schmeckt dir. Ich habe extra früher Schluss gemacht, um alles vorzubereiten.«

Annika antwortete nicht. Stattdessen schloss sie die Augen und umarmte Martin noch fester, so fest, dass sie seinen Herzschlag spürte. Es war Zeit für einen Neuanfang. Diesmal brauchten sie kein Haus. Sie brauchten auch keine Kinder, wenn das Schicksal es nicht anders wollte. Sie brauchten nur einander. Das hatte sie erkannt.

Diesmal würde es klappen. Sie spürte es im ganzen Körper. Eine völlig neue Annika hatte sich aus der Erde befreit.

89

Wenn ich sterbe, werden sie jemand anderes wählen,
jemanden, der meinen Platz einnimmt.
Du weißt, dass es so ist. Jetzt ist die Reihe an dir.

Samstag, 4. Februar

ANNIKA BLINZELTE INS Licht der Nachttischlampe. Auch heute Nacht hatte sie kaum ein Auge zugemacht. Martin lag neben ihr und schnarchte leise. Sie streckte die Hand aus und knipste die Lampe aus, dann schlich sie aus dem Schlafzimmer und schloss leise die Tür hinter sich, damit Martin nicht aufwachte. Schneefall reflektierte im Schein der Straßenlaternen und tauchte die Wohnung in grauweißes Licht. Die Umzugskartons warfen lange Schatten in den leeren Räumen. Annika schlich an ihnen vorbei, öffnete die Wohnungstür und trat in das dunkle Treppenhaus hinaus. Der Steinfußboden war kalt unter ihren Füßen. Vorsichtig zog sie die Tür hinter sich zu. Den Schlüssel hängte sie sich an einem Band um den Hals.

Bis in den Keller hinunter waren es nur zwei Treppen. Ihre Schritte waren leise wie flüsternde Stimmen, trotzdem kam es Annika vor, als hallten sie zwischen den kahlen Betonwänden wider. Der Schlüssel rasselte im Schloss, und die Scharniere quietschten, als sie die schwere Kellertür aufzog. Hinter der Brandschutztür erstreckte sich ein langer Flur, an dessen hinterem Ende sich eine identische Tür befand. Auf der linken Seite reihten sich graue Metallgitter aneinander, die die einzelnen Verschläge voneinander abtrennten. Im Dunkeln erahnte Annika die Umrisse des Gerümpels, das die Leute in ihren Kellern horteten. Bücherkartons, alte Fahrräder, Surfbretter, ausgemusterte Kleidungsstücke. Aufeinandergestapelte, vergessene und verdrängte Bestandteile des Lebens. Annika ließ die Kellertür hinter sich zufallen und ging den Flur hinunter.

Sie legte eine Hand an die Wand und spürte den kalten, rauen Beton unter ihrer Handfläche. Sie schmiegte ihre Wange an die Wand wie an die Brust eines Liebhabers. Ihre Hände krümmten sich zu Krallen. Langsam zog sie ihre Fingernägel über den weißen Putz. Ein wohliger Schauer überlief sie, als sich das leise Kratzgeräusch in der Dunkelheit fortsetzte.

Auf der anderen Seite der Wand antwortete ein anhaltendes Scharren, wie Klauen auf Stein.

Annikas Lippen umspielte ein Lächeln.

DANKSAGUNG DES AUTORS

Ich habe mehr Menschen für ihre Unterstützung und Hilfe bei der Entstehung dieses Buchs zu danken, als ich hier aufzählen kann. Jeder von euch, der auf die eine oder andere Weise dazu beigetragen hat, verdient einen besonderen Platz in meinem Herzen, auch diejenigen, die ich an dieser Stelle nicht namentlich nennen kann. Keiner von euch ist vergessen.

Mein erster Dank gilt meinen Eltern. Für eure Liebe und eure Unterstützung durch dick und dünn. Dafür bin ich euch auf ewig dankbar. Ohne euch gäbe es keinen meiner Texte. Ich liebe euch.

Ein großer Dank geht an Louise, Maria und Camilla vom LB Förlag, für alles! Besser geht es nicht! Und ein ebenso großer Dank geht an meine Lektorin Ann Pålsson, die mir geholfen hat, dem Text den letzten Schliff zu geben.

Danke an die weltbesten Literaturagenten Edith Enberg Salibi, Maria Enberg und die unermüdlichen Assistenten der Enberg Agency. Ohne euch wäre *Der Gräber* wahrscheinlich in einer Schreibtischschublade verstaubt.

Ich danke Elin Holmerin vom Undrentide Förlag, die meine Novelle *Kratzgeräusche* herausgegeben hat. In ihr habe ich die Wesen erschaffen, die in der Erde um Apelgrens Keller hausen. Ich hätte nie gedacht, dass sie auch in diesem Buch weiter an den Wänden scharren würden, aber so ist es gekommen.

Ich danke all meinen Testlesern für ihre wertvollen Tipps! Ein besonderer Dank geht an Markus Sköld und Marcus Olausson für kluge Hinweise und unermüdliche Ermunterung.

Ein besonderer Dank geht auch an das gesamte Team von Fantastisk Podd für die vielen tollen Gespräche und Podcasts über die Jahre. Diesen Energiekick kann man nicht anders bekommen.

Danke Miranda für neun Jahre Glück.

Der erste Samen zur Entstehung von *Der Gräber* wurde während Drainagearbeiten an dem Haus gesät, in dem ich nicht mehr wohne. Meine Erinnerungen an diese Drainagearbeiten, sozusagen der Grundstein für die Geschehnisse im Buch, sind das Einzige, was ich aus der Wirklichkeit entnommen habe. Alles andere ist Fiktion, Dichtung und meine eigene Fantasie, der ich freien Lauf gelassen habe. Aber damit ich mich nicht allzu sehr vergaloppiere, habe ich mir bei Menschen Rat geholt, die sich mit gewissen Dingen besser auskennen als ich. Ich bedanke mich bei allen, die meine Fragen beantwortet und frühere Manuskriptversionen gelesen haben, damit alle wesentlichen Details stimmen. Ganz besonders bedanke ich mich bei Jan Löverdal, der dafür gesorgt hat, dass meine Kommissare jeder Überprüfung standhalten können. Alle verbliebenen Fehler und Unrichtigkeiten sind meine eigenen, bewusst oder unbewusst begangen.

Und zu guter Letzt, aber am wichtigsten: Vielen Dank an meine Leserinnen und Leser. Dieses Buch ist für euch.